다른 세상 2

붉은 하늘

Autre-Monde, Tome 2: Malronce by MAXIME CHATTAM

Copyright © Editions Albin Michel S.A. - Paris 2009
Korean translation copyright © 2011 by Sodam&Taeil Publishing Co., Ltd.

This Korean edition is published by arrangement with Albin Michel S.A.
through Shinwon Agency. All rights reserved.

다른 세상 2: 붉은 하늘

펴낸날 | 2011년 9월 9일 초판 1쇄

지은이 | 막심 샤탕
옮긴이 | 이원복
펴낸이 | 이태권
펴낸곳 | (주)태일소담
　　　　서울시 성북구 성북동 178-2 (우)136-020
　　　　전화 | 745-8566~7 팩스 | 747-3238
　　　　e-mail | sodam@dreamsodam.co.kr
　　　　등록번호 | 제2-42호.(1979년 11월 14일)
　　　　홈페이지 | www.dreamsodam.co.kr

ISBN 978-89-7381-697-2 04860
　　　 978-89-7381-695-8 (세트)

• 책값은 뒤표지에 있습니다.
• 잘못된 책은 구입하신 곳에서 교환해드립니다.

AUTRE MONDE MAXIME CHATTAM

다른 세상 2

붉은 하늘

막심 샤탕 지음 | **이원복** 옮김

소담출판사

차례

프롤로그 · 7

제1부. 금단의 숲

대장정 · 15 ㅣ 식량 보급 · 27 ㅣ 잔인한 무리 · 41
반가운 휴식 · 54 ㅣ 햇볕과 그늘 · 62
꿀, 홀씨, 키틴 · 70 ㅣ 꿈과 현실 · 78 ㅣ 별똥별 · 87
초록 인간 · 98 ㅣ 태양과 대기 · 108 ㅣ 추방 · 116
생명나무 · 124 ㅣ 둥지 방문 · 131
생명나무의 영혼 · 141 ㅣ 호각 · 148
클로로팬필의 비밀 · 157 ㅣ 둥지 탈출 · 167
붉은 문어 · 177

제2부. 바빌론

미행 · 189 ㅣ 도시 잠입 · 196 ㅣ 이상한 가게 · 202
배신자 콜린 · 211 ㅣ 사랑하는 동물을 위한 사투 · 217
아주 긴 하루 · 225 ㅣ 두통과 강철 투구 · 231
불법 침입 · 235 ㅣ 뜻밖의 본심 · 240
진흙, 지의류, 잠자리 · 248 ㅣ 비밀 무기 · 256
악마와의 계약 · 259 ㅣ 무모한 용맹 · 266

제3부. 공기와 물

선상 감옥 · 275 ㅣ 피부 수색 작전 · 281
신 · 287 ㅣ 2미터의 비밀 · 297 ㅣ 개와 새 · 303
밤의 사냥꾼 · 312 ㅣ 에녹 · 319
배꼽 고리를 자르다 · 329 ㅣ 비밀문서 · 337
망주옹브르 · 347 ㅣ 최후의 임기응변 · 354
사악한 뷔뵈르 · 359 ㅣ 2천 개의 계단 · 363
기적은 없다 · 372 ㅣ 조합된 초능력 · 379
공중 결투 · 386 ㅣ 북쪽 여행 · 391
콜린의 자리 · 397 ㅣ 속마음 · 402

에필로그 · 412

프롤로그

석벽을 두른 대형 홀은 반지하였다. 채광창이 좁아 충분한 햇빛이 들지 못했고, 몇몇 초롱이 흔들거리는 따뜻한 불빛과 약간 역한 동물성기름 냄새를 발하고 있었다.

원탁마다 대형 양초 한 개가 녹은 초에 꽂혀 있었다. 녹은 초는 석화된 용암 속 화산처럼 점점 더 높아졌다.

검은 전갈들이 싸우는 녹슨 철제 상자를 에워싸고 옹기종기 모인 사람들이 큰 소리로 응원을 하거나 기도를 드리고 있었다.

조금 떨어진 곳에서는 어두운 초록색 외투로 온몸을 포근하게 감싼 세 사내가 맥주잔을 든 채 조용히 잡담 중이었다.

갈색 구레나룻이 말했다.

"사이먼이 계집애를 한 명 샀어!"

입안에 빵 조각이 든 것처럼 볼에 커다란 낭종囊腫이 있는 사내가 물었다.

"정말? 얼마 주고 샀는데?"

"몰라. 꽤 많이 줬을 거야. 잔일도 덤으로 채줬대. 하지만 듣자 하니 그 계집애는 그만한 가치가 있다더군!"

7

가장 신중해 보이는 세 번째 사내가 두 동료 쪽으로 상체를 숙였다. 촛불 아래에서 훤히 드러난 얼굴은 최근에 생긴 듯한 여러 개의 상처 탓에 험상궂어 보였다.

"몇 살이지?"

"열 살도 안 됐어. 계집애가 검사에서 떨어지자마자 바로 낚아챈 거야."

"배꼽 고리를 잘 견디고 있대?"

"그런 것 같아."

낭종 사내가 물었다.

"말은 하고?"

갈색 구레나룻은 나무를 두른 테라코타 잔을 비웠다. 그는 소곤소곤 말하고 트림했다.

"나야 모르지."

상처투성이 사내가 말을 이었다.

"곰 수레가 북쪽에서 점점 더 많은 아이들을 데려오고 있어. 이 속도라면 피부 수색 작전은 곧 끝날 거야."

갈색 구레나룻이 털어놓았다.

"어린이들이 여기저기에서 모여 정찰대에 저항한다던데!"

낭종 사내가 놀라며 물었다.

"어린이들이 단체를 조직하고 있다고?"

"그래, 여러 곳에서. 하지만 애들은 애들일 뿐이야. 우리는 조직을 이루는 데 두 달밖에 걸리지 않았잖아!"

낭종 사내가 상기시켰다.

"여왕님이 일찍 출현하신 덕분이야. 여왕님은 '집합의 화로'에 불을 피워 연기로 우리를 불러들였지!"

"그래. 게다가 석 달 후에는 물물교환과 화폐제도를 재개하고, 채석장과 숲에서 벗어나 마을을 건설했어. 우리는 진화한 거야! 그 미개한 꼬마들과는 달라!"

낭종 사내가 짜증을 냈다.

"누구도 대격변 전에 일어난 일을 기억하지 못해! 기억상실증에 걸린 어른들의 군대! 너는 이래도 우리가 진화했다고 생각해? 만일 어린이들이 이 사실을 알게 된다면? 우리가 어떤 사람인지 기억하고 있다면? 우리가 어디에서 왔는지 안다면?"

두 술친구가 대답할 틈도 없이 옆 탁자에 앉아 있던 한 실루엣이 그들 쪽으로 몸을 기울였다.

실루엣은 진홍색의 두꺼운 벨벳으로 만든 넓은 두건이 달린 대형 망토를 보란 듯이 과시하고 있었다. 두건 속에서 무뚝뚝하고 자신 있는 목소리가 빠져나왔다.

"미래는 분명 어린이들에게 달려 있지. 하지만 어린이들은 교육을 받아야 해."

"누구시죠?"

망토 아래에서 울퉁불퉁한 혈관으로 뒤덮인 호리호리한 두 손이 나오더니 어두운 가면을 내렸다. 깊이 파인 볼, 거의 보이지 않는 입술, 뾰족한 코를 가진 50대 사내였다. 흰색의 짙은 눈썹은 시선을 더욱 날카로워 보이게 했고, 머리와 목덜미는 꼭 들어맞는 강철판으로 덮여 있었다.

강철 투구의 사내가 말을 이었다.

"어린이들은 우리에게 일어난 대격변의 원인이야. 옛 잘못의 증거이자 악의 기원이지! 그래서 어린이들이 우리의 분노를 사는 거라고!"

상처투성이 사내가 물었다.

"노인 양반, 당신은 어떻게 그걸 알지?"

강철 투구의 사내는 망토를 살짝 열어젖혀 가죽 흉갑에 새긴 붉은색과 검은색의 방패꼴 문장紋章과 중앙의 사과를 보여주었다. 여왕

9

의 문장이었다.

세 친구는 굳어진 몸으로 시선을 떨어뜨렸다.

낭종 사내가 입을 열었다.

"죄송합니다. 여왕 폐하의 병사이신 것을 몰랐습니다."

"나는 말롱스 여왕 폐하의 신앙 담당 고문관이야. 우리의 사상을 읽지 못하게 하는 이 투구를 잘 기억해둬. 대화를 들어보니 너희들은 너무 성급하게 어린이들의 지능과 지식을 인정하더군. 그들에겐 지능도, 지식도 없어. 어린이들은 벌레에 지나지 않는단 사실 잊지 마! 혼란 자체라고! 우리는 빠르게 공동체를 재건했지만 아직 미약해. 어린이들은 모든 것을 파괴할 수 있어. 어떤 연민도 갖지 마!"

도박이 끝났는지, 홀 구석에서 환호성과 분노의 고함이 울렸다. 신앙 담당 고문관은 잠시 소란이 멈추기를 기다렸다가 덧붙였다.

"내가 아니었다면 우리 거리에 어린이 노예는 한 명도 없었을 거야! 피부 수색 작전에 도움 안 되는 어린이들은 없애버려!"

상처투성이 사내가 흥분했다.

"알겠습니다! 그런 아이들의 살가죽을 벗기겠습니다!"

여왕의 신앙 담당 고문관이 결론을 지었다.

"그 계집애는 살려둘 수 없어. 노예라 해도 한 놈의 목숨을 살려주는 건 곧 어린이들의 희망을 살려주는 거야."

모두 신앙 담당 고문관의 무시무시한 카리스마에 압도되어 고개를 끄덕였다.

세 사내는 밖으로 나왔다. 훈훈한 저녁이었다. 갈색 구레나룻과 상처투성이 사내는 마을 어귀에 있는 군용 막사로 가기로 결심했다. 그들은 그 자리에서 말롱스 여왕의 군대에 합류했다.

인간의 왕국은 그런 식이었다. 머리가 텅 비었거나 무지로 갈피를 잡지 못하는 사람들을 설득하는 것은 쉬웠다. 확고한 태도로 적절한 적을 제시하기만 하면 되었다. 모든 증오는 무찔러야 할 적에게 집중되었다.

지금은 최대한 많은 어린이들을 생포해야 했다.

피부 수색 작전을 위해.

여왕 폐하를 위해.

제1부. 금단의 숲

1
대장정

겨우 여섯 달 만에 세상은 많이 변했다.

맷 카터는 거대 도시 뉴욕에서 14년을 살았다. 강철과 유리로 만든 구조물과 아스팔트 사이에서, 문명의 고치 속에서, 전기와 규칙적인 따뜻한 식사의 안락 속에서, 어른들의 보호 아래에서.

'어른들'.

폭풍설에서 살아남은 어른들은 어떻게 되었을까? 일부는 단순하고 잔인한 글루통이 되었고, 다른 일부는 시니크가 되었다. 어린이 사냥꾼.

맷은 앙브르, 토비아스와 함께 벌써 열흘째 남쪽으로 걷고 있었다. 그는 나이에 비해 키가 컸다. 아주 긴 갈색 머리가 바람이 불 때마다 얼굴을 간질이며 검은색의 단호한 시선을 가렸다. 앙브르의 피부는 하얗고, 토비아스의 피부는 까맸다. 앙브르의 붉은빛 도는 금발, 매혹적이고 발랄한 얼굴, 푸르고 큰 눈. 여전히 키가 매우 작은 토비아스는 희미하게 콧수염이 나기 시작했다.

그들은 굳게 결속했다.

삼총사.

포니처럼 커다란 암캐 플룀은 세 사람의 어깨끈 달린 가방을 짊어졌다. 식량이 부족했다. 식수는 강줄기를 따라 걸으면서 해결할 수 있었지만, 말린 고기와 건조식품은 거의 바닥이 났다.

팬들의 본거지이자 은신처인 카마이클 섬을 떠나고 10일이 지났다. 그동안 삼총사는 무성한 풀밭을 헤치며 길을 뚫고, 숲을 횡단하며 언덕을 오르내렸다.

맷은 예상치 못한 동물들이 나타나리라고 믿었다. 하지만 주위 동물들은 언제나 일정한 거리를 유지했다. 황혼 무렵의 신비스러운 울음소리들, 고사리밭에 숨어 달아나는 형체들. 변모한 풍경에 비해 특이한 동물은 눈에 띄지 않았다.

자연이 이처럼 원기 왕성하게 힘을 발휘한 적은 없었다. 식물은 만물을 뒤덮었고, 인간 사회의 흔적은 완전히 사라지고 있었다. 동물들은 더욱 강해지고 위험해졌으며, 폭풍설 때 출현한 새로운 생물들로 인해 인간은 잡히기 쉬운 먹잇감이 되었다.

삼총사가 작은 언덕의 울퉁불퉁한 비탈에서 야영을 하기로 결정했을 때는 해가 뉘엿뉘엿 지고 있었다. 스카우트 출신인 토비아스는 모닥불을, 앙브르는 식사 준비를, 맷은 잠자리를 맡았다.

앙브르가 침울하게 말했다.

"비스킷이 바닥났어. 나눠 먹어도 하루 이틀분밖에 안 돼."

토비아스는 방금 주워 온 마른 나뭇가지를 내려놓으며 말했다.

"어제도 제안했지만, 하루는 멈춰서 덫으로 사냥을 해야 해."

맷이 반대했다.

"시간이 없어."

앙브르가 물었다.

"왜 이렇게 강행군을 해야 하는데?"

"직감이야. 지체할 수 없어. 누군가 우리를 바싹 추격하고 있어."

앙브르는 토비아스와 불안한 시선을 교환했다. 그녀는 더욱 낮은 목소리로 물었다.

"누구지? 네가 두려워하는 게 로페로덴이니?"

"맞아. 그의 이름이 로페로덴이야. 꿈속에서 그를 알게 됐지."

"네 입으로 꿈이라고 했잖아. 불안의 산물일 거야⋯⋯."

맷은 바로 반박했다.

"그렇지 않아! 그는 존재해. 북쪽 팬 마을을 공격했던 놈이 바로 로페로덴이야. 나를 찾고 있다고. 그는 너나 나처럼 생기지 않았어. 우리 세상과 훨씬 어두운 다른 세상에 걸쳐 있지. 아무튼 그는 이미 지를 투영할 수 있고, 꿈을 통해 대화를 나눌 수 있어. 이유는 모르 지만 그를 느꼈어. 아주 가까이 쫓아왔어."

토비아스가 물었다.

"그럼 식량은 어떻게 해? 뭐든 먹어야 하잖아!"

"찾을 수 있을 거야."

맷은 방금 펼친 침낭 위에 외투를 던지고 은신처에서 멀어졌다.

☣

앙브르와 토비아스는 서로를 바라보았다.

토비아스가 물었다.

"맷은 이 여행을 잘 견디지 못하는 것 같아. 안 그래?"

"잠을 못 자던데. 밤에 신음하는 소리를 들었어."

토비아스는 놀라움을 감추지 못했다. 어떻게 자신의 친구에 대해 이렇게 잘 알 수 있을까? 그들 셋은 함께 자는데 말이다!

'아무튼 이 두 사람은 찰떡궁합이야⋯⋯.'

"앙브르, 우리가 정말 '금단의 숲'을 찾아낼 수 있을까?"

"네가 걱정하는 건 금단의 숲을 찾는 게 아니라 그 숲을 지나는 거야⋯⋯. 지금까지 들은 소문에 의하면 금단의 숲은 끔찍한 생물들이 우글거리는, 결코 빠져나올 수 없는 무시무시한 곳이야."

"금단의 숲을 지나고 나면 남쪽에서는 뭘 할 거지?"

"질문의 해답을 찾아야지. 왜 시니크들은 맷들을 납치할까? 왜 그들은 꼭 맷이 필요할까? 어쨌든 너는 자발적으로 왔잖아?"

"그래, 나도 알아. 단지 지금 우리는 지쳤고 길을 잃었기에 물어봤을 뿐이야. 우리가 용감하게 난관에 맞설 수 있을까?"

"길은 안 잃었어. 남쪽으로 내려가고 있잖아. 따라온 걸 후회해?"

토비아스는 잠시 생각하더니 신발을 내려다보며 대답했다.

"아니, 맷은 내 친구라고! 하지만 이 여행은 잘못된 생각이야. 안전한 카마이클 섬에 남았어야 했어."

☣

한 시간 후, 마른 나뭇가지는 따닥따닥 소리를 내며 타올랐다. 어둠이 천천히 야영지 주위에 내려앉았다. 토비아스는 세상이 바뀐 것을 보고 경탄을 금치 못했다. 밤마다 한 번도 본 적 없는 별들이 나타났다. 선명하게 대조를 이루는 무수한 별들이 반짝반짝 빛났다. 수 세기에 걸쳐 사람들은 불빛 없는 도시, 대기오염 없는 하늘이 어떻게 생겼는지 잊어갔다. 토비아스는 스카우트 대장이 해주었던 말을 떠올렸다. "천체를 관측할 때 25킬로 떨어진 곳에 촛불만 있어도 감각이 왜곡될 수 있어!" 이제 토비아스는 머나먼 조상들이 두려워함과 동시에 숭배했던 별들을 우러를 수 있었다. 느낄 수 없는 수많은 영혼이 출몰하는 암흑세계의 순수한 보석.

'하늘은 지상 생활의 무한한 배경이야.'

대충 허기를 채운 삼총사는 불그스름한 숯불 주위에 침낭을 펼치고 들어가 웅크리고는 잠이 오기를 기다렸다. 플룸은 으르렁거리면서 기지개를 펴더니 풀밭에 앉아 입김을 내뿜었다.

출발한 이후 매일 밤 그랬듯, 그들은 의혹과 불안에 시달려 쉽게 잠을 이룰 수 없었다.

☣

이틀 후, 식량이 완전히 바닥났다.

삼총사는 갈색과 오렌지색이 섞인 장과漿果가 달린 과일나무를 발견했다. 먹음직스러운 장과가 보일 때마다 앙브르는 먹을 수 있는 것인지 아닌지 모른다며 두 친구가 따 먹지 못하게 했다.

앙브르가 거듭 말했다.

"우리는 공동체를 돌아다니며 소식을 전하는 전령이 아니야. 지식 없이 위험을 무릅쓸 수는 없어!"

토비아스는 짜증이 난 얼굴로 비꼬았다.

"아, 그래? 그럼 오늘은 뭘 먹지?"

"조금만 참아. 방법이 생길 거야."

"언제? 내일? 사흘 뒤? 우리가 굶어죽은 뒤에?"

그들은 피곤한 탓에 쉽게 흥분했다. 맷은 두 손을 들어 진정시켰다.

"사냥을 할 거야. 더는 선택의 여지가 없는 것 같아. 토비, 오전 중에 뭔가를 잡을 수 있겠어?"

"해볼게."

두 친구가 약식 야영을 준비하는 동안, 토비아스는 올가미를 놓기 위해 숲 속으로 들어갔다. 그는 올가미의 위치를 표시하고, 작은 사냥감이라도 걸리기를 기대하며 돌아섰다.

토비아스가 돌아왔을 때, 앙브르와 맷은 초능력에 대해 얘기하고 있었다.

초능력. 이 신비한 능력은 팬들의 생활을 많이 바꿔놓았다.

맷이 물었다.

"다른 곳에서도 초능력을 계발했을까?"

"우리 팬 공동체에서 일어난 일은 다른 곳에서도 일어났을 거야. 꽤 많은 팬들이 새로운 능력을 발휘할 수 있다고 확신해."

토비아스가 말했다.

"올가미 다섯 개를 설치했어. 이제 걸리기를 바라면서 기다리기만 하면 돼."

삼총사는 무거운 다리를 풀며 대화를 나누었다. 그들은 마침맞게 휴식을 취했다. 다리에 타박상을 입었고, 넓적다리와 장딴지가 아파 더는 걸을 수 없었다. 맷은 몹시 초조했지만, 두 친구에게는 내색하지 않았다. 목적지를 향해 달려가지 않고 지나가는 순간은 모두 잃어버린 시간이었다. 그는 로페로덴이 두려웠다.

출발하고부터 맷은 로페로덴의 꿈을 꾸지 않은 날이 없었다. 그는 어느 공터 위에 떠 있는 그의 모습을 보았다. 무시무시해 보이는 앙상한 얼굴이 맷을 바라보며 차가운 목소리로 말했다. "맷, 내게 오렴. 나는 여기 있어. 이리 오렴. 내 안으로 와."

맷은 불안했지만, 그래도 휴식이 필요하다고 느꼈다. 기력을 회복하지 않으면 이 속도로 강행군할 수 없었다. 더구나 금단의 숲을 횡단해야 하는 최악의 여정이 남아 있지 않은가.

문득 맷은 플룀이 사라졌다는 사실을 깨닫고 걱정스레 물었다.

"너희들, 플룀 못 봤니? 사라진 지 꽤 됐어!"

토비아스가 대답했다.

"아니. 정말 까맣게 잊고 있었네."

초능력 훈련을 끝낸 앙브르가 머리를 들었다.

"플룀을 알잖아. 신중하게 행동할 거야. 긴장 풀어. 먹이를 찾고 있겠지."

몇 분 후, 플룀의 텁수룩한 머리가 고사리를 헤치고 나타났다. 작은 토끼를 물고 있었다. 플룀은 선물을 맷의 발치에 내려놓았다.

"너는 정말 뛰어난 개야. 너도 그 사실을 알지? 플룀, 고마워!"

플룀은 몸을 흔들더니 어두운 곳으로 쉬러 갔다. 개 역시 세 친구처럼 힘이 다한 듯 보였다.

토비아스는 신선한 고기를 먹을 수 있다는 생각에 두 눈이 번쩍거렸다.

"이제 어떻게 하지? 가죽을 벗기지 않고 구울 수는 없겠지?"

앙브르는 암시로 가득한 어조로 말했다.

"준비를 해야지."

토비아스는 인상을 찌푸리면서 말했다.

"가죽을 벗기고 내장을 들어내고 목을 잘라야 한다는 뜻이지?"

"바로 그거야. (두 소년이 혐오감으로 입술을 내미는 걸 보고 그녀는 한숨을 내쉬었다.) 좋아. 이해해. 내가 맡을게. 토비아스, 너는 불을 피워."

☣

삼총사는 소화를 시키기 위해 낮잠을 잤다. 아무도 길을 나서자고 제안하지 않았다. 맷은 플룀의 부드러운 털에 몸을 바짝 붙인 채 곯아떨어졌다.

오후가 끝날 무렵, 올가미를 확인하러 간 토비아스는 빈손으로 돌아왔다.

야행성 맹금류의 지저귀는 소리와 새로운 동물들의 울음소리가 들렸다. 나뭇잎과 풀잎은 바람에 살랑거리는 소리를 냈다. 그날 저녁 삼총사는 토끼 고기를 다 먹어치우고 잠들었다.

맷은 냉기가 스미는 것을 느끼고 눈을 떴다. 플룀은 어느새 멀리 떨어져 있었고, 그는 자신도 모르는 사이에 앙브르에게 찰싹 달라붙어 있었다. 코는 그녀의 목덜미에, 얼굴의 일부는 앙브르의 붉은

빛 도는 금발 속에 파묻혀 있었다. 12일 동안 행군을 했는데도 그녀의 피부에서는 향긋한 냄새가 났다. 그는 잠이 덜 깨어 흐릿한 정신으로 생각했다.

'앙브르가 있어서 참 다행이야. 덕분에 강이 나올 때마다 몸을 씻었어. 좋은 향기야.'

만일 지금 앙브르가 깨어난다면? 그녀는 어떻게 생각할까?

맷은 살금살금 물러나 그녀의 따뜻한 등에서 벗어났다.

여전히 밤이었다. 몇 시쯤 됐을까? 새벽 2시? 조금 더 지났을까?

나뭇잎은 어젯밤보다 더 요란하게 흔들렸다. 새들은 침묵을 지켰다. 그리고 이상하리만큼 추웠다.

맷은 몸을 일으켰다. 이마에서 습기가 조금 느껴졌다.

'비가 내리기 시작했어! 설상가상이로군!'

주위를 둘러보았지만 비를 피할 만한 곳은 보이지 않았다.

그때 하얀 섬광이 숲을 가로질렀다.

곧바로 긴 천둥이 울렸다.

폭풍우가 다가오고 있었다.

맷은 불안감에 휩싸였다. 가슴이 조마조마했다.

'놈이야!'

그는 앙브르와 토비아스에게 뛰어가 거칠게 깨웠다.

"일어나! 빨리!"

토비아스가 중얼거렸다.

"뭐야? 무슨 일이야?"

"로페로덴이야. 놈이 다가오고 있어!"

앙브르가 말했다.

"맷, 진정해. 폭풍우일 뿐이야."

"아니야. 너는 이해 못해. 그가 바로 폭풍우야. 나는 그를 알아. 그를 느껴. 자, 떠나자."

"이 한밤중에? 거기다 비까지 오는데 어디로 가지?"

"잡히지 않으려면 떠나야 해."

"맷, 헛소리를 하는구나. 우리에게 필요한 건 은신처야."

토비아스는 앙브르에게 동의했다.

"앙브르가 옳아. 몇 년 동안 스카우트 활동에서 배운 바로는, 누구도 폭풍우보다 빨리 달릴 수 없어."

맷은 두 친구가 서둘러 소지품을 챙기고 주위에서 바위를 찾는 모습을 바라보았다. 토비아스는 휘파람으로 그들을 불렀다. 그는 발광 버섯을 높이 들어 올리고 커다란 그루터기 위로 넘어진 대형 나무줄기를 가리켰다. 키가 큰 고사리로 둘러싸인 이상적인 은신처였다. 그들은 그곳에 자리를 잡았다. 맷은 버섯에 손을 댔다. 버섯은 분광分光처럼 보일 정도로 맑은 백광을 발산했다.

"버섯을 주머니에 넣어. 발각될지 몰라."

토비아스는 마지못해 버섯을 숨겼다. 그들은 플룀을 등받이로 삼고 서로 몸을 바싹 붙였다.

비가 주룩주룩 내리기 시작했고, 번개가 나무 꼭대기를 환히 비추었다. 천둥은 삼총사가 앉은 땅이 흔들릴 정도로 요란하게 울렸다.

앙브르가 입을 열었다.

"와! 천둥이 무섭게 치네."

순간적인 강력한 섬광에 나무줄기의 잿빛 껍질이 뱀 가죽처럼 번들거렸다. 갈고리 모양으로 굽은 나뭇가지들은 앙상한 손으로 변했고, 나뭇잎은 날개처럼 바르르 떨렸다. 폭풍우가 몰아치자 주위의 풍경이 달라졌다.

귀를 먹먹하게 하는 굉음과 함께 10미터 전방에 벼락이 떨어졌다. 밤나무 한 그루가 둘로 쪼개졌다. 세 친구는 떨고 있는 플룀에게 더 가까이 날날붙었다. 주위로 홍수水가 몰려왔다. 수십 개의 진흙탕 물줄기가 전속력으로 흘러내렸다.

삼총사는 담요로 몸을 포근히 감쌌다. 아직 발은 물에 젖지 않았다.

앙브르가 맷에게 말했다.

"봐, 폭풍우일 뿐이잖아."

토비아스가 끼어들었다.

"아무튼 엄청난 폭풍우야!"

여전히 안심하지 못한 맷이 주의를 주었다.

"소리를 낮춰!"

토비아스는 친구에게 조금도 위험하지 않다는 걸 입증하기 위해 목소리를 높여 반박했다.

"소란을 피우면 어쩔 건데?"

바로 그때, 두 개의 강한 섬광이 그들 위로 솟구쳤다. 까무러칠 듯 놀란 토비아스는 놀라움과 공포로 입을 벌린 채 멍하니 있었다.

맷이 검 손잡이를 잡으며 속삭였다.

"에샤시에야!"

두 줄기의 하얀 광선이 세 젊은이를 숨겨주고 있는 나무줄기를 비추고 땅을 수색했다.

맷은 일말의 희망을 품고 속삭였다.

"우리를 찾아내지 못했어!"

앙브르가 바들바들 떨면서 물었다.

"저게 뭐지?"

"로페로덴의 밀착 경호원이야. 에샤시에는 두 눈에서 섬광을 발산해. 놈에게 발각되면 안 돼. 순식간에 우리를 포위할 거야. 에샤시에는 마주칠 때마다 혼자가 아니었어. 여기 가만히 있어. 절대로 움직이지 마!"

3미터 높이의 실루엣이 출구 앞에 나타났다. 실루엣은 두건 달린 검은색 긴 망토로 온몸을 감싸고 있었다. 에샤시에는 젊은이들 코 앞에 발 하나를 놓았다. 유백색의 두꺼운 피부로 뒤덮인 다리 끝에

24

새의 발가락을 닮은 세 개의 발가락이 달려 있었다.

맷은 앙브르가 울부짖을까 두려워 손으로 그녀의 입을 막았다.

에샤시에는 낮에 토비아스가 불을 피웠던 곳을 살폈다.

에샤시에가 고래 울음소리를 닮은 신음 소리를 내자 멀리서 폭풍우의 소음을 뚫고 대답이 들려왔다. 두 번째 에샤시에가 마지막 계주 선수보다 더 빨리 달려왔다. 외투에서 무척 긴 손가락이 달린 손이 쑥 나오더니 꺼진 장작개비를 만지작거렸고, 신축伸縮식 구조로 움직이는 유백색 팔이 끊임없이 펼쳐졌다.

에샤시에는 폭풍우 속에서 거의 알아들을 수 없는, 목구멍에서 나오는 목소리로 말했다.

"스스스슈, 스스스슈……. 그가 여기 있었어!"

세 개의 섬광이 동시에 꺼진 모닥불을 비추자 불꽃이 사방으로 날렸다. 갑자기 빗줄기가 가늘어지면서 바람이 잦아들다가 비가 뚝 그쳤다. 숲 위쪽에서 급히 내려온 안개 양탄자가 풀 위쪽 1미터 높이에서 멈추더니 나무 사이에서 길고 검은 형체가 나타났다.

삼총사는 그 형체를 뚜렷이 볼 수 없었다. 하지만 맷은 그가 로페로덴이라고 확신했다.

안개가 에샤시에들을 감싸고, 검은 형체는 은신처 바로 옆에서 떠다녔다.

"주인님! 스스스슈, 그가…… 여기…… 있었어요! 스스스슈……."

로페로덴은 목구멍에서 나오는 목소리로 야단쳤다.

"나는 그 소년을 원해! 찾아내! 나는 그 소년을 원해!"

목소리는 쩌렁쩌렁 울렸고, 안개조차 소스라치게 놀란 듯했다.

두 마리의 에샤시에는 눈부신 광선으로 주위를 샅샅이 수색했다.

맷은 생각했다.

'놈들은 남쪽으로 간 거야.'

다른 세 마리의 에샤시에들이 나타났고, 잠시 후 두 마리가 더 보였다.

　안개는 그들을 따라 움직이기 시작했다. 검은 형체는 어둠 속으로 사라졌다.

　갑자기 소용돌이 바람과 함께 폭우가 쏟아졌다.

　맷은 안도의 한숨을 내쉬었다.

　"멀리 가지 않았어."

2
식량 보급

30분 더 계속된 폭풍우는 흠뻑 젖은 향긋한 자연을 남겨놓고 남쪽으로 멀어졌다. 새벽이 '빛의 리본'으로 어둠을 내쫓았고, 바람은 멎었다.

앙브르가 맷에게 말했다.

"사과할게. 믿지 못해서 미안해."

"이제 로페로덴이 우리를 뒤쫓고 있다는 사실을 알았지? 가자. 놈들이 돌아오기 전에 출발해야 해."

삼총사는 플룸의 등에 짐을 실은 후 언덕을 넘어 숲에서 빠져나왔다. 지평선에서 해가 뜨고 있었다. 10킬로쯤 떨어진 남쪽에서 초원에 줄무늬를 넣는 섬광과 먹구름이 보였다. 갈지자로 이동하는 폭풍우는, 먹이의 발자취에 코를 대고 킁킁거리는 포식자처럼 길을 찾고 있었다.

맷이 제안했다.

"오른쪽으로 돌아가자. 시간을 버리는 건 어쩔 수 없어. 적어도 안전한 거리를 유지하면서 눈에 띄지 않게 움직일 수 있을 거야."

토비아스가 물었다.

"왜 곧장 가지 않아? 폭풍우 때문에?"

"놈들은 조만간 돌아올 거야. 몇 시간 동안 우리가 지나간 흔적을 찾다가 성공하지 못하면, 우리가 뒤에 있다는 사실을 깨닫게 되겠지. 저 폭풍우가 어떻게 이동하는지 잘 봐. 마치 사냥개 무리 같지 않아? 놈들은 결국 우리를 앞질렀다는 사실을 알게 될 거야."

두 친구는 맷에게 트집을 잡지 않았다. 남서쪽에서 숲으로 들어가는 것 이외에는 다른 선택의 여지가 없었기 때문에, 그들은 숲 가장자리를 따라 걸었다.

토비아스가 물었다.

"금단의 숲은 아직 멀었을까?"

앙브르가 대답했다.

"소문에는 금단의 숲이 나타나면 바로 알아볼 수 있대. 조금만 더 참아."

"출발한 지 곧 2주가 돼! 더는 못 견디겠어. 발이 갈기갈기 찢어질 것 같아!"

맷이 격려했다.

"토비, 힘내. 카마이클 섬에 도착하기 전까지 우리가 어떻게 여행했는지 떠올려 봐."

"너, 그 말 한번 잘했다! 그때 너는 혼수상태였어. 플륌이 너를 등에 태우고 달렸지! 나는 다시 제대로 걷는 데 한 달이 걸렸다고!"

토비아스는 너무 피곤한 나머지 약간 짜증스럽게 대꾸하고 말았다. 맷은 매서운 눈초리로 토비아스를 쏘아보았다. 이 또래의 소년이 그런 눈길로 친구를 노려보는 것은 극히 드문 일이었다. 마치 '어떤 일에 끼어들었는지 잘 알잖아' 하고 말하는 것 같았다.

길이 없었기 때문에 삼총사는 초목의 상태를 보고 나아갈 수밖에 없었다. 그들은 속도를 잃지 않기 위해 초목이 가장 듬성듬성한 지역으로 들어갔다. 곧게 전진하는 것은 불가능할 뿐만 아니라 쓸데없이 힘만 낭비하는 것처럼 보였다.

맷은 나침반을 이용해 친구들을 인도했다. 출발 전, 전령 벤은 그에게 광활한 대자연에서 위치를 파악하는 법을 알려주었고, 여세를 몰아 생존법까지 잔뜩 가르쳐주었다. 이 나라, 이 지구는 그만큼 무서운 세상이 된 것이다.

맷은 지구에 대해 정확히 무엇을 알고 있을까? 유럽과 아시아는 무사할까? 대서양 건너편에서 일어난 일에 대해 아는 사람은 아무도 없었다.

맷은 허리띠에 매달린 작은 주머니에 나침반을 넣었다.

배가 몹시 고팠고, 수통도 비었다.

이런 상태로는 오래 걸을 수 없을 것이다.

도시를 발견해야 했다. 하루속히.

그들은 묵묵히 두 시간을 걸은 후, 숲에서 벗어나 광활한 벌판이 굽어보이는 언덕에 올랐다.

세 여행자는 동시에 걸음을 멈췄다. 플룁도 덩달아 멈춰 섰다.

멀리, '검은 벽'이 지평선의 절반을 자르며 남쪽 전체를 차단하고 있었다.

금단의 숲.

숲 앞쪽에 거대한 나무들이 계단처럼 층층이 서 있었다. 나무 꼭대기는 식물 벽의 상단까지 점진적으로 솟아 있고, 그 위로는 나무가 없었다. 거대한 숲의 높이는 천 미터가 넘었다. 금단의 숲은 바위가 나무줄기로, 눈雪이 잎으로 대체된 산맥이었다.

이 압도적인 풍경을 보며 맷은 여행 경로가 틀리지 않았다는 사실을 확인했다.

토비아스는 경탄과 동시에 두려움을 느끼고 입을 열었다.

"금단의 숲에 거의 다 왔어……."

앙브르가 정정했다.

"금단의 숲이 너무 높아서 가까이 있는 것처럼 보이는 거야. 적어도 이틀은 걸어야 할걸."

로페로덴의 폭풍우는 더 이상 보이지 않았다. 이미 멀리 간 걸까? 아니면 언덕 뒤에 숨어 골짜기 골짜기를 탐색 중일까?

토비아스가 외쳤다.

"저 아래 벌판을 봐!"

아직 손상되지 않은 전기 철탑이 동쪽에서 서쪽으로 뻗어 있었다. 철탑의 전선 아래로 지나갈 수 있을 듯했다. 칡이 철탑을 완전히 뒤덮었고, 무수히 많은 작고 길쭉한 형체들이 전선에 매달린 채 바람에 흔들리고 있었다.

폭풍설 이후 맷을 깜짝 놀라게 한 변화 중 하나는 자동차나 공장 같은 환경오염의 근원이 모조리 사라졌다는 점이었다. 그는 단 한 번도 공장이나 자동차를 보지 못했다. 정말로 사라진 것은 아니고 모두 녹아버렸다. 전기 철탑도 마찬가지였다. 그래도 소수의 철탑이 살아남아 무용지물이 된 전선을 떠받치고 있었다. 분노로 이성을 잃은 지구가 몇 곳의 청소를 잊어버린 것 같았다.

맷은 이 철탑을 따라가면 대도시가 나올 것이라고 추측했다. 괴이하고 무서운 동물들이 주위를 어슬렁거리고 있었다. 그들은 엿새 전 몇몇 동물들과 마주쳤다. 특히 민달팽이처럼 작거나 오이처럼 호리호리한 것을 비롯해 온갖 크기의 무수한 벌레들이 전깃줄에 매달려 있는 것을 보고 매우 놀랐다. 앙브르는 이 벌레에 대한 얘기를 들은 적이 있었다. 전령들은 '결속력이 강한 벌레'라고 불렀다. 한 마리만 먹이에 달라붙어도, 순식간에 수백 마리가 달려들어 먹이를 완전히 뒤덮었다.

토비아스가 외쳤다.

"저 아래로는 절대 지나가지 않을 거야!"

맷이 속마음을 털어놓았다.

"나도."

앙브르가 상기시켰다.

"금단의 숲이 건너편에 있다면 어떻게 횡단할 거지?"

맷이 단호하게 대꾸했다.

"철탑을 가로지르진 않을 거야. 도시가 나올 때까지 철탑을 따라
가자. 식량 없이는 더 이상 갈 수 없어. 먼저 식량을 확보해야 해."

토비아스는 힘차게 고개를 끄덕였다. 앙브르는 맷을 뚫어지게 바
라보았다. 그들은 도시가 야생동물의 소굴이 되었다는 사실을 알고
있었다. 하지만 또한 도시는 그들에게 필요한 양식을 간수하고 있기
도 했다.

토비아스가 물었다.

"오른쪽 철탑을 따라갈까? 아니면 왼쪽?"

"동쪽으로 가자. 뭔가가 보여. 도시의 잔해일 거야."

맷은 검 멜빵을 어깨에 걸치고, 먼저 언덕으로 향했다.

그들은 전깃줄과 상당한 거리를 유지한 채 벌레의 동정을 살피며
걸었다. 벌레가 조금이라도 움직이면 곧바로 줄행랑칠 준비가 되어
있었다.

벌판은 요란하게 흔들렸고, 돌풍은 윙윙거리며 무성한 풀밭에 고
랑을 내다가 잠잠해졌다. 플룜의 등에 활을 실었던 토비아스는 개
에게 다가가 다시 활을 꺼내고, 시위에 화살을 메겼다.

토비아스가 조용히 부탁했다.

"앙브르, 나 좀 도와줄래?"

앙브르는 무념무상에서 벗어나 친구의 얼굴을 자세히 살피고 주
위를 둘러보았다.

마침 숲에서 뛰쳐나온 노루 한 마리가 50미터 전방의 두 덤불 사
이에서 깡충깡충 뛰고 있었다.

앙브르가 말했다.

"조금만 기다려. 너무 멀어서 화살 방향을 바꿀 수 없어."

"응. 맷, 너는 플뢈과 함께 여기 남아. 우리는 살금살금 접근할게."

맷은 고개를 끄덕이고 손으로 플뢈을 정지시켰다.

일곱 달 전 뉴욕에서였다면 노루를 죽이는 일을 몹시 혐오했을 것이다. 하지만 지금은 사활이 걸린 문제였다. 생존을 위해 불가피한 일이었다. 이제 도살장에 보낼 목적으로 대량으로 사육되는 가축은 없었다. 맷은 잘된 일이라고 생각했다. 그들은 필요할 때만 사냥했다.

토비아스와 앙브르가 30미터쯤 노루에게 접근했을 때 바람의 방향이 바뀌었다. 노루는 머리를 들고 두 사냥꾼을 보았다. 노루가 앞쪽으로 뛰어오르는 순간, 토비아스는 화살을 쐈다.

앙브르는 손가락 끝을 관자놀이에 대고 정신을 집중했다.

조준은 별로 정확하지 않았고, 힘도 부족했다. 갑자기 화살이 돌풍에 실린 듯 방향을 바꾸더니, 움직이는 표적의 허리를 향해 날아갔다. 노루는 레이저 유도 미사일의 위협을 받는 것처럼 보였다. 화살이 곧 노루의 살에 박힐 참이었다.

그런데 화살이 돌연 속도를 잃으며 무성한 풀밭으로 떨어졌다.

앙브르가 한숨을 내쉬었다.

"제길! 너무 멀어서 유도가 안돼."

노루는 이미 멀리 달아난 뒤였다.

맷이 다가와 다정하게 어깨를 다독여주었다.

"괜찮아. 조금 더 노력하면 완벽해질 거야. 초능력은 끊임없는 단련을 요구하잖아."

토비아스가 외쳤다.

"그쪽으로 가면 안 돼!"

노루는 철탑 쪽으로 다가가고 있었다. 노루가 철탑 밑을 지나는 순간 벌레 한 마리가 전선에서 떨어지는가 싶더니, 순식간에 수십 마리가 달려들었다. 검은 형체들은 눈 깜짝할 사이에 가엾은 노루를 뒤덮고 떨어지지 않기 위해 갈고리 모양으로 굽은 입으로 살을 물었다. 해면질의 벌레에 파묻힌 노루는 몇 분 만에 완전히 사라졌다.

앙브르는 다시 걸으며 말했다.

"저런 광경은 지긋지긋하게 봤어."

그들은 피로와 허기에 지쳐 어쩔 줄 모르는 보행자의 몽롱한 속도로 묵묵히 걸었다.

잿빛 구름은 마침내 햇살에 살짝 갈라지더니 시간이 흐를수록 조금씩 해체되었다.

나무가 점점 더 무성해지면서 덤불과 작은 숲을 이루었다. 숲은 멀리 전방에 우뚝 솟아 있었다. 맷에게 한 가닥 희망의 끈이 보였다. 나뭇가지와 칡으로 뒤덮인 세 개의 둥근 형태가 나타난 것이다. 틀림없이 건물이었다. 그들은 모처럼 식사다운 식사를 할 수 있으리라 확신하고 말없이 길을 재촉했다.

매끈매끈한 나무줄기, 듬성듬성한 나뭇잎. 송악으로 뒤덮인 벽과 이끼에 덮인 지붕. 집이었다! 조금 떨어진 곳에 다른 집도 있었다.

토비아스가 환호성을 질렀다.

"도시야! 먹을 수 있겠다!"

앙브르는 첫 집으로 달려가는 두 친구를 붙잡아 식량을 구할 수 있는 식료품점을 찾아보자고 제안했다.

그들은 중심가였던 곳으로 거슬러 올라갔다. 풀밭은 숲에서 중심가까지 일직선으로 뻗어 있었다. 중심가의 풀은 더욱 무성했다.

맷은 햇볕이 잘 들고 온통 고사리에 덮인 드넓은 빈터를 발견했다. 그 한복판에서 송악과 나뭇가지로 덮인 건물이 어렴풋이 보였다.

"슈퍼마켓일 거야. 가자."

그들은 고사리를 헤치며 나아갔다. 그리고 5분 후, 송악의 푸른 잎이 치렁치렁 매달린 출입구를 발견했다.

앙브르가 환성을 올렸다.

"상가야! 잘됐어!"

내부는 매우 어두웠고, 천장 유리 돔에 이끼가 너무 많이 껴 햇빛이 스며들지 못했다. 토비아스는 발광 버섯을 꺼내 앞을 비췄다. 은빛 도는 백광이 그들을 감쌌다.

삼총사는 바닥 일부가 풀잎과 가시로 뒤덮인 넓은 홀에 서 있었다. 두 개의 에스컬레이터가 위층으로 뻗어 있었다. 에스컬레이터를 올라가는 것은 어렵지 않았다. 그들은 가게 진열창 사이를 돌아다녔다. 주로 옷 가게였다. 많은 문들이 열려 있었다. 맷은 쓰러진 진열대들을 보았지만 다가가지는 않았다. 그들이 걷는 복도는 아래층이 내려다보이는 반이층半二層과 연결되어 있었다.

앙브르는 두 친구에게서 떨어져, 먼지가 잔뜩 쌓인 진열창 앞에 멈췄다. 특별 할인 판매 코너 선반에 수십 개의 디스크가 있었다. 두 소년이 서둘러 달려왔다.

앙브르가 속마음을 털어놓았다.

"음악이 그리워. CD가 정말 듣고 싶어."

토비아스는 어둠을 탐색하면서 말했다.

"나는 인터넷을 하고 싶어."

맷이 불렀다.

"토비아스, 이쪽을 비춰봐."

토비아스는 스포츠 코너 입구 쪽에 서 있는 갈색 머리의 키가 큰 소년 마네킹을 비추었다. 맷은 자동 러닝 머신과 헬스 기구 사이를 지나 성인용 외발 롤러스케이트 앞에서 멈추고는, 하나를 집어 통로의 양탄자 위에서 넓게 원을 그리며 타보았다.

"하나씩 챙기자. 좀 더 빨리 갈 수 있을 거야!"

앙브르와 토비아스는 즐거운 표정으로 서로를 바라본 후 웃으면서 하나씩 집어 들었다.

그들은 잠시 주위를 돌면서 배고픔과 근육통을 잊었다.

그때, 가게 문턱에 앉아 있던 플룸이 낮게 으르렁대는 소리로 그들에게 경고를 보냈다.

맷과 앙브르는 동시에 브레이크를 잡으며 나란히 멈췄고, 토비아스는 농구화 코너에 부딪쳤다.

앙브르와 맷이 토비아스에게 주의를 주었다.

"쉿!"

"일부러 그런 게…….."

앙브르가 말을 끊었다.

"조용!"

귀를 기울여봐도 아무 소리도 들리지 않았다. 플룸은 여전히 상가 중앙 복도를 노려보긴 했지만, 더 으르렁거리지는 않았다. 맷은 플룸에게 다가가 부드럽게 쓰다듬어주었다.

"괜찮니?"

플룸은 인간의 시력으로는 볼 수 없는 먼 곳의 한 지점을 노려보고 있었다. 개는 혀로 코를 적시고 젊은 주인을 바라보았다.

앙브르가 다가와 물었다.

"어떻게 됐어?"

"모르겠어. 무서워하는 것 같진 않아. 여우나 그런 짐승을 봤나 봐."

토비아스가 제안했다.

"상점 목록과 안내도가 있을 거야. 찾아보자!"

맷은 토비아스에게 주의 깊게 행동하라고 당부하고 싶었지만 그럴 틈이 없었다. 그는 어둠 속에 남아 있지 않기 위해 외발 스케이트를 타야만 했다. 토비아스가 앞장섰다. 버섯은 3층의 복잡한 복도 중간에서 편안한 빛을 발산했다. 컬러판 대형 안내도를 발견한 토비아스는 그 앞에 멈췄다.

플룸은 종종걸음으로 뒤따라왔다. 개는 마치 보초를 서듯 안내도 쪽으로 등을 돌리고 엉덩이를 내렸다.

토비아스가 설명했다.

"우리가 있는 곳은 여기야. 식료품 코너는 전부 지하에 있네. 젠장! 패스트푸드야. 냉동식품은 이미 오래전에 썩었겠지. 저기 식당이 있어. 식품 창고를 뒤지면 통조림을 찾아낼 수 있을 거야."

맷이 끼어들었다.

"저긴 조금 전 플룜이 으르렁대면서 노려본 곳이야."

앙브르가 말했다.

"저길 봐! 슈퍼마켓이야! 반대편 말이야!"

맷이 외쳤다.

"잘됐다! 빨리 가자."

세 대의 외발 스케이트는 전속력으로 북쪽으로 간 다음, 1층으로 내려가 곧장 대형 슈퍼마켓으로 들어갔다. 평면 텔레비전들이 입구 전체를 차지하고 있었다. 그들은 식료품 코너까지 달려가 비스킷과 초콜릿을 최대한 챙긴 후, 통조림 코너로 이동해 배낭과 플룜의 가방을 채우기 시작했다.

앙브르가 말했다.

"아무거나 넣으면 안 돼. 유통기한이 남아 있고 간편하게 요리할 수 있는 통조림만 챙겨."

토비아스가 반박했다.

"더그가 통조림은 영구적으로 보관할 수 있다고 했어."

"그럴 리 없어. 아무튼 선택의 여지가 없어. 완두콩과 강낭콩 통조림은 다 챙기고, 야자나무 순이 들어 있는 병은 넣지 마. 색깔이 지저분해. 국수 선반도 털어. 국수는 가볍고 요리하기도 편하니까."

맷이 말했다.

"너희는 어떤지 몰라도 나는 이것들을 보고 있자니 더는 못 참겠어! 토비아스, 가스버너를 꺼내지 않을래?"

그들은 슈퍼마켓 한복판에 자리를 잡고, 토마토소스에 하얀 강낭콩이 들어 있는 두 개의 통조림을 데웠다. 그리고 비스킷 조각과 함께 게걸스럽게 먹었다. 배불리 먹은 그들은 케이크 포장지와 빈 소다수 병 사이에 외투를 펴고 누워 뒹굴었다. 플룹은 짐을 벗자마자 사라졌다. 먹이를 사냥하러 갔을 것이다.

그들은 한 시간 이상 잡담을 나누며 쉰 다음, 다시 식량을 챙기기 시작했다. 맷은 뉴욕의 스포츠용품 가게에서 챙겼던 것과 비슷한 야광봉을 발견하고 하나를 켜보았다. 위치가 눈에 띌 정도로 매우 강렬한 노란빛을 발산했다. 앙브르도 야광봉 하나를 켰다. 각자 원하는 진열대 사이를 돌아다닐 수 있었다.

맷은 DVD 코너와 비디오게임 코너를 둘러보았다. 멀게만 느껴지는 지난날의 생활이 떠오르는 물건들이 비통한 향수를 불러왔다.

'불확실성으로 가득한 생활이었어!'

맷은 서가를 발견하고 공상과학소설 코너 앞에 멈췄다. 노란 불빛에 선명한 표지가 흐릿해지자, 표지 그림이 공포감을 자아냈다. 야영할 때 가끔 읽기 위해 한 권을 선택하려던 그는 생각을 바꿨다. 더는 이런 유의 소설에 매혹되지 않았다. 매일매일이 모험이지 않은가. 곰곰이 생각해보니 공상과학소설은 조금도 흥미진진하지 않았다.

맷은 야광봉을 끈으로 묶어 목에 걸었다. 그리고 만화책을 한 권 집어 책장을 넘겼다.

갑자기 손 하나가 그의 어깨로 내려오더니 야광봉을 잡았다. 맷은 소스라치게 놀랐다.

앙브르의 머리카락이 그의 두 뺨을 간질였다. 안도한 것도 잠시, 잠잠해졌던 심장이 두방망이질 치기 시작했다. 앙브르는 뒤에서 뭘 하는 걸까? 안으려는 걸까?

맷은 어떻게 반응해야 힐지 고민했다. 앙브르는 안고 싶은 걸까? 그녀는 상냥하고 예쁘고 매우 똑똑했다. 하지만 그는 정말로…….

앙브르는 뒤에서 그를 껴안아 웅크리게 했다.

맷은 돌아서면서 걱정스레 물었다.

"무슨 일이야?"

앙브르는 입술에 손을 얹어 입을 다물게 하고, 끈을 가리키며 야광봉을 나일론 바지 속에 넣으라고 손짓했다. 맷은 바지 너머의 희미한 불빛을 통해 겁에 질린 앙브르의 얼굴을 보았다.

앙브르는 안았던 팔을 풀고 최대한 목소리를 낮춰 속삭였다.

"뭔가가 슈퍼마켓 안으로 들어왔어."

"뭔데?"

"몰라. 덩치가 크고, 우리의 냄새를 맡고 있어."

앙브르는 맷의 턱을 잡아 문화센터 입구 쪽으로 돌렸다.

맷은 어둠 탓에 아무것도 볼 수 없었다. 천장의 대형 채광창에서 유령 같은 후광이 내려오고 있었다.

10미터쯤 떨어진 곳에서 간신히 한 형체를 알아보았다. 육중한 형체는 천천히 움직이고 있었다. 흐릿하게 보이는 부분이 바닥으로 숙인 머리통인 듯했다. 놈은 요란하게 코를 킁킁거렸다. 그리고 동시에 어떤 물질이 퍼지고 있었다……. 엄청난 양의 침!

플륌은 아니었다. 훨씬 더 뚱뚱하고, 말처럼 컸다. 거대한 몸집으로도 소리를 내지 않고 움직였다.

맷이 속삭였다.

"놈이 너를 보진 못했니?"

"응. 그런데 토비아스가 안 보여. 놈이 먼저 토비아스를 덮쳤다면 무슨 일이 일어났을지 두려워."

"이쪽으로 와."

맷은 앙브르의 손을 잡고 통로 끝 쪽으로 데려갔다. 그는 가스버너 주위에 검과 소지품을 놓은 자신을 책망했다. 그들에게는 어떤 무기도 없었다.

두 사람은 상품 진열대를 따라 나란히 난 통로로 괴물을 따라갔다. 놈은 그들의 소지품이 있는 곳까지 달려가 한참 동안 킁킁거렸다.

갑자기 은빛 도는 희미한 불빛이 나타났다.

맷이 나직이 말했다.

"토비아스······."

맷은 물병과 소다수 병을 밟고 올라가 괴물에게 접근했다. 그리고 무릎을 꿇고 상체를 숙여 친구를 살폈다.

토비아스는 손수레를 밀면서 천천히 걷고 있었다. 한 손에는 버섯을 들고 설명서를 꼼꼼히 읽으면서, 놈을 보지 못했는지 태평스럽게 다가가고 있었다. 그에 반해 놈은 게걸스레 토비아스를 노려보고 있었다. 버섯 등은 점점 더 자세히 놈을 비추었다.

털은 하나도 없지만 유백색 피부 탓에 백곰처럼 보이는 괴물이었다. 귀는 없고, 검은 구멍뿐이었다. 축 늘어진 입술은 타액으로 가득한 송곳니를 드러냈다. 다리 끝에는 무시무시한 노란색 발톱이 달려 있었다.

앙브르가 다급하게 말했다.

"바로 공격하지 않으면 토비아스가 죽을 거야."

"검을 꺼낼 수 없어. 검이 괴물 밑에 있다고! 네가 여기까지 끌어올 수 있겠어?"

"해볼게."

"서둘러야 해. 검이 움직이면 저놈이 알아차릴 거야."

맷은 공격 기회는 단 한 번뿐이라는 사실을 알고 있었다. 괴물이 반격한다면 그는 순식간에 갈기갈기 찢길 것이다. 정확히 겨누고 힘껏 내려쳐야 했다.

심장이 요란하게 뛰기 시작했다. 금세 숨이 차올랐다. 전혀 공격할 만한 상태가 아니있다.

앙브르는 정신을 집중했다.

갑자기 검이 움직였다. 먼저 몇 센티 그리고 1미터 정도. 검은 바닥에서 미끄러지듯 이동했다.

앙브르는 인상을 찌푸리면서 한탄했다.

"검이 너무 무거워."

괴물 곰은 다리 사이에서 움직임을 감지하고는 펄쩍 뛰어 물건을 탐색했다. 그리고 붉은 눈동자로 어두운 주위를 바라보았다. 마침내 놈은 앙브르와 맷을 발견했다.

놈의 목구멍에서 나오는 포효에 공기가 떨렸다.

맷의 온몸에 소름이 돋았다. 괴물 곰이 웃고 있는 것처럼 보였다. 잔인한 웃음.

3
잔인한 무리

곰의 다리가 흔들리면서, 하얀 가죽 밑의 근육이 일렁였다. 금방이라도 뛰어오를 태세였다.

맷은 속으로 외쳤다.

'제길! 어떻게 하지?'

그는 희미한 빛 속에서 무기가 될 만한 것을 찾아보았지만 하나도 보이지 않았다.

토비아스는 괴물을 보고 놀라 겁에 질린 채 걸음을 멈췄다.

그때 공격의 함성이 울렸다.

분노의 외침이 10여 차례 이어졌다.

검은 화살들이 휙휙 소리를 내며 털 없는 곰의 허리에 박혔다. 곰은 백상아리처럼 아가리를 활짝 벌리고 울부짖었다. 두 줄의 날카로운 이빨이 드러났다.

곰은 앙브르와 맷을 잊고, 함성이 들리는 쪽으로 돌아섰다. 곰의 무거운 걸음에 선반이 흔들리기 시작했고, 울음소리는 상가 전체를 울렸다.

갑자기 붉은 불길이 나타났고, 연기를 내뿜는 횃불 하나가 공기를 가르며 괴물의 다리 사이에 떨어졌다.

누군가가 외쳤다.

"머리를 쏴!"

다시 화살들이 휙휙 소리를 냈고, 방향을 바꾸어 돌진하던 곰이 이동식 진열대 모서리에 부딪쳤다. 귀를 먹먹하게 하는 충돌 소리가 났다. 참치 통조림들이 날아오르며 사방에서 굴렀다. 곰은 단말마의 숨을 몰아쉬었다.

맷은 깜짝 놀랐다. 너무 순식간에 일어난 일이라 어찌된 영문인지 알 수 없었다. 그는 곰의 몸에 박힌 열두어 대의 화살을 보았다.

그때, 두 개의 석유 초롱이 반짝이더니 열 개의 실루엣이 나타났다.

한 어린이의 의기양양한 목소리가 들렸다.

"놈을 잡았어!"

다른 목소리가 물었다.

"다친 사람 없니?"

맷은 상대방이 자신들에게 묻고 있다는 사실을 깨달았다.

앙브르가 먼저 모습을 드러냈고, 맷이 뒤따랐다. 토비아스는 여전히 충격에 휩싸인 채 물러나 있었다.

열 명의 팬들은 미식축구의 어깨 덮개, 골키퍼의 가죽 각반 그리고 하키용 헬멧으로 만든 갑옷을 입고 있었다. 각각 강철 활과 야구 방망이를 들었고, 아주 어린 소년은 골프채로 무장했다.

키가 제일 큰 소년이 물었다.

"무사해?"

앙브르가 고개를 끄덕였다.

토비아스가 뒤에서 중얼거렸다.

"그런 것 같아."

그는 헬멧을 벗어 열다섯이나 열여섯 살쯤으로 보이는 검은 얼굴을 보여주었다. 푸른색 날염 무명 스카프로 이마를 묶고 있었다. 그는 맷에게 다가오며 말했다.

"나는 '잔인한 무리'의 테렐이야. 너희는?"

"내 이름은 앙브르야. 이쪽은 맷이고, 저 친구는 토비아스. 토비,
괜찮니?"

토비아스는 힘없이 고개를 끄덕이고 다가왔다.

테렐은 앙브르를 무시하고 맷과 대화를 나누었다.

"우리는 이틀 전부터 '그랜드 화이트Grand White'를 추적했어. 너희
가 이곳으로 들어가는 걸 보다가 놈을 놓쳤지. 너희를 맞이할 여유
가 없었어. 그랜드 화이트들은 아주 교활하거든!"

앙브르가 어리둥절한 표정으로 물었다.

"한 마리가 아니야?"

테렐은 앙브르의 질문을 무시하고 말을 이었다.

"미안하지만 너희를 미끼로 썼어. 선택의 여지가 없었어. 이 지역
곰들은 폭풍설 때 죄다 저렇게 흉측하게 변했거든. 너희는 어디서
왔지?"

맷이 대답했다.

"북쪽에서 왔어, 카마이클 섬에서. 전령이 이곳에도 들렀겠지?"

"넉 달 전 한 명이 찾아왔을 뿐이야. 그 전령이 우리를 팬 공동체
명단에 올렸는지, 멀지 않은 곳에 다른 공동체가 있는지 어떤지조
차 몰라. 아무런 소식도 듣지 못했어!"

열 살도 채 되지 않은 소년이 곰의 사체에 다가가더니 골프채로
상처 부위를 두드렸다. 소년은 즐거움과 감탄을 나타내며 말했다.

"우리가 놈을 따끔하게 혼내줬어!"

횃불 연기가 역한 냄새를 내뿜기 시작했다. 테렐은 그랜드 화이
트를 가리켰다.

"화살을 회수해. 나중에 고기를 찾으러 올 거야. 이제 돌아가야 해.
곧 어두워질 테니. (그는 세 사람을 향해 돌아서서 덧붙였다.) 우리와

함께 가는 게 좋을 거야. 여긴 밤이 되면 위험해."

삼총사는 소지품을 챙겼고, 테렐은 무리를 지하실로 인도했다. 그는 걸으면서 맷의 소매를 끌어 따로 데려갔다.

"저 계집이 위험하지 않다고 장담할 수 있어?"

"계집이라니? 앙브르 말이야? 그녀는 내 친구야! 물론 보장할 수 있지!"

"좋아. 그럼 책임지고 잘 감시해."

아연실색한 맷은 테렐이 다시 선두로 가는 것을 바라보았다.

그들은 영화관 차양 밑을 지나 펠트를 씌운 홀로 들어갔다.

맷은 토비아스에게 고개를 숙이고 말했다.

"이상한 애들이야! 테렐이 방금 뭐라고 했는지 알아?"

"너도 그 괴물 곰 봤지? 아직도 심장이 떨려……."

앙브르가 다가와 물었다.

"쟤들은 왜 나를 무시하는 거야? 너희도 봤지? 마치 내가 없는 것처럼 행동해."

맷은 앙브르에게 사실대로 말하고 싶지 않아 화제를 바꿨다.

"나는 플룜이 걱정이야. 저렇게 내버려두고 싶지 않은데."

"걱정 마. 우리에게 오고 싶으면 냄새를 맡고 찾아올 거야."

테렐은 두 개의 문짝이 달린 투박한 문을 세 번 두드렸다. 영사실과 연결된 복도가 나왔다.

천장에 매달린 석유 초롱들이 긴 복도를 희미하게 비추고 있었다. 복도에는 통조림, 광천수 병, 담요, 자질구레한 목공용품, 장난감, 대검帶劍 등이 쌓여 있었다.

테렐 일행이 도착하자 1관 쪽으로 가던 몇몇 어린이들이 그에게 달려와 질문 세례를 퍼붓다가, 세 명의 낯선 얼굴을 발견하고는 입을 다물었다.

테렐이 설명했다.

"손님이야."

한 어린 소녀가 물었다.

"전령인가요? 부모님 소식을 전해줄 수 있어요?"

앙브르는 입술을 깨물며 천천히 고개를 저었다.

"우리는 전령이 아니야. 미안해. 우리는 북쪽에서 왔어. 걸어서 2주쯤 걸리는 섬에서."

누군가가 외쳤다.

"2주라고!"

다른 어린이가 대꾸했다.

"멀지 않네."

세 번째 어린이가 반박했다.

"농담해? 아주 먼 거리야!"

일곱이나 여덟 살쯤 되어 보이는 어린 소년이 다가와 맷의 얼굴을 바라보며 물었다.

"뭘 가져왔죠?"

맷은 난처한 얼굴로 대답했다.

"아무것도……. 우리는 뭔가를 찾으러 가는 중이야."

테렐이 물었다.

"그게 뭐지?"

"몇 가지 해답. 너희는 아마 모를 거야. 폭풍설 때 생존한 어른들 중 글루통으로 변하지 않은 어른들을 시니크라고 불러. 남쪽에 살지. 여왕이 다스리는 왕국을 세우고서. 그곳 하늘은 빨갛고, 그들은 팬들을 사냥해."

맷 옆에 서 있던 어린 소년이 놀라며 물었다.

"왜 우리를 사냥하죠? 우리는 잘못한 게 없어요!"

"나도 몰라. 하지만 우리는 '피부 수색 작전'이라고 적힌 쪽지를 발견했고, 그 이유를 알아보기 위해 남쪽으로 내려가는 중이야."

맷은 몇 주 전 시니크들의 수레에서 발견한 자신의 초상화에 대해서는 언급하지 않았다.

어린 소년이 불안에 휩싸인 모습으로 외쳤다.

"위험한 일이에요!"

앙브르가 끼어들었다.

"그렇지 않기를 바랄 뿐이야."

테렐이 회중 앞에서 두 손을 들자 모두 입을 다물었다.

"우리는 힘든 여행에서 돌아왔고, 손님들도 매우 피곤해. 따라서 모두 함께 저녁 식사를 하는 게 좋겠어. 저녁을 먹으면서 얘기하기로 하자."

그들은 천장이 높고, 꽤 넓은 1관으로 들어갔다. 10여 개의 양초가 계단에서 타고 있었고, 석유 초롱들이 대형 영사막 앞쪽 공간을 비추고 있었다. 영사막은 흐릿한 불빛에 회색으로 변했다. 몇몇 냄비가 가스버너 위에서 부글부글 끓으며 토마토 냄새를 풍겼다.

누군가가 환호했다.

"오늘 저녁은 버미첼리 수프(아주 가느다란 이탈리아식 국수. 흔히 잘게 잘라 수프에 넣어 먹음—옮긴이)야!"

일곱 살에서 열다섯 살까지 20여 명의 팬들이 모였다. 그들은 줄을 서서 우묵한 접시에 수프를 담은 후 자리에 앉아 먹었다.

스카치테이프로 대충 수선한 안경을 쓴 적갈색 머리 소년이 맷과 토비아스 옆에 와서 앉았다.

"안녕! 나는 마이크예요. 우리는 나중에 도시의 식품이 고갈되었을 때를 대비해 빵을 만드는 법과 농사를 짓는 법을 알고 싶어요. 도와줄 수 있어요?"

토비아스가 솔직하게 털어놓았다.

"안타깝지만 우리도 몰라. 하지만 한 전령이 다른 팬 공동체에서 그렇게 하고 있다고 전해줬어. 팬들이 농사를 짓기 시작했대! 에덴에 대한 얘기를 들어봤니?"

"아니요. 그게 뭐죠?"

"도시 이름이야! 수십 개의 팬 공동체가 모여서 도시를 건설한 거지. 더 강해지기 위해서. 그들이 대부분의 신기술을 개발했어."

"굉장한 일이네요! 에덴은 어디에 있어요?"

"나라 중심에. 내가 알기론 세인트루이스에서 멀지 않은 곳이야."

맷은 적갈색 머리 소년에게 머리를 숙이고 물었다.

"너희는 몇 명이니?"

"스무 명이에요. 폭풍설 직후에 모였어요. 중심가의 버스 차고에 있다가 옮겨왔어요. 처음에는 더 많았는데……. 그때부터 우리는 조직을 강화했어요. 몇 가지 규칙만 지키면 아무 문제도 없어요."

"어떤 규칙인데?"

"첫째, 날마다 여러 번 이를 닦을 것. 친구 한 명이 충치에 걸렸는데, 치과 의사가 없어서 악화됐죠. 그는 치통을 견디지 못했고, 날마다 복용량을 늘려야만 했어요."

"어떻게 치료했지?"

마이크는 고개를 숙였다.

"치료하지 못했어요. 그는 약 때문에 죽었어요. 약을 너무 많이 먹어서요."

세 사람은 난처해진 얼굴로 입을 다물었다. 조금 떨어져 있던 앙브르가 다가와 물었다.

"너희는 어디서 자니?"

마이크는 마치 엉뚱한 질문을 했다는 듯 앙브르의 얼굴을 노려보았다. 그는 두려운 표정으로 대답했다.

"남자는 2관, 여자는 3관에서요."

앙브르가 흰히 웃으면서 말했다.

"어머, 우리 섬과 똑같네! 우리도 남녀가 따로 자거든. 모두 똑같이 하다니 재밌다!"

마이크는 앙브르에게서 느끼는 불편함을 감출 수 없었는지 눈살을 찌푸렸다. 그는 일어나 맷과 토비아스에게 인사하고 물러났다.

앙브르가 침통하게 물었다.

"내가 뭘 잘못했지?"

맷은 몇 명씩 옹기종기 모여서 나직이 얘기를 나누며 자신들을 관찰하는 어린이들의 얼굴을 자세히 살피면서 말했다.

"네게 반감이 있는 건 아닐 거야."

저녁 식사가 끝나자 테렐은 자신의 무리에게 삼총사 주위로 모이라고 지시했다. 질의응답이 시작되었다. 맷이나 토비아스가 한 번 질문을 던질 때마다 어린이들은 세 개의 질문을 던졌다. 앙브르는 자신이 환대받지 못하며, 대화에 끼어드는 것이 부질없다는 사실을 깨달았다. 부당한 처사에 가슴이 메었지만, 팔짱을 끼고 듣는 것으로 만족해야 했다.

어린이들의 주된 관심사는 바깥세상이었다. 다른 팬 공동체들은 어떻게 조직되었을까? 몇 명이나 될까? 맷과 토비아스는 카마이클 섬에서 전령들이 전해주었던 소식을 떠올리며 최대한 상세히 대답했다.

한 어린 소년이 물었다.

"왜 우리 마을에는 전령이 오지 않죠?"

맷이 대답했다.

"모르겠어. 팬 공동체의 위치를 파악하는 일은 아주 어려워. 전령들은 도시를 지날 때마다 흔적을 찾기 위해 주위를 꼼꼼히 관찰해. 하지만 대부분의 팬 공동체는 글루통과 시니크가 무서워 숨어 있지."

다른 어린이가 물었다.

"전령들은 팬 공동체들을 찾기 위해 어떻게 하죠?"

"나도 몰라."

침묵을 지키기로 다짐한 앙브르였지만, 이 흥미진진한 주제에는 가만히 있을 수 없었다.

"전령들은 먼저 식료품점이나 슈퍼마켓을 찾아서 사람이 활동한 흔적이 있는지 확인해. 그리고 과수원을 돌아다녀. 신선한 과일은 팬들의 건강에 꼭 필요하거든. 규칙적인 활동을 한 흔적을 발견하면 본거지를 찾아낼 가능성이 높아져. 모닥불 연기를 기다리거나 또렷한 발자국을 따라가기만 하면 되거든. 결단, 용기, 행운이 필요해. 조만간 전령이 이곳에 들를 거야. 그러면 너희들도 다시 명단에 오르게 될 테고, 정기적으로 소식을 받게 될 거야. 시간문제일 뿐이야."

모두 경계의 눈빛으로 앙브르의 얘기를 경청하다가 그녀가 얘기를 끝내자마자 얼굴을 돌렸다.

토비아스가 말을 이었다.

"너희는 초능력을 발휘하니?"

주근깨로 뒤덮인 키가 큰 소년이 물었다.

"뭐라고?"

"초능력. 우리에게 생긴 새로운 힘 말이야. 지난 몇 달 동안 몸에서 변화를 느끼지 않았어? 동작이 전보다 빨라지거나 힘이 더 세진 사람이 있을 거야. 손가락만으로 불을 붙이거나 생각만으로 물건을 옮기는 사람도 있겠지?"

테렐이 대답했다.

"여기서는 누구도 그런 걸 할 수 없어. 여기 있는 동안은 그 문제를 거론하지 마. 우리를 바꿀 수 있는 건 전부 나빠."

"하지만……."

테렐은 매몰차게 말을 끊었다.

"규칙을 준수해!"

맷은 이 동요를 이용해 계획을 밝혔다.

"우리는 금단의 숲에 도착하면 서쪽으로 가지 않고 곧장 숲을 횡단할 거야."

어린 소녀가 물었다.

"금단의 숲을 횡단한다고요? 괴물들이 우글거리는데!"

테렐이 말했다.

"리즈 말이 맞아. 너희는 금단의 숲에 들어갈 수 없어. 우리가 이미 시도해봤고, 다신 결코 들어가지 않을 거야! 첫 번째 장막부터 아주 인상적이지. 100미터가 넘는 나무들이 울창하게 서 있어. 금단의 숲 중심에 닿으면 절대로 빠져나오지 못해! 나무들이 최소 천 미터 높이까지 층층이 서 있으니까. 나뭇잎이 얼마나 무성한지, 햇빛은 바닥까지 닿지 못해. 영원한 어둠 속에 갇힌 기괴하고 무서운 동물들에게 포위당할걸. 또 깊기는 얼마나 깊은지, 반대편으로 빠져나갈 때까지 며칠이 걸리는지 아무도 몰라. 금단의 숲에 들어가면 안 돼!"

맷이 말했다.

"이미 결심했어. 시간이 촉박해서 여기서 지체할 수 없어."

"서두를 것 없어. 여기 남아. 우리에게 필요한 건 다 있어. 잘 생각해봐."

맷은 로페로덴에게 쫓기고 있어 두렵다는 말은 하고 싶지 않았다. 그는 단호하게 말했다.

"팬들이 날마다 납치되고 있어. 시니크들은 곰이 끄는 대형 대나무 수레에 납치한 팬들을 싣고 남쪽으로 끌고 갔어. 원인을 파악해서 막을 방법을 찾아야 해. 시간이 없어. 내일 출발할 거야."

토비아스는 좀 더 머물기를 원하는 표정이었다. 앙브르는 아무 말도 하지 않았지만 샐쭉해져 있었다. 맷은 그들이 앙브르를 경계하는 이유를 알 수 없었다. 그러다 문득 숙녀가 한 사람도 없다는 사실이 눈에 띄었다. 어린 소녀들은 있었지만, 열한 살이나 열두 살 이상의 소녀는 한 사람도 없었다.

맷이 물었다.

"여기에 숙녀들은 없어?"

테렐은 난처한 듯 보였다. 그는 앙브르의 반응을 살피며 대답했다.

"없어. 너무 위험해."

앙브르가 침묵을 깼다.

"위험하다니? 어떤 위험? 왜 우리를 그렇게 취급하는 거야?"

"팬들은 영원히 팬으로 남아 있지 않아! 언젠가는 반드시 어른, 즉 시니크로 변하지. 소녀들은 숙녀가 되면 시니크가 되기 시작해."

토비아스가 물었다.

"그게 무슨 말이야? 우리가 어른이 되면 친구들을 배신할 수 있다는 거야?"

"바로 그거야! 소년이 어른이 되면, 우리와 함께 있는 것이 편치 않은 순간이 찾아와. 그는 시니크들에게 끌리지. 그리고 시니크처럼 생각하고, 시니크처럼 반응하다가 결국에는 우리를 배신하고! 그런 일이 두 번이나 일어났어! 첫 번째는 청년이었는데, 시니크 정찰대가 이곳을 지나갈 때 우리를 팔려고 했어. 우리는 목숨을 걸고 싸웠지. 두 번째는 숙녀였어. 그녀는 귀중한 것을 몽땅 갖고 도망쳤어. 그녀가 시니크들에게 우리의 위치를 알려줄까 봐 두려워서 은신처를 바꿨어."

토비아스가 말했다.

"믿기 힘든 일이야! 하지만 이제 알 것 같아. 우리 섬에도 배신자가 있었어! 그는 우리 중 제일 나이가 많았지. 그의 이름은 콜린이었어! 아무튼 우리 모두가 언젠가는 시니크가 된다는 거네?"

테렐은 침통한 표정으로 대답했다.

"그래. 어쩔 도리가 없어. 다수의 안전을 위해 규칙을 정한 거야. 우리는 생리를 시작한 소녀를 쫓아내고 있어."

앙브르가 격분했다.

"뭐라고? 그건 불합리해!"

맷이 거들었다.

"여기에서 쫓겨나면 생존할 가능성이 전혀 없잖아."

테렐이 말을 이었다.

"소년들에게도 금기 사항이 있어. 절대 하지 말아야 할 것들이지."

앙브르는 화가 난 채 물었다.

"예를 들면?"

"성행위를 생각하지 말아야 해."

앙브르가 물었다.

"그럼 너는? 너는 그다지 어리지 않잖아. 조만간 배신하지 않을 거라고 장담할 수 있어?"

"우리는 이곳에 머무를 수 있는 최대한의 나이를 정했어. 열일곱 살. 나는 여섯 달 후에 열일곱 살이 돼. 그때가 되면 이 도시를 떠나 다시는 돌아오지 않을 거야."

앙브르는 일어나면서 짜증을 냈다.

"잔인한 짓이야! 너희는 시니크들보다 나은 게 없어!"

테렐이 흥분했다.

"그럼 어쩌란 말이야? 아무튼 우리는 어른이 될 수밖에 없어! 누구도 이 사실에 반박할 수 없을걸!"

"방법이 있을 거야! 나이가 들어도 변하지 않을 수 있을 거라고. 노력해야 해! 적어도 그렇게 믿어야지!"

앙브르는 울먹이며 앞줄 의자를 뛰어넘고는, 계단을 올라가 밖으로 나갔다.

☣

앙브르는 팝콘 기계 사이에 웅크리고 있었다. 맷은 그녀 앞에서 무릎을 꿇었다.

"나쁜 사람들은 아니야. 두려워서 그러는 거야."

앙브르는 나직이 대답했다.

"두려운 건 모두 마찬가지야. 그건 이유가 안 돼."

맷은 앙브르가 느끼는 깊은 고통을 감지하고 안아주고 싶었다. 그는 위로해주려고 애썼다.

"그들이 잘못 생각한 걸지도 몰라. 콜린이 우리 공동체에서 했던 일은 우연일 거야……."

앙브르는 눈물을 쏟았고, 턱은 감정에 북받쳐 떨렸다. 그녀는 울먹이며 속마음을 털어놓았다.

"맷, 나는 숙녀야. 폭풍설 전에도 이미 그랬어. 나는 나쁜 여자가 아니야! 너와 토비아스가 친근한걸. 나는 팬이야! 바뀌고 싶지 않아!"

맷은 어떻게 대답해야 좋을지 몰라 침만 삼켰다.

앙브르가 말을 이었다.

"지금의 나를 잃고 싶지 않아."

"내가 지켜줄게. 네가 변하지 못하게 할게."

앙브르는 감동이 넘칠 듯한 시선으로 그를 응시하며 말했다.

"우리가 변화를 막을 수 있을까?"

갑자기 맷이 앙브르의 손을 잡았다.

앙브르는 몸을 부르르 떨더니 맷을 밀쳤다.

"혼자 있고 싶어. 미안해."

맷은 이 거절이 심장에 박힌 비수처럼 느껴졌다.

그는 일어나 몸을 돌리고 희미한 복도로 사라졌다.

4
반가운 휴식

맷은 아침에 눈을 떴다. 일찍 일어났는지 늦잠을 잤는지 알 수 없었다. 작동하는 시계도, 창문도 없어 시간을 알 길이 없었다.

그는 5관에서 나와 영화관 로비로 갔다. 토비아스는 여전히 자고 있었다. 그는 웃으면서 비스킷을 먹고 있는 두 팬과 마주쳤다.

맷은 정문을 열고 1층으로 올라간 다음 건물 밖으로 나갔다.

해는 적어도 두 시간 전에 떴다. 8시가 넘었을 것이다.

플륍이 돌아왔을지 모른다는 희망을 품고 고사리밭을 둘러보았지만 아무것도 보이지 않았다.

맷은 이곳의 정확한 위치가 궁금했다. 카마이클 섬은 필라델피아 서쪽에 있다. 13일 이상 남쪽으로 걸었는데, 어디쯤 왔을까? 리치먼드? 이정표는 못 봤지만 이미 워싱턴을 지나왔다. 그럼 대서양은 몇 킬로쯤 떨어져 있을까? 100킬로쯤 될 것이다. 대서양이 어떻게 되었을지 궁금했다. 여전히 물고기가 있을까? 바다 색깔이 바뀌었을까?

멀리서 천둥소리가 들려왔다. 머리털이 곤두서면서 몽상에서 빠져나왔다. 그에게는 사냥용 칼밖에 없었다. 경솔한 짓이었다. 그는 자신을 탓했다.

갑자기 멀리 동쪽에서 거대한 먹구름이 나타났다. 단순한 폭풍우일까? 아니면…….

'이름을 말해! 어서!'

하지만 맷은 자신을 추격하는 피조물의 이름을 발설할 수 없었다.

'어젯밤엔 그 꿈을 꾸지 않았어. 그것만으로도 충분히 좋은 징조야!'

맷은 상가 입구에 앉아 위협적인 하늘을 살폈다. 폭풍우가 북쪽으로 방향을 바꿨다고 확신이 들 때까지. 그는 일어나면서 근육이 경직되었음을 느꼈다. 발이 가장 심각했다. 물집이 터진 곳은 붉은 반점으로 변했고, 발바닥도 몹시 예민했다. 2주간의 강행군이 이처럼 몸을 혹사시키리라고는 추호도 예상하지 못했다.

이곳에서 며칠 쉰다면 나아질 것이다.

'안 돼! 위험을 감수할 순 없어. 지체하면 안 돼. 놈이 우리를 쫓고 있어.'

맷은 모두가 앙브르를 쏘아보는 곱지 않은 시선이 마음에 걸렸다. 예기치 않은 일이 일어날지 몰랐다. 앙브르는 잘 지내고 있을까? 그녀는 대형 영사실에서 혼자 잤다. 맷은 빈터를 바라보다가 이내 체념하고 지하실로 내려갔다.

맷은 곧장 물을 끓이고, 식료품 선반에서 아침 식사를 찾아 작은 바구니에 담은 후, 마지막 영사실 문을 두드리고 들어갔다.

앙브르는 옆에 석유 초롱을 켜놓은 채 침낭에 앉아 있었다. 그녀는 정신을 집중해 연필을 3미터 멀리로 옮기고 있었다.

맷이 인사했다.

"안녕. 아침 식사를 가져왔어."

앙브르는 정신을 집중한 탓에 표정이 굳어 보였다. 친구가 들어오는 것을 본 그녀는 긴장을 풀고 환히 웃었다.

"고마워. 난린 중이었어."

"잘돼가?"

"응. 초능력을 쓰는 데는 물건의 무게가 핵심 요소야. 아직 완전히 몰입하지 않으면 무거운 건 못 옮겨."

맷은 사과 하나와 김이 나는 찻잔을 내밀었다.

"과일은 이것밖에 없어. 괜찮아?"

"이것도 감지덕지지. (앙브르는 목소리를 바꿨다.) 맷, 할 말이 있어. 어제저녁 일은 미안해. 나는……."

맷은 안심하라는 뜻으로 손을 들고 거짓말을 했다.

"걱정하지 마. 다 잊었어."

이상하게도 그는 어젯밤에 느꼈던 슬픔을 표현할 수 없었다. 마음 한구석에 숨겨두고 싶었다.

"네가 오해하지……."

맷은 그녀의 말을 끊었다.

"오해하지 않아. 너는 내 친구야. 중요한 건 그뿐이야. 우리는 삼총사가 되기로 맹세했잖아."

앙브르는 웃으면서 고개를 끄덕였다.

그때, 문이 열리더니 토비아스가 달려와 외쳤다.

"아, 여기 있었네! 너희를 찾아다녔어! 쳇, 나를 부르지도 않고 밥을 먹는 거야?"

맷은 너무 가까워 보이지 않도록 앙브르에게서 떨어지며 말했다.

"찾으러 갈 참이었어."

토비아스는 바구니에서 케이크를 꺼내면서 말을 이었다.

"너희는 어떤지 모르지만 나는 완전히 녹초야. 여기서 하루나 이틀 정도 쉬면 어떨까? 금단의 숲을 횡단하려면 체력을 회복해야 해."

앙브르는 맷의 얼굴을 살폈다.

맷이 말했다.

"안 돼. 오늘 아침 멀리서 폭풍우를 봤어. 놈에게 잡힐 위험을 무릅쓰고 싶지 않아."

토비아스가 흥분했다.

"놈은 우리의 종적을 완전히 놓쳤을 거야! 세상은 넓어. 잠시 방황할 수도 있다고! 최근에 놈의 꿈을 꿨니?"

"어젯밤은 아니야."

"그럼 놈은 다가오지 않아."

맷이 놀란 얼굴로 물었다.

"왜 그렇게 확신하지?"

독특한 표현에 뛰어난 토비아스가 설명했다.

"로페로덴은 네가 자는 동안 네 정신을 탐색해 흔적을 찾는 것 같아. 네가 꿈을 꾸지 않으면 그건 불가능하지. 따라서 우리를 찾아낼 수도 없어."

앙브르가 웃음을 터뜨렸다.

"토비, 나는 지금도 네가 상상력이 비상한 건지, 아니면 통찰력이 뛰어난 건지 모르겠어!"

하지만 맷은 웃지 않았다. 그는 토비아스의 의견이 타당하다고 생각했다.

"토비아스의 뜻대로 이틀쯤 쉬었으면 해. 앙브르, 네 생각은?"

앙브르는 맷을 응시했다.

"나는 너희를 따라가기로 결심했어. 그러니 너희 결정에 맡길게."

맷은 이해득실을 따졌다. 결정은 쉽지 않았다.

앙브르가 말했다.

"솔직히 휴식은 찬성이야."

맷이 결론을 내렸다.

"일단 금단의 숲에 들어가면 쉴 수 없을지도 모르니, 기운을 차린 후 출발해야 해. 이 팬들과 하루 더 지내자. 하지만 안전을 기하기 위해 서로 떨어지지 않는 게 좋겠어. 아무래도 테렌이 수상해."

토비아스는 승리의 표시로 주먹을 들었다.

☣

맷은 오전 내내 밖에서 플림을 기다렸다. 그가 포니처럼 큰 개를 길동무라고 말하자, '잔인한 무리'의 팬들은 웃으며 서로를 바라보았다. 그들은 이미 한 달 전에 시내를 구석구석 뒤지는 아주 큰 개를 보았다. 그것은 플림일 수 없었다. 맷은 그들에게 개의 크기, 외모, 행동에 대해 물었다. 플림처럼 매우 크고, 공격적이지 않은 듯했다. 그들은 며칠 후 개의 흔적을 놓쳤다.

플림과 같은 종의 개가 더 있을지 모른다.

일부 떠돌이 개들은 폭풍설 이후 무리를 지어 다녔다. 모두 이런 개들을 피해야 한다는 사실을 알고 있었다. 맷은 이 초대형 개가 어떤 개인지 궁금했다.

맑게 갠 하늘은 사파이어빛이었다. 열기는 시간이 흐름에 따라 더욱 강해졌다. 정오가 되자 태양이 어찌나 작열하는지, 출발을 하루 더 연기한 것이 다행스러웠다.

점심 식사 후, 테렐이 삼총사를 찾아와 특별한 모험을 제안했다.

"밖은 더워. 수영으로 긴장을 풀 좋은 기회야. 무기를 챙기고 따라와."

'잔인한 무리'의 스무 명은 상가 2층에 모여 있었다. 그들은 세 사람에게 수영복을 선택하라고 재촉했다. 이윽고 그들은 숲 속으로 들어갔다.

테렐은 일행을 작은 강까지 데려갔다. 강가에는 은신처가 생길 만큼 커다란 잎이 달린 식물이 자라고 있었다. 그들은 갈대로 둘러싸인 작은 연못에 도착했다.

15미터 높이 절벽에 있는 두꺼운 푸른색 이끼가 둘린 구멍에서 폭포수가 쏟아지고 있었다.

테렐은 소란스러운 폭포수 속에서 외쳤다.

"이게 우리의 여름철 목욕탕이야!"

모두 옷을 벗고 환호성을 지르며 시원한 물속으로 뛰어들었다.

맷은 남녀가 따로 수영한다는 사실을 바로 알아차렸다. 앙브르는 한숨을 쉬면서 두 진영을 관찰했다.

맷은 앙브르의 어깨에 손을 얹었다.

"그래도 우리는 같은 물속에 있는 거야."

앙브르는 시무룩하게 고개를 끄덕이고 소녀들 쪽으로 내려갔다. 소녀들은 불안한 시선으로 그녀를 유심히 살폈다. 그들은 앙브르에게 다가가고 싶으면서도, 그녀가 시니크들의 편이 될 수 있다는 두려움 탓에 주저했다.

맷과 토비아스는 강가의 진흙으로 장난을 치며 놀다가 물속으로 들어갔다. 다이빙 경기가 실시되었고, 디에고라는 이름의 팬이 만장일치로 우승했다. 그는 토비아스에게 자신이 폭풍설 이전에 수영 선수였다고 고백했다. 디에고의 지난 생활에 대한 언급은 토비아스에게 충격을 주었다. 그는 몸을 말리려 강가로 올라갔다. 팬들은 폭풍설 이전의 삶에 대해 거의 얘기하지 않았다. 토비아스는 그 이유를 알고 있었다. 그것이 향수를 불러일으키기 때문이었다.

맷은 앙브르가 한쪽 구석에서 지루해하는 것을 보았다. 그는 이 어리석은 규칙을 준수하는 것이 지긋지긋하다고 판단하고, 소녀들 쪽으로 수영해 갔다. 소녀들은 모두 급히 달아났다. 맷과 앙브르는 개구리헤엄을 쳤다.

앙브르는 소녀들이 꽤 멀어진 기회를 이용해 맷에게 말했다.

"조금 전 어린 리즈가 초능력에 대해 질문을 퍼부었어. 나는 사람들에게 속마음을 털어놓게 하는 재주가 있나 봐!"

"리즈에게 초능력 징조가 나타났어?"

"그래. 그녀는 어두운 곳에 있으면 공포에 떠는데, 손톱 밑에서 빛을 발산할 수 있대! 아직은 미세한 인광燐光에 지나지 않지만 이미 시작된 거야! 테렐은 초능력에 대해 말하지 말라는 금언령을 내렸어. 시니크가 되는 걸 최대한 늦추기 위해 모든 변화를 억누르라고 지시했대. 잘못된 생각이야! 진실을 말해줘야 해!"

"앙브르, 우리가 난데없이 들이닥쳐 혼란을 줄 수는 없어. 우리는 이틀밖에 머물지 않잖아. 자칫하면 그들의 안정을 깨뜨릴지 몰라. 그들은 기적적으로 살아남았어."

"알아. 하지만 폭풍설이 일으킨 변화를 받아들이는 건 중요해."

"시간이 해결해줄 거야. 전령이 이곳에 오면 여기저기에서 초능력을 계발하고 있다고 알려주겠지. 그러면 초능력을 두려워하지 않고 생각을 바꿀 테고."

앙브르는 맷의 태도가 비겁하다고 생각했지만 고집을 부리지는 않았다.

두 사람은 한참 동안 연못을 누비며 다니다가 강가로 올라가 몸을 말렸다.

오후가 끝날 무렵, 상가로 돌아온 맷은 한 시간 동안 플룸을 부르며 찾아보았지만, 개는 끝내 돌아오지 않았다.

저녁, 맷은 모든 팬 앞에서 내일 떠난다고 알렸다. 테렐은 다시 한 번 금단의 숲에 가지 말라고 했다. 하지만 부질없는 만류라는 걸 깨닫고는 숲 기슭까지 배웅을 제안했다.

그날 밤, 앙브르는 토비아스와 맷이 자고 있던 5관의 문을 두드렸다. 그렇게 큰 영사실에서 혼자 있고 싶지 않았던 것이다. 두 소년은 미소를 지으며 반겼다.

삼총사는 이른 새벽에 일어나 조용히 아침을 먹었다. 그리고 여행에 필요한 생필품은 잘 챙겼는지 확인한 후 5관을 나왔다.

'잔인한 무리'의 팬들은 모두 1관에 모여 있었다.

삼총사는 작별 인사를 하고, 만일 전령을 만나거나 에덴에 가면 이곳에 대해 얘기하겠다고 약속했다. 이윽고 미식축구의 어깨 덮개와 하키용 헬멧을 걸친 테렐과 여섯 명의 소년들이 나타났다. 그들은 탄소강으로 만든 경기용 강철 활로 무장하고, 허리띠에는 칼을 차고 배낭을 둘러멨다.

건물 밖으로 나간 맷은 플륌이 출발을 기다리고 있을 거라 확신하고 살펴보았다.

하지만 플륌은 보이지 않았다.

맷은 체념하고 떠날 수밖에 없었다.

'플륌은 후각이 뛰어나. 우리 흔적을 찾고 곧 따라올 거야.'

플륌의 안부를 모른 채 떠나자니 마음이 몹시 아팠다.

'플륌은 우리가 어디에 있든 찾아낼 거야. 나는 플륌을 알아. 플륌을 믿어.'

테렐은 출발을 기다리고 있었다.

맷은 준비가 되었다는 신호를 보냈다.

그는 한 번 더 고사리밭의 빈터를 바라본 후 길을 나섰다.

5
햇볕과 그늘

햇볕은 보행자에게 최악의 적이다.

해가 떠오름에 따라 숨 막히는 뙤약볕이 쨍쨍 내리쬐기 시작했고, 기온은 끊임없이 상승했다. 한낮이 되자 날씨는 여름 해변만큼 뜨거워졌다. 바람은 거의 불지 않았다.

맷은 땡볕에 두 손을 들었다. 그는 외투 밑에 입은 케블라 조끼를 벗어 배낭에 묶었다.

일행은 가능하면 그늘에서 머물려 했다. '잔인한 무리'는 헬멧을 벗어 배낭에 매달고, 작열하는 벌판보다는 숲 기슭을 따라 천천히 걸었다. 오후, 기어올라야 하는 가파른 언덕과 급경사의 뜨거운 내리막길을 반복하던 여행자들은 현기증을 느꼈다. 개울과 못이 나타날 때마다 휴식을 취했다.

테렐은 금단의 숲까지 가는 데 사흘을 예상했다. 이런 불볕이 계속된다면 지옥의 사흘이 될 것이다.

맷은 여러 번 멀리 언덕 꼭대기나 덤불숲 입구에서 얼핏 실루엣이나 움직임을 보았다. 하지만 자세히 보기 위해 천천히 걸으며 돌아보면 아무것도 없었다.

날이 저물자 그들은 거대한 바위 아래 벽감壁龕처럼 움푹한 곳에서 야영을 시작했다. 열세 살쯤 된 멜빈이 능숙한 솜씨로 불을 피우는 일을 맡았고, 각자 모닥불 주위에 침낭이나 모포를 폈다.

한 소년이 배낭에서 얇게 썬 싱싱한 고기를 꺼내 불에 구워 우걱우걱 먹었다. 토비아스가 무슨 고기냐고 묻자, 소년은 이틀 전에 죽인 그랜드 화이트라고 대답했다. 토비아스는 역겨움을 느꼈다. 흰곰이 떠올라, 그는 다시 한 번 몸서리쳤다.

일행이 타닥타닥 타는 모닥불 주위에서 소화를 시키고 있을 때 테렐이 맷에게 물었다.

"그런데 '피부 수색 작전'이란 게 뭐야?"

맷은 바닥에 팔꿈치를 괸 채 어깨를 으쓱했다.

"글쎄, 시니크들이 납치한 팬들을 거대한 수레에 싣고 떠나는 걸 보면, 뭔진 몰라도 최악을 상상할 수 있지."

"놈들이 팬들의 살가죽을 벗긴다고 생각해? 왜 그런 짓을 하지?"

여러 팬들이 공포의 비명을 억눌렀다.

"나도 몰라. 아무튼 아주 중요한 일인 것 같아. 우리가 그 이유를 알아낼 거야."

"적지에 도착하면 들키지 않기 위해 어떻게 할 건데?"

"지금은 뭐라고 말할 수 없어. 그때그때 방법을 모색해야지. 시니크 정찰대와 안전거리를 유지하면서, 놈들의 야영지 중 하나에 접근해 어떻게 된 일인지 알아낼 거야. 아니면……."

맷이 입을 다물자 테렐이 재촉했다.

"아니면?"

"아니면 위험을 무릅쓰고 정보를 훔쳐야겠지. 두고 보자고. 너희는 여기서 놈들을 자주 보니?"

"아니, 다행히 거의 못 봤어. 하지만 글루통은 제법 많아."

맷은 예전에 사람이었지만 지금은 야만적인 피조물이 된 글루통이 언급되자 불안해졌다.

"글루통들이 많이 살아남았어? 놈들은 무척 어리석어서, 대부분 겨울을 나지 못할 거라고 생각했는데."

테렐이 대답했다.

"불행히도 사실이야. 그들은 새로운 환경에 적응했고, 다시 모여 동굴이나 토굴에서 나뭇가지로 입구를 가리고 살고 있어. 그들을 과소평가하면 안 돼. 글루통들은 위험한 존재가 되었어. 그들은 주로 작은 동물을 사냥하는데, 더 큰 동물도 나타나기만 하면 기회를 놓치지 않고 잡아먹어. 3주 전엔 놈들과 실랑이도 붙었어."

토비아스가 놀란 얼굴로 물었다.

"너희도 '글루통'이라는 단어를 사용해? 전령이 알려준 거야?"

"그래. 전령은 팬들이 사용하는 어휘와 그가 아는 모든 걸 알려줬어. 꽤 지난 일이야. 새로운 소식이 많을 텐데……."

토비아스가 차분하게 말했다.

"물론 그뿐만이 아니지. 풍뎅이 군대 본 적 있어?"

"풍뎅이 군대?"

"수백만 마리의 풍뎅이가 고속도로에서 이동하고 있어. 한 번도 못 봤어?"

"응."

"정말 굉장했어! 풍뎅이들은 배에서 불빛을 발산해. 한쪽은 파란 불빛, 다른 쪽은 빨간 불빛. 서로 섞이지 않아. 수백만 마리였어!"

그 말에 매료된 멜빈이 물었다.

"풍뎅이들은 왜 이동하지?"

"아무도 몰라. 풍뎅이들은 순환하고 있어. 그들이 어디에서 와서 어디로 가는지는 몰라. 아무튼 굉장한 볼거리야!"

몽상에 빠진 멜빈이 반짝이는 눈으로 말했다.

"나도 꼭 보고 싶어."

마침내 그들은 잠들었다. 밤의 추위는 숨이 턱턱 막히게 하는 낮의 무더위와 대조를 이루었다.

다음 날, 맷은 속이 메스꺼웠다. 배에서 꾸르륵거리는 소리가 났다. 병이 날지 몰랐다. 그는 늪의 물이 원인일 거라 추측하며 그럭저럭 일행을 따라갔다. 두 번째 날은 전날보다 덜 더웠다. 오후 한중간, 서쪽에서 모닥불 연기가 치솟았다. 연기는 가늘었고, 시간이 지나도 굵어지지 않는 것으로 보아 산불은 아니었다. 테렐은 글루통들이 불을 피웠다고 주장했다. 그들은 시니크 정찰대가 두려워, 어떤 불인지 확인하러 가지 않기로 했다.

저녁에는 안전을 위해 모닥불을 피우지 않고 정어리 통조림과 비스킷을 먹었다.

맷, 토비아스 그리고 앙브르는 나란히 잤다. 앙브르는 두 소년 사이에 자리를 잡았다.

다음 날 아침, 맷은 손에서 앙브르의 머리카락을, 허리에서 그녀의 몸을 느꼈다. 그는 감히 움직일 수 없어 잠시 온기를 음미하며 가만히 있었다.

그리고 눈을 떴다. 그런데 옆에 있는 건 앙브르가 아닌 플룀이지 않은가!

플룀은 깊은 잠을 자고 있었다.

맷은 기뻐서 펄쩍 뛰며 플룀을 껴안았다. 플룀은 마치 충분히 자지 못했다는 듯 힘겹게 눈을 뜨고 긴 하품을 했다.

맷에게 셋째 날은 유쾌했다. 플룀이 돌아와 마음이 놓였던 것이다. 전날 뒤따라오는 것처럼 보였던 어렴풋한 실루엣은 틀림없는 플룀이었다.

그들은 이미 몇 개의 언덕을 넘었다. 마침내 금단의 숲이 지평선에서 거대한 검은색 실체를 드러냈다. 숲은 모든 경치를 압도했다.

금단의 숲에 다가가자 테렐이 첫 번째 장막이라고 불렀던 하단의 숲이 또렷이 보였다. 그것은 장대한 나무들의 띠였다. 나무줄기는 세쿼이아(미국 캘리포니아 지방의 거대한 삼나무—옮긴이)보다 더 굵었다. 첫 번째 장막은 수 킬로에 걸쳐 뻗어 있었고, 장막 상단은 진짜 금단의 숲 쪽으로 경사진 지붕을 만들며 올라갔다. 금단의 숲에 비하면 하단의 숲은 초라해 보였다. 산처럼 높은 나무줄기가 여러 개의 축구장 규모로 치솟아 있었다.

어떻게 자연은 이처럼 거대한 장벽을 만들 수 있었을까?

겨우 일곱 달 만에.

폭풍설 이후 식물은 다시 도시를 점령했을 뿐 아니라, 놀라운 속도로—열대림보다 더 빨리—자라고 있었다. 식물의 변화는 끝 모를 경이를 가져왔다.

네 시간도 채 안 걸려 15킬로의 긴 평원을 횡단한 끝에, 그들은 고사리밭, 포플러와 떡갈나무 숲에 도착했다.

오늘 저녁, 그들은 금단의 숲 발치에서 야영할 것이다. 맷은 카마이클 섬을 떠난 후 처음으로 결심이 흔들렸다. 이 숲을 가로지르는 것이 정말 현명한 일일까? 이 숲은 다른 세상에 속하는 것처럼 보였다. 어떤 일이 기다리고 있을지 전혀 예상할 수 없었다.

맷은 발걸음을 약간 늦추면서 고심했다. 두 친구는 앞에서 단호한 걸음으로 말없이 걷고 있었다.

되돌아가기에는 너무 늦었다.

☣

야영지는 하단의 숲에서 천 미터쯤 떨어진 웅장한 떡갈나무 아래에 세워졌다. 토비아스는 쌍안경을 꺼내 조류를 관찰하기 시작했다. 맷은 친구가 예전에 새를 좋아했다는 사실을 잊고 있었다.

맷이 걱정되어 외쳤다.

"멀리 가지 마!"

토비아스는 바위로 올라가면서 빈정댔다.

"네, 아빠!"

일부는 침낭에 앉아 발을 주무르고, 다른 일부는 실개천의 시원한 물로 얼굴을 씻었으며, 몇몇은 나뭇가지 아래 그늘에 누웠다. 먹이를 사냥하러 갔던 플륌은 한 시간 후 돌아와 맷의 가방에 몸을 붙이고 부드럽게 코를 골며 곯아떨어졌다.

맷은 허리띠의 가죽 주머니에서 숫돌을 꺼내 살짝 물에 적시고 검을 갈기 시작했다.

검을 갈 때마다 적의 살을 파고들던 날의 느낌이 떠올랐다. 날은 처음에는 감지되지 않을 정도로 가볍게 떨리지만, 곧 뾰족한 끝이 옷과 피부에 구멍을 뚫으면 저항이 느껴진다. 마지막으로 부드러운 버터에 커다란 칼을 꽂는 듯한 느낌이 든다. 검으로 누군가를 찌르는 것이 이처럼 심각한 심적 충격을 불러일으키리라고는 미처 상상하지 못했다.

맷은 동물을 벴을 뿐 아니라 사람에게까지 상처를 입히고 목숨을 빼앗았다.

그는 사람을 죽였다.

살아남기 위해, 방어하기 위해.

아무튼 그는 사람을 죽였다.

죄의식, 그가 가한 공격, 치명적인 상처, 살인, 피, 신음 소리, 죽어가는 사람들의 단말마에 대한 불길한 추억을 가지고 살아야 했다.

마침내 관측소에서 내려온 토비아스가 맷 앞에 앉아 나직이 말했다.

"따라와. 봐야 할 게 있어."

토비아스의 걱정스러운 모습으로 보아 중요한 일인 듯했다.

두 소년은 바위 꼭대기로 올라갔다. 토비아스는 쌍안경을 내밀며 말했다.

"저 하늘에 V자를 만든 새들 보이지? 쌍안경으로 추적해봐."

맷은 초점을 맞추고 그렇게 했다. 너무 멀어 어떤 종류의 새인지는 분별할 수 없었다. 맷은 토비아스의 의도를 알 수 없었다.

"대체 뭐가 이상하다는 거야?"

"새들을 따라가기만 해."

새들은 금단의 숲 쪽으로 가고 있었다. 나무줄기는 마천루보다 더 높고 크게 보였다. 새들이 금단의 숲 속으로 사라질까?

새들은 숲의 어둠 속으로 들어가기 전까지 고도를 유지했다. 이윽고 대형 원을 그리면서 세차게 날개를 치더니, 나선을 이루며 상승했다.

바로 그때, 어둠 속에서 뭔가가 불쑥 튀어나와 새 한 마리를 덥석 물었다. 순식간에 일어난 일이었기 때문에 맷은 아무것도 알아볼 수 없었다.

다른 새 한 마리가 무리에서 사라졌다. 이어 다른 새도……

문득 맷은 가늘고 긴 혀를 닮은 것이 눈 깜짝할 사이에 방심한 새를 낚아채 삼키는 것을 보았다.

맷은 쌍안경을 놓지 않은 채 외쳤다.

"오! 엄청 놀라운데!"

"봤지? 교활한 놈이야. 자세히는 못 봤지만 대형 도마뱀처럼 생겼어."

맷은 떨리는 목소리로 말했다.

"거리와 혀의 길이를 감안하면 무지 큰 놈이야."

30초 후, 살아남은 새는 한 마리도 없었다.

맷은 쌍안경을 돌려주고 바위에 주저앉았다.

"저 위에 있는 것이 저놈만이길 바랄 수밖에."

토비아스는 맷 옆에 앉았다.

"그게 다가 아니야. 나뭇잎이 여러 번 움직였어. 바람 탓이 아니었다고! 약한 붉은색 불빛이 나는 커다란 잎이야. 1분 정도 반짝이

다가 빛이 사라졌어. 엄청나게 큰 잠자리도 있어! 정말이야! 우리가 진짜 저 숲을 탐험할 수 있을지 의문이야."

맷은 자신도 의심이 든다고 털어놓고 싶었다. 하지만 그는 생각을 바꿨다. 시간을 낭비해선 안 되었다. 게다가 자신감과 의지를 보여주어 두 친구를 끌어들인 사람이 자신 아닌가. 만일 그가 의심을 품는다면 두 친구는 더욱 의기소침해질 것이다.

금단의 숲에 들어가기 전날, 셋 중 누구도 감히 속마음을 털어놓을 수 없었다.

맷은 불안을 억누르며 자신 있고 낙관적인 태도를 취했다.

그는 견뎌낼 수 있었다.

하지만 얼마 동안이나?

6
꿀, 홀쎄, 키틴

해가 뜨자마자 테렐은 부하들의 배낭과 호리병박을 점검했다. 그들은 돌아갈 준비가 되어 있었다.

테렐이 맷에게 다가왔다.

"고별 인사를 나눌 시간이야."

"다시 만날 수 없다는 뜻이야?"

테렐은 맷에게 손을 내밀었다.

"어쩌면."

테렐은 맷, 토비아스와는 악수를 나눴지만 앙브르는 존재하지 않는 것처럼 모른 척했다. 그는 금단의 숲 하단을 가리키며 말했다.

"남쪽으로 쭉 가야 해. 용기를 내. 너무 시끄럽게 하진 마. 불도 피우지 말고. 불빛이 강렬해도 안 돼. 다시 말해 늘 조심하고 신중해야 한단 거야. (그는 맷에게 고개를 숙이고 엄지손가락으로 앙브르를 가리키며 나직이 덧붙였다.) 저 여자를 잘 감시해. 그녀는 숙녀야. 너에게 나쁜 생각들을 불러일으킬 거야. 너도 모르는 사이에 너를 시니크로 만들 거라고."

신랄하게 반박하고 싶은 마음과는 달리 입이 떨어지지 않았다.

앙브르를 옹호하고 싶었지만 어떻게 말해야 좋을지 알 수 없었다. 그녀는 좋은 친구였다. 그는 앙브르가 조금도 두렵지 않았다.

무성한 풀밭으로 들어간 테렐의 무리는 손을 흔들고는 작은 숲 뒤로 사라졌다.

맷은 검을 메고 배낭을 둘러메면서 말했다.

"이제 우리 차례야."

토비아스가 투덜거렸다.

"쟤들이 익숙해지기 시작했는데. 우리끼리만 있으면 이상할 것 같아. 그리울 거야."

앙브르는 앞장서면서 외쳤다.

"나는 아니야!"

날은 20분 만에 어두워졌다. 그들은 첫 번째 장막에 다가갔다. 아침 해는 불투명한 장막 뒤에 갇힌 것처럼 보였다. 맷은 왜 '장막'이라는 이름이 이 숲에 잘 어울리는지 깨달았다.

삼총사는 그들의 키만 한 풀과 자동차 바퀴처럼 크고 비단처럼 부드러운 꽃잎을 가진 커다란 데이지를 요리조리 피하면서 걸었다.

마침내 두려워하던 순간이 다가왔다.

삼총사는 첫 번째 장막을 뚫고 들어가기 위해 2미터 높이의 뿌리를 기어올라야 했다. 그들은 뒤얽힌 거대한 그루터기들을 밟고 걸은 후에야 단단한 땅으로 되돌아왔다. 나무들 사이에서 자란 풀은 저마다 필요 이상으로 컸고, 어떤 풀잎은 서핑 보드보다 컸다. 숲 속으로 들어가면 갈수록 나무들의 덩치는 점점 더 커졌다. 한 시간 후, 맷은 더 이상 나무 꼭대기를 볼 수 없었다.

빛이 약해져 삼총사는 동물의 땅굴을 밟지 않기 위해 더욱 조심했다. 발목을 삐면 최악일 것이다.

색색의 장과로 뒤덮인 나무들이 너더났다. 앙브르는 두 소년에게 따 먹지 말라고 한 번 더 잔소리를 해야 했다.

플림은 손쉽게 삼총사를 따라갔다. 비탈이 나오면 껑충 뛰어올랐고, 가시덤불을 뚫고 지나갈 때는 털을 몇 가닥 남겼다.

그들은 오전 내내 천천히 걸었다. 너무 이상한 식물이 보이면 돌아가면서 집처럼 큰 나무줄기를 따라 나아갔다. 가파른 비탈을 기어올랐고, 짙은 안개에 가린 분지는 피했다.

엄청난 두려움에 그들은 점심도 대충 때우고 발길을 재촉했다.

플림마저도 주위를 살피며 수상쩍은 소리가 날 때마다 머리를 돌려 주시했다. 평소에는 아주 침착한 개였기에 삼총사는 더욱 불안했다.

제일 먼저 높다란 풀에서 흘러내리는 수액을 발견한 것은 토비아스였다.

그들은 5미터 높이의 아티초크(국화과의 여러해살이풀. 엉겅퀴와 비슷하나 줄기는 높이가 1.5미터 정도이며, 잎은 깃 모양으로 깊게 갈라지고 톱니가 있음. 꽃은 자주색이고, 서양 요리의 재료로 쓰임—옮긴이)를 닮은 기이한 식물 사이를 걸었다. 상처를 입은 몇몇 그루가 짙은 호박색 수액을 분비하고 있었다. 끈끈한 수액에 다가간 토비아스는 달콤한 냄새에 호기심을 느꼈다. 토비아스는 앙브르가 저지하기 전에 얼른 집게손가락에 끈적끈적한 수액을 묻혀 냄새를 맡았다. 향기는 달짝지근했다.

토비아스는 손가락을 입에 넣고 외쳤다.

"꿀이야!"

맷이 다가와 수액을 맛보았다.

"무지 달콤해!"

앙브르가 항의했다.

"미쳤니? 죽을 수도 있다는 걸 잊었어? 오늘 밤 너희가 고통에 몸부림치기라도 하면 이 무서운 숲 속에서 나 혼자 어쩌란 말이야?"

맷은 손에 꿀을 묻혀 그녀의 입술에 발랐다. 앙브르는 너무 놀란 나머지 소리도 지를 수 없었다. 그녀는 부끄러워 어쩔 줄 모르며 맷을 노려보기만 했다. 꿀맛을 본 그녀는 곧 태도를 바꿨다.

"정말 맛있네."

맷이 제안했다.

"빈 호리병박에 꿀을 가득 채우자!"

그들은 각자 2리터의 꿀을 모았다. 토비아스는 머리를 숙여 홈을 관찰했다.

"이 홈이 자연적인 것 같아?"

앙브르가 대답했다.

"네 얘기를 듣고 보니…… 자연적인 홈은 아니야. 새긴 자국이 위쪽과 아래쪽에 나란히 있어."

맷이 말했다.

"발톱 자국이야."

토비아스가 고개를 갸우뚱하며 물었다.

"정말?"

맷은 하얗게 질린 목소리로 대꾸했다.

"분명해."

"만일 이게……."

토비아스는 맷이 손가락으로 지면을 가리키는 걸 보고 말을 멈췄다. 부드러운 땅에 찍힌 발자국이 있었다. 발자국은 코끼리가 남긴 것처럼 매우 컸다. 앞쪽에 네 개의 홈이 깊게 박힌 것으로 보아 강력한 발톱을 가진 듯했다.

앙브르는 꿀을 가득 채운 호리병박을 배낭에 넣으면서 제안했다.

"달아나는 게 좋겠어."

삼총사는 주위를 살피며 발길을 재촉했다. 거대한 아티초크를 떠난 지 5분이 지나자 멋진 풍경이 펼쳐졌다.

키가 30~40미터에 달하고, 엷은 보리색의 커다란 튤립을 닮은 식물이 나타났다. 무수한 황금빛 싹이 나무 꼭대기를 뚫고 들어온 드문 햇살을 받아 초롱초롱 반짝였다.

삼총사는 반짝이는 '천장' 아래에서 걸음을 늦췄다. 자세히 보니 작은 닻을 닮은 노란 홀씨였다. 등산용 피켈보다 크지 않았다. 갑자기 홀씨들이 떨리기 시작했다. 맷은 바람 탓이라고 생각했다.

이윽고 홀씨 하나가 꽃받침에 붙은 투명한 털에서 벗어나더니 천천히 내려왔다. 다른 홀씨들도 바람을 타고 내려오기 시작했다. 몇 초 만에 100여 개의 홀씨가 바닥으로 내려왔다.

홀씨의 첫 무리가 삼총사 발에 떨어졌다. 플륌은 홀씨들의 발레에 놀라 고사리밭에서 깡충깡충 뛰었다.

앙브르가 감탄했다.

"와, 아름다워."

토비아스가 동의했다.

"민들레 씨를 훅 불었을 때처럼 날아다니네!"

앙브르는 다가오는 홀씨 하나를 붙잡았다.

"젠장! 끈적끈적해!"

앙브르는 홀씨를 떼어놓기 위해 안간힘을 썼다. 그사이 다른 홀씨들이 그녀의 어깨, 팔, 등에 내려앉았다.

앙브르에게 달라붙은 다섯 개의 홀씨가 갑자기 곧추서더니 수직으로 올라가기 시작했다.

토비아스가 중얼거렸다.

"이럴 수가……. 앙브르! 네가 붙잡혔어!"

작은 낚싯바늘처럼 생긴 홀씨의 끝이 앙브르의 옷에 박혀 있었다. 맷은 상황을 파악했다.

"실이야! 거의 보이지 않는 실과 연결되어 있어!"

실이 팽팽해졌다. 앙브르는 비명을 지르면서 바닥에서 들렸다.

토비아스는 고개를 들고 위쪽을 바라보았다. 돌연 나타난 두 개의 커다란 캡슐이 번들번들한 장미색 입을 쫙 벌렸다.

토비아스는 홀씨들 사이를 달려 플룜과 활이 있는 쪽으로 가면서 외쳤다.

"식충식물이야!"

앙브르는 소화액을 분비하는 입 쪽으로 끌려갔다.

맷은 황급히 검 손잡이를 잡고 멜빵에서 검을 꺼냈다. 그는 바위 위로 펄쩍 뛰어올라 검을 휘두르기 시작했다.

맷이 다섯 개의 실을 끊자, 앙브르는 바닥으로 떨어지며 맷을 붙잡고 껴안았다.

이번에는 두 개의 홀씨가 배낭에 달라붙어 끌어 올리려 했다. 앙브르는 두 손으로 맷의 검을 빼앗아 실을 잘랐다.

토비아스는 공중에서 움직이는 입을 겨누고 활을 쐈다. 하지만 화살은 충분히 올라가지 못했다.

맷은 두 친구를 끌어당기면서 외쳤다.

"도망치자!"

그들은 금빛 도는 갈고리들을 피해 갈지자로 언덕까지 달렸다. 숨이 멎을 정도로 가빠 속도를 줄이지 않을 수 없었다.

홀씨는 하나도 보이지 않았다.

맷은 호흡을 가다듬으며 투덜거렸다.

"아주 고약한 식물이야!"

앙브르는 무릎에 두 손을 얹고 헐떡거렸다.

"첫날부터 이게 뭐람!"

기운을 되찾은 삼총사는 다시 길을 나서 물이 검은 작은 연못에 도착했다. 기진맥진한 그들은 이곳에서 야영을 하기로 결정했다. 앙브르가 연못에서 몸을 씻자고 제안했지만 맷과 토비아스는 거절했다. 홀씨 사건에 혼쭐이 난 두 소년은 다른 위험은 감수하고 싶지 않았다. 앙브르는 두 소년의 빈대를 무릅쓰고 진흙탕 연못가에 무릎을 꿇었다가, 커다란 물고기의 아가리를 보고는 황급히 야영지로 돌아왔다. 그들은 맑은 물을 발견하지 않는 한 금단의 숲을 횡단하는 동안 몸을 씻지 않기로 결심했다.

테렐의 충고에 따라 세 사람은 불을 피우지 않고 차가운 참치와 옥수수 통조림을 먹은 후, 디저트로 과자를 먹었다. 어둠은 들판보다 먼저 찾아왔다.

어둠이 짙어지자 주위의 덤불숲에서 하얀빛이 나타났다. 움직이지 않는 희미한 빛.

맷은 검을 쥐고 가까이 다가갔다.

그는 덤불을 젖혔다. 광원은 무척 강렬했다.

거대한 곤충.

심장이 두근거리기 시작했다. 맷은 검으로 곤충을 후려치려다가 멈췄다. 곤충은 죽어 있었다.

'비었잖아?'

그것은 개미의 허물이었다. 개미가 살아 있다면 래브라도 사냥개만큼 컸을 것이다. 다리는 사라졌고, 여러 토막의 단단하고 매끄러운 껍질만 남아 있었다.

토비아스가 맷의 어깨 너머로 물었다.

"그게 뭐야?"

"와서 봐. 죽은 개미야."

앙브르가 외쳤다.

"어머! 엄청나게 크네!"

"키틴질이 저렇게 빛을 발하는 거야? 믿을 수가 없어!"

맷이 되물었다.

"키틴질?"

"그래. 표피 말이야. 단단해 보여."

토비아스가 발로 살짝 치자 텅 빈 울림 소리가 났다.

"견고해. 개미집을 피해야겠는데!"

앙브르가 말했다.

"이쪽 방향에 개미 허물이 널려 있어. 움직이는 건 없고. 모두 죽은 걸까?"

맷은 다른 빛을 살피러 갔다가 고개를 끄덕이며 돌아왔다.

"전쟁터인 것 같아."

토비아스가 덧붙였다.

"아니면 공동묘지. 개미들이 돌아올 수도 있어."

맷은 망설이지 않았다.

"야영지로 돌아가자. 나는 플룝을 믿어. 자는 동안 위험이 닥치면 플룝이 알려주겠지. 멀리서 개미들이 오는 걸 볼 수 있을 거야!"

잠시 후, 앙브르는 플룝에게 몸을 바싹 붙이고 잠들었다. 하지만 토비아스와 맷은 잠을 이룰 수 없었다. 장소가 마음에 들지 않았다.

모든 개미 유해는 땅에 고정된 유령처럼 밤새도록 반짝거렸다.

두 소년은 한참 동안 소곤소곤 대화를 나눴다.

이윽고 피로가 몰려오면서 눈이 감겼다.

그들은 나무줄기 사이에서 파도처럼 물밀 듯이 다가오는 안개를 보지 못했다.

그들은 새근새근 자고 있었다.

안개가 야영지를 에워쌌다.

7
꿈과 현실

시트처럼 얇은 실루엣이었지만 그 안에는 암흑세계를 품고 있었다. 그의 육신은 어둡고 메마르며 생명이 없는 저승문이었다. 그에게도 영혼이 있었다.

실루엣은 괴물을 빼닮았다.

날렵하고 위압적이며 냉혹한 괴물.

안개 망토를 걸친 로페로덴은 에샤시에들의 호위를 받으며 나무에서 나무로 날아다녔다.

로페로덴은 폭풍우를 잠재운 후, 속도를 줄이고 수시로 방향을 바꾸며 더욱 조심스럽게 전진했다. 팔다리가 바람에 펄럭거렸다.

로페로덴은 소년에게 다가가고 있었다.

소년은 아주 가까이 있었다.

그는 소년의 냄새를 맡을 수 있었다.

흥분한 로페로덴의 영혼이 검은 바위 지대에서 초조하게 맴돌았다.

소년의 흔적을 찾아 위치를 파악해야 했다.

로페로덴은 정신을 집중했다. 그의 영지에는 맑은 물이 퐁퐁 솟는 샘들, 후경後景과 연결된 뚜껑문들, 다양한 형태의 의식·무의식과 연결된 통로들이 있었다. 그는 현실 세계가 살포시 드러내는 것을 찾고 있었다. 그가 모르는 것을 통해 각 존재와 연결된 연약하고 보이지 않는 선. 정신의 숨겨진 부분에서 빠져나오는 회오리바람처럼 인지되지 않는 미세한 선.

그의 무의식은 암영과 억압된 욕망의 그물로 이루어져 있었다.

로페로덴은 이 복잡한 그물 속에 영혼을 담그고, 전선의 전류보다 더 민첩하게 움직이는 모든 것을 탐색했다.

꿈과 악몽은 시간과 공간의 유연성이 탁월해 꿈꾸는 사람이 마음대로 돌아다니며, 때로는 다른 사람들과 함께 움직인다.

로페로덴은 꿈의 단편이나 생각의 조각을 탐색하고, 떠다니는 이미지나 단어에 달려들었다.

맷에게 다가가고 있다는 사실을 느끼기까지는 상당한 시간이 걸렸다. 소년은 자면서 꿈을 꾸고 있었다. 소년과의 거리는 매우 가까웠다. 로페로덴은 소년의 아주 독특한 꿈을 감지할 수 있었다.

마침내 소년이 보였다.

회오리바람이 표적을 찾았다. 로페로덴은 소년을 깨우지 않기 위해 회오리바람을 아주 천천히 상승시켰다.

소년은 샴쌍둥이처럼 두 개의 형체로 이루어진 로페로덴의 영혼의 문턱에 있었다.

활동하지 않는 의식은 잔잔한 리듬으로 떨리는 미광을 발산했고, 반대로 활동 중인 무의식은 잠든 의식에서 에너지를 얻어 강한 빛을 내뿜고 있었다.

로페로덴은 소년의 머릿속으로 침투했다. 더 이상 낭비할 시간이 없었고, 무엇보다 소년이 도망쳐서는 안 되었다.

마침내 소년의 생각을 읽기 직전이었다.

무의식이 낯선 존재를 느끼고 강렬한 섬광을 방출했다. 섬광은 곧바로 소년의 꿈을 변질시켰다.

로페로덴은 재빠르게 움직여야 한다는 사실을 알고 있었다.

그는 뇌를 뚫는 드릴처럼 소년의 꿈을 뚫고 정보를 빨아들이기 시작했다.

소년은 악몽을 꾸고 있었다.

그는 로페로덴이 자신을 에워싸고 빨아들이는 것을 보았다.

로페로덴은 찾던 것을 얻는 데 성공했다. 소년의 위치를 파악한 그는 소년이 걸어왔던 길을 되짚어보았다.

다른 생각들이 몰려들었지만 읽을 여유가 없었다.

금발 머리, 검은 피부의 소년, 털이 텁수룩한 동물…….

갑자기 강력한 섬광이 로페로덴을 물리쳤다. 소년의 무의식이 순식간에 잠잠해진 반면 그의 의식은 빛나기 시작했다.

로페로덴은 빛의 폭발에 눈을 뜰 수 없을 만큼 고통스러웠다. 샘 쪽으로 거칠게 밀려난 그의 영혼은 차갑고 삭막한 세계로 쫓겨났다.

☣

소스라치게 놀란 맷은 심호흡을 했다. 목구멍에서 휘파람 소리가 들렸고, 관자놀이에서 식은땀이 났다.

잠에서 깨어난 그는 먼저 위치를 파악하려 했다.

숲에 대한 기억과 꿈속에 나타났던 로페로덴이 떠올랐다. 자신을 에워싸고 속삭이던 검은 형체뿐 아니라, 그의 밉살스러운 성격까지. 두개골을 뚫고 자신의 뇌를 읽을 수 있는 괴물.

맷은 방금 무슨 일이 일어났는지, 특히 이것이 무엇을 의미하는지 깨달았다.

여전히 아주 어두웠지만 푸르스름한 미광이 멀리 나무 꼭대기에서 조금씩 다가오고 있었다. 곧 해가 뜰 것이다.

안개는 야영지 주위에 하얀 새집처럼 모여 있었다. 맷은 이 안개를 두려워해야 할지, 아니면 그들을 숨겨주고 있으니 기뻐해야 할지 알 수 없었다.

그는 먼저 토비아스를, 그리고 앙브르를 흔들어 깨우고, 아주 조용히 말했다.

"놈이 우리를 찾아냈어!"

토비아스는 얼빠진 모습으로 물었다.

"뭐라고? 누구 말이야?"

"로…… 로페로덴."

토비아스는 몸을 일으키고 두 눈을 비볐다.

"그의 꿈을 꾼 거야?"

"응. 그런데 이번엔 달랐어."

앙브르가 궁금한 듯 물었다.

"어떻게?"

맷은 일어나 앉아 새벽의 한기를 막기 위해 침낭을 목까지 올렸다.

"전에 비해 신중하지 않았어. 이유는 설명할 수 없지만, 무척 다급한 것 같았어. 우리를 놓칠까 봐 걱정돼서 무지 서둘렀을 거야."

앙브르가 물었다.

"그를 느꼈니?"

"그래. 토비아스가 옳았어. 내 꿈은 로페로덴과 관련이 있어. 그는 내 꿈을 이용해 우리를 찾아내. 그는 우리가 어디 있는지 알아. 가까워지고 있어."

맷은 눈살을 찌푸렸다.

앙브르가 걱정스레 물었다.

"왜 그래?"

"설명하기가…… 쉽지 않아. 그는 뭔가를 열어놓은 채 급히 떠났어. 그가 나를 탐색……하는 동안…… 그의 몸에서 뭔가를…… 봤어. 그의 영혼이었겠지. 그건 우리 세계에 속하지 않아. 그는 몸에

영혼을 달고 다녀. 그의 몸은 그가 숨겨놓은 영혼 쪽으로 가는 통로
야. 어떤 장소로 가는 통로…… 불안해죽겠어! 사람들을 감금할 수
있는 일종의 연옥 같아. 사람들이 그에게 예속되어 있어. 그들은 그
를 떠받들고, 그는 그들을 먹고 살아."

토비아스가 깜짝 놀란 표정으로 물었다.

"그 모든 걸 보는 동안 그가 가만히 있었어?"

"일부러 가만히 있었던 게 아니야. 내가 보고 있다는 사실을 모르
는 것 같았어. 아무튼 1초도 머뭇거릴 시간이 없어. 서둘러 떠나야
해. 그는 우리를 바싹 뒤쫓고 있어."

앙브르가 물었다.

"아직 멀리 있을까?"

"모르겠어. 하루나 이틀쯤 걸릴 거야. 내가 무엇을 느꼈는지 도무
지 모르겠어. 그와 나 사이에 전깃줄 같은 것이 있어서 서로의 몸속
에 잠길 수 있었는데, 아주 불쾌한 느낌이었어."

맷은 인상을 찌푸리며 팬티 차림으로 일어났다. 앙브르는 고개를
돌렸다. 그는 서둘러 청바지와 스웨터를 입었고 케블라 조끼를 걸
친 후 시리얼을 먹었다. 앙브르는 침낭 속에서 옷을 입었다.

토비아스가 투덜거렸다.

"슬슬 시리얼이 지겨워. 벌써 눅눅해졌어. 유통기한이 곧 끝날 거
야. 아프면 안 되는데."

앙브르는 머리를 빗으면서 거칠게 대꾸했다.

"네가 그런 말을 해? 평소엔 뭐든 잘 먹잖아!"

"그래. 하지만 이건 시리얼이야! 아침은 중요하다고!"

앙브르가 웃음을 터뜨렸다.

"걱정 마. 아플 리 없어."

맷은 급히 이를 닦았다. 언제쯤 식수를 구할 수 있을지 모르기 때
문에 한 모금만으로 입을 가시고, 소지품을 챙겨 배낭에 넣었다.

삼총사는 플뤼의 등에 가방을 묶은 후 출발했다.

오늘 그들은 금단의 숲 중심으로 들어갈 것이다.

☣

삼총사는 뉴욕 빌딩보다 높고, 둘레는 30미터가 넘는 삼나무로 뒤덮인 언덕을 넘고 있었다. 큰 나무들은 다소 강하지만 불쾌하진 않은 향기를 풍겼다.

안개는 시간이 흐를수록 옅어졌다.

하지만 장애물은 끊임없이 나타났다. 오전이 끝날 무렵부터 햇살이 초목 천장에 가려 약해졌기 때문에, 삼총사는 가시덤불을 밟지 않도록, 혹은 구멍에 빠지지 않도록 주의해야 했다.

그들이 작은 언덕 꼭대기에 도달했을 때, 앞장선 플뤼이 걸음을 멈추더니 당혹스러운 듯 주둥이를 들고 살짝 짖었다.

지금까지 본 초목도 엄청나게 컸는데, 이번에는 더욱 거대했다.

그들은 어마어마한 나무 성벽 아래에 서 있었다.

100미터 이상 뻗은 나무뿌리들은 움직이지 않는 커다란 벌레들이 뒤얽혀 있는 것처럼 보였다. 그 위로 나무줄기가 치솟아 있었고, 나뭇가지들은 하늘로 사라지고 없었다.

삼총사는 개미만큼 아주 작게 축소된 것처럼 보였다.

앙브르는 경외감에 차 나무를 올려다보며 소곤소곤 말했다.

"산 밑에 있는 것 같아."

토비아스가 덧붙였다.

"이 숲은 무지 커! 태곳적부터 있었던 것 같아!"

플뤼도 경탄한 눈으로 숲을 바라보았다.

맷이 말 한마디 없이 발걸음을 떼자 플뤼은 힘의히듯 짖어댔다.

맷은 통로처럼 보이는 뿌리 사이로 일행을 안내했다. 그들은 여러 개의 뿌리를 기어오른 후에야 금단의 숲으로 접어들 수 있었다.

1킬로밖에 더 걷지 않았는데 햇빛이 사라졌다. 풍경은 짙은 어둠 속에 잠겨 있었다.

토비아스는 발광 버섯을 꺼내 지팡이 끝에 꽂았다.

맷이 제안했다.

"네가 활을 드는 게 좋겠어."

"싫어. 걸음을 뗄 때마다 활시위가 어깨를 때려."

"원한다면 저녁에 가죽 조각을 덧대줄게. 하지만 여긴 왠지 마음이 놓이지 않아. 무장하는 게 더 안전할 거야."

토비아스는 마지못해 동의하고, 플룀의 등에서 활과 화살집을 꺼냈다. 맷은 앙브르를 바라보며 물었다.

"무기를 갖고 있니?"

"섬을 떠날 때 이 단도를 챙겼어."

"그것뿐이야?"

"이것만으로도 충분해. 나는 무기를 사용할 줄 모르잖아. 내가 토비아스와 짝패를 이루고 있다는 사실, 잊지 마."

"알아. 하지만 유비무환이잖아. 무슨 일이 일어날지 몰라."

앙브르는 떠나기 전 맷의 팔을 다정하게 두드리면서 말했다.

"괜찮아."

토비아스는 앙브르에게 다가갔다. 그리고 한참 동안 망설이다가 그녀의 귀에 대고 속삭였다.

"그런데 짝패가 무슨 뜻이야?"

"짝을 이룬 패 말이야."

"아, 그렇구나."

토비아스는 약간 실망한 듯했다. 그는 좀 더 흥분할 만한 의미를 상상한 것 같았다.

삼총사는 복잡하게 뒤얽힌 나무껍질 속을 걸어 거대한 그루터기가 만들어낸 자연의 아치 밑을 지났다. 또 나무 벽을 기어오르거나 쓰러진 줄기 위에서 깊이를 알 수 없는 구멍을 뛰어넘었다. 뿌리가 너무 커서 넘을 수 없을 때는 뿌리 밑의 축축한 동굴을 기어야 했다.

이런 식으로 세 시간을 전진한 후 녹초가 된 삼총사는 마침내 걸음을 멈추고 목을 축였다. 가장 놀라운 것은 고사리, 소관목, 덤불이 적절한 규모로 형성되어 있다는 점이었다. 그 위로 신전 기둥처럼 높은 나무들이 뻗어 있었다.

멀리서 들려오는 올빼미 울음소리, 나무 꼭대기에서 나는 날카로운 울음소리, 고래 울음과 비슷한 저음의 신음 소리, 원숭이가 비웃는 듯한 울음소리 등, 숲은 특이한 소리를 내고 있었다. 가끔 나뭇가지에서 나뭇가지로 뛰는 작은 그림자나 날아가는 형체가 보였지만 어떤 동물인지 분별할 수는 없었다. 토비아스의 버섯이 발산하는 원주 10미터 미만의 원추형 빛을 받지 못한 나머지 부분은 소란스러운 암흑의 벽에 지나지 않았다. 심해 바닥을 걷고 있는 것 같았다.

맷은 방향이 틀릴까 봐 규칙적으로 나침반을 확인했다. 시간의 지표가 없는 것도 당황스러웠다. 어떻게 먹고 자는 시간을 알 수 있을까? 생체리듬을 믿고 따라야 할까?

맷은 시간이 흐르면 조금씩 익숙해질 거라 생각하며 두려움을 떨쳤다. 그들은 본능적으로 언제 멈춰야 할지 알게 될 것이다.

갑자기 낮은 초목 틈으로 희미한 빛이 나타났다. 상당히 강렬한 하얀빛이었다.

토비아스가 용기를 내 물었다.

"여기에 사람이 살고 있을까?"

맷이 대답했다.

"곧 알게 되겠지……."

앙브르가 난호하게 밀렸다.

"안 돼. 돌아가야 해."

맷이 반대했다.

"광원을 더 얻을 수 있을지 몰라."

"위험할 수도 있지!"

"접근해서 살펴보고 싶어. 토비아스, 너는?"

"잘 모르겠어……. 좋아, 찬성이야. 살짝 보고 위험하면 돌아가기로 하자."

앙브르는 한숨을 짓고 두 손을 들었다.

"내가 왜 너희와 한팀이 됐는지 모르겠다!"

하얀빛은 그들이 생각했던 것만큼 가깝지 않았다. 마침내 목적지에 도착한 그들은 작은 빈터를 보고 놀랐다. 광원은 10미터 높이에 매달아놓은 초롱 같았다.

불빛은 첫 나뭇가지들과 보통 크기의 나뭇잎을 드러냈다. 나뭇잎은 위로 올라가면서 더욱 커질 것이다. 꼭대기 잎은 올림픽 수영장만큼 클지 모른다.

토비아스가 큰 소리로 물었다.

"저게 뭐지?"

앙브르는 자세히 보기 위해 상체를 숙이고 대답했다.

"실내등 같은 전구 아닐까."

"떼어낼 방법이 있을 거야. 그런데 바닥에서도 빛이 날까?"

토비아스는 활을 잡고 시위에 화살을 메겼다. 맷은 그에게 기다리라는 손짓을 했다.

"저 위에 뭔가 있어. 전구가 장대 같은 데 묶여 있는 것 같아."

맷은 장작을 집어 전구를 향해 던졌다.

곧 무성한 덤불이 갈라지더니 번들거리는 송곳니로 가득한 커다란 아가리와 큰 검은색 눈이 나타났다.

괴물의 송곳니는 맷만 한 크기였다.

8
별똥별

괴물은 큼직한 농포로 뒤덮인 끈적끈적한 혀로 맷이 던진 장작을 핥았다. 혀는 곧바로 장작을 내뱉더니 이내 흉한 아가리 속으로 사라졌다.

검은 눈이 분주히 깜박였고, 콧구멍 역할을 하는 두 개의 길쭉한 구멍이 꿈틀거렸다.

괴물은 먹이를 찾고 있었다.

두 친구를 끌어안은 맷은 움직이지 말라고 지시했다. 흉물스러운 머리는 맷이 여태껏 보았던 어떤 동물의 머리통보다도 훨씬 컸다. 몸통은 얼마나 클까? 대체 어떤 동물일까? 벌레 같은 걸까? 이상한 실내등이 누르스름한 더듬이를 통해 머리와 연결되어 있었다. 심해어 다큐멘터리에서 본 어느 물고기 같았다.

토비아스는 여차하면 도망칠 준비를 하면서 속삭였다.

"우리를 못 봤나 봐."

맷이 토비아스를 붙잡았다.

"기다려! 우리를 엿보고 있어."

몇 초 후, 흉측한 괴물은 덤불 속으로 물러나 은신처로 돌아갔고,

조명 덫 아래 빈터에는 아무것도 남지 않았다.

맷이 속삭였다.

"지금이야."

삼총사는 살금살금 뒷걸음질 쳤다. 충분히 물러난 그들은 가능한
한 괴물로부터 멀어지기 위해 발길을 재촉했다.

앙브르가 두 소년에게 쏘아붙였다.

"다음번엔 내 말을 듣는 게 좋을 거야. 여기서 기대할 만한 건 하
나도 없어. 최대한 빨리 이 숲을 통과하는 게 나아."

토비아스가 물었다.

"며칠이나 걸릴까?"

"몰라. 적어도 사나흘은 걸리겠지."

삼총사는 몹시 지쳤지만 3시간 동안 강행군을 계속했다. 누구도
이 위험한 괴물 근처에서는 자고 싶지 않았다. 마침내 그들은 나무
밑, 궁륭처럼 생긴 곳에 이르러 야영을 준비했다. 짙은 초록색 이끼
로 뒤덮인 나무껍질 동굴은 그럭저럭 지낼 만했다.

이번에도 삼총사는 차가운 음식을 먹었다. 플룀이 먹이를 사냥하
러 떠나는 모습을 보며 맷은 마음이 아팠다. 플룀은 두려운 기색으로
멀어졌다. 맷은 플룀을 불러 도시락을 나눠 먹을까 생각했지만 그냥
내버려두기로 했다. 플룀은 혼자 해결할 능력이 있고, 쓸데없는 위험
은 무릅쓰지 않을 것이다. 플룀이 차가운 강낭콩을 먹긴 할까? 아무
튼 식량을 아껴야 했다. 여행을 마칠 때까지 식량이 충분치 않을 것
이다. 만일 이 숲 한복판에서 식량이 바닥난다면 어떻게 할 것인가?

맷은 플룀이 돌아올 때까지 기다렸다가, 옆에 드러눕는 것을 확인
한 후에야 겨우 눈을 붙일 수 있었다.

맷은 잠들기 직전 로페로덴을 생각했다. 만일 로페로덴이 밤중에
찾아와 그의 정신을 탐색한다면? 로페로덴은 분명 멀리 있지 않을
것이다.

맷은 두려움을 떨치려 애썼다. 만일 로페로덴이 이번에도 '문'을 열어놓는다면 그 틈을 타 그를 탐색할 수 있을 것이다. 하지만…….

맷은 인상을 찌푸렸다. 로페로덴이 퍼뜨리는 것은 무엇이든 느끼고 싶지 않았다. 그는 로페로덴의 영혼이 맴도는 이 지역에서 정신적인 황폐함을 느꼈다. 또 이 지역을 뒤덮고 있는 불안, 쓸쓸함, 격분, 두려움을 감지했다. 만일 이런 감정들이 몰려오지 않는다면 운이 좋다고 해도 좋았다. 생각하면 할수록 이 모든 느낌은 먹이를 찾는 로페로덴에게서 나오는 것 같았다.

꿈을 꾸지 않도록 애쓰면서도 그럭저럭 잘 수 있을 것이다…….

맷은 잠들었다.

검은 형체가 안개 속에서 바람에 펄럭거렸다. 안개는 맷 주위에서 전속력으로 퍼지더니 구멍을 찾아 흘러들었다. 움직일 수는 없었지만, 주위에서 불길한 존재가 느껴졌다. 창문 몇 개와 문 하나가 있는 오두막에서 자고 있는 기분이었다. 누가 불시에 침입하지는 않는지 계속 확인해야 했다. 로페로덴은 주위의 숲을 점점 더 빨리 맴돌고 있었다. 그는 창문을 깨뜨리고 자물쇠를 부수려 했지만 성공하지 못했다.

맷은 이 방에서 저 방으로 도망쳤다.

만일 문과 창문 가운데 어느 하나라도 부서진다면 재빨리 달아나 그에게 남은 마지막 은신처인 벽장 속으로 뛰어들어야 했다.

로페로덴은 밤새도록 들어오려 애썼다.

맷은 잘 버텼다.

토비아스는 맷을 흔들어 깨워야 했다.

"더는 못 자겠어. 벌써 늦었어. 한참 동안 네가 일어나길 기다렸어."

맷은 기지개를 켜며 말했다.

"알았어……."

여전히 너무 피곤했다. 피로를 풀어주는 밤이 아니었다.

은신처 밖은 캄캄했다. 맷은 불안을 조장하는 이 지속적인 어둠에 좀처럼 익숙해지지 않았다.

토비아스가 궁금한 눈빛으로 물었다.

"로페로덴의 꿈을 꿨니?"

"응. 그가 내 안으로 들어오려 했어. 어젯밤 꿈속에서 그의 모습을 봤고, 구조를 파악했어. 구체적으로 설명할 수는 없지만, 아무튼 내 안으로 들어오는 데 실패했어."

"그래서 네 얼굴이 그런 거야? 엄청 피곤해 보여!"

"괜찮아질 거야."

☣

행군은 어제보다 더 힘들었다. 그들을 꾸준히 에워싸고 있는 어둠이 신경을 마비시키기 시작했다. 땅의 기복은 갈수록 심해졌고 그때마다 우회해 다른 길을 찾아야 했다. 나무 한 그루를 돌아가는 데 한 시간씩 걸렸다.

불현듯 머리 위에서 이상한 소리가 들려왔다. 날카롭고 우렁찬 소리는 단번에 예리해지고 격렬해졌다.

삼총사 뒤에 있던 공작이 반응을 보였다. 나뭇잎이 떨리기 시작했다. 삼총사는 부스럭거리는 소리에 놀라 바닥에 바싹 엎드렸고, 플룸은 투명한 꽃 아래에서 발발 기었다.

뭔가가 그들 바로 위를 지나갔다.

토비아스는 어둠 속으로 피하기 위해 발광 버섯을 급히 주머니에 넣었다.

소리가 점점 가까워지는가 싶더니, 갑자기 숲 전체가 들리는 것 같았다. 물고기 떼 같은 수백 개의 형체가 나뭇잎 속에서 달리고 있었다. 소란이 어찌나 귀를 먹먹하게 했던지, 삼총사는 바닥에 엎드려 두 손으로 머리를 감쌌다. 수천 마리의 짐승들이 달려오는 것 같았다. 잘게 찢긴 잎이 그들 위로 쏟아졌다.

수백 개의 형체는 나타났을 때처럼 빠르게 남동쪽으로 멀어졌다. 그들이 지나간 자리에 훼손된 나뭇가지들이 널브러져 있었다.

토비아스는 다시 버섯을 꺼냈다. 그들은 짐승들이 휩쓸고 간 자리를 바라보았다. 무성한 초목은 조금도 망가지지 않은 것처럼 보였다.

☣

저녁, 삼총사는 테렐의 충고를 무시하고 작은 모닥불을 피웠다. 더는 차가운 통조림을 먹을 수 없었다. 통조림이 약간 데워지자, 포식자들의 관심을 끌지 않기 위해 바로 불을 껐다.

맷은 잠자는 시간이 두려웠다. 휴식이 필요했지만 로페로덴이 무서웠다. 하지만 너무 지친 그는 졸음을 이기지 못하고 잠들었다.

삼총사가 꿈을 꾸는 동안에도 어둠에 파묻힌 금단의 숲은 살아 움직였다. 작은 동물들은 생소한 냄새를 맡기 위해 나뭇가지를 타고 다가왔고, 인간의 귀에 들린 적 없는 기이한 소리가 사방에서 울렸다.

붉은빛, 노란빛, 오렌지빛이 먼 상공에서 반짝거렸다.

삼총사가 겨우 다섯 시간쯤 잤을 때, 맷이 헐떡거리면서 벌떡 일어났다.

그는 황급히 토비아스 흔들어 깨웠고, 그 바람에 앙브르도 깼다.

맷이 외쳤다.

"로페로덴이 아주 가까이 왔어! 빨리 일어나! 도망쳐야 해!"

앙브르가 말했다.

"진정해! 그걸 어떻게 알았어? 악몽 꾼 거 아니야?"

"아니야, 분명해. 로페로덴을 느꼈어. 아주 가까이에 있어. 단 1초도 여유가 없어!"

삼총사는 서둘러 소지품을 챙겼다. 맷은 출발하기 전 나침반으로 남쪽을 확인했다.

잠시 후 지면이 부드러워졌다. 그들은 가슴 졸이며 물이 찰랑거리는 늪지대를 가로지른 후 한참 동안 가파른 비탈을 넘었다.

높은 나무껍질은 때때로 계단이나 난간처럼 보였다. 맷은 잠시 망설였다. 나무껍질을 타고 꼭대기까지 올라갈 수 있을 것 같았다. 하지만 왜? 나무에서 나무로 다닐 방법이 있을까? 그게 더 안전할까?

맷은 모험을 하지 않았다. 그는 잠깐씩 쉬면서 최대한 빠르게 일행을 이끌었다. 그가 생각한 대로 로페로덴이 아주 가까이 있다면? 그는 섣불리 걸음을 늦출 수 없었다.

'그래도 쉬고 먹고 자야 하잖아?'

맷은 이 질문을 회피했다. 식사는 서서 해결하고 취침 문제는 좀 더 궁리해볼 것이다.

하지만 행군 속도는 시간이 지날수록 느려졌다. 플룹조차 혀를 늘어뜨렸다.

앙브르가 냉정하게 판단했다.

"더는 못 걸어."

"조금만, 조금만 더……."

"한참 전부터 그렇게 말했잖아. 완전히 파김치야. 잠깐이라도 쉬어야 해."

맷은 앙브르의 고집에 두 손을 들었다. 그들은 의자 대신 버섯 위에 앉아 비스킷과 막대 초콜릿을 조금씩 먹었다.

토비아스가 중얼거렸다.

"우유를 마시고 싶어. 신선하고 맛있는 우유가 그리워!"

앙브르는 호리병박을 꺼내면서 외쳤다.

"우리에겐 꿀이 있잖아!"

달콤하고 진한 꿀은 기운을 북돋아주었다.

삼총사는 다시 길을 나섰다. 맷은 끊임없이 그들을 둘러싸는 어둠의 벽 너머를 볼 수 있기라도 하다는 듯 종종 뒤를 돌아보았다.

삼총사는 키를 넘는 풀의 장막 속으로 들어섰다. 잠깐만 걸으면 될 거라는 생각과 달리, 풀밭은 한없이 계속되었다. 그들은 옥수수 줄기만큼 길쭉한 잎사귀의 날카로운 날에 손과 팔뚝을 베였다. 상처를 입지 않으려면 속도를 늦춰야 했다.

두 시간 후, 마침내 풀밭에서 벗어나는가 했더니, 이번에는 럭비공만큼 커다랗고 신선한 초록색 똥이 나타났다.

토비아스가 입을 열었다.

"어떤 동물이 남겨놓았는진 모르지만 마주치고 싶지 않아."

삼총사는 침묵을 지키면서 마른 나뭇가지를 밟지 않도록 신중에 신중을 기했다.

저녁이 다가오고 있었다. 더는 무리였다. 로페로덴에 대한 두려움도 맷을 재촉할 수 없었다. 그는 결정을 내려야 했다.

맷은 배낭끈을 풀어 그들을 에워싼 작은 버섯들 한가운데 내려놓았다.

"오늘은 여기서 야영하자. 더는 못 걷겠어."

앙브르와 토비아스는 안도의 한숨을 내쉬었다. 그들은 너무 녹초가 된 나머지 이끼 위에 털썩 주저앉았다.

토비아스가 끙끙거리며 말했다.

"죽는 줄 알았어!"

삼총사는 체력을 회복하기 위해 소지품을 꺼내지 않은 채 30분 동안 쉬다가 식사를 했다.

갑자기 눈부신 두 개의 하얀 섬광이 10미터쯤 떨어진 뒤편 어둠 속에서 솟구쳤다.

광선이 삼총사에 닿기 무섭게 날카로운 비명이 숲을 가로질렀고,

이어 다른 괴물들도 고함을 질러댔다.

공포에 휩싸인 맷이 외쳤다.

"에샤시에야!"

자신의 배낭을 챙긴 맷은 토비아스에게 달려가 배낭을 메는 걸 도와주고 달렸다. 공포에 질린 토비아스는 자신이 점점 더 빨리 달리고 있다는 사실을 깨닫지 못했다. 그는 놀랍게도 쉽게 두 친구를 앞질렀다. 그가 지팡이 끝에 꽂은 발광 버섯을 든 채 달렸기 때문에 앙브르와 맷 그리고 플룁은 조금씩 어둠에 잠겼다.

맷이 헐떡이면서 외쳤다.

"토비아스! 기다려!"

토비아스는 두려움 탓에 귀머거리가 되었다. 그에게는 오직 한 가지 생각뿐이었다. 도망치는 것. 빨리, 그리고 멀리.

초능력이 발휘된 것 같았다. 토비아스는 단거리선수처럼 빨리 달리고 있었다. 잎사귀가 그의 뺨을 할퀴었지만, 뉴욕에서 마주한 에샤시에에 대한 끔찍한 기억이 모든 고통을 잊게 했다.

앙브르, 맷 그리고 플룁은 완전히 캄캄한 어둠 속에 버려졌다.

맷은 앙브르의 손을 잡고 속삭였다.

"야광봉을 켤게."

사방에서 에샤시에들이 다가오고 있었다. 맷은 가방을 열고 야광봉을 꺼낼 여유가 없다는 사실을 깨달았다.

너무 늦었다.

맷은 앙브르를 뒤로 밀고 검을 휘두르며 장담했다.

"놈들에게 너를 빼앗기진 않을 거야."

"대화로 타협할 순 없을까?"

"응. 에샤시에는 로페로덴의 병사야. 놈들은 나를 원해. 불길한 예감이 들어. 각오 단단히 해. 전투가 시작되면 무릎을 꿇어서 너를 보호해."

그때 수십 개의 별이 불쑥 나타났다. 끝이 보이지 않는 나무 꼭대기에서 빛나는 아주 작은 하얀색 미광.

별똥별 같은 것이 검은 나뭇잎으로 둘러싸인 하늘에서 미끄러지듯 내려오더니 나뭇가지 뒤로 사라졌다. 저게 뭘까? 100미터 높이에 매달린 개똥벌레?

첫 번째 에샤시에가 불쑥 나타나 두 줄기의 섬광으로 맷을 비췄다. 맷은 팔로 두 눈을 가렸다.

앞쪽에서 어떤 움직임이 느껴졌다. 맷은 눈부신 섬광 속에서도 유백색 피부의 팔 하나가 뻗어나오는 것을 보았다. 커다란 손가락이 그를 움켜쥐기 위해 펼쳐졌다.

검을 휘두르던 맷은 검이 뭔가에 부딪치는 것을 느꼈다. 그가 에샤시에의 손가락을 자른 것이다.

에샤시에는 날카롭고 기괴한 비명을 내질렀다.

앙브르와 맷도 울부짖었다.

다른 에샤시에가 튀어나왔고, 이어 세 번째 에샤시에가 보였다.

맷은 검을 휘둘러 닥치는 대로 잘라버렸다. 플룸이 으르렁거리며 한 실루엣에게 달려들어 물어뜯자 에샤시에는 뒷걸음쳤다.

에샤시에들은 길쭉한 손을 내밀었다가 뒤로 빼며 유인 공격을 시도했다. 벌써 다른 에샤시에들이 달려오고 있었다. 맷은 섬광 속에서 10여 마리의 에샤시에를 셌다.

'잡히면 안 돼!'

잡히는 것은 죽는 것보다 더 나쁠 것이다. 로페로덴에게 생포되어 생을 마감하기보다는 위험을 무릅쓰고 모든 방법을 동원해 저항하는 편이 낫다. 앉아서 당하느니 싸우다 죽는 게 낫지 않은가.

검이 휙휙 소리를 내며 가끔 공격자들의 살 없는 팔다리를 벴다. 맷은 잘 견뎌내고 있었다. 플룸은 놈들을 물리치기 위해 젖 먹던 힘을 다해 달려들고, 물어뜯었다.

불현듯 돌 하나가 한 에샤시에의 머리를 향해 전속력으로 날아갔다. 돌에 맞은 에샤시에는 눈을 감고 날카로운 비명을 질렀다.

'앙브르야!'

둘이 힘을 합하면 놈들을 물리칠 수 있을 것이다…….

플륌은 맷에게 달려드는 에샤시에를 넘어뜨리려 했지만 놈의 격렬한 공격을 받아 덤불로 나뒹굴었다. 에샤시에들의 공격은 점점 심해졌다.

맷은 이길 수 없다고 판단했다. 에샤시에들이 너무 많고, 너무 빠르며, 너무 영악했다.

끝장이다. 모든 희망이 무너질 것이다.

멀리서 시트가 펄럭이는 소리를 들었을 때 맷의 심장은 오그라들었다.

'로페로덴이야.'

맷은 에샤시에들이 다른 교활한 수작을 부리지 않을까 걱정하면서 고개를 들었다.

별들이 움직이고 있었다.

별들은 점점 커졌다.

'별들이 내려오고 있어! 부서질 거야, 우리 머리 위에서!'

방심한 맷은 뒤에 있던 에샤시에를 보지 못했다. 손 하나가 그의 상체를 감싸더니 검을 쥔 팔을 움켜잡았다.

맷은 목이 쉬도록 외쳤다.

"안 돼! 안 돼! 앙브르, 달려! 도망쳐!"

다른 에샤시에는 앙브르가 일어나기도 전에 덤벼들었다.

별똥별들이 엄청난 양의 나뭇잎을 튀게 했고, 섬광 다발이 에샤시에들에게 달려들었다. 탁탁거리는 소리와 거칠고 날카로운 숨결이 난무했다. 별들은 벼락을 내뿜어 몇 초 만에 에샤시에들을 물리쳤다. 별 하나가 맷에게 다가오더니, 강력한 화살에 관통당해 비틀거리는 에샤시에의 팔에서 맷을 떼어냈다.

별은 곧 다시 올라가기 시작했다. 별이 어찌나 빨리 올라가는지 맷은 오장육부가 으깨지는 듯했다.

그는 숨이 멎을 만큼 무척 놀랐다.

의식이 가물가물해졌다. 버티려 했지만 속도가 너무 빨랐다. 금단의 숲 상공을 날아가면서, 그는 의식을 잃었다.

9

초록 인간

의식을 찾은 맷은 잠시 자신이 미래의 옷을 입은 이상한 사람과 함께 둥근 케이블카 안에 누워 있는 꿈을 꾼다고 생각했다.

그는 도로 눈을 감고 정신을 집중한 다음, 다시 눈을 떴다.

이상한 사람은 여전히 있었다. 단단한 하얀색 흉갑, 철모 그리고 다리 보호대가 어둠 속에서 반짝이며 나무로 짠 케이블카 내부를 비추고 있었다.

케이블카는 흔들리고 있었고, 때때로 뭔가에 부딪쳐 내벽이 삐거덕대면서 거칠게 덜컹거렸다.

맷은 케이블카가 움직이고 있다는 사실을 깨달았다. 팔다리가 떨렸고, 현기증이 이어졌다.

'올라가고 있잖아? 이건 승강기야! 내 직감이 맞는다면 엄청난 속도로 올라가고 있어!'

갑옷이 희미한 빛을 발산하기는 했지만 이상한 사람이 누워 있었기 때문에 맷은 그의 얼굴을 제대로 볼 수 없었다. 머리가 길고 튼튼해 보이는 그는 충돌할 때마다 넘어지지 않기 위해 머리 위쪽 손잡이를 움켜쥐었다.

맷은 여전히 케블라 조끼를 걸치고 있었다. 검, 배낭, 자루 그리고 외투는 그의 발치에 있었다.

상승은 몇 분간 계속되었다.

갑자기 케이블카가 속도를 줄이더니 제동을 거는 소리와 함께 멈췄다.

케이블카가 넓은 격납고에 도착한 듯 목소리가 울렸다. 나무가 다시 삐거덕거렸고, 이상한 남자가 위쪽에서 분주히 움직이는가 싶더니 측면의 뚜껑문이 열렸다. 맷이 이상한 남자의 도움을 받아 밖으로 나오자 이상한 군인이 따라붙었다.

그곳은 창문이 없고 바닥, 벽, 천장이 온통 판자로 된 대형 홀이었다. 하얀빛을 발산하는 물컹한 물질이 든 여러 개의 초롱이 홀을 밝히고 있었다. 내벽에서는 선실처럼 우지끈하는 소리와 삐걱거리는 소리가 났다.

맷은 대형 바퀴 밑에 서 있었다. 바퀴에는 수백 미터의 검은 밧줄이 감겨 있었다.

맷 앞에는 병사가 서 있었다.

철모는 대형 개미의 두개골이었다.

마침내 맷은 상황을 파악했다.

별똥별처럼 보였던 것은 개미의 키틴으로 만든 갑옷을 걸친 사람들이었다. 삼총사는 공동묘지에서 거대한 개미 허물을 보지 않았는가. 갑옷은 은빛을 발산하고 있었다.

그들은 나무에 매달려 있을까? 밧줄로?

모든 시선이 그에게 집중되었다.

팬들이었다.

어른은 한 명도 없고, 어린이와 청소년들뿐이었다.

하지만 나튼 점이 많았다. 그들의 눈은 자동치 헤드라이트에 비친 고양이 눈처럼 빛을 반사하는 것 같았다. 초록빛 홍채가 반짝였다. 신기하게도 머리카락 역시 초록색이었다.

맷을 구한 소년이 물었다.

"어떤 부족이 너를 버렸지? 무슨 범죄를 저질렀어?"

맷이 대답했다.

"부족이라니? 나는 부족의 일원이 아니야. 내…… 내 이름은 맷이야. 북쪽에서 왔고, 금단의 숲을 횡단 중이었어……."

"금단의 숲? 무슨 얘길 하는 거지?"

"내 친구들은? 붉은빛이 도는 금발 소녀와 내 또래의 흑인 소년 못 봤니? 그는……."

맷 뒤에서 누군가가 명령을 내렸다.

"저놈을 가둬! 나중에 신문할 거야. 지금은 이동해야 해."

맷이 항의했지만 한 병사가 그를 좁은 복도로 이끌어 거칠게 골방으로 밀었다. 벽에는 나무로 만든 양동이 하나와 물병 하나가 걸려 있었다.

병사의 발소리가 멀어졌다. 절망한 맷은 털썩 주저앉았다.

앙브르와 토비아스가 구조되지 않았다면 어떻게 그들을 찾을 수 있단 말인가!

'탈출할 수 있을까? 여기가 어딘지조차 모르는데!'

그때 익숙한 목소리가 판자 틈으로 들려왔다.

"맷? 너니?"

소년의 심장이 두방망이질하기 시작했다.

"앙브르?"

"그래, 나야! 네가 여기 있다니 정말 기뻐! 토비아스도 함께 있어. 내 왼쪽 감옥에!"

"휴, 다행이다!"

안도의 한숨을 길게 내쉬던 맷은 문득 플룹을 떠올렸다.

그는 매우 당황한 목소리로 물었다.

"플룀은?"

"모르겠어. 플룀은 보지도, 듣지도 못했어."

맷은 이번에는 침통한 한숨을 내쉬고 물었다.

"여기가 어디지? 짚이는 거 없어?"

"우리는 분명 끌려 올라왔어! 한 팬이 '배'라고 말하는 걸 들었어."

"배라고? 불가능해. 금단의 숲 꼭대기에 물이 있을 리 없어!"

"맷, 그들이 얼마나 이상하게 생겼는지 너도 봤지? 눈······."

"그래. 그들은 우리와 달라. 여기서 탈출해야 해."

"어떻게? 문은 걸쇠로 잠겨 있어! 이미 밀어봤어."

"초능력을 써봐! 걸쇠를 들어 올릴 수 있을 거야."

"걸쇠가 안 보여. 볼 수 없는 것에는 초능력을 쓸 수 없어."

맷이 투덜거렸다.

"그렇다면 내가 해볼게. 저 문을 무너뜨릴 힘이 있을진 모르지만."

"그러지 마. 그들이 누구인지, 무엇을 원하는지, 어떤 능력이 있는지 모르잖아. 기다려보자."

"우리를 가뒀다고!"

"하지만 에샤시에게서 구해주었지! 조금만 참고 기다리자. 상황을 빈틈없이 파악해야 대처할 수 있잖아. 이 기회에 푹 쉬어두자고. 나는 파김치야. 토비아스도 그렇고."

"토비는 어때?"

"괜찮아."

"적어도 우리는 무사해."

그들을 에워싼 모든 목재 구조물이 삐걱거리기 시작했다. 맷은 그것이 움직이고 있다는 것을 깨달았다.

'정말 배 같잖아! 대체 여긴 어디지?'

맷은 녹을 축이고 앙브르의 세안에 대해 고민했다. 틀린 말은 아니었다. 아무튼 휴식을 취할 기회였다.

한 시간 후, 팬들이 삼총사를 찾으러 왔다. 앙브르, 토비아스 그리고 맷은 좁은 복도에서 만나 헤어지기 전, 잠시 서로 얼싸안았다. 그들은 아주 긴 책상과 20여 개의 의자가 있는 기다란 홀로 끌려갔다. 삼총사가 칼과 손도끼로 무장한 다섯 명의 팬들에게 둘러싸인 채 홀로 들어섰을 때, 세 소녀들이 구석에 앉아 낮은 목소리로 얘기를 나누고 있었다. 삼총사는 소녀들 앞에 앉았다. 두 소년이 소녀들 뒤쪽의 긴 의자에 앉아 있었다.

모두 햇살을 받은 풀처럼 반짝이는 초록색 머리와 녹옥색의 날카로운 시선을 과시하고 있었다.

한 소녀가 알려주었다.

"너희는 베소마트리스Vaisseau–Matrice, 母艦호에 있어. 우리는 이 배의 선장이야. 너희는 무슨 부족이지?"

맷이 대답했다.

"우리는 어떤 부족도 아니야. 자유로운 팬이지."

세 소녀 중 키가 가장 큰 소녀가 대꾸했다.

"여기서는 누구도 공동체 없이 살아남을 수 없어!"

앙브르가 상체를 숙이고 끼어들었다.

"우리는 여기 살지 않아. 금단의 숲을 횡단해 남쪽으로 가고 싶을 뿐인 여행자야."

뺨이 통통한 소녀가 물었다.

"뭘 금단의 숲이라고 부르는 거지?"

배에 있는 모든 팬들의 입술은 아주 연한 색이었고, 손톱은 특이하게도 갈색이었다.

앙브르가 설명했다.

"이 아래야. 나무가 너무 높아서 햇빛이 지면까지 도달하지 못하는 이 장대한 숲 말이야."

"우리는 '마른 바다'라고 불러. 너희가 '심해'에서 길을 잃었을 때, 우리가 너희를 발견했지. 부하들이 비명 소리를 들었어. 마침 이 근처에서 '잠수' 중이었거든. 너희는 운이 좋았어."

맷이 반박했다.

"우리는 길을 잃지 않았어!"

키가 가장 큰 소녀 선장이 말을 이었다.

"수면이 아닌 심해에서 '마른 바다'를 횡단하다니, 길을 잃은 게 아니라면 미친 거겠지!"

앙브르가 중얼거렸다.

"그럼 여기가 금단의 숲 상공이란 말이야?"

"맞아. 우리는 떠다니고 있어. 정말 여기 살지 않는 거야? 바다 너머에 다른 생존자들이 있어? 많이?"

"그래. 수백 명, 어쩌면 수천 명."

세 선장의 얼굴에 역력한 놀라움이 나타났다.

긴 의자에 앉아 있던 한 소년이 세 선장에게 고개를 돌렸다.

"거짓말이야! 경계심을 약화시켜서 방어를 무너뜨리려는 거야! '벡Becs(부리, 입을 뜻하는 프랑스어—옮긴이) 부족'은 그러고도 남아!"

키가 가장 큰 선장이 고개를 저었다.

"어렵사리 찾아낸 이들을 심해로 내쫓아 희생시키는 건 어리석어. 그럴 순 없어! 이들의 장비를 조사했어. 과거의 물건을 많이 가졌더군. 이곳의 어떤 부족에게도 없는 거야."

앙브르가 간청했다.

"우리를 믿어야 해. 우리가 원하는 건 금단의 숲, 아니 마른 바다를 횡단하는 것뿐이야."

맷이 손을 들고 물었다.

"혹시 우리를 구조하면서 커다란 개를 데려오진 않았어? 아주 큰 개야."

그들은 고개를 저었다. 맷은 가슴을 짓누르는 슬픔을 참기 위해 심호흡을 했다. 플륍을 잃어버리다니!

'플륍은 다른 개들과는 달라. 혼자서도 요령 있게 숲의 출구를 찾아낼 거야!'

하지만 확신할 수는 없었다. 금단의 숲은 정글보다 험한 곳이었고, 플륍이 며칠 더 살아 남을 가능성은 매우 적었다.

한 선장이 두 동료에게 상체를 숙이고 속삭였다.

"저들이 '생명나무'에 대한 믿음을 깨뜨릴 수도 있어! 그건 우리 공동체의 안정에 위협이 되는 일이야!"

다른 선장이 반박했다.

"아니야. 이들은 관찰만 할 거야. 우리와는 달라."

맷은 대화를 다 듣고 부탁했다.

"믿어줘. 우리는 이 바다 밖 세상에 대해 많은 걸 알려줄 수 있어. 너희를 괴롭히지 않을 거야!"

선장들이 일어나 두 소년과 의논한 후 돌아왔다.

"우리의 공중 마을인 '둥지'까지 너희를 데려가겠다. 여성 지도자들이 너희를 어떻게 할지 결정할 거야."

처음부터 입을 다물고 있던 토비아스가 물었다.

"어떻게 할지라니?"

"너희는 지금 포로야. 손님으로 환대받지 못하면 심해로 추방당할 거야."

"언제쯤 둥지에 도착하는데?"

"순풍이 분다면 내일 오전. 일단 너희는 이 배의 승객이야. 족쇄를 채우진 않겠지만 혼자 돌아다니지는 마. 그렇지 않으면 밧줄로 결박하겠다. 식사가 제공될 거야. 지도자들 앞에 출두할 때까지 신중히 처신하는 게 신상에 좋겠지."

세 소녀와 두 소년은 세 명의 보초를 남겨놓고 떠났다.

흥분한 앙브르가 외쳤다.

"우리가 떠다니다니! 배가 어떻게 생겼는지 밖에서 보고 싶어!"

맷이 진정시켰다.

"흥분하지 마. 우리는 아직 환영받는 손님이 아니야."

"그들은 믿음이 가. 아주 현명해 보이던데."

토비아스가 갑자기 웃음을 터뜨렸다.

"이 공동체를 이끄는 게 소녀들이라 마음에 드는 거야?"

"바보 같은 소리 하지 마!"

문이 다시 열리더니 하얀 고깃덩어리가 든 뜨거운 수프와 따끈한 초록색 빵이 나왔다.

토비아스가 감탄하며 소리쳤다.

"와, 빵이야! 더는 눅눅한 비스킷을 먹지 않아도 돼!"

식사를 마친 삼총사는 위층으로 안내되었다. 방에는 침대 하나와 들보에 매달린 해먹 두 개가 있었다. 대형 창문 하나가 안쪽 벽을 차지했다. 밤이었기 때문에 밖은 보이지 않았다. 앙브르는 창문으로 달려갔다.

"유리 공간이야! 태양열을 활용하나 봐. 배는 온통 목재인데 지주는 알루미늄이야."

맷은 창문을 열기 위해 걸쇠를 내리려는 앙브르를 말렸다.

"그러지 마. 밖에 뭐가 있는지 모르잖아!"

앙브르가 맷의 충고를 듣지 않고 창문을 열자, 바깥의 신선한 공기가 작은 방으로 흘러들었다.

앙브르가 소리쳤다.

"아무것도 안 보여! 오! 기다려! 이건…… 대양이야!"

달이 구름 사이에서 모습을 드러내자 비교적 평평하고 어두운 '수평선'이 보였다. 바람이 앙브르의 머리카락을 날렸다.

맷은 앙브르를 안쪽으로 잡아당기고 창문을 닫으며 꾸짖었다.

"위험해! 저 아래에 사는 괴물에게 잡아먹히고 싶어?"

앙브르는 체면치레로 투덜거리고는 배낭을 바라보았다. 초록색 팬들은 무기를 제외한 나머지 소지품을 돌려주었다.

두 소년은 앙브르에게 침대를 양보하고 포근한 잠자리를 위해 해먹에 담요를 깔았다.

앙브르가 한쪽 구석을 가리고 있는 커튼을 젖히자, 변기 대신 구멍이 뚫린 의자 하나, 쇠 냄비 하나 그리고 그 위로 수도꼭지가 보였다.

앙브르가 감탄했다.

"재주가 뛰어난걸!"

토비아스는 앙브르에게 등을 돌리고 대꾸했다.

"아주 수상해! 초록 인간이라고! 머리카락, 눈 그리고 입술까지 초록색이야. 정상이 아니야!"

토비아스는 유리 초롱에 관심을 보였다. 내부의 물렁물렁한 물질이 열은 내지 않으면서 은빛을 투사하고 있었다.

"젤리 같아."

맷은 두 손을 허리에 얹고 문을 관찰했다.

"열쇠로 문을 잠갔어. 우리는 감시를 받는 승객이야. 카마이클 섬에서처럼 잠깐 야간 외출을 시도하는 건 어때?"

앙브르가 고개를 저으며 대답했다.

"첫날부터 신뢰를 저버리면 그들이 어떻게 나올지 생각해봤어? 안 돼. 오늘은 잠이나 자고, 내일 더 많은 걸 알아보자."

맷은 앙브르의 흥분에 공감하지 않으나 고집을 부리지는 않았다. 그는 개수대에서 세수를 했다. 수도꼭지의 수압은 별로 세지 않았지만 맑은 물은 기분을 상쾌하게 했다. 그는 팬티와 티셔츠 차림으로 해먹에서 펄쩍펄쩍 뛰었다.

토비아스가 맷을 따라하는 동안 앙브르는 화장실로 가서 커튼을 쳤다. 화장실에서 나오기 전 그녀는 두 소년에게 고개를 돌리라고 부탁했다. 토비아스는 초롱을 끄지 않았다는 사실을 깨달았다. 아무리 찾아봐도 초롱을 끌 방법이 없었다. 궁여지책으로 초롱에서 신기한 물질을 꺼내 작은 트렁크 위에 놓았다.

"제길, 너무 불쾌해! 아주 끈적끈적하고 차가워!"

토비아스는 두 번째 초롱을 치운 후에야 해먹에 누울 수 있었다.

달이 창문에 나타나 피곤에 전 삼총사의 얼굴을 비췄다. 몇 미터 아래에서 놀랄 만큼 조용하고 검은 바다가 배를 에워싸고 있었다.

앙브르가 경탄 어린 목소리로 말했다.

"수백 미터 상공에 떠 있다니!"

토비아스가 물었다.

"그들이 이 배를 만들었을까? 엄청 큰 것 같은데."

"아무튼 나는 배를 둘러보고, 공동체에 대해 알고 싶어. 서로 얘기할 게 무척 많아!"

"무지 즐거운 표정이구나. 우리가 갇혀 있단 사실 잊지 마!"

"불상사를 대비하기 위해서야. 당연한 거라고."

맷이 대화에 끼어들었다.

"친구들, 내일이면 그들이 아군인지 적인지 알 수 있을 거야."

삼총사는 오랫동안 얘기를 나눴다. 결국 앙브르와 토비아스는 배의 요동에 맞춰 잠들었다.

맷은 어두운 천장을 바라보며 플룀을 생각했다.

그는 마음이 아파 오랫동안 잠을 이룰 수 없었다.

10
태양과 대기

햇빛은 쉬지 않고 강해지면서 더욱 눈부시게 빛났다.

며칠 동안 어둠 속에 갇혀 지낸 삼총사는 황금빛 아침 햇살에 잠
긴 선실에서 눈을 뜨기가 몹시 힘들었다. 그들은 30분 정도 햇빛에
적응하고 나서야 일어날 수 있었다.

아침 식사는 한참이 지난 후에 제공되었다. 너무 일찍 일어난 것
이다.

쟁반에는 한 번도 본 적 없는 과일 비슷한 것과 야자즙처럼 보이
는 하얀 액체가 담긴 단지가 있었다. 그들은 신선하고 달콤한 식사
를 만끽했다.

오전 중간 무렵, 초록 팬들이 와서 삼총사를 주갑판 쪽으로 데려
갔다. 삼총사는 계단으로 이루어진 좁은 통로를 지나 밧줄로 묶인
중앙 돛대 밑의 승강구를 통해 선체 밖으로 나갔다.

삼총사는 숨을 쉴 수 없을 만큼 놀랐다.

그들이 거대한 범선을 타고 항해하고 있지 않은가. 네 개의 돛—돛
끝에 갈색 대형 가죽 공이 다발로 묶여 있었다—이 열기구의 곤돌라
처럼 배를 지탱하고 있었다. 각각의 돛에 열 개의 열기구가 묶여 있

었다. 맷은 매우 좁은 구름다리를 돌아다니며 팽팽한 밧줄 그물을 확인하는 소년을 보고 현기증을 느꼈다.

앞쪽 대형 돛 꼭대기에 망루가 설치되어 있었다. 망루는 여러 사람이 들어갈 수 있을 만큼 꽤 넓었다.

처음에 맷이 구름으로 착각했던 돛 쪽에서 여러 실루엣이 분주히 움직이며 밧줄을 잡아당기고 있었다.

한없이 긴 밧줄로 상갑판 난간에 고정된 커다란 돛이 범선을 견인하고 있었다. 바람에 부푼 돛은 멀리 하늘에서 연처럼 날았다.

기상천외한 작품에 넋을 잃었던 맷은 조금씩 정신을 차렸다. 초록 팬들의 천재성은 좀처럼 끝나지 않았다.

주갑판의 폭은 15미터였다. 뱃머리와 선미에 세워진 구조물은 3층 건물 높이로 우뚝 솟아 있었다. 20여 명의 선원들이 갑판을 닦으며 밧줄을 묶거나 풀었고, 혹은 선박 주위에 거미집처럼 설치된 슈라우드(돛대 꼭대기에서 양 뱃전에 쳐 돛대를 고정시키는 밧줄—옮긴이)를 통해 돛대를 오르고 있었다.

머리색은 햇빛을 받아 더욱 선명했고, 시선 또한 더 날카로워 보였다. 손톱은 어제 선실 불빛 아래에서 보았던 갈색이 아닌 초록색이었다. 팬들의 입술은 엷거나 짙은 정도의 차이는 있었지만 모두 초록색이었다. 맷은 그들이 폭풍설 때 숲을 구성하는 정수精髓의 일부를 흡수해 신체 색깔이 변했으리라고 추측했다.

선장의 경호원 중 한 명이 외쳤다.

"이봐! 더 가야 해!"

삼총사는 안내자를 따라 뒤쪽 구조물의 계단까지 간 다음, 여러 선원들에게 에워싸인 세 명의 선장이 기다리는 꼭대기로 올라갔다. 바람에 노출된 넓은 조타실이 중앙에 당당히 자리 잡고 있고, 책상 측면에는 나침반이 붙어 있었다.

앙브르가 물었다.

"너희가 이 배를 건조했니?"

키가 가장 큰 선장이 대답했다.

"그래. 완성된 지 한 달밖에 안 됐어. 모든 자원과 에너지를 쏟았지. 나는 올랜디아야."

가장 어린 선장이 한 걸음 다가왔다.

"나는 클레맨티스."

세 번째 선장이 덧붙였다.

"팰리스."

앙브르는 삼총사를 소개하고 다른 질문을 던졌다.

"어떻게 만든 거야? 정확한 지식을 요구하는 대역사大役事인데!"

올랜디아가 설명했다. 그녀의 눈은 보석처럼 강렬하게 빛났다.

"우리는 너희와 달라. 특별한 능력이 있어."

앙브르와 맷은 잠시 시선을 교환했다.

맷이 물었다.

"예를 들면?"

"두뇌 회전이 빨라. 어떤 아이들은 책장을 대충 훑어보고도 책을 통째로 암기할 수 있고, 몇몇은 너희를 구출했던 병사들처럼 작은 섬광을 발산할 수 있어. 또 어떤 아이들은 들소보다 힘이 강하지. 우리 본거지 주위에는 자원이 풍부해. 그런데도 베소마트리스호를 건조하는 데 다섯 달이나 걸렸어."

앙브르는 다시 맷에게 눈짓했다.

올랜디아는 초능력을 언급했다. 그들도 초능력의 효력을 알고 있었다. 육지의 팬들보다 훨씬 더 빨리 초능력을 파악해 활용하고 있는 것 같았다.

토비아스가 탄성을 내질렀다.

"와!"

모든 시선이 토비아스 쪽으로 집중되었다. 그는 상갑판의 난간을 붙잡고 전망에 감탄하고 있었다.

짙은 초록색 바다가 무한히 펼쳐져 있었다. 고정된 것처럼 보이는 파도가 바람에 살며시 떨고 있었다.

그들은 나무 꼭대기 상공에 떠 있었다.

클레맨티스가 물었다.

"마른 바다에 대해 전혀 모르니?"

앙브르가 경탄했다.

"몰라. 지금 처음 보는 거야."

"이곳은 천 미터가 넘는 깊은 숲의 꼭대기야. 나뭇잎이 무성하게 몰려 있는 곳에 배를 정지시키고 떠 있을 수 있어. 심해를 탐험하기 위해 잠수할 때는 무거운 기구를 사용해야만 해."

"어제 우리를 구출할 때도 그렇게 한 거야?"

"그래. 베소마트리스호 선창에는 나무로 짠 원통을 내릴 수 있는 뚜껑문이 있어. 원통은 밧줄에 묶여 있지. 농부들이 원통 안으로 들어가면 최대한 밑으로 내려줘."

"농부?"

"그래. 마른 바다의 심해에는 식용 뿌리, 약초, 유용한 성분의 물질 등이 많아."

몹시 흥분한 앙브르가 외쳤다.

"믿기지 않아!"

"너희가 있던 지역에 대해 말해줘."

"지역이 아니라 나라야!"

"마른 바다가 나라 전체를 차지하는 게 아니야?"

"아니야. 마른 바다는 나라의 작은 일부에 지나지 않아."

뒤쪽에 있던 한 소년이 물었다.

"지상의 생존자들은 모두 젊어? 어른들은 없이?"

앙브르는 어두워진 표정으로 사실대로 말했다.

"어른들도 있어."

앙브르는 팬, 글루통 그리고 시니크가 어떻게 살고 있는지 자세히 설명해주었다. 그리고 자신들의 문제와 카마이클 섬에 대해 털어놓고, 시니크들이 무슨 일을 꾸미고 있는지 알아내기 위해 남쪽으로 가고 있다고 말했다.

앙브르는 쉬지 않고 한 시간 가까이 얘기했다.

팰리스가 놀란 얼굴로 물었다.

"어떻게 어른들이 전부 난폭해진 거지? 협상을 해서 평화롭게 지내려고 노력해봤어?"

토비아스가 단언했다.

"방법이 없어. 시니크들은 야만인이야. 그들이 원하는 건 우리를 곰이 끄는 대형 수레에 가두는 것뿐이지."

앙브르가 반복했다.

"우리는 시니크들이 납치한 팬들을 어떻게 하는지 알고 싶어. 또 그들이 어떻게 조직되었고, 그들의 여왕이 누군지도."

맷은 이렇게 덧붙이고 싶었다.

'그리고 왜 여왕이 어떤 대가를 치르더라도 나를 생포하려 하는지, 또 나와 로페로덴이 무슨 관계인지도.'

클레맨티스가 말했다.

"'팬'은 예쁜 명칭이야. 우리는 가이아Gaïa족이야."

토비아스가 반문했다.

"가이아? 무슨 뜻이지?"

"가이아는 원래 그리스 여신이야. 전능한 지구의 상징이지. 인간의 지나친 환경 파괴를 징벌하기 위해 폭풍설을 일으킨 건 가이아야. 가이아는 우리의 목숨을 살려주었고, 우리를 변화시켰어. 가이아는 우리가 지구를 더 존중하면서 조화롭게 살기를 원해. 예전에 우리는 모두……."

올랜디아가 말을 끊었다.

"클레맨티스!"

맷은 두 선장 사이의 불편한 관계를 감지했다.

이번에는 팰리스가 말했다.

"우리를 보기만 해도 알 수 있어. 우리의 세포에는 엽록소가 생겼어. 자연에 더 가까워진 거지. 우리는 많은 걸 느낄 수 있어. 예를 들면 나무의 떨림 같은 것. 우리가 조용히 귀를 기울이면, 바람은 노래를 불러주지. 우리의 생활은 순식간에 변했어."

맷은 조금 전부터 입을 근질근질하게 하는 질문을 던졌다.

"어제 너희는 우리를 어떤 부족의 일원으로 생각했었지? 대체 어떤 부족을 말한 거야?"

"다른 아이들, 너희가 부르는 대로라면 팬 공동체 말이야. 그들은 폭풍설에서 살아남았지만 우리와 같지 않아. 너희와 비슷하지. 가이아의 축복을 받지 못한 그들은 마른 바다에 흩어져 작은 무리를 지어 살면서 우리의 재산을 약탈하려 하고 있어."

앙브르가 한탄했다.

"그들이 너희의 적이란 말이야?"

"그래. 우리를 질투해. 폭풍설 이후 우리가 성취한 모든 걸."

맷은 앞에 서 있는 가이아족 대표들을 바라보았다. 대체 어떤 일이 있었기에 모두가 이렇게 변했을까? 왜 금단의 숲에 사는 다른 팬들은 이런 변화를 겪지 않았을까?

"너희를 이렇게 변화시킨 게 뭔지 알아?"

"가이아야. 그분의 선택이지."

"분명 더 현실적인 이유가 있을 거야. 안 그래?"

소년 하나가 맷에게 한 걸음 다가오더니 날렵하게 플뢰레처럼 생긴 긴 목검을 빼 들었다. 목검 끝은 짓밟힌 껌과 흡사한 장밋빛 물질로 뒤덮여 있었다.

검은 공기를 가르며 맷의 코밑에서 멈췄다. 그는 거만한 태도로 외쳤다.

"가이아 어머니께 경의를 표해!"

맷은 물러났고, 대화는 중단되었다. 초록 팬들은 삼총사를 허공 위로 불쑥 나와 있는 벽감 안 뒤쪽에 놓인 긴 의자에 앉혔다. 풍경을 감상할 수 있는 곳이었다.

하늘은 맑아졌고, 고립된 드문 구름은 푸른 천장 아래에 멈춰 있었다. 선원들은 분주히 돌아다니며 열기구를 점검하고, 슈라우드에서 명령을 내렸다. 가끔 선장들 중 한 명이 조종실 밖으로 나와 항해를 감독했다. 장교들은 긴 튜브 끝에 달린 작은 나팔에 입을 대고 대화를 나눴다. 그것은 40미터 높이의 망루와 주갑판 간의 통신수단이었다. 배에서 여자는 세 명의 선장뿐이었다. 나이가 가장 많은 소년들은 허리에 목검을 차고 안전을 책임졌고, 가장 연약한 소년들은 장교로 복무했다. 계급은 큰 호두 껍질을 절반으로 쪼개 만든 철모로 구분되었다. 나머지 소년들은 당직을 맡고 있었다.

토비아스는 힘을 주어 말했다.

"초록 팬들은 태생에 대한 언급을 꺼리고 있어!"

앙브르가 거들었다.

"뭔가를 숨기고 있어. 클레맨티스가 자세히 얘기하려고 하니까 올랜디아가 제지했어."

맷도 솔직히 말했다.

"나도 그런 건 별로야. 왜 마른 바다에 사는 팬들은 전쟁을 하려는 걸까? 싸우는 건 아무 의미도 없어. 모두 서로 도와야지. 아무튼 수상쩍어."

토비아스는 문득 깨달았다.

"우리는 초록 팬들을 만난 첫 번째 육지 팬이야. 탐험가인 거지! 그러니까 우리에겐 그들의 이름을 선택할 권리가 있어. 가이아족이란 명칭은 마음에 안 들어. 나는 '클로로팬필Kloropanphylles('녹색'을 뜻하는 kloro(chlor)와 팬(pan), '나뭇잎'을 뜻하는 phylle의 합성어—옮긴이)'이라고 부르고 싶어."

맷이 웃으면서 동의했다.

"원한다면 그렇게 해."

갑자기 경보가 울렸다. 안전을 담당하는 소년이 젖 먹던 힘을 다해 뿔피리를 불고 있었다.

토비아스가 걱정스레 물었다.

"무슨 일이지?"

개미 껍질로 만든 하얀 갑옷을 입은 여러 클로로팬필들이 아래 갑판에서 올라와 활을 흔들었고, 앞쪽 상부 구조물에서 급히 달려온 다른 소년들은 네 개의 대형 강철 활을 우현에 정렬시켰다.

삼총사는 난간에 달라붙어 방해하지 않고 작전을 지켜보았다.

초록 팬들이 지평선을 가리켰다. 맷은 그곳을 바라보았다.

100미터 전방의 무성한 나뭇잎 밑에서 붉은 불빛이 반짝이고 있었다. 불빛은 회전 경보등처럼 깜박거렸다.

맷이 올랜디아에게 물었다.

"무슨 일이야?"

"레퀴엠 루주Requiem—rouge('진혼곡'과 '붉은'의 합성어—옮긴이)야!"

"위험해?"

올랜디아는 고개를 돌려 맷의 눈을 바라보았다. 그녀는 몹시 당황한 듯했다.

"마른 바다에서 이 괴물보다 더 무서운 건 없어."

11
추방

토비아스는 몸을 부르르 떨었다.

"힘이 세?"

올랜디아는 아주 힘겹게 침을 삼키고는, 선원들 및 삼총사와 함께 불빛을 주시하며 설명했다.

"발로 나뭇가지를 둘둘 감으며 전진하는 일종의 자이언트 문어야. 깜박이는 불빛은 놈의 흥분 정도를 나타내. 불빛이 강할수록 전투 준비가 잘되어 있단 걸 의미하지. 불빛이 50미터 이내로 다가오면 다른 방법이 없어."

토비아스가 물었다.

"저놈을 죽이는 게 어려워?"

"전투가 시작되면 우리가 할 수 있는 거라곤 놈이 지칠 때까지 버티는 것뿐이야. 너무 강해서 죽이는 건 불가능해."

점멸 속도가 빨라졌다.

누군가가 외쳤다.

"독화살 장전!"

병사들은 강철 활에 화살을 장전하고 화살 끝 오목한 부분에 수

리터의 진한 갈색 액체를 채운 다음 뚜껑을 닫았다.

맷의 시선을 주시하던 올랜디아가 설명했다.

"저건 여러 가지 나무에서 추출한 초강력 독이야."

맷은 올랜디아에게 고갯짓으로 고마움을 표시했다. 긴박한 상황 속에서도 맷은 문득 그녀가 예쁘다고 생각했다.

불빛은 더욱 격렬하게 깜박였다.

문어는 70미터쯤 떨어진 곳에서 다가오고 있었다.

모든 선원이 두 주먹을 불끈 쥐거나 난간을 단단히 붙잡은 채 긴 장하고 있었다. 누구도 움직이지 않았다. 걱정스레 지평선을 주시 할 뿐이었다.

갑자기 깜박임이 멈췄다. 문어는 이제 50미터 전방에 있었다. 무 성한 나뭇잎 아래에서 뿜어 나오던 진홍빛이 사라지는가 싶더니, 이내 더욱 강렬하게 반짝거렸다. 지휘관이 클로로팬필 병사들 쪽으 로 팔을 들어 공격을 기다리게 했다.

여러 그루의 나무가 심하게 요동쳤다. 맷은 나뭇가지 사이에서 해면체를 본 것 같았다. 문어는 나뭇잎과 나뭇가지로 된 구름을 일 으키면서 깊은 숲 속으로 사라졌다. 나뭇잎과 나뭇가지는 주갑판까 지 날아와 떨어졌다. 나무 꼭대기로부터 몇 미터 상공에 떠 있던 베 소마트리스호는 미동도 하지 않았고, 아래쪽 수 헥타르의 숲은 삐 걱거리면서 풍랑이 거세게 이는 바다처럼 흔들렸다.

갑자기 모든 게 멈추고 고요해졌다.

모두 마음을 놓으며 한숨을 내쉬었다.

토비아스는 긴 안도의 휘파람을 불며 말했다.

"솔직히 정말 무서웠어!"

올랜디아가 설명했다.

"저 문어는 우리 지역에서 가장 무서운 놈이야. 다시는 마주치지 않는 게 좋아. 많은 친구들이 놈의 촉수에 붙잡혀 죽었어."

올랜디아는 침울한 모습으로 조타실로 돌아갔다.

오전이 끝날 무렵, 배는 활기를 되찾았다. 맷은 선원들의 얼굴에서 새로운 흥분을 읽었다. 배는 '암초'를 향해 가고 있었다.

암초에 다가감에 따라 선원들은 즐거운 표정으로 '둥지'라는 단어를 자주 언급했다.

다섯 개의 굵은 나무줄기가 표면 위로 불쑥 솟아 있었다. 나무줄기 사이는 판자와 팽팽하게 당겨진 밧줄로 만든 구름다리로 연결되어 있었다. 촘촘한 길과 테라스 역시 밧줄로 짠 것이었다.

맷은 또한 마른 바다 위에 펼쳐진 대형 부두를 발견했다.

배가 마지막 접안을 시작하자 돛대를 둘러싼 40여 명의 클로로팬필들이 대부분의 돛을 내렸고, 몇 개의 사각형 돛만이 멀리 하늘에서 펄럭였다. 맷은 그렇게 높은 위치에서도 능수능란하게 움직이는 선원들을 보고 깜짝 놀랐다. 그들은 위쪽 활대에 넓은 흰색 장방형 돛을 둘둘 말았다. 베소마트리스호는 속도를 줄였다.

둥지는 맷이 처음에 생각했던 것보다 훨씬 컸다. 떡갈나무들은 대형 돛대보다 길었다. 결코 과장이 아니었다. 나무와 나무 사이에 구름다리가 설치되어 있고, 떡갈나무 둘레마다 마루가 깔려 있었으며, 나무와 나무 사이는 판자로 만든 넓은 통로로 연결되어 있었다. 떡갈나무 밑에는 목재 건물이 모여 있었다. 또 나뭇잎 속에는 집처럼 보이는 사각형 건물들이 있었다.

둥지 뒤에서 초록색 더미가 흔들리고 있었지만 그게 무엇인지 맷은 알 수 없었다.

세 척의 배ㅡ베소마트리스호와는 비교할 수 없을 정도로 매우 작은 보트ㅡ가 둥지 동쪽 끝에 정박되어 있었다. 열기구에는 공기가 채워져 있지 않았고, 배는 나뭇잎 표면에서 2미터쯤 거리에 박힌 채 쉬고 있었다.

사람들이 부두로 달려와 배의 접안을 구경했다. 삼총사는 한 시간 이상 그들의 얼굴과 모습을 관찰했다.

모두 엽록소를 지니고 있었다. 눈부신 머리, 예리한 시선.

토비아스는 휘둥그레진 눈으로 소리쳤다.

"엄청 많아!"

맷이 따져보았다.

"최소한 5백 명쯤 되겠는데."

"맞아. 최소한 그쯤 되겠어!"

배가 부두에 정박하자 올랜디아는 열기구의 공기를 빼라고 명령했다. 돛대에 앉아 있던 선원들은 열기구가 매달린 밧줄을 잡아당겨 그 안의 뜨거운 바람을 빼냈다.

몇 분 만에 베소마트리스호는 수 미터를 가라앉으면서 우거진 나뭇잎 속에 반쯤 박혔다.

부두에서 한 무리의 클로로팬필들이 목재 트랩을 밀어 주갑판 난간의 구멍에 끼워 넣었다.

선원들은 서둘러 트랩을 내려가 환호하는 친구들의 품으로 뛰어들었다.

클레맨티스가 삼총사에게 다가갔다.

"너희는 나와 함께 가. 소개할 사람들이 있어."

중앙에 있는 떡갈나무에서 뿔피리 소리가 크게 울리자 즐거운 소란은 단번에 멎었다.

문어가 다시 나타났을까 봐 잠시 걱정하던 토비아스는 곧 다른 일이란 걸 알았다.

모든 플로로팬필들이 입을 다물고 반듯하게 서 있었다. 그들은 양쪽으로 비켜나면서 길을 텄다.

한 실루엣이 커다란 나무 밑의 어슴푸레한 곳에서 불쑥 나타났다. 개미 껍질 갑옷을 입은 병사 두 명이 머뭇거리는 소년을 창으로 밀었다. 소년은 걷지 않을 수 없었다. 맷은 소년의 얼굴에서 공포를 읽었다.

소년은 무엇을 두려워하는 걸까? 초록 머리 소년은 분명 클로로팬필의 일원이었다.

맷은 도시와 배를 짓누르는 무거운 정적을 느꼈다. 모두 말없이 불행한 소년을 노려볼 뿐이었다.

맷이 클레맨티스에게 머리를 숙이고 물었다.

"무슨 일이지?"

"추방이야."

"너희 일원이야?"

"그래. 아는 애야. 팔레오스라고 해.

"추방되면 어떻게 되지?"

"일단 둥지에서 쫓겨나면 다시는 돌아올 수 없어. 마른 바다의 심해로 떨어질 거야."

"죽게 될까?"

"물론이지. 추방이 가장 혹독한 처벌이야. 범죄나 중대한 배신행위를 저지르면 추방돼. 여성 지도자들이 이 형벌을 선고하는 경우는 드물어. 최악의 사고가 일어날 수 있기 때문이지. 팔레오스가 무슨 짓을 저질렀는진 몰라."

모든 시선이 불쌍한 소년에게 집중되었다. 그는 두 다리를 떨면서 비틀비틀 걸었다. 군중은 소년과 부딪치는 것을 피하려는 듯 길을 비켜주었다.

부두 끝에 도착한 팔레오스는 둥지와 주민들을 향해 고개를 돌렸다. 키가 크고 근육이 발달한, 얼굴이 잘생긴 소년이었다.

소년이 말했다.

"우리 모두에게 그런 일이 일어날 수 있다는 걸 알잖아."

병사들 중 한 명이 소리쳤다.

"여성 지도자들이 판결을 내렸어. 판결은 번복되지 않아. 자, 이제 떠나."

팔레오스는 갑옷을 입은 다른 병사가 내민 자루와 긴 칼을 받고 부두 끝 좁은 계단에 발을 올렸다. 계단은 나뭇잎 사이의 구멍 속으로 이어져 있었다.

소년이 외쳤다.

"나는 죄인이 아니야!"

그러고는 마른 바다의 나뭇잎 속으로 사라졌다.

열광적이던 부두의 분위기는 이 불행한 사건으로 침울해졌다. 웃음과 포옹은 한숨과 침묵으로 바뀌었다.

세 명의 선장은 삼총사와 몇몇 수행원을 대동하고 배에서 내렸다. 모든 클로로팬필들이 물러나 길을 터주며 걱정스러운 목소리로 수군댔다.

올랜디아가 설명했다.

"너희는 여성 지도자들 앞에 출두해 판결을 받아야 해."

앙브르가 물었다.

"이 공동체의 지도자는 소녀들이니?"

"그래. 우리는 소년들보다 더 신중하고, 덜 충동적이야. 소년들은 상황을 분석할 줄 알기 때문에 조언을 하지. 아무튼 결정은 우리 소녀들이 내려."

"소년들이 수긍해?"

"응. 재판에는 참여하지만 판결에 대해 고민할 필요가 없어서 모든 중압감을 벗었거든. 누구도 불평하지 않아."

그들은 대형 떡갈나무 아래에 판자와 밧줄로 만든, 완만하게 경사진 길을 올라갔다.

토비아스는 올라가면서 앙브르와 맷 사이로 끼어들어 살며시 물었다.

"우리의 제안을 받아들이지 않으면 어쩌지?"

앙브르가 대답했다.

"도와달라고 설득해야지. 우리는 분명히 봤어. 금단의 숲은 너무 광대하고 위험해서 저들의 도움 없이는 횡단할 수 없어. 만일 우리를 아래로 내쫓는다면 우리는……."

앙브르의 솔직한 표현에 두려움을 느낀 토비아스가 물었다.

"죽을 거라고? 차라리 네가 거짓말을 해주면 좋겠어!"

맷이 말했다.

"우리를 도와주지 않기로 결정하면 무기와 약간의 비상식량을 돌려주겠지. 우리는 잘해낼 수 있어."

앙브르는 맷의 팔을 붙잡고 말했다.

"맷, 고집부리지 마. 금단의 숲은 결국 우리를 죽일 거야. 숲의 규모를 알잖아. 대양처럼 사방으로 넓게 펼쳐져 있어. 살아서는 결코 벗어나지 못할 거야."

토비아스는 겁에 질린 모습으로 동의했다.

"앙브르가 옳아! 어떻게 해서든 그들을 설득해야 해. 그 방법밖에 없어."

앙브르가 말을 이었다.

"이유는 설명할 수 없지만 왠지 호감 가는 팬들이야. 가끔 이상하긴 하지만, 그래도 그들을 신뢰해. 어떻게든 도움을 받아야 해. 휴식, 식량 그리고 마른 바다의 끝까지 갈 수 있는 이동 수단이 필요하잖아. 맷, 그들과 다투지 않겠다고 약속해."

"내 생각은 달라. 그들은 뭔가를 숨기고 있어."

"그건 그들이 우리와 다르기 때문이야."

20미터쯤 걷자 길쭉한 노대가 나왔다. 노대의 일부는 초록 이끼로 덮인 집이 차지하고 있었다. 벽에 고정된 접시에 담긴 물컹한 물질이 긴 의자들과 밤색 양탄자에 하얀빛을 비추었다. 팰리스와 올랜디아가 두 짝 문을 열고 사라지자, 클레맨티스는 삼총사에게 앉으라고 손짓했다.

앙브르는 이 순간을 놓치지 않고 순진한 모습으로 클레맨티스에게 물었다.

"오늘 아침에 네가 뭔가를 말해줄 것 같았는데. 무슨 얘기였어?"

"아무것도 아니야."

"왜 숨기는 거야?"

클레맨티스는 난처한 표정을 지으며 대형 문을 살폈다.

"내게는 그 주제를 언급할 권리가 없어. 너희는 이방인이야."

"우리가 친구가 될 좋은 기회 아닐까?"

클레맨티스는 이 지적에 감동받은 것처럼 보였다. 그녀는 앙브르를 진지하게 바라보았다. 그때 올랜디아가 다시 나타나서 외쳤다.

"여성 지도자들이 너희를 면담할 거야. 준비해!"

두 친구가 일어나는 동안 앙브르는 클레맨티스에게 슬쩍 물었다.

"무서운 사람들이니?"

클레맨티스는 잠시 망설이다가 공모자의 어조로 대답했다.

"다들 까다로워. 너희가 조금이라도 위협이 된다고 판단하면 망설이지 않고 추방할 거야. 솔직하게 말해. 특히 너의 두 남자 친구가 절대 공격성을 드러내선 안 돼!"

삼총사는 천장이 둥근 홀로 들어갔다. 벽 가운데 하나는 떡갈나무 껍질이었다. 3미터 너비의 구멍이 나무에 뚫려 있었고, 물렁물렁한 물질이 비추는 나무속 계단은 꼭대기 쪽으로 뻗어 있었다.

삼총사는 올랜디아의 안내를 받으며 여성 지도자들을 향해 올라가기 시작했다.

12
생명나무

초록 팬들은 앙브르, 맷 그리고 토비아스를 작은 원형 방으로 안내한 뒤 식사를 가져다주었다. 꽤 많은 계단을 오른 삼총사는 나무 꼭대기에 있으리라고 짐작했다. 넓적다리와 장딴지가 화끈거렸다.

앙브르는 놀란 표정으로 물었다.

"지도자들을 만나기로 했잖아?"

클레맨티스가 설명했다.

"맞아. 하지만 녹초가 되지 않으려면 먼저 체력을 보강해야 해."

맷이 반문했다.

"녹초가 된다고? 대체 어떤 면담인데? 치열한 논쟁이라도 벌이는 거야?"

클레맨티스는 맷의 질문에 웃으면서 대답했다.

"아니야. 지도자들이 최선의 결정을 내릴 수 있도록, 오늘 오후 조언자들의 질문에 최대한 상세히 답해야 해."

토비아스가 물었다.

"언제 지도자들을 만나지?"

"오늘 저녁. 지도자들은 해가 진 다음에만 모여."

그들은 함께 닭고기 맛이 나는 하얀 고기, 젖은 흙냄새가 나는 감자 퓌레 등 따뜻한 음식을 먹었다. 식사 후, 클레맨티스와 올랜디아는 삼총사에게 인사를 하고 물러갔고, 열두 명가량의 소년들만이 남았다. 가장 어린 소년은 여덟 살, 가장 나이 많은 소년은 열여섯 살쯤 되어 보였다. 소년들은 삼총사 맞은편에 자리를 잡았다. 먼저 키가 가장 큰 소년이 입을 열었다.

"펠리스가 너희를 만나게 된 상황을 설명해줬어. 또 너희 세상에 대해 들은 걸 모두 전해줬고."

맷이 말했다.

"전부 우리의 세상이야. 금단의 숲, 아니 미안해, 마른 바다는 우리 세상의 일부야!"

소년은 맷의 주장이 마음에 들지 않는 듯했다. 그는 한참 동안 맷을 째려본 다음 말을 이었다.

"중요한 건 너희가 지금 이곳에 있고, 우리에게는 엄격한 규율이 있다는 사실이야. 우리는 토론을 통해 너희가 반가운 손님인지, 아니면 잠재적인 위험을 지닌 적인지 알아내야 해."

삼총사는 조금도 위험하지 않는 손님이라고 말하고 싶어 입이 근질거렸지만, 이번에는 소년의 말을 끊을 수 없었다.

소년이 말을 이었다.

"우리는 생명나무 덕분에 다시 태어났어. 너희는 생명나무와 우리의 믿음을 존중하겠다고 약속해야 해."

앙브르가 동의한다는 뜻으로 고개를 끄덕이자 맷과 토비아스도 따라 했다.

"좋아. 내 이름은 토르샨이야. 혈관에 생명나무 수액을 넣는 일부터 시작하자. 따라와."

토르샨과 그의 동료들이 일어나 나무속을 뚫은 좁은 복도로 삼총사를 데려갔다. 그들은 계단을 내려가 하얀 동굴에서 멈췄다. 동굴 중앙에는 나무 기둥이 세워져 있었다. 진한 황갈색 액체는 깊게 파인 홈에서 아주 천천히 흘러내렸다.

토르샨은 수액 채취용 홈에 작은 컵을 넣으면서 말했다.

"이건 생명나무 수액이야. 너희는 이 피를 마셔야 해."

토비아스가 물었다.

"어떤 의미가 있지?"

"생명나무의 피를 마시는 건 우리 부족의 일원이 된다는 뜻이야. 피를 마신 후 우리에게 거짓말을 하면 가차 없이 우리의 적이 되는 거야. 성스러운 나무의 피가 몸속에 흐를 때는 누구도 거짓말할 권리가 없어."

토르샨은 토비아스에게 컵을 내밀었다. 토비아스는 잠시 망설이다가 컵을 받았다. 그는 앙브르와 맷을 바라보았다. 두 친구는 고갯짓으로 그를 격려했다. 토비아스는 한 모금을 마시고 앙브르에게 컵을 넘겼다. 수액은 쓰고 끈끈해서 삼키기 힘들었다. 앙브르와 맷이 수액을 마시자 토르샨은 안도의 한숨을 내쉬었다.

"너희는 당분간이나마 생명나무의 자식들이야. 자, 돌아가서 토론을 시작하자."

☣

삼총사는 몇 시간 동안 질문 공세에 시달렸다. 그들은 모든 질문에 대답했다. 정확히 어디에서 왔는가. 마른 바다의 심해에서 무엇을 했는가. 어떻게 서로 알게 되었는가. 다른 부족을 아는가. 질문은 끊임없이 이어졌고, 대답은 매번 새로운 질문을 낳았다. 초록 소년들은 상냥하고 공손하게 질문했다. 그럼에도 불구하고 맷은 거리감을 느꼈다. 그들의 미소와 다정한 말투는 단순한 예의에 지나지 않았다.

맷은 플룀의 실종에 대해 언급하다가 목이 메었다. 플룀이 무척 보고 싶었다.

토르샨은 다른 소년들에게도 폭넓게 질문의 자유를 주면서 토론을 잘 이끌었다. 이윽고 질문은 개인적인 관심사로 넘어갔다. 가장 어린 소년은 격식에 신경 쓰지 않고 비교적 단순한 문제에 대해 물었다. 토르샨은 태연하게 꽤나 심술궂은 질문을 했다.

구조되기 직전 누가 공격했느냐는 질문에 맷은 망설였다. 로페로덴의 존재에 대해서는 언급하지 않고 비밀로 간직하고 싶었다. 하지만 거짓말할 권리가 없었다. 만일 거짓말이 들통 난다면 즉시 추방될 것이다.

'거짓말을 알아챌 수 있을까?'

맷은 망설였다.

맞은편의 클로로팬필이 재촉했다.

"누구지? 너는 어떤 공격을 받았어? 무슨 이유로?"

맷이 입을 열자 토비아스는 깜짝 놀랐다.

"에샤시에들이 공격했어."

앙브르는 맷에게 공모의 시선을 보냈다. 맷은 순간 긍지를 느꼈다. 맷은 덧붙였다.

"에샤시에들은 감시꾼이라는 별명으로 잘 알려져 있어. 놈들은 로페로덴이라는 강하고 위험한 괴물의 군대야."

"그런 이름은 들은 적 없어. 아마 다른 식으로 부를 거야. 자세히 묘사해봐."

"쓸데없는 짓이야. 장담하는데, 너희는 그를 본 적이 없을 거야. 그는 북쪽에서 왔고, 나를 추격하고 있으니까."

"왜 하필이면 널 추격하지?"

"나도 몰라. 그렇게 느낄 뿐이야. 직감으로 그에게서 온갖 악과 파괴욕을 간파했어. 절대로 그의 손아귀에 떨어져서는 안 돼. 너희는 어제 우리를 구출해 베소마트리스호에 승선시킴으로써 그를 멀리 떼어놓았어. 이제 쉽게 찾아내지 못할 거야. 고마워."

토르샨은 잠시 그를 바라보았다. 맷이 말을 이었다. 그는 요점만 얘기했다. 그는 로페로덴을 피하기 위해, 시니크들과 납치된 팬들에 대해 자세히 알아보기 위해, 그리고 시니크 병사들이 초상화를 갖고 자신을 찾는 이유를 파악하기 위해 남쪽으로 가고 있다고 설명해주었다.

토르샨이 말했다.

"맷 카터, 너는 매우 중요한 인물인 것 같구나."

"솔직히 말할게. 내가 여기 머무르면 언젠가는 난처한 일이 생길 수도 있어. 우리는 오래 머물고 싶지 않아. 단지 휴식……."

토르샨은 맷에게 손바닥을 내밀며 말을 끊었다.

"너는 가끔 희망을 표현하는데, 우리는 네가 원하는 것엔 관심없어. 네가 어떤 사람인지 알고 싶을 뿐이야."

질문은 저녁까지 이어졌다. 삼총사는 파김치가 되었고, 머리가 지근지근 아팠다.

초록 소년들은 삼총사를 남겨놓고 나갔다. 즐거운 식사와 반가운 휴식 시간이 돌아온 것이다. 삼총사는 어제부터 일어난 일에 대해 조용히 생각했다.

한참 후, 초록 소년들이 돌아왔다. 늦은 밤인 듯했다. 토르샨이 들어와 따라오라고 했을 때, 맷은 졸고 있었다.

그들은 다른 계단으로 안내되어 올라간 다음, 별이 보이는 둥근 방에 도착했다.

물렁물렁한 물질이 담긴 여섯 개의 작은 등잔이 은빛을 발산하고 있었다. 문은 하나도 없고, 3미터 높이의 둥근 벽뿐이었다.

문득 맷은 자신이 굶주린 사자들을 풀어놓기 직전의 고대 로마 원형경기장 한복판에 있는 것 같아 마음이 편치 않았다.

벽 위로 툭 튀어나온 어둠 속에서 여자 목소리가 들려왔다. 그곳에 발코니가 있는 듯했다. 맷은 어둠의 장막을 뚫어져라 보았지만 하늘 아래 떡갈나무의 마지막 가지들밖에 볼 수 없었다. 목소리는 나뭇잎 뒤에 숨어 있었다.

"너희는 여성 지도자들 앞에 있다."

첫 번째 목소리 바로 옆에서 다른 목소리가 말을 이었다.

"조언자들이 너희의 대답을 전해주었다."

가장 어린 듯한 세 번째 목소리가 말했다.

"이제 판결의 순간이 왔다."

첫 번째 목소리가 말했다.

"숙식을 제공하는 것이 우리의 의무라고 생각한다. 생명나무는 우리를 도와주었고, 그것은 우리에게 종속되어 있지 않다. 의도가 순수하고 속셈이 없다면, 모든 생명체는 생명나무에 의지할 수 있다. 너희는 이곳에서 편히 지낼 수 있다."

두 번째 목소리가 말했다.

"토르샨이 정착을 도와줄 것이다. 최대한 능력을 발휘해 우리 공동체를 도울 방법을 찾아내길 바란다."

앙브르는 학교에서처럼 손을 들었다.

한 소녀가 말했다.

"말해봐."

"우리는 숙식을 요청하지 않았어……. 사실 여기 머물 생각도 없어. 잠시 쉬었다가 떠나고 싶을 뿐이야. 그러니 우리를 도와줘."

"추방된 경우를 제외하고는 누구도 이곳을 떠난 적이 없어."

"보고를 받아서 알겠지만, 우리는 임무를 수행해야 해. 그리고 우리가 이곳에서 오래 지체하면 너희가 위태로워질 수도 있어."

"너희를 추격하는 괴물은 혼자서는 심해에서 올라올 수 없어. 우리를 믿어. 설령 그가 심해의 위험에서 살아남는다 해도 여기 있는 너희의 흔적을 찾을 수는 없을 거야."

맷은 얼굴을 찌푸렸다. 그런 낙관적인 의견에는 동의할 수 없었다. 시간문제일 뿐이었다. 며칠, 몇 주, 어쩌면 한 달. 로페로덴은 맷의 생각을 뒤져 위치를 찾아낼 것이다.

맷은 설득하기 위해 큰 소리로 말했다.

"우리는 여행을 계속해야 해. 팬들의 생존이 걸린 문제야."

잠시간의 정적이 흐른 뒤 맷이 말을 이었다.

"우리 요구는 마른 바다 끝까지 도달할 수 있게 도와달라는 것뿐이야."

네 번째 목소리가 당황해 외쳤다.

"그건 긴 여행이야!"

첫 번째 목소리가 말을 이었다.

"맞아. 그건 아주 긴 여행이야. 결정을 내리기 전에 시간을 갖는 게 좋겠어. 너희는 유능한 것 같아. 우리의 번영은 너희 같은 사람들에게 달려 있지. 여기 머무르는 건 우리의 미래 계획에 참여하는 거야. 우리는 서로를 필요로 해."

"언니 말이 옳아. 이곳에 머물면서 너희의 사명에 대해 고민하는 시간을 가져봐. 엿새 후 다시 와서, 이곳에 남고 싶은지, 아니면 떠나고 싶은지 말해줘. 후자를 선택할 경우 우리를 설득해야 할 거야. 타당한 이유 없이는 목숨을 걸고 너희를 먼 곳까지 데려다 줄 수 없어."

"바로 그거야. 타당한 이유가 없다면 너희와 우리의 안전을 위해 이곳에 머무르는 게 좋을 거야."

옷이 구겨지는 소리가 들렸다. 여성 지도자들은 자리를 떠났다.

맷은 두 친구를 바라보았다.

그들 역시 걱정스러운 표정으로 맷을 쳐다보았다.

세 사람은 자문했다. 이곳은 아름답고 안락한 새장을 닮지 않는가.

그래도 감옥은 감옥이었다.

13
둥지 방문

다음 날 아침, 맷은 문을 두드리는 소리에 깨어났다. 침대는 폭풍설 이전보다 더 안락했다. 지난밤 그는 꿈도 꾸지 않고 깊은 잠을 이룰 수 있었다.

햇빛은 벨벳과 비슷한 두꺼운 커튼을 투과해 스며들었다. 삼총사에게는 독방이 주어졌다. 앙브르는 흡족해한 반면, 두 소년은 세 사람을 떼어놓고 결속을 약화시키려는 술수라고 생각했다.

맷은 잠결에 일어나 문을 열어주었다. 토르샨이 아침 식사를 하는 곳을 설명해주었다.

네 사람은 20미터가량의 상공에 있는 테라스에 모였다. 무성한 나뭇잎 틈으로 부두, 대형 창고 그리고 다섯 그루의 떡갈나무 사이에 설치된 여러 개의 밧줄 구름다리가 보였다. 많은 테라스 위에 원형이나 사각형의 작은 집들이 세워져 있었다. 둥지는 이미 활동을 시작했다. 초록 팬들은 도르래를 이용해 드럼통과 상자를 끌어 올리고, 부두에서 건설 현장으로 긴 판자들을 옮기고 있었다. 어떤 무리는 베소마트리스호에 승신해 배를 짐김하고 있었다.

맷이 토르샨에게 물었다.

"너희는 몇 명이지?"

"612명. 아, 미안. 지금은 611명이야."

"팔레오스의 추방 때문이니?"

토르샨은 깜짝 놀라며 맷을 쩨려보았다.

"맞아."

"팔레오스는 무슨 짓을 했지?"

토르샨은 난처한 듯 잠시 머뭇거리다가 대답했다.

"그는 '추악한 짓'을 저질렀어. 한 소녀와……."

토비아스는 경악과 감탄이 섞인 어조로 강조했다.

"그가 한 소녀와…… '잤다고'?"

토르샨은 정색을 하며 말했다.

"그건 절대적인 금기야!"

토비아스가 걱정스레 물었다.

"그럼 소녀도 추방됐어?"

"아니. 소녀는 범행을 자백했어. 그녀는 팔레오스를 사랑했기 때문에 설득당했다고 설명했어. 지도자들은 그녀를 용서하고 한 번 더 기회를 주었어."

앙브르가 물었다.

"그게 왜 금기 사항이지? 그건 자연스러운 일인데……. 너희들은 생명이나 자연에 가깝다고 자처하잖아!"

토르샨은 약간 공격적인 어조로 대꾸했다.

"생명나무가 우리만을 구원하고, 우리에게 이런 특혜를 선사하기로 결심한 건 우연이 아니야! 더 이상 어른들은 없어. 아니면 너희 말대로 나쁜 사람들뿐이지! 생명나무는 만물을 지배해. 생명나무가 새로운 어린이들을 원했다면 어른들도 구조했겠지! 우리는 어린이이거나 청소년이야. 어른이 되어선 안 돼!"

앙브르가 킥킥 웃었다.

"성관계를 피하면 어른이 되지 않는다고 믿는 거야?"

토르샨은 짜증을 냈다.

"어제 너희가 한 맹세 잊지 마! 너희는 우리의 믿음을 존중해야 해!"

앙브르는 반박하려다가 참기로 했다. 그녀는 고개를 끄덕이고는 나무와 대나무로 짠 의자에 몸을 파묻었다.

깜짝 놀란 동시에 감탄한 맷과 토비아스는 앙브르를 바라보았다. 그녀는 항변할 줄 알 뿐 아니라, 조금도 부끄러워하지 않고 금기된 주제를 거론할 줄 알았다.

아침 식사는 난처한 침묵 속에서 마무리되었다. 토르샨은 둥지에 공급되는 수돗물이 나무 꼭대기에 설치된 대형 빗물 저수조에서 온 것이라 설명하면서 식기 닦는 곳을 알려주었다. 수압이 충분하기 때문에 수도꼭지를 열기만 하면 되었다. 베소마트리스호의 경우도 마찬가지였다. 공 모양의 저수조들이 배의 한쪽 측면에 나란히 설치되어 있었다.

앙브르가 물었다.

"수도꼭지나 창문 같은 예전 생활용품들은 어디서 구했어?"

토르샨은 날카로운 시선으로 앙브르를 쏘아보았다.

"심해로 원정을 가. 아직 구세계의 잔해가 남아 있어."

"자주 내려가니?"

"가끔. 너무 위험해서 꼭 필요한 경우에만."

토비아스가 끼어들었다.

"정말로 마른 바다 상공에서 떠다닐 수 있어?"

토르샨이 고개를 끄덕였다.

"수면의 나뭇잎은 우리 몸과 배를 지탱할 수 있을 만큼 빽빽해! 하지만 '블랙홀'을 조심해야 하지."

"블랙홀? 그게 뭔데?"

"나뭇잎이 많지 않은 지대야. 마른 바다 수면에서 수영을 해보면 유쾌하지는 않지만 가능한 일이라는 걸 알 수 있어. 하지만 블랙홀에 도달하면 우리를 지탱할 나뭇잎이 충분하지 않기 때문에 곧장 추락하게 돼."

토비아스가 겁을 먹고 물었다.

"심해까지?"

"그럴 수도 있지."

맷이 말했다.

"그래서 배에 열기구가 많구나. 블랙홀에 떨어지지 않고 수면 위에서 날 수 있도록."

"맞아."

앙브르가 물었다.

"어떻게 열기구에 따뜻한 공기를 주입하지?"

"뜨거운 공기를 내뿜는 벌레들이 있어. 살찐 민달팽이야. 어떤 민달팽이는 아주 뚱뚱해. 녀석들은 먹자마자 아주 강한 열기를 발산하지. 나뭇잎을 무척 잘 먹기 때문에 기르는 게 어렵지 않아! 녀석들을 붙잡아 화물 창고로 운반해서 철제 상자에 가둔 다음, 튜브로 상자와 열기구를 연결하면 끝이야!"

토비아스는 감탄의 휘파람을 불었다.

"그럼 이 둥지는 어떻게 건설했어?"

"그래, 모든 걸 알고 싶을 테지. 따라와. 둥지를 구경시켜줄게."

토르샨은 삼총사를 구름다리에서 테라스로, 나무줄기 속 계단에서 밧줄로 고정시킨 외부 경사로로 안내했다. 그들이 지나가는 곳마다 클로로팬필들은 작업을 멈추고 세 방문객을 관찰했다.

토르샨이 설명했다.

"평소에 너희 같은 보통 사람은 우리의 적이야. 이렇게 자유롭게 산책할 수 없지. 너희가 처음이야."

"왜 사이가 안 좋은 건데?"

"우리는 창의력이 풍부하고 어떤 일이든 척척 해내. 너희도 그 사실을 확인할 수 있어. 우리는 스스로 안락한 둥지를 건설했어. 하지만 그들은 우리 둥지를 빼앗으려 해."

"서로 도와줄 수도 있을 텐데."

"보통 사람은 우리와 달라. 그들은 생명나무에 대한 믿음에 동의하지 않아. 생명나무가 그들을 변화시키지 않았기 때문이지. 모욕을 당했다고 느낀 거야. 솔직히 말해서 생명나무가 그들을 선택하지 않은 건 그럴 만한 자격이 없기 때문이야!"

"그럼 우리 세 사람이 너희보다 못하단 말이야?"

토르샨은 앙브르의 격분에 온순한 태도를 보이며 더욱 겸손하고 다정한 어조로 말했다.

"너희는 아래쪽에서 왔기 때문에 우리와 달라. 우리는 나름대로 규칙과 조직이 있어. 여긴 다른 세상이야."

토르샨은 앙브르에게 더 이상 질문할 틈을 주지 않고 다른 방향으로 데려가 제조 공장을 보여주었다. 이곳에서 이용할 수 있는 모든 식물성섬유는 옷, 양탄자, 시트, 커튼, 밧줄, 돛 등 일상생활에 필요한 모든 것을 만들기 위해 실이나 천으로 바뀌었다. 토르샨은 삼총사를 대나무 숲이 자라고 있는 둥지 뒤쪽으로 안내했다.

"여긴 우리가 정착했을 때부터 이랬어. 거대한 뿌리가 수면 위로 노출되었고, 대나무는 수면 위로 자라고 있지. 과수원은 동쪽에 있어. 우리가 먹는 대부분의 과일은 거기서 온 거야. 나뭇가지에서 덩이줄기를 수확하기도 해. 맛은 감자와 비슷하고."

맷이 물었다.

"대나무 숲에는 뭐가 있어?"

"오늘 저녁에 알게 될 거야. 자, 서둘러. 아직도 볼 게 많아."

토르샨은 부두를 가리켰다. 배들은 수로 사냥에 활용되고, 때때로 탐험에 쓰였다. 그들은 이 위험하면서도 필요한 낚시 덕분에 온갖 고기를 먹을 수 있었다. 앙브르는 걸으면서 그들의 이상한 이름에 대해 물었다. 토르샨은 폭풍설 이후 모두 새로운 이름을 선택했다고 털어놓았다. 그녀가 그 일화에 대해 자세히 알려고 하자 그는 애매한 태도를 취하더니, 교묘히 질문을 피하고는 오르기 힘든 밧줄 사다리 쪽으로 삼총사를 밀어 망원경이 있는 관측소로 이동했다.

토르샨이 설명했다.

"적이나 굶주린 동물의 공격 같은 모든 위험을 방지하기 위한 거야! 둥지에 여러 가지 전염병이 퍼졌었어."

보초는 다른 모든 클로로팬필들과 마찬가지로 경계하는 시선으로 인사했다.

이어 그들은 돌로 만든 대형 화덕을 갖춘 부엌을 둘러보았고, 키틴 갑옷을 입은 병사들이 훈련 중인 검술 도장, 마지막으로 도서관을 방문했다.

도서관은 지름이 30미터에 달하는 가장 큰 떡갈나무 둥치를 파서 만든 것이었다. 햇빛이 들 수 있도록 위쪽 측면에 구멍이 뚫려 있었다. 내벽은 다채로운 책등으로 뒤덮여 있었다. 수천 권의 책. 중앙에는 의자로 에워싸인 다섯 개의 길쭉한 책상이 있었다. 200명이 앉을 수 있는 규모였다. 도서관에는 경건한 정적이 감돌았다. 네 명의 방문자는 100여 명의 열람자들을 방해하지 않기 위해 목소리를 낮춰 얘기하면서 돌아다녔다. 토비아스는 한 책상에서 멀지 않은 곳을 지나면서 3미터 간격으로 배치된 작은 잔들을 가리켰다. 물렁물렁한 물질이 부드러운 빛을 방출하고 있었다.

"어떻게 다루는 거야? 첫날 밤 불을 꺼보려 했지만 실패했어!"

"심해에서 구했어. 진동에 반응해. 우리가 걷거나 말하면 물질이 활성화하지. 입을 다물고 가만히 있으면 몇 분 후 진동을 멈추면서 꺼져."

"와! 신기해!"

앙브르는 목소리를 높이지 않기 위해 토르샨 쪽으로 머리를 숙이고 물었다.

"저 사람들은 책을 빨리 읽는구나. 속독이 너희가 겪은 변화의 하나니?"

"그래. 우리들 중 일부는 속독할 수 있고, 모든 걸 암기할 수 있어! 바로 그들 덕분에 수많은 재능을 발휘하고 베소마트리스호를 건조할 수 있었지."

맷이 물었다.

"왜 그 이름을 선택했어?"

"이 배 덕분에 더 멀리 탐험하고, 더 오래, 더 깊이 잠수하면서 생존에 필요한 식량과 물자를 확보할 수 있을 테니까. 발전의 '모태(母胎, matrice)'가 되는 거지."

토비아스는 도서관 한복판에 큼직한 나무 자물쇠가 달린 육중한 문을 가리켰다. 문 위에는 해골이 새겨져 있었다.

"저건 뭐지?"

토르샨은 세 사람을 급하게 반대 방향으로 밀면서 대답했다.

"아무것도 아니야. 잊어버려."

밖에서 뿔피리가 울리자 모든 클로로팬필들이 머리를 들고 하던 일을 정리했다.

토르샨이 설명했다.

"식사 시간이야. 각자 부엌에 들러 배급을 받고, 마음에 드는 사람과 원하는 곳에서 식사 시간을 즐길 수 있어. 너희에게 생각할 여유를 줄게. 나는 부두에 있는 대형 창고 옆에 있을 테니 필요하면 찾아와. 모두 너희가 누군지 알고 있어. 조금만 참고 기다려. 시선이 부드러워지려면 며칠 걸릴 거야. 너희의 다른 점이 우리를 두렵게 한다는 걸 이해해야 해. 우리 공동체를 위한 역할을 고민해봐. 그럼 저녁에 다시 만나자!"

토르샨은 삼총사를 부엌까지 데려다 주었다. 나무 사발에 뜨거운 음식이 제공되었다. 삼총사는 몇 미터 위쪽의 노대로 올라갔다.

앙브르가 말했다.

"이 도서관에서 일생을 보내고 싶진 않아!"

토비아스가 투덜거렸다.

"그건 나도 마찬가지야! 너는 우리 팀의 두뇌야. 우리 팀 대장 맷이 둥지의 병사들과 함께 지내면 나는 어디서 일하지? 부엌에서?"

맷이 끼어들었다.

"걱정하지 마. 누구도 이 섬에서 인생을 마감하진 않을 거야."

토비아스가 자세히 말했다.

"이곳이 불쾌하다고는 생각하지 않아. 모든 것이 갖춰진 아주 아름다운 곳이야. 그들과 친구가 될 수 있다고 확신해. 잘 생각해보면 이곳이 우리들에게 작은 낙원이 될 수도 있어. 시니크들은 차치하고라도 로페로덴이 또 너를 찾아낼까 봐 두려워!"

앙브르가 상기시켰다.

"그들에게 회유되면 안 돼. 우리는 단지 맷을 위해 남쪽으로 떠난 게 아니야. 여왕과 그녀의 흉책을 알아내야 한다고!"

토비아스의 눈이 휘둥그레졌다.

"처음에는 잠시만 우리와 동행하겠다고 떠난 거였잖아. 네가 직접 그렇게 말했어!"

앙브르는 원통한 듯 눈을 부라리며 말했다.

"토비, 그건 너희와 합류하기 위한 핑계였어. 핑계일 뿐이었다고!"

맷이 말을 이었다.

"아무튼 우리는 닷새 후 여성 지도자들에게 가서 마른 바다 끝으로 데려다 달라고 설득해야 해. 그렇지 않으면 우리끼리 알아서 문제를 해결해야 하고, 또 여기서 도망쳐야 하지."

토비아스가 물었다.

"어떻게 할 생각이야?"

"아직 모르겠어. 나는 최대한 정직했어. 우리에 대해 모든 걸 얘기해줬지. 하지만 그들이 우리만큼 솔직했다는 느낌은 들지 않아."

"동의해. 그들은 뭔가를 숨기고 있어!"

앙브르가 지적했다.

"맷, 너는 모든 걸 얘기하지는 않았어. 초능력에 대해선 한마디도 안 했잖아."

"만일의 경우를 대비해 언급하지 않았을 뿐이야."

"그럼 지도자들은 어떻게 설득하지?"

맷이 단언했다.

"이건 두뇌 싸움이야. 이런 유의 토론에서는 지피지기면 백전불태지. 그들의 비밀을 알아내고, 그들이 보여주려 하지 않거나 말하려 하지 않는 것을 찾아내야 해."

앙브르가 제안했다.

"그들을 믿어보는 건 어떨까? 뭔가를 숨기고 있는 건 사실이지만 그건 이해할 수 있어. 우리를 받아들이려면 시간이 필요해! 몰래 행동하는 게 그들에게 존중받는 최선책은 아니야."

토비아스가 반박했다.

"맷이 옳아. 팔짱을 끼고 기다릴 수만은 없어. (그는 맷에게 돌아서면서 상체를 내밀었다.) 그럼 어떻게 하지?"

"토르샨은 도서관에 있는 그 문에 관심을 갖지 말라고 했어. 바로 거기부터 수색해야 해. 닷새 내에 그곳에 들어갈 방법을 찾아내자."

두 소년은 앙브르를 주시했다.

앙브르가 항의했다.

"그건 안 돼! 너희 둘에게 무슨 일이 일어날지 뻔해! 상상도 못할 일이야!"

맷이 고집했다.

"너의 지능은 탁월해. 그들은 네가 도서관에 출입하게 해줄 거야."

"그건 아주 나쁜 생각이야!"

"앙브르, 이건 중요한 일이야. 만일 닷새 후 그들이 우리를 떠나지 못하게 하면 우리는 궁지에 빠질 거야. 그들은 우리가 도망치지 못하게, 혹은 어리석은 짓을 못하게 감시하겠지. 지금 행동해야 해!"

앙브르는 난처한 표정으로 깊은 한숨을 내쉬었다.

맷이 손을 내밀었다. 토비아스와 앙브르는 잠시 망설이다가 손을 모으고 외쳤다.

"삼총사를 위해!"

14
생명나무의 영혼

그날 오후, 앙브르는 토르샨을 찾아가 근무지를 선택했다고 알렸다. 그녀는 공동체의 발전을 위해 도서관에서 일하면서 자신의 재능을 십분 활용하고 싶다고 말했다.

그러는 사이 맷과 토비아스는 지도를 찾기 위해 둥지를 누비고 다녔다. 맷은 클로로팬필들의 방어와 안전을 살펴보기 위해 수비대에 합류하기로 결정했고, 토비아스는 아직 근무지를 정하지 못했다.

맷이 제안했다.

"항해하는 법을 배우는 건 어때? 어떻게 될지 모르잖아."

"내게 그럴 능력이 있다고 생각해?"

"못할 것도 없지."

"가끔 나는……."

"어서 말해봐."

"너희 둘과 함께 있으면 약간 바보가 된 느낌이야."

맷은 친구의 두 어깨를 붙잡았다.

"토비, 그런 말 하지 마. 앙브르는 이치를 따질 때 총명해. 그리고 내가 튼튼한 것도 사실이야. 하지만 너는 우리의 시멘트야. 너는 분

석과 행동을 일치시키는 법만 배우면 돼. 나를 믿어. 우리 셋 중 가장 재능이 풍부한 건 너야."

토비아스는 어색한 미소를 지었다.

"그렇게 말해줘서 고마워……."

"자, 이리 와. 우리는 닷새 동안 클로로팬필들이 실제로 어떤 사람인지, 어떻게 설득해야 우리를 도와줄지 알아내야 해."

맷은 토르샨에게 전투에 소질이 있어 병사들과 함께 일하고 싶다고 말했고, 토비아스는 방향감각이 뛰어나다고 큰소리치면서 범선의 기계장치를 알고 싶다고 말했다. 두 사람은 새로운 동료들에게 자기소개를 한 후, 다음 날부터 일을 시작할 수 있도록 관찰하고 경청하면서 오후의 나머지 시간을 보냈다.

맷과 토비아스는 저녁 식사를 하기 위해 앙브르와 합류했다. 삼총사가 얘기를 나누려는 순간 토르샨이 찾아왔다.

"오늘 밤 너희는 '생명나무 제례'에 초대됐어. 생명나무를 보면 믿지 않을 수 없을 거야. 자, 식사부터 하자!"

마른 바다는 날이 일찍 저물었다. 둥지의 떡갈나무에서 수십 개의 은빛이 반짝거렸다.

식사가 끝나자 토르샨은 삼총사에게 긴 나뭇잎으로 짠, 짙은 밤색의 소매 없는 망토를 나눠준 다음 부두 쪽으로 데려갔다.

모든 클로로팬필들이 나무에서 내려와 대나무 숲으로 가고 있었다.

날이 저물면서 시원한 산들바람이 불었다. 앙브르는 망토를 두르고 모자를 썼다. 포근하게 온몸을 감싸니 마음이 놓였다.

대나무는 바람에 서로 부딪치면서 나뭇잎이 살랑대는 소리와 함께 단조로운 울림 소리를 냈다.

물렁물렁한 물질이 담긴 초롱이 공터까지 길을 비췄다. 숲을 파서 만든 원형경기장이 나타났다. 지름 3미터의 둥근 불빛이 바닥 위에서 행성처럼 천천히 돌고 있었다.

앙브르가 탄성을 질렀다.

"어머! 저게 뭐지?"

토르샨이 대답했다.

"생명나무의 영혼이야."

클로로팬필들이 관람석을 가득 메우자 의식이 시작되었다.

머리가 긴 소년이 둥근 불빛에 다가가 손을 내밀었다.

토르샨은 삼총사에게 머리를 숙이고 속삭였다.

"저 불빛에 접촉하는 특권을 갖는 사람은 매번 바뀌어. 그가 생명
나무의 영혼을 깨우면 영혼이 우리에게 말을 걸지. 잘 봐!"

소년의 손이 둥근 불빛에 다가감에 따라 불빛의 회전속도가 빨라
지면서 맑고 투명한 휘파람 소리가 나기 시작했다. 소년의 손가락
이 불빛을 스치는 순간, 대나무 숲에서 원형경기장 쪽으로 강풍이
불었다. 관객들은 넘어지지 않기 위해 서로 얼싸안았다. 머리카락
이 바람에 휘날렸고, 옷은 몸에 달라붙었다.

하늘이 으르렁거렸고, 이어 섬광이 검은 구름을 비추었다. 어둠
의 경계에서 천둥이 울렸다.

폭풍우가 눈 깜박할 사이에 이동하듯 열두어 개의 빛줄기가 대나
무 숲을 덮쳤다.

앙브르는 소스라치게 놀랐고, 토비아스는 앙브르에게 매달렸다.

갑자기 둥근 불빛이 멈추더니 수증기 띠가 소년이 내민 팔을 둘둘
감았다. 손은 강렬한 불빛 속으로 사라졌다. 우아한 곡선의 연기가
소매 밑으로 살며시 스며들어, 목을 타고 올라가며 얼굴을 어루만
졌다. 이제 소년은 하얀 미광을 발하며 수증기로 둘러싸인 물체에
지나지 않았다.

앙브르는 팔뚝에서 따끔따끔한 아픔을, 왼쪽 허리에서 무게를 느
꼈다. 토비아스는 완전히 몸을 움츠렸다.

그때, 둥근 불빛에서 날카로운 휘파람 소리와 함께 열파가 전해졌

다. 열파가 삼총사에 닿았을 때, 앙브르는 전기를 느꼈다. 둥근 불빛 중앙에서 파란색과 붉은색의 점멸등 같은 것이 어렴풋이 보였고, 안개 벽 안쪽에서는 초록색 폭발이 일어났다. 비 온 뒤 풍기는 숲 향기가 코에 닿았다.

앙브르는 부식토 냄새, 방향성 식물의 향기, 박하, 바질 그리고 좀 더 자극적인 향기를 내는 따뜻한 수액을 분간했다.

앙브르는 문득 둥근 불빛이 자신에게 말을 걸어, 감각, 색깔, 냄새 그리고 가벼운 떨림으로 이루어진 이야기를 해준다는 느낌을 받았다. 아쉽게도 교감이 너무 짧아 이 다양한 감정을 구별할 수 없었다.

그녀는 천천히 행복감에 도취되었다.

둥근 불빛이 소년을 둘러싸고 있던 수증기를 빨아들이더니 다시 회전하기 시작했다. 하늘의 으르렁거림과 뇌우가 멀어졌다.

모두 어쩔 줄 모르며 눈썹을 실룩거렸다. 어떤 사람들은 황홀경에 빠졌고, 다른 사람들은 매우 조심스러워졌다. 하지만 둥근 불빛이 주는 행복감을 느낀 것은 모두 똑같았다.

토비아스가 말했다.

"아, 무서워! 불빛이 몸속으로 들어왔어. 뇌 속까지 들어온 것 같았어! 불안하면서, 한편으론 환상적이었어!"

토르샨이 뽐내며 말했다.

"생명나무의 영혼이야. 불빛을 만질 수 있는 특권을 가진 사람은 현재, 과거, 미래를 볼 수 있어. 구경꾼일 뿐인 우리는 충격파만 느낄 수 있지."

맷이 추측했다.

"틀림없이 황홀한 경험일 거야."

토르샨이 고백했다.

"내가 경험한 것 중 가장 경이로운 감동이었어."

앙브르는 소년들 쪽으로 머리를 숙였다.

"네가 부르는 것처럼 그 '영혼'이…… 살아 있고, 나를 탐색하는 것 같았어."

토비아스가 바로 끼어들었다.

"나도 마찬가지야!"

토르샨은 열렬히 확인해주었다.

"생명나무의 영혼은 살아 있어! 우리가 이곳에 도착해 영혼을 발견했을 때, 우리는 곧 이 영혼이 우리를 기다렸으며, 여길 둥지로 삼아야 한다는 걸 알았어."

앙브르가 물었다.

"너희는 어떻게 이곳에 도착했어? 이 많은 어린이와 청소년들이 어디에서 온 거지?"

토르샨은 난처해진 표정으로 어깨를 으쓱했다.

"우리는 모두 친분이 두터워. 폭풍설 이전에 우리는 세상의 약자였어. 폭풍설이 모든 걸 바꿨지. 폭풍설이 상황을 역전시켰어. 이제 우리는 자랑스럽고 강인한 가이아족이야!"

"이해가 안 돼. 세상이 뒤집히기 전에 모두 함께 있었단 거야?"

토르샨은 손사래를 쳤다.

"그건 옛날 일이야. 지금이 더 중요해."

앙브르가 바로 반박했다.

"우리가 누구인지, 어디에서 왔는지를 알면 미래를 더 쉽게 알 수 있어!"

"그럼 우리의 뿌리를 가족의 비밀로 여겨줘. 이 비밀은 드러내고 싶지 않아!"

토르샨은 웅성거리며 원형경기장을 떠나는 무리 쪽으로 달려갔다. 삼총사는 경기장이 비워질 때까지 기다렸다가 일어났다.

앙브르는 제자리에서 천천히 회전하는 둥근 불빛을 응시하면서 말했다.

"나도 만져보고 싶어."

맷은 원형경기장 상단을 둘러보며 만류했다.

"지금은 아니야. 우리를 감시하고 있어."

볼이 통통한 팰리스 선장이 꽤 먼 거리에서 키틴 갑옷을 입은 네 명의 병사를 대동한 채 삼총사를 주시하고 있었다.

토비아스는 낙관적인 태도로 말했다.

"네가 요청하면 다음번에 허락해줄 거야."

맷이 고개를 흔들며 말했다.

"꿈도 꾸지 마. 우리는 이방인이야."

앙브르가 은밀히 물었다.

"과거를 물었을 때 토르샨이 난처해하는 거 봤지? 폭풍설 이전에 그들 모두가 서로 아는 사이였다는 건 믿기 힘들어."

맷이 장담했다.

"비밀의 열쇠는 도서관 문이야. 그 문제를 물었을 때 당혹한 기색이었어. 그들이 가족의 비밀을 숨기고 있다면 도서관 문 뒤에 있을 거야. 일단 돌아가서 잠자리에 들자. 모두가 잠들 때까지 기다렸다가 그곳에 가보자!"

앙브르가 반대했다.

"그건 너무 위험해! 도서관과 보안장치에 대해 아는 게 없어. 적어도 하루나 이틀의 여유를 주면 도서관에서 일하면서 관찰해 정보를 입수할게. 그런 다음 행동에 옮기자."

맷은 마지못해 동의했다.

앙브르는 팰리스와 그녀의 밀착 경호원을 슬쩍 보면서 말했다.

"자, 가자. 의혹을 일으키진 말자고. 이제 돌아갈 시간이야."

삼총사는 대나무 숲을 가로지르는 길을 거슬러 올라갔다. 그러는 사이 팰리스 일행은 일정한 거리를 유지한 채 물렁물렁한 물질의 초롱을 거둬들이면서 세 사람을 살폈다.

삼총사가 둥지로 돌아오자 팰리스는 어두워진 숲 쪽으로 몸을 돌렸다. 그녀는 호각을 물고 불었다.

이상한 소리가 울리자 곧 대나무 숲이 떨기 시작했다. 나뭇잎이 요란하게 흔들렸다.

하지만 분명 바람은 불지 않았다고, 앙브르는 확신했다.

15
호각

맷은 목검을 내밀고 상대를 찌를 준비를 했다.

대형 검술 도장에서는 백단향 냄새가 났다. 모든 시선이 경기에 집중되었다.

수비대장은 맷의 실력을 검증하기 위해 검술이 서툴지 않은 두 소년과 대결시켰고, 맷은 쉽고 빠르게 두 소년을 제압했다. 두 소년은 똑같은 검술을 사용했다. 즉, 상대를 물러나게 하기 위해 목검의 하단을 힘껏 후려치고, 여세를 몰아 달려들어 나무 날로 상대를 찌르는 검술. 맷은 잠자코 있었다. 상대가 온 힘을 다해 목검을 휘둘렀지만 맷은 조금도 당황하지 않았다. 그 전략은 두 소년에게 불리하게 돌아갔다. 그들은 가속도에 밀려 맷의 목검에 찔리고 말았다.

폭풍설 이후, 맷은 분명 이전 같지 않았다. 솔직히 말해 자신을 알아볼 수 없을 정도였다. 역할 게임을 즐기긴 했지만 난폭한 친구들을 두려워했던 맷은 긴장된 상황에 금세 적응했고, 대담해졌으며, 탁월한 능력을 발휘했다. 그는 분명 달라졌다.

맷은 폭풍설 직후에 일어났던 일들을 떠올렸다. 당시 그가 매우 좋아했던 역할 게임의 영웅적인 장면과는 달리 두려움, 눈물, 도주,

폭력이 이어졌다. 그는 이 변화에 대해 자주 자문했다. 폭풍설이 그의 숨은 능력을 드러나게 한 걸까? 아니면 폭풍설이 그를 완전히 변화시켰을까?

지금 맷은 지혜를 발휘해야 했다. 대련을 계속하다 보면 예사롭지 않은 체력에 대한 의혹을 불러일으킬 수밖에 없었다. 하지만 동시에 이 대결에서 지고 싶지 않았다. 그가 경탄과 두려움의 대상이 된다면 그들은 더욱 빨리 그를 받아들일 것이다. 아무튼 그렇게 되면 정보와 도움을 훨씬 수월하게 얻을 수 있다.

버트랙스라는 부드러운 이름을 가진 상대는 빠른 발놀림으로 목검을 휘둘렀다. 맷은 그게 자신을 위협하기 위한 것인지, 아니면 적절한 순간에 공격하기 위한 것인지 알 수 없었다. 의무적으로 착용해야 하는 커다란 호두로 만든 철모 탓에 잘 볼 수 없었다. 호두에는 눈을 위한 두 개의 구멍이 뚫려 있었다.

버트랙스가 갑자기 한쪽 다리를 내밀더니, 다른 다리를 붙이고 전속력으로 맷의 상체를 향해 수직으로 찌르기를 시도했다. 맷은 민첩하게 골반을 움직여 약삭빠르게 공격을 피했다. 그가 버트랙스의 허리를 향해 반격을 준비했을 때, 큼직한 손이 철모 하단을 붙잡아 뒤로 잡아당기는 것이 느껴졌다.

안정을 잃은 맷은 다시 균형을 잡으려 했지만, 곧 발목이 뭔가에 걸렸다. 그는 뒤로 벌렁 자빠지고 말았다. 버트랙스는 조금도 규칙을 지키지 않았다. 맷의 다리를 걸어 넘어뜨린 것이다. 무척 놀란 맷은 상대가 사과를 하고 물러날 것이라 예상했다. 하지만 그러기는커녕 버트랙스는 맷을 향해 거칠게 목검을 휘둘렀다.

맷은 수 미터 몸을 굴렸고, 목검이 바닥에 부딪치는 소리가 들렸다. 버트랙스의 난폭한 공격에 마룻바닥이 찢어졌다. 그는 더 정확히 겨누기 위해 철보를 고쳐 쓰느라 귀중한 몇 초를 버렸다. 맷은 한쪽 무릎으로 일어나 다음 공격에 대비했다. 두 개의 목검이 부딪쳤다. 맷이 완전히 일어나자 버트랙스가 사납게 후려쳤다. 철모가 울렸다. 맷은 비틀거렸고, 상대는 목검을 돌리면서 곧장 맷의 얼굴을 공격했다.

맷은 공격을 피하기 위해 고민하지 않고 전력으로 검을 휘둘렀다. 버트랙스의 목검이 충돌로 부러졌고, 맷의 목검은 상대의 철모를 둘로 쪼개면서 부러졌다. 목검의 나머지 날이 버트랙스의 이마를 찌르고 긴 상처를 냈다.

맷은 바로 목검을 놓고 달려가 사과했다.

수비대장이 맷을 밀고 외쳤다.

"놈은 다쳐도 할 말이 없어. 물러나! 너는 정말로 튼튼하구나! 어떻게 한 거지?"

"무서웠어. 그뿐이야."

수비대장은 의혹의 눈길을 던지며 천천히 고개를 끄덕였다.

"정말이야? 아무튼 너는 서툴진 않은데, 기술이 좀 부족해. 하지만 날렵하고 체력이 좋아. 내가 찌르는 법을 가르쳐줄게."

수비대장은 총가銃架에서 목검을 꺼내 맷에게 던졌다.

"어디서 검술을 배웠지?"

"전에 펜싱을 했어."

"전이라고? 폭풍설 전 말이지?"

수비대장은 거북한 듯 어깨를 으쓱했다.

"자, 방어 자세를 취해!"

맷은 잠시 그를 훑어보았다. 열여섯 살, 초록색 머리, 어떤 감정도 드러내지 않는 녹옥색 눈동자의 훤칠한 소년. 그의 도움을 받을 수 있을 거라고 확신하기 어려웠다. 맷은 방어 자세를 취했다.

맷은 부엌 앞에서 토비아스를 발견했다. 그는 점심을 먹기 위해 차례를 기다리고 있었다. 잠시 후 앙브르가 왔다. 삼총사는 숲 꼭대기에 떠 있는 배 밑의 부두 끄트머리에 자리를 잡았다.

앙브르는 바로 소식을 전해주었다.

"도서관에 있는 그 문에 대해 알아봤는데, 아무도 얘기하려 하지 않아. 금지된 주제인가 봐. 화제를 바꾸면서 그 문에 접근하지 말하고 강조했어! 제일 수다스러운 소녀가 살짝 얘기해준 바로는, 거기에 비밀을 보관한대!"

맷이 단언했다.

"그러니 더더욱 거길 수색해야 해!"

앙브르가 말을 이었다.

"문제가 있어. 관리인이 있는 것 같아."

토비아스가 끼어들었다.

"관리인이라니? 어떤 유의 관리인 말이지?"

"나도 몰라. 그 애가 말을 얼버무렸어. '관리인'이란 단어를 언급하면서는 팔에 닭살이 돋던걸! 그래서 어제저녁 일을 다시 생각해봤어. 어제 우리가 대나무 숲을 떠났을 때 팰리스는 입에 호각을 물고 있었잖아. 그녀가 호각을 불자 숲이 완전히 변했어! 뭔가가 움직이기 시작했지! 누군가 감시하고 있었을 거야. 똑같은 유의 관리인인 것 같아."

맷이 말했다.

"그 호각이 필요해."

토비아스의 눈이 휘둥그레졌다.

"만일 그 관리인이 비밀 창고 관리인과 아무 관련이 없다면?"

"관리인은 많지 않을 거야. 분명 같은 관리인이야. 아무튼 더는 기다릴 수 없어."

앙브르는 반쯤 익힌 참치 비슷한 고기를 삼킨 후 나무 숟가락을 들고 밥을 먹기 시작했다.

"경험은 많을수록 좋아. 여기엔 배울 게 많아."

맷이 고개를 숙이고 강조했다.

"떠날 준비를 해야 해. 오늘 저녁, 팰리스의 호각을 훔칠 거야!"

앙브르가 반대했다.

"그러면 그들은 우리를 받아주지도, 도와주지도 않을 거야."

"걱정 마. 팰리스 방에 들어가서 잠시 호각을 빌리는 거야. 그리고 그녀가 깨기 전에 도로 갖다 놓을 거야. 그럼 아무도 몰라!"

앙브르는 이 계획에 대한 불만을 숨기지 않았다. 그녀는 조용히 식사를 끝내고 도서관으로 돌아갔다. 그녀는 불안감을 떨칠 수 없었다.

이 계획은 좋지 않았다.

☣

그날 저녁, 삼총사는 토르샨과 함께 식사를 했다. 그는 둥지에서 보낸 첫날의 일과에 대해 질문 공세를 퍼부었다. 앙브르와 맷은 얼버무리며 대답하고 따뜻한 식사를 즐긴 반면, 토비아스는 솔직하게 털어놓았다. 그는 벌써 돛과 선구의 명칭을 외웠을 뿐만 아니라 매듭을 만드는 법을 보여주겠다고 나섰다.

매우 흡족해진 토르샨은 둥지의 테라스에서부터 펼쳐진 풍경을 둘러보며 말했다.

"일단 여기에 오면 이 둥지를 떠날 이유가 전혀 없다는 사실을 깨닫게 되지!"

앙브르는 참지 못하고 대꾸했다.

"유감스럽게도 여긴 우리나라가 아니야."

토르샨이 진지한 표정으로 물었다.

"너희가 그렇게 부를 수 있는 나라가 아직 지구 상에 존재할까? 나는 못 믿겠어."

"지상에는 친구들이 있어."

"단지 그것뿐이니?"

앙브르는 기분이 상했다.

"너희와 같지 않은 모든 팬들이 야만인이라고 생각하는 거야? 우리에게 선의와 호의가 없다고 생각하니? 세상은 넓고, 생존자들은 시간이 흐를수록 점점 더 체계적으로 활동하고 있어. 너희는 상아탑에 갇혀서, 발밑에서 일어나는 모든 일을 무시하는 거야."

이 장광설은 토르샨의 코를 납작하게 만들었다. 그는 즉시 자리를 박차고 떠났다.

그의 실루엣이 구름다리 끝에서 사라지자 맷은 식탁 위로 상체를 숙이고 음모자의 모습으로 말했다.

"모두 잠들 때까지 기다려야 해. 나는 감시초소를 전부 확인했어. 초소는 주로 둥지 외부를 감시하도록 만들어졌어. 문제없이 팰리스 방으로 갈 수 있을 거야."

앙브르가 항의했다.

"아무리 생각해도 좋은 작전이 아니야. 저돌적으로 나가선 안 돼!"

"내 직감은 클로로팬필들을 경계해야 한다고 말해. 그들은 뭔가를 숨기고 있어! 만일 그들이 아주 호의적이고 개방적이라면 이미 무기를 돌려줬겠지! 더는 하룻밤도 기다리지 않겠어."

자정이 지나자 삼총사는 둥지의 계단과 테라스를 살금살금 걸어 팰리스 방으로 다가갔다. 그날 오후, 맷은 둥지의 보안 시설에 익숙해지기 위해 모든 통제소를 둘러보았다. 삼총사가 접근하자 나무 안쪽에 놓인 물렁물렁한 물질이 반짝이기 시작했다. 이 신기한 물질은 발걸음의 진동을 감지하고 곧바로 작동한 것이다. 그들은 어느 둥근 문 앞에서 멈췄다.

맷이 말했다.

"여기일 거야. 이 문으로 들어가는 걸 봤어."

앙브르가 놀라며 물었다.

"팰리스를 미행했다고?"

"오후가 끝날 무렵에 잠깐."

앙브르는 눈썹을 치켜세우며 말했다.

"네가 적이 아닌 친구여서 다행이야."

맷은 손잡이를 잡았다. 심장이 두방망이질하기 시작했다. 그는 손잡이를 돌리고 천천히 밀었다.

잠겨 있지 않았다. 문은 돌쩌귀 위에서 천천히 돌았다.

맷은 방을 둘러보았다. 복도의 불빛이 대형 책상, 조잡한 장롱 그리고 침대 다리 비슷한 것을 은은하게 비추었다.

팰리스는 시트로 몸을 둘둘 감고 누워 있었다.

'그 빌어먹을 호각을 찾아야 해!'

맷은 책상 뒤로 슬그머니 이동하면서 팰리스의 반응을 살폈다. 그녀는 움직이지 않았다.

'서랍을 열면 소리가 날지 몰라!'

토비아스가 들어왔다. 그들은 책상과 선반을 살폈다. 맷이 장롱에 다가갔을 때 토비아스가 그의 어깨를 두드리고 머리맡 탁자를 가리켰다.

그곳에 호각이 놓여 있었다.

토비아스가 뛰어들려 하자 맷은 팔을 붙잡고 저지했다. 그리고 탁자 위에 놓인 작은 잔의 물렁물렁한 물질을 가리켰다. 2미터 이내로 접근하면 불이 켜질 위험이 있었다.

맷은 친구의 귀에 대고 속삭였다.

"더 이상 가까이 가면 안 돼."

토비아스는 문지방 쪽으로 돌아서서 앙브르에게 다가오라고 손짓했다. 그녀는 들어오면서 입술을 비죽거렸다.

토비아스가 매우 나직하게 물었다.

"저 호각을 옮길 수 있겠어?"

앙브르는 숨을 들이마시고 정신을 집중했다.

호각이 천천히 떠오르더니 방을 가로질러 그들에게 다가왔다.

맷은 손을 펴서 호각을 붙잡고 득의만만한 미소를 지었다.

삼총사는 발길을 돌려 대형 도서관으로 들어갔다. 높은 창문으로 스며든 달빛에 비친 열람실은 인상적인 모습이었다. 삼총사는 해골이 새겨진 문 앞에서 걸음을 멈췄다.

앙브르가 분개했다.

"어떻게 저렇게 추한 걸 새겼지?"

토비아스가 설명했다.

"우연히 선택한 게 아냐. 해골은 위험의 상징이야. 우리는 엄청나게 어리석은 짓을 하고 있을 거야……."

앙브르가 덧붙였다.

"분명 죽음의 상징이야."

맷은 나무 자물쇠 앞에서 무릎을 꿇었다.

"앙브르, 내부 시스템을 작동시킬 수 있겠어?"

"볼 수 있으면 물론이지. 한번 볼게……. 아, 아무것도 안 보여. 불빛이 필요해."

토비아스는 책상 쪽으로 달려갔다. 그가 물렁물렁한 물질의 잔을 잡기도 전에 그의 발길이 진동을 일으켜 불이 켜졌다. 앙브르는 그가 가져온 불빛으로 자물쇠 내부를 살폈다.

"어떻게 해야 할지 모르겠어. 하지만 모든 걸쇠를 한쪽 방향으로 밀면 열릴 거야……."

몇 차례 찰칵하는 소리가 들리더니, 갑자기 문이 빼꼼 열렸다.

삼총사는 물렁물렁한 물질이 발하는 유령 같은 불빛 아래에서 서로의 얼굴을 바라보았다.

맷은 의도치 않게 자신 잃은 목소리로 말했다.

"진실의 순간이야."

16
클로로펜필의 비밀

삼총사는 좁은 복도로 들어갔다. 맷이 앞장섰다.

토비아스가 걱정스레 물었다.

"호각은 언제 사용해야 하지?"

맷은 걸음을 늦추지 않고 대답했다.

"상황을 보면 알 수 있겠지."

삼총사는 나무줄기 내부에 만들어진 홀로 들어갔다. 홀 바닥에 뚫린 커다란 구멍은 아래쪽 숲과 연결되어 있었다. 도르래와 톱니바퀴로 이루어진 복잡한 시설이었다. 맷의 키보다 더 큰 둥근 밧줄 롤러가 홀 뒤쪽의 3분의 1을 차지하고 있었다.

토비아스는 우물 위로 머리를 숙였다가 곧 물러나면서 소리쳤다.

"와! 우물이 곧장 바닥 쪽으로 뻗어 있는 것 같아!"

밧줄 끝에 세 사람이 간신히 탈 수 있는 소형 나무 곤돌라가 매달려 있었다. 앙브르는 고개를 설레설레 저었다.

"저 밑으로는 내려가고 싶지 않아!"

맷은 조금도 망설이지 않고 설득했다.

"하지만 내려가야 해."

맷이 문짝을 열고 올라타자 곤돌라가 삐거덕거렸다.

토비아스가 제안했다.

"돌아가서 무기를 챙겨 오는 게 좋겠어."

맷이 두 친구를 쏘아보았다.

"말을 맞춘 거야, 뭐야? 이건 둘도 없는 기회라고!"

맷은 우물가에 곤돌라를 묶어놓은 밧줄 매듭을 풀기 시작했다.

토비아스는 우물 둘레를 단단히 붙잡고 곤돌라에 올라타자마자 원형 의자에 앉았다.

앙브르는 한숨을 내쉬었다. 맷이 그녀에게 손을 내밀었다.

"자, 빨리 타. 네가 없으면 우린 길 잃은 아이들에 지나지 않아."

"그런 유치한 말솜씨로 나를 설득했다고 생각하는 건 아니겠지? 내가 타는 건 너희가 다시 올라오지 않을 경우 무슨 일이 일어났는지 알 수 없기 때문이야. 그건 견딜 수 없으니까."

맷은 마음이 아팠다. 그녀는 '유치한 말솜씨'라는 표현으로 무슨 말을 하고 싶은 걸까? 그 단어는 조금도 마음에 들지 않았다. 하지만 더 절박하고 중요한 문제를 해결해야 했으므로 그는 밧줄을 풀고 두 친구와 함께 앉은 다음 단 하나뿐인 조종간을 작동시켰다.

기계장치가 덜컹하며 톱니바퀴가 흔들리더니 연약한 곤돌라가 내려가기 시작했다. 잠시 후 곤돌라는 거대한 나무줄기 밖으로 나왔다. 나무뿌리들이 뒤얽혀 있었다.

토비아스는 물렁한 물질이 담긴 작은 등잔을 보물이라도 되는 듯 조심스럽게 내밀었다. 그는 아래쪽 숲이 밝은 것을 보고 외쳤다.

"아래를 봐! 수백 개의 불빛이 있어!"

앙브르가 지적했다.

"물렁한 물질이 발산하는 불빛은 아닌데."

럭비공만 한 도토리들이 초록빛이 도는 매우 강한 빛을 내보내고 있었다.

삼총사는 놀라운 광경을 응시했다. 발광 도토리가 달린 수천 개의 나뭇가지가, 지름이 10미터 이상인 한없이 깊은 둥근 구렁을 형성하고 있었다.

갑자기 나뭇잎 벽이 심하게 흔들리더니 전율이 숲을 스쳐 지나갔다. 뭔가가 나무뿌리를 따라 미끄러지고는 곤돌라와 함께 구렁 속으로 돌진했다.

토비아스가 소리쳤다.

"저기야! 엄청 큰 동물이야! 맷, 호각을 불어!"

맷은 호주머니에서 호각을 꺼내 잠시 바라보았다. 나무를 깎아 만든 호각은 피리처럼 가늘고 길었다.

나뭇잎이 아주 가까이에서 요동쳤다.

맷은 호각을 불었다. 경쾌한 울림 소리가 나자 곧 숲의 움직임이 멈췄다.

토비아스는 긴장한 어깨를 풀고 팔로 이마의 땀을 닦아내며 말했다.

"평소에는 호기심 많은 나지만, 이번만큼은 놈의 정체를 알고 싶지 않아!"

곤돌라는 점점 더 빨리 하강했다. 머리카락이 뒤로 날렸다. 그들은 의자를 움켜쥐었다.

앙브르가 외쳤다.

"속도를 줄이는 방법은 없어?"

맷이 조종간을 반쯤 내리자 곤돌라는 속도를 잃었다.

우물은 끝없이 깊어 보였다. 맷은 고개를 들었다. 그들이 방금 내려온 거대한 나무는 보이지 않았다. 꿈틀거리고 반짝이는 도토리들과 커다란 굴뚝뿐이었다.

맷이 조종간을 만지지 않았는데 곤돌라가 브레이크를 걸기 시작하더니 우뚝 멈췄다.

100미터 전부터 도토리는 더 이상 빛나지 않았다. 토비아스가 가져온 물렁한 물질만이 주위를 비추고 있었다. 맷은 일어나 팽팽한 밧줄을 살폈다.

앙브르가 걱정스레 물었다.

"밧줄이 걸린 거야?"

"그건 아닌 것 같아. 토비, 여기를 비춰봐."

나뭇가지 하나가 보여 맷은 그것을 꺾어버렸다. 이윽고 1미터쯤 아래에서 지면이 나타났다.

맷이 외쳤다.

"도착했어! 완전히 바닥에 도착한 거야! 이 밧줄의 길이와 강도를 짐작할 수 있겠어?"

앙브르가 대꾸했다.

"우리를 노리는 위험한 동물들이 떠올라. 이 곤돌라가 어떻게 작동하는진 모르지만 다시 올라가려면 관심을 갖는 게 좋겠지……."

맷은 덜거덕거리는 문을 열고 단단한 땅으로 뛰어내렸다.

"클로로팬필들이 이걸 그냥 만들진 않았을 거야. 자, 주위를 한 바퀴 돌아보자."

토비아스는 앙브르가 다시 투덜거리기 전에 뛰어내렸다. 그녀는 어둠 속에 혼자 남지 않기 위해 두 친구를 따라갈 수밖에 없었다.

초목이 울창해 멀리 갈 수 없을까 봐 걱정했는데, 예상 외로 듬성듬성해 놀랐다.

앙브르가 물었다.

"땅 냄새 맡았어? 냄새가 이상해!"

토비아스가 무릎을 꿇고 손가락으로 땅을 파자 콘크리트가 드러났다.

"맞아. 폭풍설 이전 여기에 뭔가 있었어. 완전히 사라지지 않았어."

맷이 말했다.

"저쪽을 비춰봐."

토비아스가 불을 가까이 비추자 벽이 나타났다. 벽에는 5미터가 넘는 나무 문이 열려 있었다. 대형 건물이 뒤얽힌 나뭇가지와 검은 나뭇잎 속에 감춰져 있었다.

토비아스가 놀라며 물었다.

"클로로팬필들이 어떻게 해서든 지키려는 비밀이 이걸까?"

맷이 문을 열면서 말했다.

"일단 들어가자."

삼총사는 먼지와 흙으로 뒤덮인 넓은 대리석 홀을 가로질렀다. 홀 양쪽에 우아한 곡선의 대형 계단이 뻗어 있었다.

토비아스는 대성당을 바라볼 때처럼 정중한 어조로 말했다.

"인상적인데! 여기가 어딜까?"

10여 마리의 개똥벌레가 여러 층에서 불쑥 나타나더니 삼총사 주위로 내려와 윙윙거리다가 측면의 좁은 통로로 쏜살같이 사라졌다.

계단까지 걸어간 맷은 소리를 내지 않도록 조심하면서 천천히 2층으로 올라갔다. 발코니에서는 1층이 보이지 않았다. 토비아스가 다가오자 맷은 유리로 만든 긴 복도로 들어갔다. 유리 너머는 암흑세계였다. 이따금 문어발처럼 유리에 찰싹 들러붙은 검은 가시덤불이 안으로 들어오려 했다. 그들은 황폐해진 홀과 방을 발견했다. 침대 틀은 더 이상 매트리스를 지탱하지 못했고, 장롱은 비어 있었다.

맷이 말했다.

"최소한 클로로팬필들이 물건을 장만하는 곳은 알아냈네."

앙브르가 고개를 끄덕이며 덧붙였다.

"학교와 기숙사가 떠올라."

토비아스는 잠시 새로운 금기 사항을 잊고 앙브르에게 돌아서서 물었다.

"기숙학교에 있었어?"

놀랍게도 앙브르는 대답을 했다.

"맞아. 내가 기숙학교에 가겠다고 고집했지."

"기숙학교에 입학하길 원했다고? 왜?"

"상상해 봐. 너네 엄마가 폭력을 휘두르는 인생 낙오자와 절대로 헤어지지 않겠다고 우긴다면 뭐든 하게 될걸! 나는 계부가 싫었어……."

토비아스는 희미한 빛 속에 잠긴 앙브르를 바라보았다. 그녀는 화가 나 있었다.

맷이 단언했다.

"이건 학교가 아니야. 저쪽을 봐."

그는 복도에 있는 금속판을 가리켰다. 두 창문 사이에 방향 표지판이 있었다. 〈안내실〉, 〈휴게실〉, 〈놀이방〉, 〈부모실〉, 〈간호실 A2〉, 〈간호실 A3〉, 〈종합 수술실〉…….

맷이 덧붙였다.

"병원이야, 어린이 병원."

앙브르가 소리쳤다.

"맞아! 분명해! 토르샨은 그들이 약자였다고 말했어! 또 폭풍설이 모든 걸 바꿨다고도 했지!"

실망한 토비아스가 물었다.

"이게 그들의 비밀일까?"

"그래서 그들이 폭풍설 이전에 서로 알았던 거야."

"병원이 그들을 클로로팬필로 바꾸었을까?"

앙브르는 고개를 끄덕였다. 개똥벌레들이 다시 뒤에서 맴돌고 있었다.

"예전에 그들은 허약하고 예민했어. 폭풍설은 우리보다 그들에게 더 강한 영향을 미친 거야."

맷이 상기시켰다.

"폭풍설은 식물이 더 빨리 성장하고 강해질 수 있도록 유전자를 변화시켰어. 마찬가지로 우리 유전자도 발전을 가속화하고 생존 기회를 얻기 위해 다소 변했고. 그게 초능력이야. 아픈 아이들은 너무 예민한 탓에 두 배 정도의 영향을 받았을 거야."

토비아스가 놀라며 물었다.

"그게 비밀이야? 오히려 자랑으로 여겨야 할 텐데!"

앙브르가 말했다.

"몸이 아팠던 과거를 떠올리고 싶지 않은 거겠지. 폭풍설 이전에 그들은 격리되어 있었고, 몸도 약했어. 지금도 따로 떨어져 있긴 하지만 전보다 강해졌고, 우리보다 훨씬 더 자연과 조화를 이루고 있지. 그들의 얘기를 떠올려봐. 그들은 선택을 받았다고 생각하고 있어. 과거에 대해 얘기하는 건 예전에 허약했다는 사실을 털어놓는 꼴이 되는 거야. 고통스러운 일이지."

맷은 바닥에서 나뒹구는 누르스름한 자료들을 주워 모아 내밀었다.

"여긴 세상에서 가장 큰 어린이 병원 중 하나였어! 그래서 클로로팬필들이 그렇게 많은 거야. 바람 그리고 나무와 조화를 이루는 600명이 넘는 팬들을 상상해봐. 그들의 체력과 지능은 비상해. 그들의 도움을 받으면 시니크들을 물리칠 수 있을 거야!"

토비아스가 냉소를 지으며 말했다.

"공상에는 얼마든지 빠질 수 있어! 하지만 그들은 우리가 떠나는 걸 원치 않아. 그들을 설득해서 우리를 돕게 할 수 있다고 생각한다면 크게 착각하는 거야!"

앙브르가 말했다.

"토비가 옳아. 다른 팬들을 시니크들로부터 멀리 떨어진 이 둥지로 데려오는 게 더 좋겠어."

맷이 반박했다.

"둥지는 너무 작고, 클로로팬필들은 결코 우리를 받아들이지 않을 거야! 그들은 좀 별나. 그 점을 인정해야 해. 그들은 생명나무의 선택을 받았다고 생각한다고……."

토비아스가 말했다.

"그래도 그들에겐 신기한 불빛이 있어! 정말 선택받은 사람들일지도 몰라."

"선택을 받았다고? 속지 마! 누구도 선택받지 않았어. 폭풍설의 강력한 충격을 견뎌낸 소수만이 살아남았을 뿐이야."

돌연 움직임을 멈춘 개똥벌레들이 천장 쪽으로 도망치더니, 깊은 틈 속으로 사라졌다.

삼총사는 개똥벌레들의 갑작스러운 도주에 놀라 긴장했다.

앙브르가 속삭였다.

"뭔가가 건물 안으로 들어왔나 봐."

토비아스가 맞장구쳤다.

"나도 이상한 소리를 들은 것 같아."

맷은 복도 쪽으로 뛰어가면서 외쳤다.

"좋아. 나가자!"

앙브르가 반대했다.

"클로로팬필들이 호각 분실을 알아챘다면 신뢰는 끝이야!"

삼총사는 발코니 쪽으로 달려가다가 몇 미터를 남겨놓고 속도를 줄었다. 아래쪽에서는 어떤 불빛도 보이지 않았다.

앙브르가 속삭였다.

"이상하네. 분명 소리를 들었는데."

토비아스는 돌난간 위로 상체를 숙이고 팔을 내밀어 물렁물렁한 물질로 홀을 비췄다.

아무것도 보이지 않았다. 먼지로 뒤덮인 대리석, 대형 출입문…….
잠시 후, 토비아스는 머리를 들었다.

자동차만큼 큰 거미 두 마리가 샹들리에에 매달려 있었다. 거미들은 삼총사와 같은 높이에서 먹이를 기다리고 있었다. 흉측한 아가리와 끈적끈적하고 돌출된 여섯 개의 눈이 먹음직스러운 삼총사를 노려보았다. 거미가 머리에 달린 집게를 반쯤 들어 올리자 가는 섬유로 가득한 입이 드러났다.

물렁물렁한 물질이 점점 더 세게 흔들리더니, 작은 등잔은 결국 토비아스의 손에서 떨어졌다.

유일한 광원이 사라지자 삼총사는 무서운 거미들과 함께 어둠 속에 잠겼다.

은빛은 앙브르의 염력으로 공중에서 멈췄고, 작은 등잔은 요란한 소리를 내며 바닥에 부딪쳤다가 곧장 앙브르의 손까지 튀어 올랐다.

맷은 토비아스의 외투를 붙잡고 질주하기 시작했다. 바로 두 마리의 거미가 발코니로 뛰어올랐다. 맷은 무른 살이 바닥에 부딪치는 약한 소리를 통해 거미들이 바로 뒤에 있다는 사실을 깨달았다. 맷은 힘껏 달렸지만 잠시 후 토비아스에게 추월당했다. 앙브르는 1미터 뒤에 있었다.

거미들의 다리가 아주 가까이에서 굉장한 속도로 바닥을 두드렸다.

맷에게는 무기가 없었다.

삼총사는 오래 버티지 못하고 잡아먹힐 것이다. 그는 앙브르가 들고 있는 흔들거리는 불빛으로 주위를 둘러보았다.

분사관창(소화전의 소방 호스에 연결해 소화용수를 분출하는 노즐—옮긴이), 소화전, 문.

'소화전!'

맷은 위쪽으로 돌진해 팔꿈치로 안전유리를 깨고는, 화재용 도끼를 집어 들고 두 마리의 거미와 맞섰다.

첫 번째 거미가 곧장 달려들었다.

맷은 힘껏 후려쳤다.

도끼는 연한 살에 박혀 연골을 가른 후 타일에 부딪치면서 예리한 소리를 냈다.

둘로 갈라진 몸통에서 역겨운 냄새가 풍겼다.

더 조심스러워진 두 번째 거미가 발톱으로 맷을 잡으려 했다. 소년은 뒤로 펄쩍 뛰며 도끼로 공격했다. 거미의 다리 끝이 완전히 잘려나갔다.

괴물은 분노와 고통이 뒤섞인 날카로운 비명을 길게 내질렀다. 앙브르가 뒤로 물러나 있었기 때문에 맷은 어둠 속에서 도망치는 거미의 움직임을 분간하기가 어려웠다.

하지만 거미가 다리를 접었을 때, 맷은 무슨 일이 일어날지 예상할 수 있었다. 그는 두 팔을 당기고 도끼를 불끈 쥐었다. 거미가 달려들어 머리에 달린 집게로 물려는 순간 도끼가 윙윙거리며 쏜살같이 날아가 괴물의 두 눈 사이에 박혔다. 거미는 우뚝 서더니 그의 발치에서 고꾸라졌다.

맷은 숨이 멎을 만큼 몹시 놀랐다.

모든 근육이 경직되었다.

앙브르가 비명을 질렀다.

"이런!"

고개를 든 맷은 복도 끝에서의 소란을 감지했다. 홀은 거미로 뒤덮여 있었다. 거미들이 두 동류의 비명을 듣고 몰려온 것이다.

거미가 너무 많아서, 맷은 잠시 벽이 움직인다고 생각했다.

거미들은 일제히 삼총사를 향해 달려왔다.

17
둥지 탈출

맷은 도끼를 놓았고, 삼총사는 걸음아 날 살려라 도망치기 시작했다. 모퉁이를 돌고, 계단을 뛰어오르고, 방화문을 부수었다. 코너의 타일에서 미끄러진 토비아스를 아주 가까운 창문을 깨뜨리며 나타난 두 개의 긴 다리가 붙잡으려 했다. 그는 바닥에서 굴러 가까스로 발톱을 피했다.

천장이 삐걱거리기 시작했다. 거미들은 위층에서도 삼총사를 추격했다. 사방이 온통 거미였다.

삼총사는 반쯤 빈 책장으로 가득한 넓은 홀에 도착했다. 도서관이었다. 숨을 가다듬을 여유도 없었다. 거미들이 책장 위에서 불쑥불쑥 나타났다. 흔들리기 시작한 책장이 엄청난 규모의 도미노처럼 차례대로 쓰러졌다. 삼총사는 여기저기서 흔들리는 가구보다 더 빨리 홀 중앙 쪽으로 질주했다. 거미들은 파도처럼 무너지는 책장 위에서 달려왔다.

여러 개의 창문이 산산조각 났다.

맷은 더는 멀리 갈 수 없음을 깨달았다. 그들은 곧 포위될 것이다. 맞서 싸워야 했다.

'거미가 너무 많아! 전부 물리칠 수는 없을 거야!'

삼총사는 걸음을 늦추고 거미들과 맞서기 위해 서로 등을 맞댔다. 천장, 벽, 통로…… 곳곳에서 수십 마리의 거미들이 동시에 날카로운 소리를 내며 다가왔다.

그때 뭔가가 공기를 가르며 날아오더니 거미 한 마리가 쓰러졌다. 이어 다른 거미가 고꾸라졌다.

클로로팬필 병사 한 무리가 활과 창을 든 채 깨진 유리창 옆에 서 있지 않은가. 맷은 너무 놀라 하얗게 질렸다. 그들 가운데 대여섯 명이 스무 마리, 잠시 후 서른 마리의 거미들을 쓰러뜨렸다. 병사들과 함께 있던 토르샨이 삼총사에게 뛰어오라는 손짓을 했다. 앙브르는 토르샨에게 다가가 사과했다.

"정말 미안해. 우리는 그저……."

"지금은 사과할 때가 아니야. 나를 따라와!"

토르샨은 2층 창문을 통해 삼총사를 넓은 발코니까지 데려갔다. 그들을 데리고 올라갔던 것과 비슷한 여러 개의 나무 곤돌라가 난간 높이에 떠 있었다. 삼총사는 클로로팬필 병사들의 보호를 받으며 곤돌라에 올라탔다. 1분도 채 되지 않아 모든 병사들이 철수했다.

맷은 곤돌라가 상승하는 소리를 들으며 긴장을 풀었다. 나뭇가지가 부딪치는 소리, 곤돌라가 삐거덕거리는 소리가 그를 안심시켰다. 그는 토르샨에게 고개를 돌리고 말했다.

"고마워."

토르샨이 손을 내밀었다. 맷은 아주 난처한 표정으로 호각을 돌려주었다.

맷이 말을 이었다.

"나쁜 짓은 생각하지 않았어. 너희도 알 거야. 너희가 정말로 어떤 사람인지 알고 싶었을 뿐이야. 모든 걸 얘기해주지 않았으니까!"

토르샨은 허공에 시선을 고정하고 못 들은 척했다. 맷은 설명해봐야 아무 소용 없다는 사실을 깨달았다.

그들은 원형 곤돌라를 투하한 클로로팬필들의 사령선, 베소마트 리스호에 올라탔다. 잠시 후 배에서 내리는 그들을 50명 이상이 경직된 얼굴로 부두에서 기다리고 있었다.

맷은 초병들이 자신들을 보호하는 것이 아니라 끌고 간다는 사실을 깨달았다. 사람들이 길을 비키자 올랜디아 선장이 나타났다. 굳은 표정, 이글이글 타오르는 눈빛.

올랜디아가 말했다.

"너희는 우리를 배신했어. 이제부터 너희는 포로야. 여성 지도자들은 내일 저녁 너희의 운명을 판결할 거야. 이자들을 끌고 가."

키틴 갑옷을 입은 병사들이 삼총사를 거칠게 밀며 허공에 밧줄로 매달아놓은 나무로 만든 작은 방까지 끌고 갔다. 삼총사는 각자 독방에 갇혔고, 초병들은 물러갔다.

앙브르는 창살 사이에서 한숨을 내쉬었다.

"꼴좋다!"

토비아스가 말했다.

"그래, 우리는 멍청한 짓을 했어. 그래도 내일 저녁까지 우리를 여기 가둬두지는 않겠지?"

맷이 물었다.

"우리를 어떻게 처리할 것 같아?"

늘 상상력이 풍부한 토비아스가 가장 먼저 대답했다.

"마른 바다 밑에 사는 흉측한 괴물에게 먹이로 주지 않을까? 설마 죽이지는 않겠지?"

앙브르가 대꾸했다.

"그럴 사람들은 아니야. 하지만 우리를 추방할 순 있겠지. 우리가 첫날 본 그 소년처럼."

맷이 침통한 어조로 말했다.

"그건 사형선고나 마찬가지야. 이제는 알아. 금단의 숲은 너무 위험해서 우리끼리는 횡단할 수 없어. 우리 입장을 변론할 준비를 해야 해. 혹시 누군가 우리를 도와줄지 모르잖아?"

앙브르가 잘라 말했다.

"우리가 지나쳤어. 그들은 우리에게 문호를 개방했는데, 우리는 그들을 신뢰하기는커녕 배신했다고! 사실 우리에겐 어떤 변명의 여지도 없어! 처음부터 내가 나쁜 생각이라고 했잖아!"

토비아스가 당황한 표정으로 물었다.

"그럼 어떻게 하지?"

앙브르가 짜증을 냈다.

"방법은 없어! 그들은 우리를 추방할 거야!"

맷이 고개를 흔들었다.

"다시는 저 아래로 내려가지 않을 거야. 이틀도 견디지 못할 테니까. 묘책을 찾아야 해."

앙브르는 신경질적으로 말했다.

"나는 제안할 만한 해결책이 없어. 어리석은 짓은 이미 충분해."

삼총사는 입을 다물었다. 모두 침묵을 지킨 채 침대 역할을 하는 짚을 넣은 매트 위에 누웠다. 늦은 시각이었지만 잠을 이룰 수 없었다.

삼총사는 그들이 저지른 일과 앞으로의 일에 대해 생각했다.

☣

새벽, 삼총사는 둥지의 소란에 잠에서 깼다. 온몸이 쑤셨고, 여전히 지쳐 있었다. 한 병사가 과일과 진한 수프를 가져왔다. 낮 동안 누구도 찾아오지 않았다. 마른 바다 수평선에서 해가 질 무렵, 삼총사는 자신들의 운명을 결정할 여성 위원회를 생각했다.

대형 떡갈나무 주위를 비추었던 은빛이 하나둘 꺼졌고, 이윽고 등지는 어둠에 잠겼다.

갑자기 구름다리 끝에서 초롱이 나타나더니 커다란 외투를 뒤집어쓴 실루엣 하나가 감옥까지 살며시 다가왔다. 실루엣이 웅크리고 속삭였다.

"너희는 내일 아침 추방당할 거야. 두 언니에게 맞서 너희를 옹호했지만 헛수고였어."

초롱의 후광이 얼굴을 비추었다. 클레맨티스였다.

맷이 물었다.

"우리 무기와 짐을 돌려줄까?"

"나도 몰라. 너희는 심해로 내려가야 해."

토비아스는 겁에 질린 목소리로 말했다.

"그럼 우리는 죽게 될 거야."

클레맨티스는 대답하지 않았다. 그녀는 잠시 침묵을 지켰다가 덧붙였다.

"너희가 나쁜 짓을 꾸미지 않았다는 걸 알아. 하지만 지도자들은 더 이상 너희를 신뢰할 수 없고, 너희가 우리의 안정과 안전에 위협이 된다고 판단했어."

앙브르는 침묵을 깨고 입을 열었다.

"이해해. 너희는 우리에게 문을 열어줬는데 우리는 호기심을 충족시키겠다고 그 신뢰를 깨뜨렸어. 우리의 행동은 용납될 수 없어. 그런데도 너희는 위험을 무릅쓰고 우리를 찾으러 심해까지 내려왔지."

"오늘 저녁 회의가 열리기 전까지는 우리 공동체의 일원이었으니까. 우리는 공동체를 위험에 빠뜨릴 수 없어. (그녀는 망설이다가 덧붙였다.) 너희가 마지막으로 알아둬야 할 게 있어. 심해에서 기적적으로 살아남더라도 남쪽으로 가는 건 포기해."

맷은 징색을 하고 물었다.

"왜?"

"사실 우리는 그 여왕을 알아. 이건 우리 중에서도 극소수만이 아는 비밀이야. 혼란과 공포의 씨를 뿌리고 싶진 않거든. 몇 주 전 우리는 시니크들과 접촉했어. 정찰대가 마른 바다에서 남쪽 심해로 내려갔을 때였지. 심해가 어디까지 펼쳐져 있는지 알아보기 위해서. 정찰대는 검은 갑옷에 붉은색과 검은색 깃발을 든 어른들에게 접근했어. 그들은 말롱스 여왕의 이름으로 우리를 생포하려 했어. 여왕과 그녀의 부하들은 나쁜 사람이야. 정찰대는 숨어 있었지만 세 명이 목숨을 잃었어. 남쪽으로 가면 안 돼. 위험한 곳이야. 시니크들은 잔인해. 할 수 있으면 너희 공동체로 돌아가. 세상은 바뀌었어. 더는 어른들을 믿을 수 없어. 우리 사이에서조차 서로 다른 점이 경계심을 만들잖아. 우리는 아직 준비가 안 되어 있어. 나는 이제 가야 해. 너희와 대화를 나눌 권리가 없어."

맷이 애원했다.

"안 돼! 기다려! 말롱스 여왕은 뭘 원하지? 왜 여왕은 어린이를 전부 납치하라고 명령한 거야?"

"몰라. 그들이 하는 일은 모두 가증스러워. 이제 너희는 너희를 기다리는게 뭔지 알지? 오늘 밤이 지나면 너희는 떠나야 해. 안녕."

클레맨티스는 일어나 복잡한 복도로 사라졌다.

맷이 말했다.

"가만히 앉아서 기다릴 수만은 없어. 이 감옥에서 빠져나가야 해!"

토비아스가 물었다.

"그다음에는?"

"우리 짐이 어디 있는지 알 것 같아. 내가 연습했던 검술 도장 옆에 대형 창고가 있어. 토비, 배를 조종할 수 있니?"

"오늘 밤에? 아니! 나는 겨우 선구의 이름과 용도를 익혔을 뿐이야. 조종은 못해!"

"어쩔 수 없지. 운을 시험해볼 수밖에."

앙브르가 무뚝뚝하게 말했다.

"우리를 반겨준 클로로팬필을 배신한 것도 모자라, 이제는 배까지 훔치자고? 이미 엄청난 피해를 줬다고 생각하지 않니?"

맷은 창살 사이로 팔을 뻗어 숲 꼭대기를 가리키며 외쳤다.

"손을 놓고 있으면 내일 아침 저 심해로 내려가야 해! 해가 지기도 전에 죽게 될거라고!"

앙브르가 중얼거렸다.

"대체 내가 무슨 실수를 저지른 거지……."

"따라온 걸 후회해? 후회하기엔 너무 늦었어. 오늘 밤에 탈출해야 해. 나는 한 사람도 남겨두지 않겠어. 네가 원치 않으면 함께 추방당할 거야. 우리는 삼총사니까. 무슨 일이 있더라도 함께하는 거야. 네가 결정해."

앙브르는 맷의 감옥 쪽으로 다가갔다.

"여기서 나가면 다시는 어리석은 짓을 하지 않겠다고 약속해. 너희는 너무 충동적이야! 그 결과는 뻔하지! 나는 어제 작전에 동의하지 않았는데도 너희는 내 말을 듣지 않았어!"

토비아스는 바로 사과의 어조로 대답했다.

"약속할게. 네가 옳아. 우리는 네 말을 듣지 않았어."

맷도 동의한다는 뜻으로 고개를 끄덕였다.

이윽고 맷은 나무 창살을 붙잡아 잡아당기기 시작했다. 점점 더 세게. 그가 전력을 다하기도 전에 창살이 부러지는 소리가 났다. 그는 창살의 일부를 떼어내고 두 친구를 꺼내주었다.

"나는 창고로 가서 짐과 무기를 찾아올게. 그동안 토비아스는 출항 준비를 하고, 앙브르는 부엌에 가서 식량을 최대한 챙겨. 알았지?"

토비아스가 본심을 털어놓았다.

"내가 배를 띄울 수 있을지 모르겠어."

"반드시 띄워야 해."

맷은 가장 큰 떡갈나무 속으로 내려갔다. 창고가 열려 있었기 때문에 문을 부술 필요는 없었다. 그들의 가방과 무기는 한쪽 구석에 쌓여 있었다. 그는 무장을 하고 짐의 무게 탓에 끙끙거리면서 창고를 빠져나왔다.

토비아스는 실습했던 배를 가리켰다. 그는 조용히 부두를 가로질러 승선했다. 가장 가까운 망루는 너무 높아서 초병이 상체를 숙이지 않는 한 토비아스를 볼 수 없었다. 맷은 몹시 긴장했다. 소리가 나거나 돌아다니던 불면증 환자가 그들을 목격한다면 바로 경보를 울릴 것이다. 그러면 어떻게 될까?

토비아스는 선창에서 두 개의 대형 유리 상자에 나뭇잎을 넣고 있었다.

"민달팽이들이 뜨거운 공기를 생산해 열기구를 부풀릴 수 있도록 먹이를 주고 있어!"

"오래 걸릴까?"

"전혀 알 수 없어!"

"토비아스, 해가 뜨기 전에 출발해야 해."

"알아!"

토비아스는 민달팽이들에게 최대한 많은 나뭇잎을 주기 위해 뛰어다녔다. 그는 튜브를 확인하고 모든 밸브를 연 다음 갑판으로 올라갔다.

맷은 아직 돌아오지 않은 앙브르가 걱정되었다.

토비아스가 말했다.

"도와줘! 갈고리에 걸어놓은 밧줄을 모두 풀어. 열기구를 띄우자고."

맷은 밧줄을 풀면서 앙브르가 나타나기를 바라며 부두를 바라보았다.

토비아스가 물었다.

"둥지를 떠나면 초병들이 우리를 발견하겠지?"

"구름이 달의 일부를 가려서 다행이야. 불을 켜지 않으면 눈에 띄지 않고 떠날 수 있어. 최악의 경우, 우리가 출발하자마자 그들은 비상을 걸고 배를 준비해 추격할 거야."

"정말 우리를 잡으러 올까?"

"우리를 붙잡기 위해서가 아니라 도난당한 배를 회수하기 위해서! 그들이 이 범선을 만들기 위해 쏟은 시간과 에너지를 상상해봐."

위쪽에서 열기구들이 부풀기 시작했다. 작전은 맷이 염려했던 것보다 순조롭게 진행되었다. 그는 토비아스와 함께 돛을 올렸다. 토비아스는 비록 밧줄을 어디에 묶어야 할지 몰라 가끔 풀고 다시 묶긴 했지만, 생각보다 훨씬 일을 잘했다.

한 시간 후, 열차 객차처럼 길쭉한 배가 뜨기 시작했다. 부두에 묶인 밧줄이 팽팽해지면서 끔찍하게 삐걱거렸다.

맷이 외쳤다.

"토비아스! 사람들을 깨우기 전에 얼른 밧줄을 풀어야 해!"

"밧줄을 풀면 배를 부두에 댈 수 없어! 앙브르가 승선하지 않는 한 그렇게 못해!"

밧줄이 점점 더 팽팽해지고 좌현이 기울면서 선체가 삐걱댔다.

맷이 긴 갈고리 장대를 붙잡으며 외쳤다.

"밧줄을 끊어!"

그는 긴 장대 끝에 달린 갈고리를 이용해 부두의 판자를 붙잡았다. 토비아스는 용을 쓰며 사냥용 칼로 밧줄을 하나씩 끊었다. 밧줄에서 풀려난 배가 균형을 찾고 둥지에서 멀어지려는 순간, 맷은 갈고리 장대를 잡아당겨 배를 부두에 붙들어두었다. 판자가 삐거덕했다. 첫 번째 판자가 쪼개지고, 이어 두 번째 판자도 부러졌다.

토비아스가 외쳤다.

"앙브르야! 그녀가 오고 있어!"

맷은 젖 먹던 힘을 다해 나무 장대를 붙잡았다. 하지만 배의 무게가 너무 무거웠다. 오래 버티지 못할 것이다.

앙브르는 가방 여러 개와 무거운 호리병박을 배에 던졌다. 그리고 토비아스의 손을 잡고 배에 올라탔다.

세 번째, 네 번째 판자가 부러지면서 맷은 뒤로 넘어졌다.

토비아스가 소리쳤다.

"돛을 올려야 해! 서둘러! 그렇지 않으면 뜰 수 없어!"

맷이 일어나면서 물었다.

"만일 바람이 불지 않으면?"

"우리가 천 미터 상공에 있다는 사실 잊지 마. 바람은 항상 불어. 자, 어서 올라와. 나 혼자서는 배를 띄울 수 없어."

두 사람은 토비아스의 지시에 따라 세 개의 초대형 연을 띄웠다. 연은 더 많은 돛들을 이끌었고, 이 돛들이 상승하면서 부풀어 점점 더 큰 다른 돛들을 잡아당겼다. 15분 만에 나뭇잎 위로 배를 끌고 갈 수 있을 정도로 많은 돛이 펼쳐졌다.

배가 둥지에서 100여 미터쯤 떨어지자 토비아스가 외쳤다.

"배를 나무 꼭대기로 하강시켜 항해할 거야."

맷이 앙브르에게 다가갔다.

"다 잘됐니? 너무 오래 걸려서, 솔직히 좀 걱정했어."

"그래."

대답이 너무 짧았다. 맷은 자문했다. 그녀를 이런 궁지로 몰아넣은 나를 원망하는 걸까? 아니면 뭔가를 숨기고 있는 걸까?

토비아스가 뒤쪽에서 물었다.

"어느 쪽으로 갈까?"

맷은 잠시 앙브르를 바라본 후 나침반을 가지고 조타실로 갔다.

"남쪽! 금단의 숲 남단. 여왕과 시니크들의 나라로."

맷은 다시 한 번 힐끗 앙브르를 쳐다보았다. 그녀는 둥지와 마지막 불빛을 바라보고 있었다.

18
붉은 문어

삼총사는 밤새도록 마른 바다에서 항해했다. 토비아스는 조타실에 있었고, 맷은 친구의 지시에 따라 바람의 상태를 보며 돛폭을 줄이거나 늘였다. 결국에는 항해가 예상보다 쉬운 것임이 밝혀졌다.

앙브르는 대형 선실에서 잠들었다.

동쪽이 조금씩 밝아지기 시작했다.

토비아스가 물었다.

"앙브르는 정말 우리를 원망하는 걸까?"

"그럴 거야."

"우리가 어리석었던 건 사실이야."

맷이 단호하게 진심을 털어놓았다.

"나는 후회하지 않아. 클로로팬필들은 수상해. 그들은 비밀투성이야. 여성 지도자들은 복면을 쓰고 있고, 그들의 시초와 역사는 금기시되고 있지. 그들은 모든 걸 얘기해주지 않았어. 일례로 그들은 시니크들의 여왕에 대해서도 알고 있었잖아!"

"이해해야 해. 그들이 만난 유일한 팬이 자신들을 공격하려 했으니!"

맷은 어깨를 으쓱하고, 적절한 말을 찾기 위해 잠시 머뭇거렸다.

"내가 다소 성급했고 편집광적이었다는 건 인정해."

토비아스는 머리카락을 휘날리는 시원한 바람을 즐겼다. 몇 달 동안 자르지 않은 머리는 조금씩 둥그스름한 철모를 닮아갔다.

토비아스가 물었다.

"앞으로의 계획은 뭐야?"

"시니크들을 찾아내야지. 그들에게 접근하면 전투는 피할 수 없으니, 미행으로 납치한 팬들을 어떻게 하는지 알아보자. 언젠가는 말롱스 여왕과 그녀의 야심에 대해 자세히 알 수 있겠지. 나를 찾는 이유도……."

토비아스는 강박관념에 사로잡힌 맷을 보고 어깨를 두드려주었다. 좋은 친구라면 이런 상황에서 그렇게 해야 할 것 같았다.

두 친구는 아침 해가 떠오를 때까지 조용히 있었다. 피곤이 눈꺼풀을 짓누르기 시작했다. 팔다리의 감각이 둔해지고, 정신은 흐릿했다. 그들은 방향을 바꾸지 않고 빠르게 항해했다. 나무와 강철 조각으로 만든 묵직한 방향타는 유일하게 숲과 닿으면서 지나간 자리에 부러진 잔가지들을 남겨놓았다.

맷은 뒤쪽을 가리키며 투덜거렸다.

"이건 생각 못했어! 우리를 쉽게 추적할 수 있겠는데!"

"정말 우리를 추격할까?"

"추격하지 않는 게 더 이상하지."

앙브르는 오전 중간 무렵에 생기발랄하게 웃는 얼굴로 일어났다.

"항해술을 알려줘. 너희가 쉴 수 있도록 교대해줄게."

토비아스는 마다하지 않았다. 그는 방향타와 돛을 조정해 항해하는 법을 알려주었다. 그리고 민달팽이가 열기구에 뜨거운 공기를 공급할 수 있도록 나뭇잎이 충분히 있는지 일정한 간격으로 확인하라고 강조했다. 그는 하품을 하면서 선실로 뛰어갔다. 맷은 남아서 앙브르가 조종하는 모습을 지켜보았다.

한낮의 햇살 아래 앉아 있는 앙브르는 예뻤다. 태양은 그녀의 주근깨를 더욱 돋보이게 했다.

맷은 몇 분 동안 망설이다가 입을 열었다.

"미안해. 네가 옳았어. 앞으로는 네 말을 잘 들을게."

앙브르는 대답하지 않았다.

찌증이 난 맷이 다시 말했다.

"미안하다고 했잖아!"

"분명히 들었어. 사과해줘서 고마워. 하지만 이번 일을 교훈으로 삼아야 해. 운이 없는 날이 올 수도 있으니까."

앙브르는 가끔 이렇게 맷을 찌증 나게 했다. 그는 잘못을 인정하려고 노력하는데, 칭찬을 해주기는커녕 훈계할 기회로 삼다니! 맷이 돌아서려 하자 그녀가 덧붙였다.

"반성하는 건 현명한 일이야. 어젯밤엔 너무 속상해서 너희를 따라온 걸 후회한다고 말해버렸어."

맷이 손을 내밀며 말했다.

"알아. 자, 화해하자!"

앙브르는 미소를 지으며 맷의 손을 잡았다. 필요한 것보다 좀 더 오랫동안. 두 사람은 서로를 바라보았다. 흐뭇한 악수였다.

이윽고 앙브르는 맷의 손을 놓았다. 맷은 앙브르에게 부족한 것이 없는지 확인한 후 자러 갔다.

삼총사는 오후 중간에 다시 만났다. 앙브르는 여전히 조타실에 있었다. 맷은 장대 끝에 대형 망태를 달아 민달팽이의 먹이를 마련했다. 그리고 열린 승강구를 통해 엄청난 양의 나뭇잎을 선창에 떨어뜨렸다. 그들은 해가 질 무렵 저녁 식사를 했다. 날은 곧 어두워졌다.

삼총사가 뒤편의 방향타 쪽으로 갔을 때, 앙브르가 북쪽 멀리서 불빛을 발견했다.

앙브르가 토비아스에게 물었다.

"쌍안경 있어?"

토비아스는 가방에서 쌍안경을 꺼내 내밀었다.

앙브르는 수평선을 탐색한 후 말했다.

"예상한 대로야. 배 한 척이 우리를 추격하고 있어. 아주 큰 배야."

토비아스와 맷이 동시에 말했다.

"베소마트리스호."

토비아스가 덧붙였다.

"클로로팬필에게 따라잡히면 그들의 강철 활에 맞설 방법이 없어!"

맷이 말했다.

"접근을 시도할 거야. 그들이 원하는 건 배를 회수하는 거니까. 우리가 붙잡혔을 때 그들이 우리를 배 밖으로 집어 던진다 해도 놀라운 일은 아니지. 배신을 했으니……. 토비, 더 빨리 달릴 수 있겠어?"

토비아스는 고개를 흔들었다.

"이미 최대 속도야."

앙브르는 선미루 갑판 한가운데서 반짝이는 물렁물렁한 물질을 가리켰다.

"이 불빛이 보일지 모르니 꺼야 하지 않을까?"

맷이 말했다.

"그럴 필요 없어. 방향타가 우리 뒤에 종적을 남기기 때문에 우리를 추적하는 건 쉬워. 계속 남쪽으로 가야 해. 최대한 빨리 마른 바다 끝에 도착하는 것밖에 방법이 없어. 그럴 수만 있다면 우리는 심해로 내려가고, 그들은 배를 회수할 수 있어."

밤 동안 삼총사는 교대로 키를 잡았다.

이른 새벽, 베소마트리스호의 그림자가 뚜렷이 나타났다. 이 속도라면 삼총사는 다음 날 밤이 오기 전에 붙잡힐 것이다.

삼총사는 온종일 천천히 다가오는 육중한 실루엣을 살폈다. 황혼 무렵, 클로로팬필의 사령관호는 500미터 앞까지 따라왔다. 그들은 머리를 난간 위로 내밀고 삼총사를 관찰했다.

마른 바다는 끝이 없는 것처럼 보였다. 이 궁지에서 벗어나려면 기적적인 해결책을 찾아내야 했다.

맷이 말했다.

"토비아스, 민달팽이에게 쉬지 않고 더 많은 나뭇잎을 주면 배가 더 상승할까? 베소마트리스호보다 높은 곳에서 항해할 수 있어?"

"불가능해. 이미 최대한 높이 뜬 거야. 배의 무게를 계산해서 열기구 수를 조절한 거니까. 열기구는 이미 뜨거운 공기로 가득해서 더 주입할 수 없어. 혹 배의 무게를 줄인다면⋯⋯."

맷은 서둘러 선창으로 내려가 버릴 만한 것을 따져본 후 실망한 모습으로 돌아왔다.

"다른 해결책을 찾아야 해. 빨리!"

해결책을 모색하기도 전에 강력한 붉은 불빛이 마른 바다 밑에서 불쑥 솟구쳤다.

숲은 수 헥타르에 걸쳐 흔들렸고, 붉은 불빛은 더욱 맹렬하게 반짝거렸다.

앙브르가 울부짖었다.

"붉은 문어야!"

토비아스는 방향타를 잡으면서 외쳤다.

"아, 안 돼!"

문어의 거대한 발이 닥치는 대로 나뭇가지들을 꺾으면서 솟아올랐다. 문어발은 20미터 높이에서 반짝반짝 붉은 불빛을 발하며 선회했다.

배에 승선한 모든 사람들이 금단의 숲에서 최악의 동물로 유명한 이 괴물이 무슨 짓을 할지 숨을 죽이고 지켜보았다. 붉은 불빛이 아주 빠르게 점멸하는 것으로 보아 틀림없이 흥분에 휩싸인 듯했다. 괴물은 사냥 중이었다. 다리로 나뭇가지를 사방으로 내던지던 문어가 문득 멈췄다. 놈은 다리를 수축시켰고, 붉은 불빛은 사라졌다.

잠시 후, 붉은 불빛이 다시 한 번 강하게 반짝거리더니, 문어는 베소마트리스호를 향해 돌진했다.

무거운 배는 급히 방향을 돌렸고, 대형 화살들이 괴물을 향해 날아갔다. 조금도 피해를 입지 않은 것처럼 보이는 문어는 갑자기 속도를 줄이고 거리를 유지했다.

소강상태는 길지 않았다. 문어는 뒤쪽에서 베소마트리스호를 공격했다. 놈이 어찌나 격분했는지 붉은 불빛은 표적을 부수기로 결심한 것처럼 사나웠다.

클로로팬필들이 뒤쪽 갑판에서 다시 불화살을 쏘았다. 하지만 화살은 많지 않은 데다 정확히 맞히지도 못했다. 문어는 점점 다가가고 있었다. 갑자기 불길이 치솟았다. 베소마트리스호에서 발사된 것이었다. 괴물은 잠시 멈칫했지만 이내 공격을 재개했다.

몇 분 후, 삼총사는 베소마트리스호의 은빛, 무성한 나뭇잎 밑의 양홍빛 그리고 간헐적으로 하늘을 비추는 화염만을 볼 수 있었다.

앙브르가 진지하게 말했다.

"만일 그들이 우리 잘못으로 죽게 되면, 나는 결코 자책감을 씻을 수 없을 거야."

맷이 낙관적으로 말했다.

"불화살로 괴물을 물리치고 궁지에서 빠져나왔을 거야."

이윽고 모든 위험이 사라졌다. 삼총사는 위기에서 멀어졌고, 안정을 되찾은 듯 보였다. 그들은 어젯밤처럼 교대로 키를 잡았다.

다음 날 정오, 맷은 뱃머리에서 마른 바다를 바라보았다.

얼마나 더 항해해야 할까?

앙브르의 비명이 들려 맷은 선미로 달려갔다. 그녀는 북쪽에서 다가오는 붉은 불빛을 가리키며 외쳤다.

"붉은 문어야. 놈이 우리를 발견했어!"

토비아스는 공포에 사로잡힌 채 소리쳤다.

"속도를 내야 해! 모든 걸 밖으로 버려. 시트가 충분하다면 가벼운 밧줄로 묶어서 보조 돛을 만들어!"

앙브르와 맷은 민첩하게 돌아다니며 등받이 없는 의자, 탁자, 빈 상자 등 불필요한 가구를 버렸다. 그리고 서둘러 시트를 모두 모아 앙브르가 상처를 치료하기 위해 가져왔던 구급함에서 바늘을 꺼내 꿰맸다.

앙브르는 한 시간 동안 부지런히 바느질을 한 후 말했다.

"됐어! 폭풍우는 견디지 못하겠지만 없는 것보단 낫겠지."

이미 배에 설치된 돛을 표본으로, 연을 이용해 즉석에서 만든 돛을 올려 돛의 면적을 몇 평방미터 추가했다.

문어는 점점 더 가까이 다가오고 있었다. 이제 천 미터도 떨어져 있지 않았다.

한 시간 후, 문어가 500미터까지 따라잡자, 맷은 두 친구에게 지시했다.

"짐을 챙기고 여차하면 뛰어내릴 준비를 해. 맞서 싸울 수는 없어. 놈이 공격하면 금단의 숲으로 도망쳐서 놈을 떨쳐버려야 해."

맷은 일주일 전부터 착용하지 않았던 케블라 조끼, 검 그리고 대형 배낭을 챙겼다. 앙브르는 선실로 달려가 식량을 가득 채운 가방과 무거운 호리병박을 가지고 돌아왔다.

200미터까지 다가온 문어는 푸른 먼지를 일으키며 달려왔다.

어떤 해결책으로도 목숨을 구할 수 없다는 사실이 점점 더 분명해졌다. 맷은 망설였다. 너무 오래 기다린다면 문어는 순식간에 달려들 것이다. 하지만 지금 뛰어내리면 가속도 탓에 다칠 위험이 있었다.

문어가 배로 다가왔다. 우거진 나뭇잎이 충격을 완화시켜줄 것이다.

맷이 물었다.

"준비됐니?"

앙브르와 토비아스는 시무룩하게 고개를 끄덕였다.

맷은 난간에 다리를 걸쳤다.

"동시에 뛰어내려야 해. 그렇지 않으면 저 아래에서 길을 잃게 될 거야!"

토비아스는 맷의 팔을 붙잡고 한 손을 앞으로 내밀었다. 그는 공포와 희망이 뒤섞인 떨리는 목소리로 외쳤다.

"저기를 봐!"

마른 바다가 끊겨 있지 않은가! 100미터 전방에서 하늘이 수평선 아래로 내려가는 것처럼 보였다.

삼총사는 기운을 차렸다. 그들은 뱃머리로 달려가 마른 바다 너머에 무엇이 있는지 보려 했다. 하지만 아무것도 보이지 않았다. 만일 허공이라면? 맷은 열기구 덕분에 공중에 뜰 수 있으리라고 추측했다. 밸브를 조금씩 잠가서 공기 주입을 줄이면 천천히 바닥으로 내려갈 수 있을 것이다.

궁지에서 벗어날 절호의 기회였다!

맷은 문어와의 거리를 추산했다.

100여 미터. 문어발의 사정거리에 들기까지 몇 분이나 남았을까? 5분?

마른 바다의 끝이 다가오고 있었다. 붉은 문어도 다가오고 있었다.

배가 마지막 나무 위를 지나자 새로운 파노라마가 펼쳐졌다. 숲은 광대한 평원 쪽으로 가파르게 경사져 있었다. 5킬로 전방에서 금단의 숲이 끝나고, 기슭과 볼품없는 숲이 이어졌다.

붉은 문어가 달려들었다. 배가 허공 위를 항해하는 순간, 문어는 삼총사를 후려치기 위해 커다란 발을 펼쳤다. 빨판을 본 맷은 놈이 뒤쪽으로 자신들을 빨아들일 것임을 깨달았다. 문어는 그들을 녹여 삼킬 것이다.

하지만 갑자기 끊긴 숲에 놀란 문어는 다리로 마지막 나무줄기를 둘둘 감으며 광적인 질주를 멈췄다. 문어발이 엄청난 괴력으로 배를 때리자, 선창이 박살나면서 초라한 배가 쪼개졌다. 삼총사는 충격으로 쓰러졌다. 토비아스는 죽을힘을 다해 배에 매달렸다. 앙브르와 맷이 배 밖으로 튕겨 나가는 순간, 맷은 한 손으로 난간을 붙잡고 다른 손으로 앙브르의 배낭을 붙잡았다.

문어는 살며시 뒤로 물러났다. 물컹물컹한 괴물은 자신의 암흑 세상으로 돌아갔다.

배의 3분의 1이 잘려나갔다. 민달팽이 상자는 사라졌고, 파손된 선체에서 음산하게 윙윙거리는 소리가 들렸다.

맷은 앙브르를 갑판으로 끌어 올렸다. 그들은 갑판에서 굴렀다. 두 눈은 공포에 질려 휘둥그레졌다. 진짜로 죽는 줄 알았다.

배가 추락하기 시작했다.

열기구를 붙들고 있던 밧줄이 차례대로 끊어졌고, 열기구는 뜨거운 공기를 방출했다.

배는 가라앉다가 나무 꼭대기에 부딪쳤다. 돛은 여전히 배를 끌고 가고 있었다. 배는 전속력으로 비탈을 내려가기 시작했다. 배가 전나무 꼭대기와 부딪칠 때마다 뱃머리가 조금씩 부서졌다. 뱃머리는 시시각각 분해되었다. 남아 있던 방향타는 완전히 떨어져 나갔고, 승강구 뚜껑문은 날아가면서 열기구를 붙들고 있던 슈라우드를 절단하고, 토비아스의 목까지 자를 뻔했다.

이윽고 갑판이 무너지기 시작했고, 마지막 열기구마저 분리되었다. 선미루 갑판은 언덕에 박히면서 삼총사를 수 미터 내던졌다.

먼지구름이 난파선의 잔해 위에서 버섯 모양을 그렸다. 밧줄 끝에서 펄럭이던 돛이 날아오르더니 푸른 하늘에서 점으로 변했다.

삼총사는 의식을 잃고 쓰러졌다.

금단의 숲 남쪽 기슭에서.

말롱스 여왕의 땅에서.

제2부. 바빌론

19
미행

토비아스는 심한 통증을 느끼며 의식을 회복했다.

왼쪽 허리가 몹시 욱신거렸다. 눈을 뜬 그는 먼저 자신이 더 이상 배에 있지 않다는 사실을 확인했다. 선체의 잔해는 10미터 이상 떨어진 바위틈에 널브러져 있었다. 앙브르와 맷은 보이지 않았다.

토비아스는 일어나면서 끔찍한 고통에 신음했다.

나무 꼬챙이가 허리 위쪽에 박혀 있었다. 토비아스는 불쑥 튀어나온 꼬챙이와 옷을 더럽힌 피 얼룩을 보고 기절할 뻔했다. 그는 심호흡을 하면서 다시 일어났다. 한 손으로 꼬챙이를 뽑고 다른 손으로 상처를 눌렀다. 끝이 매우 뾰족한 꼬챙이는 다행히 깊숙이 박히지는 않았다. 그래도 상처를 소독해야 했다.

'그 전에 맷과 앙브르를 찾아야 해!'

토비아스는 그 자리에 배낭을 남겨두고 두 친구를 찾으며 잔해를 뒤졌다. 풀밭에서 의식을 잃은 채 쓰러져 있는 맷이 보였고, 조금 떨어진 곳에는 앙브르가 있었다. 둘 다 반상출혈과 할퀸 상처로 가득했다. 토비아스가 얼굴에 물을 뿌리자 그들은 의식을 찾고 피해를 확인했다.

맷이 놀란 모습으로 말했다.

"이렇게 무사히 탈출하다니 운이 엄청 좋았어!"

토비아스는 티셔츠를 올리고 피가 줄줄 흐르는 흉한 상처를 보여 주었다.

"그걸 말이라고 해? 나는 기절 직전이라고!"

상처를 살펴본 맷은 깊지 않다는 것을 확인하고 안심했다.

"앙브르, 구급상자 좀 줄래? 곪지 않도록 치료해야겠어."

맷이 붕대를 감는 일을 마치자마자 앙브르는 하늘로 치솟는 연기 기둥을 가리켰다.

"언덕 너머에서 무슨 일이 일어났나 봐."

"여기 있어. 내가 가서 살펴볼게."

맷이 성큼성큼 언덕을 올라가는 동안 토비아스와 앙브르는 소지 품을 챙겼다.

맷이 부랴부랴 돌아왔다.

"시니크 정찰대야. 빨리 숨어야 해!"

삼총사는 가시덤불 쪽으로 달려가 기어 들어갔다. 이렇게 복잡하 게 뒤얽힌 가시덤불 밑에 숨으면 누구도 찾아낼 수 없었다.

토비아스가 물었다.

"누가 마지막으로 왔지? 맷, 너였지? 바닥에 난 흔적 지웠어? 놈 들이 여기까지 따라올지 모르잖아."

"걱정 마."

다섯 명의 검은 기병이 손에 창을 들고 나타났다. 그들은 사고 지 역을 누비고 다니며 잔해를 조사했다.

그들 중 한 명이 외쳤다.

"배 같은데!"

"왜 배가 여기 있지? 10킬로 이내에는 강이 없어!"

세 번째 기병이 놀란 듯 말했다.

"배는 온전하지 않아. 파편만 남았어. 날아다니는 배들 중 하나인가 본데, 지난달 정찰대가 마주친 배 같은! 초록색 머리와 이상한 눈을 가진 고약한 아이들의 배 말이야. 숲의 악마!"

"그런데 시체는 어딨지? 배가 박살났다면 시체가 있어야 해! 아무튼 놈들은 살아남지 못했겠지?"

"내가 어떻게 알겠어? 너는 말에서 내려서 난파선 잔해를 뒤져! 다른 사람들은 나를 따라와! 언덕 꼭대기로 한 바퀴 돌아보면서 녀석들이 벌판에 떨어지지 않았는지 확인해보자고. 자, 서둘러!"

말들이 질주하기 시작했고, 시니크 병사는 잔해를 뒤졌다. 그의 동료들은 곧 돌아왔다.

"이쪽에는 아무도 없어. 수송대로 돌아가자."

"이게 끝이야? 어쩌면 숲 기슭에 있을지 몰라. 서두르면 따라잡을 수 있을 거야!"

"시간이 없어. 화물을 끌고 바빌론으로 돌아가야 해."

기병들은 말에 박차를 가해 수송대로 돌아갔다.

기병들이 사라지자 삼총사는 숨은 곳에서 나와 먼지를 떨었다.

앙브르가 제안했다.

"거리를 유지하고 따라가면 놈들의 도시로 갈 수 있을 거야."

토비아스가 소스라치게 놀라며 반대했다.

"하지만 너무 위험해!"

맷은 앙브르의 제안에 동의하고 바로 길을 나섰다.

언덕을 넘은 삼총사는 곰이 끄는 수레, 기사 그리고 50명의 보병으로 구성된 수송대를 보았다. 보따리를 가득 실은 수레 위에서 붉은색과 검은색 깃발이 펄럭거렸다. 잠시 후, 시니크들은 뿌연 먼지를 일으키며 다시 길을 나섰다.

삼총사는 수송대가 한 줄의 검은 선으로 보일 때까지 기다렸다가 먼지구름을 뒤따르기 시작했다. 시간이 지남에 따라 몸은 더욱 아파왔고, 두통은 점점 심해졌다. 하지만 불평하는 사람은 없었다. 그들은 지평선에 정신을 집중하며 걸었다.

삼총사는 한없이 펼쳐진 붉은 개양귀비밭에 들어섰다. 이 '바다의 붉은 거품'은 쪽빛 하늘 아래에서 바람과 함께 춤을 추고 있었다. 전혀 예상하지 못한 화려한 풍경이었다. 그들은 시니크들의 땅이 적막하고 건조한 곳일 거라고 상상했었다.

삼총사는 이 야만적인 어른들의 나라와 풍속에 대해 전혀 알지 못했다. 그들은 도시에서 살고 있을까? 아니면 천막에서? 그들은 전쟁이 아닌 다른 분야에서도 재능을 발휘할 수 있을까? 여자나 어린이도 있을까?

날이 저물 무렵, 수송대는 길을 멈췄고, 여러 개의 불빛이 나타났다. 삼총사는 언덕의 오목한 비탈에서 야영을 하기로 했다. 그들은 불을 피우고 둥지에서 가져온 고기를 구웠다.

또 추락할 때 찢어진 옷을 수선했다. 토비아스는 상처를 소독했고, 맷은 무거운 케블라 조끼를 벗었다. 자리에 눕자 플룁의 부재가 더욱 아쉬워졌다. 맷은 한밤중 플룁에게 몸을 바짝 붙이고 잠드는 것을 좋아했다.

플룁이 남긴 허전함은 언제쯤 사라질까? 플룁을 잊을 수 있을까? 맷은 근처에서 부엉이 울음소리를 들으며 눈을 감았다.

안락한 침대에서 일주일을 보낸 후 들판에서 보내는 첫날 밤이었다. 침낭은 폭신했지만 딱딱한 바닥과 밤의 습기 탓에 편히 잘 수 없었다.

이른 새벽, 앙브르가 자리를 비웠다. 그녀는 씻을 만한 곳을 찾지 못해 실망한 얼굴로 돌아왔다. 연기 기둥이 치솟자 삼총사도 다시 길을 나섰다.

태양이 찬란하게 빛나는 오전이 끝날 무렵, 발은 아파오고, 배낭은 더욱 어깨를 짓눌렀다. 금단의 숲 꼭대기에 있는 둥지의 시원한 공기에 익숙해진 삼총사는 계절이 여름이라는 사실을 잊어버리고 있었다. 그들은 땀을 뻘뻘 흘렸고, 물을 많이 마셔 호리병박은 금세 바닥을 드러냈다.

삼총사는 수 킬로 전부터 좁은 길을 걷고 있었다. 풀이 짓눌려 있거나 땅바닥이 갈라져 있었다. 통행이 잦은 듯, 길에 가느다란 고랑이 파여 있었다. 길은 작은 숲과 무성한 고사리밭을 가로지르며 언덕으로 뻗어 있었다. 다채로운 꽃의 선연한 색깔에 눈이 부셨다. 청록색부터 보라색까지 온갖 색상의 꽃이 연달아 나타났다. 주홍색, 노란색, 오렌지색이 드문드문 뒤섞여 있었다. 태양은 화가의 팔레트처럼 보이는 들판이 내뿜는 향기를 더욱 진하게 했다.

토비아스는 선두에 섰다. 예전 모범적인 스카우트 시절처럼 배낭의 가죽띠 아래에 두 엄지손가락을 끼우고 입에 잔가지를 물었다. 활은 걸음에 맞춰 좌우로 흔들렸다. 맷은 무사태평에 가까운 그의 초연한 태도가 부러웠다.

맷은 생각했다.

'일부러 그러는 거야. 토비는 원래 늘 불안해해……. 카마이클 섬에서 편히 지낼 수 있었는데도 나와 함께 이 생지옥에 왔어. 내가 친구이기 때문에. 내가 예전의 안락한 생활에서 그에게 남은 유일한 존재이기 때문에…….'

맷은 자신이 사라지면 토비아스에게 아무도 남지 않는다는 사실을 깨달았다. 그는 토비아스에게 드넓은 대양 한복판에 떠 있는 부표 같은 존재였다.

'만일 내가 죽는다면 토비아스는 어떻게 할까?'

맷은 죽음에 대해 별로 생각하지 않았다. 자신의 죽음에 대해서는 말할 것도 없었다. 솔직히 말해, 죽음을 생각한다는 것은 이상한 일이었다. 자신의 죽음을 상상하다니! 죽음은 생명의 끝, 소멸이 아닌가…….

'죽음 뒤에 다른 세상이 있을까? 천국? 지옥? 아니, 그런 건 없어⋯⋯.'

맷은 천국이나 지옥을 믿지 않았다. 성경의 시각은 매우 복잡한 이 세상에 비하면 지나치게 단순해 보였다. 그것은 삶과 죽음의 공포를 완화시키는 한 방법에 지나지 않았다. 어른들이 뭐라고 했더라.

'진정제! 바로 그거야!'

곰곰이 생각해본 맷은 그래도 인류가 문명을 건설하면서 기억장치를 만들고 미래를 예측할 정도로 진보했다는 사실을 깨달았다.

'인생에 의미를 부여하는 건 신이 아닌 인간이야!'

아무리 생각해도 신이 모든 것을 준비했다는 주장은 믿을 수 없었다.

'문명이 도래하기 전의 세대는 얼마나 혼란스러웠을까?'

이어 그는 자신이 그토록 좋아하는 영웅적 행위에 대해 생각했다. 바로 그거였다. 자신의 삶에 목표를 부여하는 것. 자신이 추구하는 바를 성취하기 위해 어떤 희생도 할 각오가 되어 있는 것. 영웅적 행위는 삶의 허무함에 맞서는 인간의 대응 아닐까? 종교의 대안? 물론 이 두 가지는 양립할 수 있을 것이다.

모든 것이 전복된 지난 12월 어느 날 무슨 일이 일어났을까? 이 사건의 배후는 하느님일까? 맷은 강력한 자연이 배후였으리라고 추측했다. 문득 카마이클 섬에서 앙브르가 각자의 믿음을 존중하라고 요구했던 일이 떠올랐다.

'앙브르가 옳아. 어떤 관점에서 보면 지구는 우리에게 생명을 주었고, 우리는 일종의 실험 대상, 즉 본질적으로 생명을 퍼뜨리기 위한 매개체였어. 우리는 인간을 창조한 목적에서 벗어났을 뿐 아니라 더 이상 생명을 탄생시키지 않고, 오히려 생명에 위협적인 존재가 되었지. 그러자 지구, 즉 대자연은 우리를 험하게 교정시켰어. 지구는 이미 기후변화와 자연재해를 통해 수차례 경고했지만 우리는 무시했지. 너무 화가 난 지구는 세상을 뒤엎었어. 이제 다시 시작해야 해. 지구는 한 번 더 기회를 준 거야. 이 기회를 놓치면 안 돼!'

만일 시니크와 팬의 전쟁이 계속된다면 남아 있는 인류는 장차 어떻게 될까?

'우리를 살려준 것이 하나의 엄청난 시험이라면?'

화해하지 못한다면 다시 폭풍설이 닥칠 것이다. 마지막으로.

맷이 사색에 몰두한 채 걷고 있는데, 토비아스가 우뚝 멈추더니 급히 달려왔다. 그러고는 그들을 낮은 곳으로 밀고 덤불숲으로 뛰어들면서 외쳤다.

"찰싹 엎드려!"

삼총사가 숨자마자 모퉁이에서 검은 갑옷을 입은 병사를 태운 말 두 필이 나타났다. 토비아스는 그들이 지나간 후 잠시 기다렸다가 덤불숲에서 나왔다.

"이 숲 뒤에 도시가 있을 거야."

그는 두 병사를 보았던 언덕 꼭대기로 돌아가 계곡을 가리키며 외쳤다.

"와, 이럴 수가! 믿기지 않아!"

앙브르와 맷도 다가가 석교가 가로지른 강을 바라보았다.

하얀 벽토와 나무로 만든 도시가 강 건너편에 펼쳐져 있었다. 교회를 닮은 여러 채의 신고딕 양식 건물을 제외하면 집은 나지막했다.

앙브르가 큰 소리로 말했다.

"저건 폭풍설 전에 대학교였어. 시니크들이 대학교 주위에 도시를 건설했구나."

첫 번째 강보다 더 큰 두 번째 강이 도시를 두 구역으로 나누었다. 대형 선박 한 척이 항구에 정박해 있었다. 대학교에서 가장 높은 탑에 덧붙인 길쭉한 목재 구조물은 공중에 매달린 플랫폼처럼 보였다.

시니크들은 상상했던 것보다 훨씬 더 창의성이 뛰어났다.

도시 곳곳에서 말롱스 여왕의 붉은색과 검은색 깃발이 나부꼈다.

20
도시 잠입

삼총사는 강가에서 호리병박에 물을 가득 채운 다음, 아무도 보이지 않을 때까지 기다렸다가 시내로 가는 석교를 건넜다. 그들은 성문에서 500미터쯤 떨어진 곳에서 이상적인 염탐 장소를 발견하고, 곧 나무뿌리와 꽃나무 사이의 널찍한 구덩이에 자리를 잡았다. 시내로 들어가는 가장 큰 성문이 잘 보였다.

시니크들은 이곳에 매우 빠르게, 전력을 다해 흙을 쌓았다. 5미터 높이의 성벽은 도시를 두르고 있었다. 전쟁이 일어나면 이 성이 약탈자들의 침입을 막는 방어 시설이자 피난처가 될 것이었다. 협소하고 높은 집, 뚜렷한 구조의 잔선으로 된 하얀 정면, 뾰족한 지붕, 굴뚝⋯⋯. 중세 시대 도시 같았다.

위병들은 성문 아치 아래에서 두 방향으로 왕래하는 사람들, 당나귀, 말, 간혹 곰이 끄는 삐걱거리는 수레에 실린 짐을 건성으로 쳐다보며 잡담을 나누고 있었다.

맷이 말했다.

"도시에 들어가려면 다른 출입구를 찾아야 해. 위병들이 경계를 게을리한다 해도 너무 위험해."

앙브르는 진지하게 맷을 바라보았다.

"맷, 네가 여기서 찾고 싶은 게 뭐지?"

"질문에 대한 대답이지."

"하지만 우린 팬이야! 결코 접근을 허락하지 않을 거라고!"

"우리는 어른 행세를 할 수 있을 만큼 충분히 커. 두건 달린 외투로 얼굴을 가리기만 하면 돼."

토비아스가 끼어들었다.

"콜린을 생각해봐. 그는 팬이었지만 시니크들이 받아들였어."

맷이 말했다.

"시니크들은 어른이 되려는 청년들을 받아들이지."

갑자기 불안해진 토비아스가 물었다.

"우리가 더 성장하면 시니크가 될 거라는 거야?"

"그런 건 나도 원하지 않아!"

앙브르는 상체를 숙이고 성문을 더 자세히 관찰했다.

"저기 좀 봐! 팬들이야!"

나무 양동이를 든 작은 실루엣 다섯이 다리를 질질 끌며 나오고 있었다. 한 시니크가 팬들을 감시하고 있었다. 팬들의 태도는 이상해 보였다. 생기 없는 시선, 경직된 표정. 그들은 포로이기보다는 온순한 꼭두각시처럼 움직였다.

맷은 시니크의 허리띠에서 각 어린이와 연결된 쇠사슬을 발견했다.

어린이들은 삼총사로부터 멀지 않은 곳을 지나 강에서 양동이를 채운 후 간수의 엄격한 감시를 받으며 돌아갔다. 마지막 팬이 빨리 걷지 않자 시니크는 한숨을 내쉬며 다가가 짜증을 냈다.

"또 징징거릴 거야? 고약한 놈, 빨리 걷지 못해!"

시니크는 팬의 뒤통수를 갈겼다. 소년은 불평하지 않고 모욕을 참았다.

맷이 벌떡 일어났다. 그의 모든 근육은 언제라도 싸울 준비가 되어 있었다. 그는 이 시니크를 부숴버리고 싶었다.

토비아스와 앙브르가 맷을 붙잡아 나뭇잎 아래로 데려왔다.

앙브르가 버럭 화를 냈다.

"그러면 안 돼! 우릴 죽이고 싶어? 위병들이 들을지 몰라!"

맷은 곧 분노를 가라앉혔다. 자신이 자제를 잃었다는 사실을 깨달았다. 시니크의 폭력을 보니 분해서 참을 수가 없었다. 이제는 시니크들에게 대항할 수 있는 체력을 갖추지 않았는가. 하지만 한편으로는 그 점이 두려웠다. 그가 뿌린 피의 대가인 걸까? 몇 주 사이에, 방어하기 위해 불가피하게 휘두른 폭력에 감염된 것일까?

맷은 두려움을 떨쳐버리려 애썼다.

'피곤해서, 조금 충동적이었을 뿐이야.'

삼총사는 한 시간 동안 머무르면서 상황을 지켜본 후 전략을 세웠다. 새벽까지 기다렸다가 두건 달린 외투를 뒤집어쓰고 입성할 것. 뜨거운 오후에 그렇게 입으면 위병들이 의심할 것이다. 만일 운이 없어 검문에 걸리면 팬들을 배신한 새내기 시니크라고 둘러대기로 했다. 이제 남은 것은 이 계획이 잘되기만을 바라며 실행하는 일뿐이었다.

셋은 이 뜻밖의 휴식을 이용해 발을 주무르고, 마른 고기와 초록색 빵을 먹었다. 날이 저물자 시원한 날씨 덕분에 바로 잠이 들었다.

이른 새벽, 앙브르는 동쪽이 훤해지기 전에 두 친구를 깨웠다. 그들은 성벽을 둘러싸고 있는 숲을 통해 성문 초소에서 수십 미터 떨어진 곳까지 접근했다. 성문은 열려 있었고, 위병 두 명 중 한 사람은 의자에 앉아 졸고 있는 것 같았다.

삼총사가 첫 햇살을 기다리는 사이, 앙브르는 위병 뒤쪽 성벽에서 누르스름한 벽보를 발견했다. 하지만 너무 멀어서 자세히 볼 수 없었다. 그녀는 초능력을 발휘해보기로 했다. 토비아스가 쏜 화살을 표적으로 유도한 적은 있었지만, 이번에는 반대로 멀리 떨어져 있는 물체를 떼어내고 끌어당겨 읽어야 했기 때문에 쉬운 일은 아니었다.

몇 분 동안 정신을 집중하고 벽보를 떼어내려 한 앙브르는 몇 차례 실패한 끝에 마침내 벽보의 한쪽 귀퉁이를 뜯어내는 데 성공했다. 이어 다른 쪽 귀퉁이도 떼어내자 벽보는 벽을 따라 바닥까지 떨어졌다. 아무도 그 사실을 눈치채지 못했다.

앙브르는 다시 정신을 집중하고 벽보를 위병의 두 다리 사이로 통과시켜 풀밭까지 끌어당겼다. 마지막 30미터부터 일은 훨씬 쉬워졌다. 벽보는 순순히 지면을 스치며 앙브르의 손으로 들어왔다.

토비아스가 외쳤다.

"왜 쌍안경을 달라고 하지 않았어?"

"자주 단련해야 초능력이 향상되잖아."

맷이 물었다.

"벽보에 뭐라고 쓰여 있어?"

앙브르는 쭈글쭈글해진 종이를 펼치면서 말했다.

"기다려. 이런 벽보가 성문 벽에 잔뜩 붙어 있어."

흑백으로 그려진 맷의 얼굴이 나타났다. 실물과 아주 흡사한 초상화가 안내문과 함께 실려 있었다.

여왕 폐하의 명에 따라 이 소년을 목격한 자는 누구든지 즉각 당국에 보고해야 한다. 소년의 위치를 알려주는 자는 막대한 보상금을 받게 될 것이다.

토비아스가 투덜거렸다.

"제기랄. 일이 꼬이기 시작하네."

맷이 머리를 흔들었다.

"끝났어. 이런 벽보가 있으면 시내에 들어갈 수 없어!"

앙브르가 말했다.

"계획은 변함없어. 너는 여기서 기다려."

맷이 찬성할 수 없다는 손짓을 하자 앙브르는 손가락으로 위협하면서 단호하게 덧붙였다.

"내 말을 듣겠다고 약속했잖아. 이 도시는 우리 공동체로 돌아가기 전에 많은 걸 배울 수 있는 좋은 기회야. 우리가 원하는 모든 정보를 입수할 수 있을 거야. 토비아스와 내가 시내로 갈게. 그동안 너는 우리를 기다리면서 어리석은 짓은 하지 않겠다고 약속해!"

화가 난 맷이 대꾸했다.

"나는 어린애가 아니야. 이래라저래라 하지 마."

갈등이 고조되는 것을 느낀 토비아스는 대화에 끼어들지 않기로 했다. 아무튼 말다툼은 그렇게 끝났고, 그들은 한 시간을 더 기다렸다. 초롱이 꺼지고 동물성 유지를 쓴 횃불이 붉은색에 가까운 노란 불꽃을 발산했다. 시원한 새벽, 첫 번째 행인들이 나타났다. 피곤한 암소를 끄는 한 남자와 나무로 만든 외바퀴 손수레를 미는 두 남자.

앙브르와 토비아스는 두건 달린 외투를 걸쳤다.

앙브르가 맷에게 말했다.

"어젯밤에 잤던 곳에서 만나자. 거기가 더 안전할 거야. 오늘 저녁까지 우리를 기다려. 만일 우리가 돌아오지 않으면 체포되거나 더 나쁜 일을 당한 걸로 생각해. 우리를 구하기 위해 어떤 시도도 하지 마. 셋보다는 둘만 잃는 게 나으니까."

"그런 식으로 말하지 마."

앙브르는 잠시 맷을 바라보았다. 맷은 그녀의 결의를 엿볼 수 있었다. 앙브르가 첫 햇살 속으로 나아가자 토비아스도 부랴부랴 친구에게 인사를 하고 출발했다.

두 사람은 성문 쪽으로 다가갔다. 경계하는 눈빛으로 두 사람을 지켜보던 한 위병이 그들이 성문으로 들어가려는 순간 다가왔다.

갑자기 멜빵이 저절로 벗겨지더니 위병은 털썩 주저앉으며 고통과 분노의 비명을 질렀다. 토비아스와 앙브르는 그 틈을 이용해 성문을 통과했다.

맷은 기뻐했다.

'앙브르가 일격을 가한 거야. 분명해!'

두 사람은 복잡한 골목으로 사라졌다.

21
이상한 가게

협소한 도로에서 상인들이 가죽이나 나무로 만든 물건, 뜨개질로 만든 옷, 과일 따위를 진열대에 쌓아놓고 팔고 있었다. 유지 초롱은 조금씩 햇빛으로 대체되었고, 고기 굽는 냄새와 달콤한 꿀 냄새가 퍼졌다. 이른 아침이었기 때문에 손님은 별로 없었고, 상인이 대다수였다. 상인들은 진열대 사이에서 아무것도 아닌 일로 웃거나 불평하며 잡담을 나누었다.

앙브르와 토비아스는 소음과 냄새로 가득한 시장을 조심스럽게 돌아다녔다. 팬들을 생포하거나 죽이는 흑단 갑옷을 걸친 시니크 병사들 대신 시니크 주민들을 보게 되어 한결 마음이 놓였다. 자신들이 장날 잠시 시장에 나온 보통 어른이며, 언젠가는 모든 문제가 해결될 것이라 착각마저 들었다.

잠시 후, 앙브르와 토비아스는 폭풍설 이후 처음 본 한 성인 여자 때문에 깜짝 놀랐다. 그 여자는 겨우 열 살쯤 된 어린이를 끌고 다니고 있었다. 손목 가죽 팔찌에 연결된 쇠사슬은 어린이의 블라우스 속에 감춰져 있었다. 어린이가 걸을 때마다 배꼽 부위의 블라우스가 살짝 열렸다. 쇠사슬 끝에 달린 검은 고리는 몹시 부어오른 배꼽의 살을 물어뜯고 있었다.

그래서 팬들이 그처럼 의기소침했던 것일까?

여자는 시장을 보고 있었다. 그녀가 물건을 사서 줄 때마다 어린이는 묵묵히 두 팔을 내밀었다.

토비아스는 몸을 부르르 떨면서 나직이 말했다.

"어린 좀비 같아."

"여길 떠나자. 역겨운 광경이야."

사람들이 몰려들기 시작하자 앙브르와 토비아스는 점점 더 군중에 파묻혔다. 맷의 얼굴이 그려진 벽보가 여러 차례 눈에 띄었다. 토비아스는 더 이상 못 참겠는지, 한 행인을 붙들고 초상화를 가리키며 일부러 낮은 목소리로 물었다.

"여왕 폐하께서 저 소년에게 원하는 게 뭔지 아세요?"

사내는 인상을 찌푸리며 어두운 두건을 걸친 토비아스의 얼굴을 살펴보려 하다가, 어깨를 으쓱하고는 대답했다.

"여왕 폐하께서는 원하시는 일을 하시지!"

토비아스는 고개를 끄덕였다. 너무 떨려서 더 이상 물어볼 수 없었다. 두 친구는 다시 걷기 시작했다.

토비아스가 불길한 예상을 했다.

"우린 결국 발각될 거야."

"계획대로만 하면 문제없어! 똑바로 걷고 차분하게 얘기해. 식당을 겸한 여관을 찾아서 사람들의 대화를 엿듣자."

"돈은 어떻게 내지? 시니크들은 작은 동전을 교환하고 있어! 이미 모든 경제활동에 돈을 쓰고 있다고!"

"어른들이 돈을 사용해서 놀란 거야? 식당에서 음식을 먹지 않으면 그만이야. 자, 가자."

토비아스는 대학교 쪽으로 5분쯤 걷다가 다시 투덜거렸다.

"어쨌든 우리는 맷에게 가방을 맡겼어야 했어. 생각이 짧았어! 더구나 우리 가방은 일종의 무기야. 시니크들은 이 가방을 달가워하지 않을 거야……."

"좀 조용히 해. 우리는 여행자이고, 장비가 나름의 역할을 하고 있다는 사실 잊지 마!"

"미안해. 나는 스트레스를 받으면 수다스러워져."

나팔 소리가 시내에 울리자 산책을 하던 일부 사람들이 한 방향으로 몰려갔다. 앙브르와 토비아스는 그들을 따라가기로 결심했다. 두 친구는 300명 이상이 모여 있는 포석 광장에 도착했다. 가로수길 하나가 성벽에 높은 문이 달린 쪽으로 뻗어 있었다. 대나무로 만든 세 개의 대형 새장이 성벽 사이를 지나 광장 쪽으로 거슬러 올라갔다. 곰 수십 마리가 10미터 높이의 이상한 수레들을 끌고 있었다. 토비아스와 앙브르는 팬들을 실은 새장임을 알았다. 겁에 질린 어린이들로 가득한 둥근 새장.

군중이 열광했다.

"곰 수레다! 곰 수레야!"

검은 갑옷을 입은 50여 명의 병사들이 수레를 에워쌌다.

수송대가 군중 한복판에서 멈췄고, 병사들은 새장 문을 열고 어린이들을 창문 없는 대형 건물 쪽으로 몰기 시작했다. 건물 정면은 시내 곳곳에서처럼 붉은색과 검은색 깃발로 장식되어 있었다. 깃발 중앙에는 은빛 사과가 그려져 있었다. 팬들 중에는 다섯 살 미만의 어린 소녀들과 뜨거운 눈물을 흘리는 소년들이 있었고, 몇몇은 중상을 입은 것 같았다. 하지만 누구도 상처에 관심을 갖지 않았다. 병사들은 초롱이 고약한 냄새를 뿜어대며 빛나는 건물로 아이들을 거칠게 밀어 넣었다. 이어 문이 쾅 닫혔다.

토비아스는 자문했다.

'모두 몇 명일까? 적어도 100명은 되겠어!'

군중이 움직이지 않고 다른 뭔가를 기다리는 듯해, 앙브르와 토비아스도 자리를 뜨지 않기로 했다. 몇 십 분 후, 문이 다시 열리더니 어린이들이 한 명씩 밖으로 나왔다. 완전히 벌거벗은 어린이들은 흐느껴 울고 있었다. 병사들은 광장 위로 불쑥 나와 있는 연단으로 아이들을 데려갔고, 바로 경매가 시작되었다.

앙브르와 토비아스는 속이 거북했다.

다섯 살부터 열세 살까지 서른 명의 어린이들이 그런 식으로 팔려 나갔다. 경매인은 나이가 어려 오랫동안 하인으로 부릴 수 있고, 몸매가 날씬해 몇몇 사역에 안성맞춤이라고 떠벌이면서 어린이들을 가축인 양 소개했다. 마침내 경매가 끝났다.

하지만 이 가엾은 어린이들에게 끔찍한 고통이 기다리고 있었다.

팔린 노예는 잿빛 연기와 유황 냄새가 새어 나오는 창고 쪽으로 끌려갔다. 근육이 발달한 뚱뚱한 두 남자가 노예를 단단히 붙잡고 있는 동안 이가 썩은 세 번째 남자가 어린이의 배꼽에 불에 달군 길쭉한 집게를 찌르고 오므린 다음, 살에 작은 검은색 고리를 끼웠다. 불쌍한 어린이는 고통스러운 비명을 질러댔다.

기이하게도 거친 숨결은 고리의 부착과 더불어 멈췄다. 공포와 고통으로 일그러진 얼굴은 생명이 떠난 것처럼 보였고, 눈물도 멈췄다. 작은 쇠사슬이 고리에 끼워졌고, 주인은 쇠사슬 끝을 잡고 노예와 함께 떠났다.

경매인 역할을 하는 시니크가 매매를 끝내고 알렸다.

"오늘 경매는 끝났습니다. 나머지 아이들은 피부 수색 작전에 적합한지 알아보기 위해 좀 더 분석해야 합니다. 내일 아침 다시 오십시오. 말롱스 여왕 폐하 만세!"

군중의 상당수가 "여왕 폐하 만세!"를 합창한 후 흩어졌다.

앙브르가 자리를 뜨면서 속삭였다.

"토할 것 같아."

토비아스는 몰래 축축해진 얼굴을 닦으며 말했다.

"놈들은 미쳤어. 완전히 미쳤어."

두 친구가 사람들이 많이 붐비는 지역에 다가갔을 때 토비아스가 앙브르에게 물었다.

"피부 수색 작전이 뭔 것 같아?"

"방금 전 본 걸 토대로 분석해보면 끔찍한 일일 거야. 빨리 이 불행한 장소를 떠나 식당을 찾아보자!"

두 친구는 마침내 '무스&부프 선술집'이라는 복잡한 글자의 간판을 발견했다. 토비아스가 길 한복판에서 우뚝 멈췄다.

앙브르가 걱정스레 물었다.

"왜 그래?"

토비아스는 때가 묻어 불투명해진 유리에 먼지가 덮인 진열대 쪽으로 발길을 돌리며 기쁜 목소리로 외쳤다.

"저 가게를 알아!"

앙브르가 큰 소리로 읽었다.

"발타자 골동품."

"이미 저 가게에 갔었어! 뉴욕에서! 맷과 뉴턴과 함께! 가보자. 같은 가게인지 확인해야겠어!"

토비아스는 1년 전이었다면 이 가게 문을 넘지 않기 위해 가진 모든 것을 주었을 것이다. 그런데 지금은 희망을 품고 서둘러 들어갔다. 어떤 면에서 이 가게는 그의 과거와 연결된 하나의 끈이었다. 이 가게는 폭풍설 전에 분명히 존재했다. 그것은 이 생소한 생활이 꿈이 아니라는 증거였다.

토비아스가 먼저 들어갔다. 그는 신비한 분위기와 곰팡내를 알아보았다. 선반은 바뀌었다. 라이터, 작은 성냥갑, 온갖 종류의 안경, 온갖 크기의 칼, 담요, 식기, 세면대, 알루미늄 상자, 도구 상자 등 옛날 물건과 고서가 엄청나게 많았다. 눈길을 돌릴 때마다 토비아스는 옛 생활의 단편을 발견했다.

발타자는 가게 구석에 놓인 아연 계산대에 팔꿈치를 기대고 있었다. 노인은 두건 달린 외투를 쓴 두 손님을 향해 고개를 치켜들었다. 짙은 눈썹이 일그러졌다.

노인은 예전과 똑같았다. 움푹 파인 얼굴, 귀 위쪽으로 곤두선 백발, 가늘고 긴 코, 낡은 안경 너머의 날카로운 시선.

토비아스는 노인을 보면서 뉴턴이 이런 상황에서 늘 사용하던 표현을 떠올렸다. "너는 행운을 가져다주는 낯짝이 아니야." 이 문장은 그들이 좋아했던 영화 중 하나인 〈포식자〉에서 인용한 것이었다. 그는 이 문장을 떠올리며 즐거워하다가 우수에 잠겼다.

토비아스는 자문했다.

'폭풍설 이후 뉴턴은 어떻게 되었을까? 정말 죽은 걸까?'

발타자가 쉰 목소리로 물었다.

"뭘 찾고 있지?"

토비아스는 소리를 지르지 않기 위해 다가갔지만 얼굴이 희미한 빛 속에 머무르도록 적당한 거리를 유지했다. 그는 이번만큼은 예외적으로 자신의 검은 피부가 유용하다고 생각했다.

"할아버지는 뉴욕에 계시던 발타자 영감님 아닌가요?"

노인이 반문했다.

"뉴욕이라고? 그게 뭐지?"

토비아스와 앙브르는 짧게 시선을 교환했다. 시니크들은 과거를 기억하지 못하는 것인가.

토비아스가 다시 물었다.

"여기서 가게를 열기 전엔 어디 계셨죠?"

"나는 대격변 때부터 계속 여기 있어. 누군데 그런 질문을 하지?"

토비아스가 임기응변을 발휘해 대답했다.

"죄송해요. 우리는 여기 살지 않아요. 서쪽에서 왔어요. 당신들에게 합류하고 싶어서요."

"연기 기둥을 보지 못했나?"

"네. 그게 뭔가요?"

"대격변이 일어나고 약 두 달 후, 엄청난 연기 기둥이 몇 주 동안 하늘로 치솟았지. 대격변에서 살아남은 개인이나 단체는 그 연기를 보고 달려갔어. 말롱스 여왕 폐하께서 연기를 피워 우리를 불러들인 거야. 기억나는 게 없어?"

토비아스가 대충 둘러댔다.

"없어요. 서부 지역에서는 그 사실을 전혀 몰랐어요."

노인이 말을 이었다.

"여왕 폐하께서는 우리의 지난 잘못과 죄악 탓에 우리에게 끔찍한 불행이 닥쳤다고 설명해주셨지. 폐하께서는 살아남기 위해서 어떻게 해야 하는지 알려주셨어. 또 어린이들이 불행의 원인이었다고도 하셨어!"

앙브르는 믿을 수 없다는 표정을 지으며 반문했다.

"어린이들 때문이라고요? 왜죠?"

"이 모든 일이 아이들의 잘못으로 일어난 거야! 아이들의 태평함, 변덕, 무절제 탓에! 이 모든 게 우리를 카오스로 몰고 갔어! 대격변이 일어나기 전까지, 우리는 자식들을 기쁘게 하기 위해 언제나 모든 걸 해줬지!"

앙브르가 격분했다.

"하지만 아이들은 이 대격변에 아무런 책임이 없어요!"

"책임이 없다고? 여왕 폐하께서는 알고 계셔! 그분은 꿈에서 미래를 보셨어."

토비아스가 물었다.

"어떤 미래죠? 피부 수색 말인가요?"

갑자기 발타자가 의심을 하기 시작했다. 노인은 방문객들을 더 자세히 보기 위해 상체를 숙이더니 수상하단 눈초리로 물었다.

"너희는 몇 살이지?"

앙브르는 당황하지 않고 한 걸음 나아가서 두건을 벗고 얼굴을 보여주었다.

"곧 열여섯 살이 돼요. 하지만 안심하세요. 우리는 그런 아이들이 아니에요. 우리는 당신들에게 합류하기로 결심했어요. 당신들이 옳기 때문이죠. 팬들과 함께 있으면 미래가 없어요."

발타자는 전적으로 동의했다.

"아! 너희는 이성의 나이에 도달했구나! 오랫동안 무분별한 시기를 보내고 이성을 찾는 건 좋은 일이지!"

토비아스는 고개를 갸우뚱하며 물었다.

"이성의 나이가 뭐죠?"

"분별력이 생기는 나이 말이야. 인생의 목적을 의식하고 어려운 고비를 넘긴 젊은이는 마침내 책임감을 갖고 우리의 일원이 되지. 매주 너희처럼 현실에 눈을 뜬 소년, 소녀들이 공동체를 배신하고 달려오고 있어."

토비아스가 중얼거렸다.

"콜린……."

발타자는 비상한 청력을 지닌 듯, 제법 먼 거리에서 토비아스가 중얼거리는 소리를 들었다.

"콜린이라고? 최근에 공동체를 떠나 온 콜린이란 젊은이를 알아."

앙브르와 토비아스는 다시 은밀한 시선을 교환했다.

토비아스가 물었다.

"긴 밤색 머리에 여드름이 많은 소년인가요?"

"묘사가 부족하긴 하지만 일치하는 것 같구나!"

앙브르가 물었다.

"그래요? 콜린이 어디 있는지 아세요?"

"우리에게 들어오려면 유용성을 입증해야 할 거야. 콜린은 자신이 머물던 공동체를 우리 부대에게 넘겨주겠다고 약속했지. 그는 실패했기 때문에 추방돼야 마땅했지만, 이 도시에 사는 한 사내가 거부당한 젊은이들을 보호 중이지."

"그분의 성함이 뭐죠?"

"그 사내에게 접근해선 안 돼. 누구도 가까이 지내서는 안 될 사람이야. 우리는 그를 뷔뵈르 디노상스Buveur d'innocence('순진함을 마시는 사람', 즉 어린이들을 병적으로 좋아하는 사람을 뜻함—옮긴이)라고 부르지. 시내 중심에 있는 높은 석탑에 살아. 하지만 콜린을 찾으려면 맞은편 선술집으로 가야 해. 뷔뵈르가 시내에 없으면 날마다 그곳에 죽치고 있거든."

이번에는 토비아스가 다가갔다.

"할아버지는 정말로 과거를 기억하지 못하세요?"

발타자는 이 호기심 많은 손님의 질문에 난처한 표정을 짓고는 두 손을 비볐다.

"그건 왜 묻지?"

"그냥 궁금해서요."

"어떤 기억도 없어. 이제 내 가게에서 나가거라. 너희는 이 도시의 새내기야. 게다가 젊어. 지금 당장 여왕 폐하의 당국에 신고해야 해. 그건 의무야. 그렇지 않으면 체포될지 몰라. 관청은 시내 중심에 있어. 성처럼 생긴 오래된 건물이야."

앙브르는 감사를 표하고, 토비아스를 잡아당겨 밖으로 나왔다.

노인이 문턱에서 외쳤다.

"원래는 당국에 너희를 신고해야 하지만 아무것도 안 하겠어. 너희를 믿는다. 서둘러 신분을 합법화해. 아니면 당장 여길 떠나!"

두 친구는 거리로 나왔다. 토비아스는 노인의 눈이 뱀처럼 노랗게 변하면서 검은색의 긴 동공이 세로로 바뀌는 것을 본 것 같았다. 노인은 두 젊은이에게 눈짓을 하고 문을 닫았다.

22
배신자 콜린

앙브르는 우울한 표정으로 돌 벤치에 앉아 있었다. 그녀는 슬픈 어조로 말했다.

"우리 모두 성장한 뒤에는 마음이 바뀌어서 시니크 진영에 합류하게 될 거야. 피할 수 없는 일인가 봐."

토비아스는 앙브르 옆에 앉더니 결례인 줄 알면서도 그녀의 두 어깨를 잡았다.

"확실치 않아! 우리를 봐. 우리는 그들과 친하다고 느끼지 않잖아? 나는 우리가 정신적으로 늦되었다곤 생각 안 해!"

"정신적 성숙보다 신체적 성장이 더 중요해."

"왜지?"

"유혹! 욕망! 이런 것들이 우리를 괴롭히기 시작했어. 이런 것들 때문에 어린 팬들에게서 멀어지고, 더는 그들과 사이좋게 지내지 못할까 봐 걱정이야. 성욕은 우리 마음을 어지럽혀. 호르몬이 우리를 조금씩 시니크들 쪽으로 밀어붙이면, 우리에겐 어떤 희망도 없어. 이 본능에 맞서 싸우는 건 불가능해!"

"호르몬 탓만은 아닐 거야. 예를 들면 나는 때로 조금 야릇한 꿈을 꿔. 무슨 말인지 알지? 그건 소년들의 꿈꿍이야. 이미 오래전부터 그런 생각을 했어. 하지만 그런 마음이 나를 나쁜 쪽으로 내몰 거라곤 생각하지 않아. 이해하겠어?"

앙브르는 천천히 고개를 끄덕였다.

토비아스가 덧붙였다.

"덩치만 큰 어른도 있잖아! 무사태평한 마음을 유지할 수 있다면 스스로를 보호할 수 있어! 솔직히 말해봐. 너는 시니크들과 가깝다고 느끼니? 약속을 하자. 삼총사 중 한 명이 이탈하기 시작하면 다른 두 사람이 그를 바른길로 돌려놓기로! 알았어? 힘내. 그렇게 낙심한 모습은 너답지 않아. 우리는 콜린을 만나 얘기해야 해."

"그건 위험해. 콜린은 이미 우리를 배신했어. 다시 배신할지 몰라."

"걱정 마. 결코 그를 믿지 않을 거야! 그는 카마이클 삼촌을 죽였어. 또 시니크들과 함께 섬을 공격했지. 그것만으로도 그는 죽어 마땅해! 하지만 그를 이용해 더 많은 걸 알아낼 수 있다면 괜찮아. 자, 가자!"

두 친구는 땀과 담배 냄새가 풍기는 술집으로 들어갔다. 창문이라고는 아주 작은 천창뿐이었고, 유지 초롱은 역한 냄새와 넘실대는 불빛을 발산하고 있었다. 선술집의 4분의 3은 카드놀이를 하거나 식탁에 팔꿈치를 붙인 채 시끄럽게 떠들어대는 남자들이 차지하고 있었다. 토비아스는 흙으로 만든 술 단지를 놓고 혼자 앉아 있는 콜린을 쉽게 찾아냈다. 콜린은 넋을 놓고 술을 바라보고 있었다. 긴 밤색 머리, 흉측한 여드름, 누런 이는 여전했다.

토비아스가 맞은편에 앉으며 말했다.

"오랜만이야."

콜린은 천천히 일어났다. 기억을 더듬던 그가 도망치려 했지만 뒤에 있던 앙브르가 두 어깨를 눌러 앉혔다.

앙브르가 말했다.

"얌전히 굴어. 우리는 이제 적이 아니야. 네가 옳았어."

토비아스가 말을 이었다.

"사과할게. 어리석은 팬들 때문에 우리가 싸울 필요는 없잖아."

콜린은 트림을 하며 길게 안도의 한숨을 내쉬었다.

그는 다시 술을 따르면서 솔직하게 말했다.

"가슴이 철렁 내려앉았어."

앙브르가 킥킥 웃었다.

"유령을 본 줄 알았어. 네가 익사한 줄 알았거든!"

콜린은 일어서서 단숨에 잔을 비웠다.

"정말 죽을 뻔했지! 물고기들이 병사들을 게걸스럽게 잡아먹었
어. 지옥처럼 끔찍했어! 그날 밤, 더는 삼킬 수 없을 만큼 많은 물을
마셨어!"

토비아스는 부상당한 병사들이 강의 괴물들에게 잡아먹히는 광
경을 떠올리며 전율했다. 그는 지금도 그 끔찍한 후유증에서 벗어
나지 못했다.

앙브르가 물었다.

"어떻게 여기로 왔지?"

"바빌론에? 솔직히 말하면 운이 좋았지. 일주일 동안 숲에서 방황
했어. 글루통들에게 산 채로 잡아먹힐 뻔했지. 마침 그 지역을 순찰
중이던 시니크들이 피운 연기를 보고 달려갔어. 그들이 나를 여기
까지 데려다 줬어."

"시니크들이 너를 받아들인 거야?"

콜린은 다시 술잔을 뚫어지게 바라보았다.

"아니."

"그럼 어떻게 여기 머물게 됐어?"

"후원자가 있어."

콜린은 또 한 잔을 마셨다. 보기 딱한 표정이었다. 그는 뭔가에 홀

려 있는 것 같았다. 그는 술을 지나치게 많이 마셨다.

앙브르가 말했다.

"우리는 경우가 달라. 이 도시에서 길을 잃었어. 도와줄 수 있어?"

토비아스는 콜린의 대답을 기다리지 않고 물었다.

"시니크들은 왜 바빌론에 도착한 팬들의 배꼽에 구멍을 뚫지?"

"그건 배꼽 고리야. 초창기에 병사들은 생포한 어린이들을 대상으로 온갖 실험에 몰두했어. 그러던 어느 날, 무기를 만들 때 쓰는 특별한 합금으로 된 고리를 배꼽에 부착하면 어린이들이 코뚜레를 한 소처럼 온순해진다는 사실을 우연히 발견했지. 지금은 모든 노예들이 배꼽 고리를 달고 있어."

토비아스가 물었다.

"너도 있어?"

콜린은 침을 튀기며 외쳤다.

"나는 노예가 아니야! 자진해서 왔다고! 말롱스 여왕의 군대에 합류하기 위해 지원한 거야!"

여러 사람들의 시선이 그들에게 집중되었다. 앙브르는 콜린에게 머리를 숙이고 목소리를 낮추라고 주의를 준 다음 물었다.

"그 여왕은 대체 누구야?"

"여왕 폐하는 우리를 미래로, 구원으로 이끌어주시는 분이야. 여왕님이 없으면 우리는 야만인에 지나지 않아. 여왕님은 알고 계셔!"

토비아스는 콜린이 대체 무슨 말을 하는 건지 이해할 수 없었다.

"여왕님이 뭘 알고 있다는 건데?"

"모든 것! 우리에게 일어난 일, 우리를 억압하는 이 저주를 푸는 방법! 그래서 모두 여왕님을 경배하고 모시는 거야!"

"여왕님이 맷을 생포하려는 이유를 알아? 시내에서 현상 수배 벽보를 봤어."

콜린은 술 단지가 비었다는 걸 확인하고 눈살을 찌푸리면서 중얼거렸다.

"나도 몰라. 여왕님만이 아셔."

앙브르가 입을 열었다.

"너는……."

콜린은 한숨을 내쉬면서 앙브르의 말을 끊었다.

"질문이 너무 많아! 바빌론에 도착하면서 당국에 신고했니?"

앙브르는 거짓말을 했다.

"물론이지."

"그럼 팔찌를 보여줘! 당국에 등록한 젊은이는 모두 팔찌를 차고 있어야 해!"

콜린은 두 사람의 일그러진 표정을 보고 입을 비죽거렸다.

"나는 알아. 너희는 아직 신고하지 않았어. (그는 힘겹게 일어나면서 비틀거리기 시작했다.) 너희를 고발할 거야. 보상금을 조금 탈 수 있겠지!"

앙브르와 토비아스는 술집 문까지 최대한 신중하게 그를 따라갔다. 일단 거리로 나오자 앙브르가 콜린 앞을 막았다.

"그러지 마. 우리는 방금 도착했어. 우리가 시니크 무리에 합류하는 데 방해가 될지 몰라."

얼큰히 취한 콜린은 횡설수설했다.

"그건…… 내 문제가…… 아니야. 비켜……."

그때 그림자 하나가 콜린의 얼굴을 스쳐 지나갔다.

그리고 바닥을, 거리 전체를.

커다란 비행선이 시내 상공에서 낮은 고도로 날고 있었다. 곤돌라는 세 돛대 범선처럼 매우 컸고, 돛은……. 토비아스는 꿈이 아닌지 확인하기 위해 여러 차례 눈을 깜박거렸다.

돛은 파란 줄이 새겨진 보랏빛 광택을 지닌 불그죽죽한 아주 긴 기낭으로 이루어져 있었다. 돛이 펄럭이며 가볍게 떨렸다. 하얀 화관처럼 생긴 곳에서 빠져나온 수백 개의 반투명한 필라멘트 끝에 곤돌라가 묶여 있었다.

비행선은 길쭉한 초대형 해파리였다.

토비아스는 시큼한 냄새를 맡았다. 콜린이 방금 옷에 오줌을 지린 것이다.

콜린은 공포에 질린 목소리로 말했다.

"오, 안 돼! 예상보다 일찍 돌아왔어. 돌아가야 해. 빨리!"

콜린은 단번에 술이 깬 것처럼 보였다.

앙브르가 물었다.

"누군데?"

콜린은 대학교 방향으로 달리기 시작하면서 외쳤다.

"뷔뵈르야! 뷔뵈르!"

23
사랑하는 동물을 위한 사투

아침나절은 맷에게 한없이 길게 느껴졌다. 그는 구덩이 바닥에 앉아 두 친구에게 심각한 일이 일어나지 않기를 바라며 기다렸다. 시니크들이 앙브르와 토비아스를 알지 못할 뿐 아니라 두 친구의 목에는 자신과는 달리 현상금이 걸려 있지 않기 때문에 최악을 염려할 이유가 없었다.

만일 몇몇 시니크들이 두 친구의 어린 나이에 고개를 갸우뚱한다면 그들은 팬들을 배신하고 말롱스 여왕의 군대에 합류하러 왔다고 둘러댈 것이다.

그렇다. 맷은 그 점에 대해 생각하면 할수록 더욱 안심이 되었다. 두 친구는 큰 위험을 무릅쓰지 않을 것이다.

그래도 은근히 걱정이 되었다. 태양이 천정점에 이르고 정오가 되었지만 여전히 감감무소식이었다…….

맷은 이따금 비탈을 기어올라 성문으로 이어지는 길을 살폈다. 왕래하는 사람은 예상보다 많았다. 많은 사람들이 숲으로 사냥을 나가고 있었다. 가끔 활로 무장한 사람들이 무리를 지어 떠났고, 당나귀 등에 무거운 짐을 실은 사람들과 대나무를 어깨에 멘 사람들이 돌아왔다. 앙브르와 토비아스는 눈을 씻고 봐도 보이지 않았다.

맷은 입속으로 되뇌었다.

'아직 일러. 저녁까지 오겠다고 했잖아. 나는 아무것도 하지 않고 기다리겠다고 약속했어. 참자…….'

하지만 맷은 궁금해서 견딜 수가 없었다. 두 친구는 어떻게 되었을까? 위험에 빠지지는 않았을까? 혹시 지금 이 순간 내 도움이 필요한 건 아닐까?

맷은 성문을 바라보았다. 두 명의 위병이 근무를 서고 있었다. 다른 두 명은 조금 떨어진 곳에 있었다. 성벽 꼭대기에는 아무도 없었다. 저 성벽을 기어오를 수 있을까?

'잡을 곳이 없어. 나는 벽을 기어오르는 일에는 젬병이야!'

도시를 한 바퀴 돌면서 출입구들을 조사해볼까? 바빌론을 둘로 나누는 강을 통해 성에 잠입할까? 어리석은 생각이었다. 잘못하면 적에게 붙잡히거나 적어도 주의를 끌 위험이 있었다. 게다가 두 친구가 이쪽으로 돌아온다면 어긋날 수도 있었다. 전혀 좋은 생각이 아니었다. 두 친구가 없는 동안 아무것도 하지 않겠다고 약속하지 않았는가.

맷은 목이 빠져라 기다렸다. 그는 시간을 죽이기 위해 마른 고기 조각을 꺼내 우물우물 씹었다.

이른 아침, 커다란 비행선이 나타났다. 비록 몇 분밖에 보지 못했지만 굉장한 볼거리였다. 맷은 눈으로 비행선을 지켜보다가 한 나무에 기어올랐다. 비행선은 바빌론에서 가장 높은 탑에 내려앉았다.

그 이후로 재미있는 일은 하나도 일어나지 않았다.

맷은 고기 조각을 다 먹은 후 더 이상 꾸지 않는 꿈, 아니 악몽에 대해 생각했다. 로페로덴……. 금단의 숲을 지난 후 로페로덴의 추격이 멈췄다. 맷은 그가 죽었을 가능성에 대해 생각했다. 로페로덴은 숲에 사는 수많은 피조물 중 하나에게 살해되었을까? 그게 가능한 일이라면 그렇게 되기를 간절히 기도할 것이다…….

맷은 떠난 지 벌써 한 달이 된 카마이클 섬을 생각했다. 별로 오래되지 않은 것처럼 느껴졌다. 아무튼 그는 그 후 수많은 일을 겪었다. 더그와 레지는 어떻게 되었을까?

그리고 부모님의 얼굴이 떠올랐다. 가슴이 조일 듯 아팠다. 그는 몇 달 동안 부모님을 생각하지 않는 법과 슬픔을 떨쳐버리는 법을 배웠다. 부모님과 재회할 수 없다는 사실을 잘 알고 있었다. 그들은 폭풍설 때 수백만 명의 사람들과 함께 흔적도 없이 사라졌다.

생존자는 극히 일부뿐이었다. 잔인한 어른들과 고아들.

맷은 시원한 물을 마시며 이 슬픈 생각을 잊으려 애썼다.

그는 땅바닥과 소지품 위에 드러누워 두 손으로 목덜미를 받치고 하늘을 바라보았다. 점점 무거워지던 눈꺼풀이 마침내 닫혔다.

그리고 플룀의 꿈을 꿨다. 눈을 떴을 때 플룀의 모습은 조금도 떠오르지 않았다. 멀리서 들려오던 개 짖는 소리만 기억났다.

몇 걸음을 떼면서 다리를 풀던 맷의 몸이 갑자기 뻣뻣하게 굳어졌다.

분명 멀리서 개 짖는 소리가 들려왔다. 꿈이 아니었다.

맷은 구덩이 꼭대기로 올라가 지평선을 탐색했다.

한 수송대가 다가오고 있었다. 그들이 미행했던 무리보다 훨씬 초라한 규모였다. 두 대의 수레와 10여 명의 경비병뿐이었다. 두 대의 수레는 동물로 가득한 우리를 수송하고 있었다. 개 짖는 소리는 그곳에서 들려왔다.

수송대는 맷의 눈 아래를 지나갔다. 그는 아주 큰 우리에 갇힌 커다란 개를 보고는 달려가는 것을 참기 위해 흙을 움켜쥐어야 했다.

'플룀이야!'

어떻게 이런 일이 일어날 수 있을까? 이 넓은 세상에서 플룀이 바로 눈앞에 있다니! 믿기지가 않았다.

맷은 이해하려 애썼다.

'아니야, 가능한 일이야! 플룁은 혼자 남쪽으로 금단의 숲을 횡단했어! 녀석은 내 흔적을 찾았을 거야! 아니면 시니크 정찰대가 녀석을 생포해 북쪽에서 가장 가까운 도시인 이곳까지 데려왔겠지!'

개는 울고 있었다.

'플룁이야! 틀림없어! 분명 플룁이야! 플룁은 금단의 숲에서 살아남았어! 플룁이 살아 있어!'

맷은 더 이상 견딜 수 없었다. 그는 기뻐서 어쩔 줄 몰랐다.

개가 끙끙대는 소리에 진저리가 난 경비병 중 한 명이 막대기를 집더니 창살을 두드리며 외쳤다.

"주둥아리 닥쳐!"

격분한 맷은 그를 노려보았다.

수송대는 50미터 전방까지 다가왔다. 첫 번째 수레는 곧 성문 위 병들의 눈에 띄게 될 것이다. 플룁은 이제 어떻게 될까? 플룁을 수레 끄는 가축으로 사용할까? 구경거리로 전락할까? 결국엔 플룁을 잡아먹을까?

맷은 다시는 플룁을 잃어버리지 않기로 결심했다. 플룁을 다시 만난 것은 뜻밖의 일이었다. 이런 기회는 다시 오지 않을 것이다. 플룁을 구출해야 했다.

경비병은 열세 명이나 되었다.

'급습하면 가능할 거야.'

맷은 케블라 조끼를 단단히 묶고 검을 잡은 후 고사리밭과 나무들 사이로 살금살금 들어갔다.

경비병이 막대기로 플룁의 허리를 찌르면서 외쳤다.

"조용히 해!"

플룁은 고통스러운 신음 소리를 냈다.

더는 참을 수 없었다. 검을 쥔 손가락의 관절 부위가 하얗게 변했다. 그는 마지막 나뭇가지를 헤치고 경비병 앞에 쑥 다가갔다.

경비병은 하늘에서 은빛 섬광을 보았고, 이내 끔찍한 고통을 느꼈다. 붉은 피가 시야를 가렸다. 결국 그는 고통의 비명을 지르며 쓰러졌다.

맷은 다음 시니크 병사에게 조금도 틈을 주지 않았다. 그는 손목을 휘둘러 병사의 팔을 잘라버린 후 곧장 공격 자세를 취했다. 시니크들은 여전히 무슨 일이 일어났는지 깨닫지 못했다. 맷은 수레 위로 펄쩍 뛰어올라 힘껏 우리를 후려쳤다. 우리는 산산조각이 났다. 플륌이 코를 들었다. 맷을 알아본 플륌의 눈동자가 휘둥그레졌다.

두 명의 시니크가 도끼와 철퇴로 무장하고 수레 위로 올라왔다.

맷이 돌아서서 검을 휘두르자 두 병사는 무거운 무기로 방어하려 했다. 그들은 이 소년이 그런 괴력을 발휘하리라고는 추호도 예상하지 못했을 것이다.

두 병사는 소년의 검에 밀려 수레에서 떨어지면서 땅바닥으로 나뒹굴었고, 두 번째 병사가 놓친 철퇴가 첫 번째 병사의 얼굴을 가격했다.

이미 바닥으로 뛰어내린 맷은 두 차례의 공격으로 세 번째 병사를 쓰러뜨렸다. 그는 비상한 체력으로 또 다른 병사의 무장을 해제했다. 싸움을 지켜보던 다른 병사들은 이 소년에게 이상한 일이 일어났음을 깨닫기 시작했다. 그들은 무기를 움켜쥐고 동시에 소년에게 덤벼들었다.

맷은 도끼를 집어 첫 번째 병사에게 힘껏 던졌다. 병사는 피할 겨를이 없었다. 도끼 손잡이가 이마를 후려쳤다. 두 번째 병사는 허공에서 춤을 추며 윙윙거리는 검에 관통되었다. 세 번째 병사는 괴력의 주먹질에 턱이 빠졌다. 다른 두 병사는 검을 방패처럼 휘두르면서 뒷걸음질 쳤다.

맷은 분노로 이성을 잃었다.

그는 시니크들과 대적할 때마다 똑같은 분노를 느꼈다. 시니크들이 평화를 거부하고 팬들을 공격하기 때문에 그는 폭력을 쓰지 않을 수 없었다. 그들은 협력자가 아닌 적이 되기로 작정했던 것이다.

검이 인간의 살을 찌를 때마다 밤이면 그 광경이 떠오르고, 방출된 모든 피가 그의 양심에 쏟아지리란 사실을 잘 아는 맷이었다. 그런 생각이 들면 그는 더욱 격분에 휩싸였다.

맷은 망설이는 태도를 보일 수도, 약하게 공격할 수도 없었다. 그는 큰 희생의 대가로 그 교훈을 얻었다. 대결은 목숨이 걸린 문제였다. 승리하기 위해 혼신을 다해 싸우고 피를 뿌려야 했다.

시니크 병사들은 그에게 폭력을 강요했다.

다른 해결책이 없었다.

맷은 몽둥이와 단도를 가지고 숨은 두 명의 병사들을 보지 못했다. 그들이 무기를 쳐들고 부상자들의 신음 소리를 뒤덮을 정도로 크게 함성을 지르자, 플룀이 공격자들의 등으로 껑충 뛰어 단 두 차례의 공격으로 그들의 팔을 부러뜨렸다.

맷과 플룀이 숲 쪽으로 돌아서서 도망치려는 순간 시내에서 달려온 열 명의 병사가 나타났다. 그들은 헐떡거리며 전쟁터 같은 광경에 놀랐다.

아연실색한 한 시니크가 말했다.

"꼬마가 이 짓을 한 거야?"

무리를 지휘하는 것처럼 보이는 시니크가 외쳤다.

"꼬마야, 대체 어떻게 된 거지? 설마 저 동물을 위해 이런 짓을 한 건 아니겠지?"

맷이 명령했다.

"비켜요!"

"어리석은 짓은 하지 마. 네가 이길 가능성은 전혀 없어. 설마 동물 한 마리 때문에 목숨을 걸지는 않겠지?"

세 명의 시니크들은 대답할 틈도 주지 않고 맷에게 달려들었다.

맷은 뾰족한 날로 첫 번째 시니크의 얼굴을 할퀴고, 한 바퀴 돌아 두 번째 시니크의 어깨를 깊이 벴다. 세 번째 병사가 너무 빨리 덤벼드는 바람에 검을 돌려 칼날로 맞설 여유가 없었다. 검의 판판한 부분이 격렬하게 부딪치면서 두개골이 부러지는 소리가 들렸다.

시니크는 판자처럼 가볍게 뒤로 벌러덩 넘어갔다.

10여 명 이상이 바닥에 누워 있었다. 몇몇은 죽었고, 다른 몇몇은 죽어가고 있었다.

그런데도 시니크들은 집요한 공격으로 소년을 지치게 만들었다. 플룀은 다가오는 것은 무엇이든 물어뜯고 할퀴었다.

갑자기 플룀의 허리에 창이 박혔다. 부상당한 플룀의 비명에 격노한 맷은 상대를 파리처럼 짓밟았다.

맷은 창을 빼내려고 애쓰는 플룀을 도와주러 달려갔다.

그는 대형 그물을 들고 불쑥 나타난 두 명의 기병을 보지 못했다.

맷은 길을 막고 있던 시니크의 철모를 박살 냈다. 그가 플룀을 도와주려는 순간, 그물이 그를 덮쳤다. 그는 균형을 잃고 비틀거렸다.

맷이 넘어지면서 검을 놓치자 그물이 그의 팔다리를 휘감았다. 그는 다시 일어나다가 균형을 잃었다. 그는 절망적인 비명을 지르며 맨손으로 그물을 잡고 찢었다.

밧줄이 우지끈하면서 끊어졌다. 병사들은 경악에 찬 눈길로 맷을 바라보았다.

한 장교가 맷에게 달려들어 몽둥이를 휘두르기 시작했다. 맷이 오른손으로 주먹을 날리자 장교의 이가 부러졌다.

다른 병사가 달려왔고, 또 다른 병사가 덤볐다. 곧 여덟 명이 몽둥이로 맷을 구타하기 시작했다.

30초 후, 몸을 움츠린 소년은 더 이상 움직이지 않았다.

그는 의식을 잃었다.

플룀은 다른 그물에 걸린 채 신음하고 있었다.

한 병사가 상체를 숙이고 맷을 진찰하더니 킥킥 웃었다.

"이 건방진 녀석을 잡은 것 같아. 죽었어!"

병사는 만족스러운 표정으로 땅에 침을 뱉었다.

하지만 팔다리가 절단된 동료들을 보고는 미소가 사라졌다.

스무 명가량이 소년의 공격에 쓰러졌던 것이다.

24
아주 긴 하루

오후가 시작될 무렵, 바빌론은 활기를 띠기 시작했다. 어린이들은 쉬지 않고 도시를 가로지르는 강과 시내를 왕복하며 물통을 옮겼고, 나무꾼들은 집 앞에 장작더미를 쌓았으며, 빵 장수들은 저녁 식사용 빵을 굽기 위해 화덕에 불을 피우고 있었다.

앙브르와 토비아스는 귀를 쫑긋 세운 채 시내를 누비고 돌아다니며 정보를 최대한 수집했다.

두 친구는 말롱스 여왕이 멀리 남쪽 붉은 하늘 아래, '위드론데이스Wyrd´Lon—Deis'라 부르는 곳에 살고 있다는 사실을 알게 되었다. 그 주위에는 유령이 출몰한다고 했다. 지명을 듣는 것만으로도 토비아스는 몹시 불길한 기분에 사로잡혔다. 시니크들은 붉은색과 검은색 깃발을 국기로 삼았다. 중앙에 은빛 사과 문양이 있으면 여왕기였다. 사과는 여왕의 상징이었다. 잠시 후 두 친구는 우연히 한 대화를 엿들었다. 말롱스 여왕의 군에 입대하는 사람은 많은 봉급 그리고 때로 경작 가능한 서부 지역의 토지를 받고 있다고 했다. 또 집은 여자들이 관리하며, 팬 노예를 많이 소유할수록 부유한 집이라고 했다.

앙브르가 통렬히 비난했다.

"옛날의 나쁜 관습이야!"

몇 시간 후 두 친구는 시니크들이 폭풍설—그들은 대격변이라고 불렀다—이전의 삶에 대한 기억을 완전히 잃었다는 사실을 눈치챘다.

토비아스는 해파리 비행선에 깊은 인상을 받았는지, 비행선이 보일 때마다 경탄하며 올려다보았다.

결국 두 친구는 옛 대학교 주위에 접근하지 못했다. 그러려면 초록빛 강에 놓인 다리를 건너야 했는데, 다리 양쪽을 초병들이 지키고 있었다. 팔찌에 대해 알게 된 지금은 그들의 계획이 더욱 위험해 보였다.

앙브르는 바빌론을 떠나고 싶어 하는 토비아스에게 말했다.

"최악의 경우 시니크들에게 체포된다 해도, 관청을 찾는 중이라고 둘러대면 돼."

배가 무척 고팠다. 구운 가금과 따뜻한 빵 냄새가 떠다녔다.

토비아스가 말했다.

"이 냄새는 뉴욕을 떠올리게 해. 거리마다 기름 탄내가 나! 뉴욕이 그리워……."

조금 전부터 두 친구는 점점 더 자주 순찰대와 마주치고 있었다.

토비아스는 병사들을 가리키며 물었다.

"순찰병이 많아지지 않았어?"

"맞아. 경계를 강화한 것 같아."

"나는 순찰병이 싫어. 이제 여길 빠져나가야 할 때야. 이미 많은 정보를 입수했어."

중앙로로 돌아와 성문에 다가가던 두 친구는 흑단 갑옷을 입은 병사들이 모여 있는 것을 보았다. 토비아스는 어느 집의 우묵한 곳으로 앙브르를 밀었다. 병사들이 그들 앞을 지나갔다. 두 대의 수레가 동물 우리를 수송하고 있었다.

군중이 외쳤다.

"화형시켜야 해! 장작을 쌓고 놈을 올려!"

한 여자가 외쳤다.

"맞아! 태워버려! 우리 남편들을 죽였어!"

그때, 토비아스와 앙브르는 우리 안에 쓰러져 있는 맷을 발견했다. 심장이 멈추는 듯했다. 플룀도 그 안에 있었다.

수레 위의 장교는 반복된 명령으로 목이 쉬었다.

"순찰대를 두 배로 늘렸고 검문을 강화했다! 소동을 일으키면 즉시 신앙 담당 고문관에게 고발하겠다!"

토비아스는 팔꿈치로 앙브르를 쳐서 성문을 보게 했다. 여덟 명의 병사들이 성문을 막고 들어오거나 나가는 사람들의 얼굴을 일일이 확인하고 있었다. 위병들은 짐수레조차 정지시키고 창으로 짚을 찌르거나 보따리를 발로 차 수색했다.

"토비, 그가 죽은 건 아니겠지?"

"맷? 그럴 리 없어! 죽었을 리 없어."

"하지만 몸 상태가 좋지 않은 것 같아. 따라가서 어디로 끌고 가는지 알아보자."

토비아스는 마지막으로 성문을 쳐다본 후 나직이 말했다.

"제기랄, 이 지독한 곳에서 빠져나갈 수 없겠어!"

두 친구는 충분한 거리를 유지하면서 맷을 에워싼 병사들을 따라갔다. 두 번째 수레는 시니크 시체로 가득했다.

토비아스가 중얼거렸다.

"틀림없어. 놈들이 맷을 공격했어."

수송대는 오전에 노예를 경매했던 광장에서 흩어졌다. 맷은 사과 문양의 깃발이 걸린 건물 안으로 옮겨졌다.

토비아스가 말했다.

"누린내가 나. 여왕의 건물이야. 놈들은 분명 맷을 알아봤을 거야!"

"아니야. 그들은 피부 수색 작전을 위해 맷의 옷을 벗기고 검사할 거야. 적어도 내일 아침까지는 저곳에 갇혀 있을 테니 시간을 번 거야."

"어쩔 셈인데?"

"계획을 짜야지!"

앙브르는 북동쪽으로 뻗은 구불구불한 골목길로 들어가더니 공터에서 판자와 벽토 더미를 찾았다. 그녀는 토비아스의 활을 포함해 거추장스러운 소지품을 벽토 속에 숨기고, 두건 달린 외투 속에 최소한의 소지품만 간직했다.

앙브르는 토비아스가 사냥용 칼의 상태를 확인하는 동안 말했다.

"이렇게 하면 주의를 덜 끌 거야."

토비아스가 말했다.

"너도 봤니? 플륌이 있었어! 플륌이 살아 있어! 맷이 이 사실을 알면 미치도록 좋아할 거야!"

"이미 알고 있을 거야. 플륌을 구출하려다 생포됐겠지."

토비아스는 고개를 끄덕였다. 그게 논리적이었다. 맷은 충분히 그럴 만한 친구였다.

토비아스는 잠시 침묵을 지키다가 말했다.

"왜 생포된 팬들은 초능력을 써서 도망치지 않을까?"

"대부분의 팬들이 초능력을 자유자재로 사용하지 못할 거야. 초능력은 아직 이상하고 무서운 힘일 테니까. 일단 배꼽 고리를 차게 되면 팬들은 순종할 수밖에 없어. 그게 팬들의 자유의지를 빼앗는 것 같아. 생각만 해도 역겨워. 토비아스, 약속해. 무슨 일이 있어도 내가 그런 일을 겪게 만들진 마! 차라리 죽어버리겠어."

"걱정 마. 놈들은 우리를 잡지 못할 거야."

토비아스는 다시 떠나기 전에 배낭 두 개를 가리켰다.

"식량을 갖고 있니?"

"없어. 시내로 들어오기 전에 짐을 줄이려고 맷에게 몽땅 맡겼어."

토비아스는 인상을 찌푸렸다.

"나도 마찬가지야! 뭐든 먹어야 해. 안 그럼 버틸 수 없어."

"해결책을 찾을 수 있을 거야."

"하지만 돈이 없잖아!"

앙브르는 대답하지 않고 토비아스의 팔을 붙잡아 강가까지 데려갔다. 그곳에는 구이 전문 식당과 채소 가게가 몰려 있었다. 그녀는 한참 동안 기다렸다. 손님은 한 사람도 없었고, 상품 진열대를 감시하는 사람도 없었다. 앙브르는 통닭에 정신을 집중하고 들어 올린 다음 그들이 있는 곳까지 끌어당겼다. 통닭이 손에 들어오자 두 친구는 인도로 달려가 게걸스럽게 먹었다.

두 친구가 식사를 마쳤을 무렵 육중한 실루엣이 불쑥 나타났다.

식당 주인이 식칼을 든 채 그들 앞에 서 있지 않은가.

그는 고함을 쳤다.

"모를 줄 알고!"

식당 주인이 그들에게 달려들었다. 하지만 토비아스가 훨씬 빨랐다. 그는 식당 주인의 얼굴에 닭 뼈를 던지고, 뚱뚱한 주인이 무슨 일이 일어났는지 깨닫기 전에 복부에 일격을 가했다.

두 친구는 다른 골목길로 도망쳤다. 식당 주인이 바싹 뒤쫓아오자 앙브르는 어느 집 대문을 열고 숨었다. 추격자는 그들을 놓쳤다.

두 친구는 평지붕 집의 테라스에 몸을 숨겼다.

토비아스가 입을 열었다.

"오래 버티지 못하고 들킬 거야."

"저녁까진 움직이지 말자. 어른들은 어두워지면 거리로 나와 술을 마실 거야. 그럼 경계가 소홀해질 테고."

두 친구는 황혼 무렵까지 반쯤 잠들어 있었다. 아래쪽 거리에서 발자국 소리만 들려도 소스라치게 놀랐다.

유지 초롱이 밤의 어둠을 내쫓기 시작했고, 곧 수백 개의 미광이 어둠 속에서 춤을 췄다.

앙브르와 토비아스는 은신처에서 강 건너편에 있는 옛 대학교를 바라보았다. 세월의 때를 입은 석조 건물, 끝이 뾰족하고 길쭉한 창문, 아치형 건축물, 석루조……. 가장 큰 건물 위에서는 사과 문양 깃발이 펄럭였고, 더 높은 뷔뵈르의 탑 위에서는 해파리 비행선이 일렁였다. 토비아스는 가끔 불이 켜진 창문 너머로 지나가던 그림자를 떠올리며 비행선을 바라보았다.

대학교는 숲처럼 보이는 넓은 공원으로 둘러싸여 있었다. 도시가 서쪽 성벽까지 계속되지는 않은 듯했다.

토비아스는 시니크들이 예상보다 훨씬 더 발전했다는 사실을 깨달았다. 게다가 숫자도 많았다.

만일 시니크들이 군대를 일으켜 공격한다면 어떤 팬 공동체도 저항할 수 없을 것이다.

토비아스는 몸서리쳤다.

앙브르가 말했다.

"이제 내려갈 시간이야."

두 친구는 두건을 걸치고 광장으로 돌아가 맷이 갇혀 있는 건물 앞에서 멈췄다.

토비아스가 물었다.

"이젠 어떻게 하지?"

"저 건물로 들어가서 우리 친구를 구해야지."

25
두통과 강철 투구

소리는 긴 터널을 통과하면서 변조되었다. 목소리는 더욱 낮아졌고, 단어는 군데군데 끊어진 것처럼 들렸다.

날씨는 너무 더웠다가 추워지기를 반복했다.

맷은 한참 후 한 단어를 이해했고, 이어 다른 단어를 알아들었다. 이윽고 문장이 귀에 들어왔다.

누군가가 크게, 아주 크게, 아니 너무 크게 말하고 있었다.

"놈은 어딨지? 아, 저깄군! 얼굴을 들어 올려. 맞아, 놈이야! 틀림없어! 분명 살아 있겠지?"

"신앙 담당 고문관님, 분명합니다. 소년을 검사했던 장교는 별로 유능하지 않습니다. 그가 맥박을 찾지 못해 제가 직접 청진했습니다. 소년은 분명 살아 있습니다. 이 이상한 조끼가 목숨을 살린 것 같습니다. 조만간 깨어날 겁니다."

"놈의 비상한 체력에 대한 보고를 받았는데, 사실인가?"

"그 점이 걱정입니다. 부하들의 말에 의하면 우리들 중 이 소년과 겨룰 수 있는 사람은 거의 없답니다! 믿기지 않습니다!"

"놈이 수송대를 공격한 이유는 알아냈어?"

"개를 구출하기 위해서였답니다. 정말로 이상한 일입니다. 이 개는 좀 특이합니다. 어깨뼈 사이의 융기가 1미터 50이 넘습니다."

"소지품은 발견했나? 이게 놈의 가방인가?"

"맞습니다. 특별한 건 없습니다. 주위를 수색하다 발견했습니다."

"잘했어. 내가 가져가겠다. 놈이 소중히 여기는 개도 데려가겠어."

"아직 소년의 옷을 벗기지 않았습니다. 피부 수색 작전을 위해 옷을 벗겨야 하는데 어떻게 할까요?"

"쓸데없는 짓이야. 우리가 검사할 거야. 잠시 쉴 테니 소년이 깨면 바로 보고해."

맷은 발소리가 멀어지고 문이 쾅 닫히는 소리를 들었다. 기온 차이는 더욱 심해졌다.

맷은 반수 상태와 의식의 혼란을 되풀이했다. 움직일 수는 없지만 듣고 느낄 수는 있었다. 주위는 조용했다. 무척이나 불쾌한 기름 냄새가 떠다녔다.

마침내 맷은 눈을 떴다. 그는 유지 초롱이 역겨운 냄새를 발하면서 비추는 커다란 홀 중앙의 탁자 위에 눕혀 있었다.

전신이 마구 욱신거렸다. 뇌가 꿈틀거리는 것 같았다.

"아, 정신을 차렸구나. 좋아. 물 좀 줄까? 탈수되지 않으려면 물을 마셔야 해."

텁수룩한 머리털과 무성한 턱수염이 난 40대 남자가 맷의 머리를 들어 올리고 맑은 물이 담긴 컵을 입술에 대주었다.

남자가 등을 돌리는 것을 보고 일어나려던 맷은 자신이 탁자에 묶여 있다는 사실을 깨달았다. 폭이 넓은 가죽띠였다. 아무리 힘을 써도 끊을 수 없었다. 어깨, 허리, 팔이 몹시 아팠다. 다시 의식을 잃지 않기 위해 힘을 빼면서 그는 자신이 매우 허약해졌음을 느꼈다.

남자는 홀에서 사라졌다. 그는 빨간 벨벳으로 만든 커다란 망토를 두른 사람을 데리고 돌아왔다. 무뚝뚝한 표정, 맹금의 시선, 더부

룩한 하얀 눈썹을 지닌 50대 사내였다. 두개골에 딱 들어맞는 강철 투구를 쓰고 있었다.

50대 사내가 차갑게 물었다.

"이름이 뭐야?"

맷은 간신히 침을 삼키기는 했지만 말은 할 수 없었다.

사내는 맷의 손목을 잡더니 거칠게 비틀었다. 끔찍한 통증에 맷은 날카로운 비명을 내질렀다.

고문하는 사내가 다시 한 번 물었다.

"이름이 뭐야?"

맷은 신음하며 내뱉었다.

"맷……, 맷 카터."

"뭐하러 왔지?"

"나는…… 나는…….."

맷이 말을 더듬자 사내는 상체를 숙였다.

맷은 침을 뱉고 말했다.

"제일 멍청한 시니크를 찾아내 귀에 침을 뱉어주려고 왔지."

사내는 천천히 상체를 일으키더니 천 조각으로 얼굴을 닦아낸 후 맷을 내려다보았다. 그리고 반상출혈이 가장 심한 배를 후려쳤다.

잠시 후 사내는 맷을 더욱 세게 때렸다.

맷은 울부짖었다.

"뭐하러 왔지?"

맷은 호흡을 되찾으려 애썼다. 가슴이 고통으로 펄떡거렸다.

그는 딸꾹질을 하며 대답했다.

"길을 잃었다."

사내는 주먹을 쥐고 위협했다.

맷이 거듭 말했다.

"맹세할 수 있어! 남쪽으로 가는 길을 찾다가 우연히 도착했어."

"왜 남쪽으로 가려는 건가?"

"당신네 말롱스 여왕을 만나기 위해."

사내는 충격을 받은 모습을 역력히 드러냈다. 그는 짙은 눈썹을 들어 올렸다.

"여왕 폐하께 무엇을 원하지?"

맷은 눈물을 글썽이며 설명했다.

"여왕에게 묻고 싶은 건 오히려 나야. 내 초상화가 그려진 현상수배 벽보를 봤거든."

사내는 주의 깊게 맷을 탐색하면서 거짓말과 참말을 구별하려 애썼다. 그는 멀어지면서 말했다.

"좋아. 이놈을 내 배에 태워. 꼬마야, 네 소원을 들어주지. 너는 말롱스 여왕님을 만나게 될 거야. (그는 인상을 찌푸렸다. 그의 표정에는 반감과 잔인성이 섞여 있었다.) 하지만 네게 좋은 일은 아닐 거다."

2 6
불법 침입

박쥐들이 시내 상공을 선회하고 있었다. 빙글빙글 돌던 녀석들은 벽과 지붕을 스칠 듯 지나가며 붙잡은 작은 날벌레를 삼키고 어두운 은신처로 돌아갔다.

토비아스는 이 발레를 지켜보면서 콜린을 생각했다. 콜린은 새와 대화를 나눌 줄 알았다. 그는 조금 전 낮에 후원자로 여기는 사람이 귀가하는 것을 보고 크게 당황해 돌아갔다. 토비아스는 의아했다. 후원자는 그를 보호하는 것이 아니라 공포에 떨게 하지 않는가.

토비아스는 맷이 갇혀 있는 건물을 주시했다. 두 친구가 작전을 실행하기 직전, 병사들의 긴 행렬이 다리 쪽에서 불쑥 나타나더니 건물로 들어갔다. 진홍빛 망토로 얼굴을 가린 사람이 무리를 이끌었다.

앙브르는 작전을 연기하기로 결심했다.

토비아스가 신경질을 냈다.

"놈들은 맷을 보러 온 게 아니야! 지금 건물 안으로 잠입하자. 정말로 맷에게 접근할 수 없다면 잠복하다가 밤에 구출하면 돼."

앙브르는 대답 없이 고개를 저었다.

토비아스는 한숨을 내쉬고 팔짱을 꼈다.

소지품을 숨겨놓은 곳에서 활을 가지고 돌아온 그는 아무것도 하지 않고 기다리게 되자 낙심했다.

다섯 명의 취한들이 쓰러지지 않기 위해 서로 부축한 채 노래를 부르며 광장을 지나갔다.

갑자기 건물에서 나온 병사들이 다리 쪽으로 이동했다.

앙브르가 말했다.

"망토를 쓴 사람은 아직 안 나왔어."

"나를 불안하게 하는 건 그 사람이 아니라 갑옷을 입은 저 병사들이야! 지금 길은 열려 있어. 자, 가자!"

하지만 앙브르는 팔을 붙잡았다.

길쭉한 건물 측면에서 대문이 활짝 열리더니 두 필의 말이 끄는 호화로운 사륜마차가 다리 쪽으로 달려갔다. 마차가 바로 옆을 지나갈 때 앙브르는 순간적으로 마차 안을 보았다.

붉은 망토를 쓴 사내 옆으로 의식을 잃은 맷이 보였다.

앙브르는 포석을 밟는 요란한 말발굽 소리 속에서 외쳤다.

"뛰어! 저 마차를 놓치면 안 돼!"

두 친구는 다리에 다가가면서 출입을 통제하는 위병들을 보았다. 앙브르는 발각되기 직전에 거칠게 토비아스를 밀었다. 토비아스는 배추 냄새가 나는 고리 바구니 더미에 부딪쳤다.

다행히 부딪치는 소리는 말발굽 소리에 묻혔고, 위병들은 아랑곳하지 않았다.

앙브르가 화를 냈다.

"젠장! 마차 뒤를 놓치면 끝장이야!"

앙브르는 강 위로 불쑥 나와 있는 부두와 집을 살피면서 해결책을 모색했다.

사륜마차는 건너편 제방의 여왕기가 나부끼는 세 돛대 범선 앞에서 멈췄다.

꽤 먼 거리임에도 앙브르는 두 병사가 맷을 배로 옮기는 것을 볼 수 있었고, 곧 깨달았다.

"맷을 알아본 거야. 말롱스 여왕에게 바치기 위해 남쪽으로 데려 가려나 봐!"

토비아스는 심각한 표정으로 말했다.

"안 돼! 맷을 구출하자."

"건너편 기슭으로 가야 해."

토비아스는 갑판에 있는 병사들을 가리켰다.

"놈들이 경계하고 있어! 발각되지 않고 접근하는 건 불가능해. 인 도교에 도착하기 전 50미터가량은 엄폐물이 없어! 강으로 가는 것 도 마찬가지야. 경비가 이쪽보다 더 삼엄해."

앙브르가 일어나면서 말했다.

"강을 횡단할 방법부터 찾아보자."

"어디 가는데?"

"뭔가를 훔칠 수 있는 곳은 한 곳밖에 없어!"

토비아스는 서둘러 앙브르를 따라갔다.

"몰래 침입할 거야? 발타자 골동품 가게에?"

"맞아!"

토비아스는 화를 냈다.

"안 돼, 안 돼! 너는 그 영감이 어떤 사람인지 몰라! 그건 아주 나쁜 생각이야! 한 번도 겪은 적 없는 매우 지독한 일을 당할 수도 있어! 아무튼 네 생각은 언제나 희한해!"

"그래도 매번 잘됐잖아!"

"이번에는 달라⋯⋯. 발타자 영감은 식인귀 같은 사람이야. 뉴욕 의 소년들은 모두 그가 사납고 이상하다는 걸 알아. 그 영감은 폭풍 설 이전부터 그랬어! 수상한 사람이야!"

"그렇다면 더더욱 가보고 싶어."

토비아스는 설득력이 부족했다. 그는 한탄했다.

"너는 맷처럼 대응하고 있어. 전형적으로 경솔한 결정이야."

"아직 부족한 게 많아서 맷은 못 따라가."

토비아스는 이 마지막 지적과 앙브르의 본의를 생각하면서 묵묵히 뒤따랐다.

발타자 영감의 골동품 가게는 어둠 속에 잠겨 있었다. 진열창 위쪽의 창문 두 개만이 훤했다.

토비아스가 말했다.

"그는 항상 2층에서 지내!"

"곁쇠질로 문을 열 거야. 물렁물렁한 물질 갖고 있니?"

"가방에 놓고 왔어. 하지만 더 좋은 게 있지."

토비아스는 언제나 호주머니에 간직하고 다니는 발광 버섯을 꺼냈다. 두 친구는 주위에 아무도 없는지 확인했다.

앙브르는 가게 쪽으로 가면서 외쳤다.

"좋았어!"

토비아스는 길모퉁이에서 망을 보았다.

앙브르는 버섯을 들고 자물쇠 앞에서 무릎을 꿇었다. 자물쇠는 시니크들이 급하게 복원한 많은 물건들처럼 그다지 복잡하지 않았다. 그녀는 약간의 정신 집중, 관찰, 추론을 통해 구조를 파악한 후, 꼬챙이로 자물쇠 안쪽을 찔렀다. 마침내 자물쇠는 찰카닥 소리를 내며 열렸다. 그녀는 손잡이를 돌려 문을 열었다.

토비아스가 달려왔다. 두 친구는 가게 안으로 들어가 문을 닫았다.

가게는 하얀 버섯의 희미한 불빛 아래에서 인상적으로 보였다.

토비아스가 물었다.

"찾는 게 정확히 뭐지?"

"강을 건너는 데 도움되는 건 뭐든. 구명조끼, 카누, 혹은 뗏목을 급조할 수 있는 것."

두 친구는 정리가 엉성한 통로를 돌아다니면서, 덮개를 들어 올리고 접이식 의자들을 밀며 플라스틱 상자들을 살폈다.

토비아스는 꼼꼼히 수색한 후 결론을 내렸다.

"아무것도 없어. 죄다 아무짝에도 쓸모없어."

"용기를 내. 이 거지 같은 도시의 모든 구석을 뒤져야 한다면 그렇게 할 거니까. 나가자."

두 친구가 출입문으로 다가갔을 때, 버섯의 불빛이 문을 막고 선 슬리퍼 한 켤레와 긴 실내복을 비추었다.

발타자는 반짝이는 눈으로 두 사람을 노려보았다. 표정이 단번에 험악해졌다. 눈동자가 길어지더니 수직으로 변했고, 각막이 누르스름해졌다.

가늘고 떨리는 뱀의 혀가 두 입술 사이에서 나왔다.

영감은 말했다.

"나는 늘 호기심 많은 사람들을 싫어했지!"

27
뜻밖의 본심

발타자 영감은 두 손으로 무거운 지팡이를 쥐고 있었다.

너무 가까워서 토비아스는 활을 꺼낼 수 없었다.

앙브르는 사과의 표시로 두 손을 올렸다.

"발타자 씨, 정말 죄송해요. 우리가 뭔가를 훔쳤다면 이유를 설명하고 사과드리는 쪽지를 남겼을 거예요……."

발타자가 소리를 내질렀다.

"너희는 관청에 신고하지 않았어. 죄인이야!"

토비아스는 외투 속에서 칼자루를 쥐었다.

앙브르는 거짓말을 했다.

"신고할 거예요! 다만 두려워서 망설일 뿐이에요. 시간을 좀 주세요!"

영감이 화를 냈다.

"내 가게에서 물건을 훔치라고?"

"자려던 거예요! 습기가 없는 곳을 찾고 있었어요!"

발타자의 턱이 움직였다. 그는 크고 무시무시한 뱀눈으로 앙브르와 토비아스를 재빨리 훑어보고는 목소리를 낮춰 말했다.

"아가씨, 너는 거짓말을 했어. 너희에게 진실을 얘기할 기회를 주지. 솔직하게 털어놓아야 해. 그럼 좋은 일이 있을 거야."

앙브르와 토비아스는 가게 뒤쪽 낡은 탁자에 앉았다. 발타자는 그들에게 따뜻한 우유를 주었다. 그는 여전히 화가 나 있었지만 친절한 태도로 대해주었다. 그의 얼굴은 다시 정상으로 돌아왔다. 그는 낙낙한 안락의자에 앉아 두 젊은이를 바라보았다.

두 친구가 따뜻한 우유를 마시자 영감이 말했다.

"자, 말해봐."

앙브르와 토비아스는 은밀하게 난처한 시선을 교환했다.

앙브르가 입을 열어 토비아스는 몹시 놀랐다.

"이곳에 여왕의 병사들에게 붙잡힌 친구가 있어요. 먼 곳으로 끌려 갈 거예요. 우리 친구예요. 그는 아무 짓도 하지 않았어요!"

발타자가 대꾸했다.

"여왕님이 그를 원한다면 분명 그럴 만한 이유가 있을 거야!"

토비아스는 억압된 어조로 한탄했다.

"우리를 고발하겠네요!"

"내가 왜 너희를 고발하지?"

그것은 토비아스가 예상했던 대답이 아니었다. 그는 의자에서 약간 몸을 일으켰다.

"당신은…… 시니크니까요."

"시니크? 북쪽에서 우리를 그렇게 부르나? 시니크라고? 하하하!"

발타자는 요란하게 웃다가 다시 정색했다.

앙브르와 토비아스는 더 이상 어떻게 대응해야 좋을지 몰랐다. 그들은 앞에 있는 영감이 어떤 사람인지 전혀 알 수 없었다.

영감은 시니크들이 지금까지 한 번도 보인 적 없는 독특한 심술과 장난을 부렸다. 그는 그 점을 확인해주려는 듯 말을 이었다.

"부모님이 너희가 어른들에게 그토록 나쁜 이미지를 갖게 할 만큼 무관심했니? 그렇다면 너희를 나무랄 수 없지……. 어른들은 지적 호기심이 없어! 신앙 담당 고문관들을 제외한 성인은 책을 읽지 않지! 성경을 제외하곤……. 유용한 작품을 언제든 볼 수 있는데도 아무도 책을 거들떠보지 않아! 그들은 구원과 말롱스의 연설에 지나치게 사로잡혀 있어!"

앙브르가 물었다.

"어른들은 기억도 없고 책을 읽지도 않는데, 어떻게 도시를 건설하고 무기를 만들었죠?"

"이 분야에 뛰어나니까! 기억은 사라졌지만 능력은 남아 있거든. 석공, 철물 제작자, 목수들은 스타가 되었지! 그들의 신분과 과거에 대해선 전혀 모르지만, 그건 돌을 다듬는 일에 문제가 되지 않아. 그것은 사라진 기억에서 남은 소중한 일부지!"

앙브르는 문득 깨달았다.

"당신은 기억하고 있어요, 그렇죠? 당신 기억은 폭풍설, 아니 죄송해요, 대격변 때 지워지지 않았어요!"

발타자는 빙그레 웃었다.

"멋지고 적절한 질문이야."

토비아스가 놀란 표정으로 물었다.

"그게 어떻게 가능하죠? 아, 알았어요! 마법을 부렸군요! 뉴욕에서 당신에 대해 들은 소문이 사실이었어요!"

발타자는 다시 웃었다. 그는 기분이 좋아 보였다.

"내 평판이 그렇게 나빴나? 너희에게 거래를 제안하지. 내 얘기와 너희 얘기를 교환하는 거야. 어때? (앙브르와 토비아스는 짧게 상의한 후 동의했다.) 좋아. 나는 언제나 숨겨진 것에 열광했지. 너희 부모님이 태어나기도 전에 나는 사람들이 활용할 줄 모르는 뇌를 연구하기 위해 신경학자가 됐어. 꽤 많은 곳을 돌아다니며 연구했지. 인류학자들과 함께 아마조니아, 아시아, 인도네시아, 오스트레일리아의 샤먼들과 인디언 부족들에 대해 연구했어. 다른 문화와 생활 방식을 지닌 몇몇 부족은 뇌의 기능을 다르게 만들었어. 그들은 우리와 다른 지각을 갖고 있지. 결국 나는 뇌의 유연성을 이용해 새로운 영역을 찾아내고 다른 기능을 만들 수 있다고 확신했어."

토비아스는 실망한 표정으로 말했다.

"그러니까 마법이 아니란 말인가요?"

"전혀 아니지! 보통 인간은 뇌의 극히 일부만을 활용할 뿐이야. 내 연구는 이 비율을 높이기 위해 일상적인 단련법을 만드는 거란다. 우리는 성에 살더라도 중앙에 있는 방만 사용해. 나는 더 넓은 다른 방과 연결된 후미진 곳, 가구 뒤에 숨겨진 문, 복도를 찾기 위해 연구하지!"

토비아스는 흥분하며 물었다.

"그럼 다른 사람의 생각을 읽을 수 있어요? 가만히 앉아서 여행할 수도 있고요?"

영감은 미소를 짓고 대답했다.

"아니, 전혀 그렇지 않아. 나는 수련을 통해 정신세계를 열었어. 일반인들과 다른 지각을 획득한 거야."

"그뿐인가요?"

발타자는 한참 동안 토비아스를 바라본 후 대답했다.

"사람들, 상호작용 그리고 특히 자연에 대한 특별한 감각 덕분에 대격변에서 살아남을 수 있었어! 그것만으로도 굉장한 거야. 그렇지 않니?"

토비아스는 별로 납득할 수 없다는 듯 어깨를 으쓱했다. 그는 갑자기 눈살을 찌푸렸다.

"당신은 전부 말하지 않았어요! 뱀으로 변신할 수 있단 걸!"

영감은 다시 미소를 지었다.

"뉴욕에서 너의 지각에 혼란을 일으켜 그렇게 믿게 할 수 있었지. 환경, 정신력과 시선을 이용해서……."

토비아스가 반박했다.

"아니에요! 아니에요! 조금 전에도 당신을 봤어요. 착각한 게 아니에요! 당신 눈과 혀를 분명히 봤다고요!"

발타자는 흔쾌히 인정했다.

"대격변은 많은 걸 바꿨어. 내게는 또 하나의 열정이 있었어. 바로 뱀이야. 나는 팔이나 다리에 뱀을 두른 채 오랜 시간을 보냈지. 뱀들은 내게 정신을 집중하고 녀석들의 진동을 감지하도록 도와줬어. 이상한 폭풍설이 닥친 그날 밤, 유전자에 대혼란이 발생했고, 새벽에는 폭풍설이 뉴욕에서 나를 움켜쥐고 수백 킬로 떨어진 이곳으로 이동시켰지. 하지만 나는 일반인들과 달랐어. 내 뱀들은 더 이상 존재하지 않아. 그들은 내 안에 있어."

앙브르가 말을 더듬었다.

"당신이…… 뱀과 합체했다고요?"

영감이 고개를 끄덕였다.

토비아스는 조심성 없이 내뱉었다.

"역겨운 일이에요!"

발타자가 설명했다.

"지금 나는 일부 뱀이고, 뱀은 일부 나야."

앙브르가 결론을 내렸다.

"그래서 당신은 다른 시니크들과 다르군요."

영감이 정정했다.

"기억력 때문이야. 그들은 더 이상 자신이 누군지 몰라. 두려움과 분노에 빠진 그들은 어찌해야 할지 몰랐지. 여왕은 그들에게 구원을 약속하고, 어린이들을 범인으로 지목함으로써 그들을 진정시켰어."

토비아스는 놀란 표정으로 물었다.

"이 모든 게 기억력이 없기 때문에 생긴 일인가요?"

"기억은 우리의 정체성이고 가치야. 지식의 부재가 그들을 텅 빈 조가비로 바꿔버린 거야. 말롱스는 그들을 자신의 꼭두각시로 만들기 위해 안심이 되는 확신을 불어넣었지."

앙브르가 지적했다.

"당신은 그렇지 않은 것 같아요."

"나는 지식을 간직했어. 텅 빈 조가비가 아니야."

토비아스는 약간의 희망을 찾고 무의식적으로 물었다.

"우리를 고발하지 않을 거죠?"

발타자는 마른기침을 한 후 상체를 뒤로 젖혔다.

"너희가 더 이상 거짓말을 하지 않는다면 고려해보겠다. 이제 너희가 털어놓을 차례야."

앙브르는 초능력에 대해서는 언급하지 않고 간략하게 얘기를 시작했다. 금단의 숲을 횡단한 일, 바빌론에 도착하게 된 경위······. 두 친구는 맷이 체포된 이유를 몰랐다. 앙브르가 빨간 망토를 쓴 사내를 언급하자 발타자의 얼굴이 일그러졌다.

"여왕의 신앙 담당 고문관이야. 이름은 에릭이지. 잔인하고 광신적이야. 그가 너희 친구를 위드론데이스까지 끌고 간다면 영원히 헤어지게 될 거야."

앙브르가 물었다.

"그곳이 여왕의 왕국인가요?"

"말롱스 여왕이 그 이름을 택했지. 거기에 광산이 있어. 가장 반항적인 아이들과 변조 인간들이 일하고 있지. 붉은 하늘은 무기를 생산하는 대형 대장간의 검은 연기 때문에 늘 흐려. 말롱스는 그곳에 왕궁을 갖고 있고. 여왕은 그곳이 안전하다는 사실을 알아. 누구도 감히 여왕에게 접근할 수 없어."

앙브르가 일어났다.

"맷이 남쪽으로 떠나면 안 돼요. 당신은 다른 시니크들과 달라요. 우리를 믿어주세요. 우리를 고발하면 안 돼요. 시니크들이 우리를 단숨에 잡아먹을 거예요. 제발 부탁이에요. 그들처럼 행동하지 마세요……."

"진정해, 진정해! 너희를 넘겨줄 생각은 추호도 없어. 솔직히 말하면 너희들의 입을 열기 위해 짓궂은 장난을 했을 뿐이야……. 어제 이곳에 들른 너희를 보고 의심이 들었지. 너희가 주장한 대로 정말 '배신자'인지, 아니면 자포자기적 떠돌이인지 구분할 수 없었거든! 나는 너희에게 아직 가능하다면 이 도시를 떠나라고 충고했어. 조금도 두려워할 것 없어."

토비아스는 탁자 아래에서 사냥용 칼을 칼집에 넣었다. 모든 돌발 사태에 대비했던 것이다. 발타자가 말을 이었다.

"나는 어른이야. 하지만 쉽게 믿는 시니크들과는 전혀 달라."

토비아스가 제안했다.

"당신은 팬들과 합류할 수 있을 거예요. 우리는 당신 같은 사람이 필요해요."

"이미 이곳에서도 할 일이 꽤 많아! 내가 바라는 건 나를 조용히 내버려두는 것뿐이야. 말하자면 나는 관찰자인 셈이지. 너희가 바빌론에서 도망치도록 도와줄 수 있는 게 뭔지 생각해볼게. 우선 2층에서 자렴."

앙브르가 반대했다.

"맷 없이는 떠나지 않을 거예요."

"그 소년은 신앙 담당 고문관의 배에 있어. 더는 할 수 있는 게 없다고."

"그래도 포기하지 않겠어요. 말리지 마세요. 우리는 맹세했어요. 누구도, 무엇도 우리를 떼어놓을 수 없어요!"

"제대로 이해하지 못한 것 같구나. 너무 늦었어. 너희 친구는 에릭의 손아귀에 있어. 그리고……."

앙브르는 단호한 어조로 노인의 말을 끊었다.

"더는 설득하려 하지 마세요. 맷을 남겨놓고 떠날 수는 없어요."

발타자는 난처한 표정을 지었다.

"고집불통이구나! (그는 화가 난 모습으로 머리를 흔들었다.) 언제 늑대의 아가리로 뛰어들길 원하지?"

앙브르가 대답했다.

"당장 오늘 밤에요. 배가 언제 떠날지 몰라요. 오늘 밤 맷을 구출해야 해요."

28
진흙, 지의류, 잠자리

발타자는 앙브르와 토비아스를 가게 옆에 있는 작은 창고로 데려 갔다.

"가게에 전시할 공간이 없는 물건, 남은 물건, 특별 주문품을 여 기에 쌓아놓는단다."

토비아스는 매트리스, 가구 그리고 폭풍설 이전의 생활을 떠올리 게 하는 온갖 종류의 상자들을 바라보며 물었다.

"이걸 다 어디서 찾았어요?"

영감은 불가사의하게 대답했다.

"그건 비밀이야. 너희에게 필요한 게 뭐지?"

앙브르가 대답했다.

"강을 건널 수 있는 물건이요."

발타자는 강이라는 단어가 불쾌하다는 듯 인상을 찌푸리며 되물 었다.

"강이라고? 거긴 위험해! 끈적끈적하고 무서운 물고기가 가득하 거든!"

"어쩔 수 없어요. 아니면 우리가 다리를 건널 수 있도록 도와주시겠어요?"

"안타깝지만 그것도 안 돼. 너희 친구가 체포된 후로 위병이 두 배로 늘어났고, 병사들이 행인을 샅샅이 검사하고 있어. 관청 주위의 검문은 더욱 철저하지."

토비아스가 제안했다.

"팬들을 배신했다고 소개하면 어떨까요? 관청으로 가는 길을 물어보죠!"

발타자가 반대했다.

"절대로 안 돼! 관청까지 호송돼서 끔찍한 시험을 받게 될 거야. 세뇌 교육이지. 너희 같은 팬들이 고개를 갸우뚱하며 관청에 들어 갔다가 친구들의 목을 베겠다고 벼르며 나오는 걸 봤어! 너희가 그 곳에서 며칠을 보내다가 나왔을 땐, 신앙 담당 고문관의 배가 이미 멀리 떠난 뒤일걸!"

발타자는 높은 선반들 사이로 들어가서 한참 동안 대형 트렁크를 뒤지더니 노란 고무 조각을 들고 돌아왔다.

"공기 주입식 보트야. 이것보다 더 좋은 건 없어. 아쉽게도 내가 가진 건 이것뿐이야."

앙브르는 보트를 살피면서 대답했다.

"이거면 될 거예요."

토비아스가 물었다.

"일단 건너편에 도착하면 어떻게 하지? 배에 잠입하는 게 문제야! 부두에서 10미터도 걷기 전에 발각될 텐데. 숨을 곳이 없어!"

발타자가 말했다.

"하수도가 있어. 강에서 하수도 본관으로 들어갈 수 있지. 배에 가장 가까운 맨홀이 나올 때까지 걷다가 올라오면 돼. 빗물을 모으 는 맨홀이 곳곳에 있어. 이 하수도는 대격변 이전에 만들었지. 그게 가장 좋은 방법이야."

앙브르는 두 손을 비볐다.

"좋아요! 토비아스, 이제 실행에 옮길 일만 남았어!"

☣

검은 구름이 달을 가리자 앙브르, 토비아스, 발타자는 순간적으로 어둠 속에 잠겼다.

그들은 공기펌프를 이용해 노란 보트 가득 바람을 넣었다. 토비 아스는 있는 힘을 다해 펌프질을 한 탓에 이마에 땀방울이 송골송골 맺혔다. 펌프질을 마친 그는 선선한 밤공기를 즐겼다.

이미 꽤 깊은 밤이었다. 위병들의 초롱과 비행선이 묶여 있는 탑 꼭대기의 높은 창문을 제외한 바빌론의 모든 불빛이 꺼졌다.

토비아스는 옛 대학교 상공에서 나부끼는 커다란 그림자를 경탄 하듯 바라보면서 물었다.

"뷔뵈르가 누구죠?"

발타자는 긴장했다. 그는 곧 질겁한 목소리로 물었다.

"그를 만났니?"

"아니요. 그냥 궁금할 뿐이에요."

"그 사람에 대해 알 건 없어. 아무튼 그에게 접근하면 안 돼."

"여왕의 측근인가요?"

"아니. 분명 아니야. 뷔뵈르는 오직 자신만을 위해 일해. 여왕을 좋아하진 않지만 협력하고 있지."

앙브르가 추측했다.

"뷔뵈르도 기억을 갖고 있어요?"

"그렇진 않을 거야. 하지만 지식과 기억력 외에 텅 빈 조가비가 되지 않게 하는 다른 것들도 있어."

"예를 들면요?"

발타자는 심호흡을 한 다음 마지못해 대답했다.

"악덕 같은 거지. 악덕으로 가득한 존재는 다른 것으로 쉽게 채울수 없어. 뿌리 깊은 악덕이 너무 많은 자리를 차지하고 있으니까. 뷔뵈르는 그런 부류야. 그에게 접근하지 마!"

토비아스는 저렇게 높은 탑과 저렇게 특이한 비행선을 가진 이상한 인물이 너무 궁금해 다시 물었다.

"뷔뵈르는 권력가인가요? 말롱스 여왕을 섬기지 않는다면 어떻게 살죠?"

"그는 영향력 있는 구두쇠야. 모든 사람을 알고 있고, 도와주지. 만일 그에게 신세를 지면 언젠가는 반드시 갚아야 해! 필요한 걸 얻지 못한 사람이 찾아가면 언제나 해결책을 찾아줘."

앙브르가 물었다.

"뷔뵈르가 맷을 풀어줄 수 있을까요?"

발타자는 너무 크게 외쳤다.

"안 돼!"

두 청년은 바닥에 엎드렸다. 한참 동안 기다린 세 사람은 어떤 순찰병도 그들의 목소리를 듣지 못했다는 것을 확인했다.

발타자는 낮은 목소리로 반복했다.

"그건 안 돼. 너무 큰 대가를 치러야 할 거야! 뷔뵈르와 거래하면 누구도 이길 수 없어."

보트는 준비되었다. 그들은 달이 다시 나타나기를 기다렸다가 끈으로 보트를 묶고 함께 강물로 옮겼다.

발타자가 거듭 말했다.

"한 번 더 말하지. 포기해! 너희는 자유의 몸이야. 아직은 이 도시를 떠날 수 있어!"

토비아스는 3미터 아래쪽, 수면까지 내려오는 사다리로 가면서 말했다.

"맷 없이는 돌아가지 않아요."

앙브르는 노인 앞에 섰다.

"오늘 밤 불법 가택침입에 대해 사과드려요. 도와주셔서 고마워요. 다시 뵐 수 있을지 모르겠어요."

발타자는 두 손으로 소녀의 손을 잡았다.

"혹시 숨을 곳이 필요하면 언제든 찾아와. 행운을 빈다!"

앙브르와 토비아스가 보트에 오르자, 발타자는 부두에 묶여 있던 줄을 풀었다. 그들은 탁한 강물에서 노를 잡고 젓기 시작했다.

어둡고 끈적끈적한 얇은 막은 곧 노의 끝을 뒤덮었다. 토비아스는 강의 모든 수면이 두꺼운 진흙으로 덮여 있음을 알았다.

토비아스는 불쾌감을 드러내며 말했다.

"저렇게 진흙이 많으니 물고기는 많지 않을 거야!"

"가장 크고 강한 녀석들만 살아남았겠지! 우리에겐 좋은 일이 아니야."

다행히 물살이 염려했던 것보다 세지 않아 배는 크게 표류하지 않았다. 그들은 위병들에게 발각될 위험이 있는 다리 쪽으로 쓸려 가지 않기 위해 되도록 북쪽으로 노를 저었다.

토비아스가 말했다.

"맷을 찾으면 보트로 뛰어내린 다음, 물살을 따라 남쪽에 있는 도시 출구까지 내려가자!"

"해가 뜨기 전에 그렇게 돼야 할 텐데. 저기 좀 봐! 강 입구와 출구에 망루가 있어. 분명 우리가 지나가는 걸 보고 경보를 울릴 거야."

"초능력으로 보트를 들어 올릴 수 있니? 적어도 더 빨리 달리게 할 수는 있겠지?"

"부피가 너무 크고 무거워. 기껏해야 몇 미터밖에 못 갈 거야."

토비아스는 어깨를 으쓱했다.

"어쩔 수 없지. 상황을 봐가면서 해결하자!"

가끔 불길한 형체가 축축한 소리를 내면서 나타났지만 토비아스는 모른 척했다.

발타자 영감은 여전히 어둠 속에 서서 두 젊은이를 바라보고 있었다. 이 괴짜 노인의 고독을 생각하면 토비아스는 가슴이 아팠다. 뉴욕에서는 이 노인을 무서운 사람으로만 여겼는데……

두 친구는 20분 동안 젖 먹던 힘을 다해 노를 저었다. 부두에 다다른 토비아스는 안도의 한숨을 내쉬었다. 그들은 어떤 괴물의 공격도 받지 않았다.

하수도 본관의 둥근 입구를 발견한 앙브르는 노를 방향키처럼 이용해 벽돌 구조물에 나타난 '검은 눈'에 접근했다. 그들은 몇 차례 접안을 시도한 끝에 하수도 입구에 기어오르는 데 성공했다. 토비아스는 보트 줄을 묶을 수 있는 큰 고리를 찾아냈다.

토비아스는 호주머니에서 발광 버섯을 꺼내 앞쪽을 비추었다.

하수도 본관의 지름은 2미터였고, 내벽은 뒤얽힌 털과 흡사한 노란색과 초록색 지의류地衣類(균류菌類와 조류藻類가 조합을 이루어 공생하는 식물 군—옮긴이)로 뒤덮여 있었다.

앙브르가 경고했다.

"만지지 마. 전령은 지하에서 자라는 몇몇 지의류가 독을 지닌 옻나무보다 더 따끔하게 찌른다고 했어!"

토비아스는 바로 벽에서 떨어졌다.

두 친구는 이번 기습 작전을 위한 준비를 철저히 하지 못했다. 토비아스에게는 활과 사냥용 칼뿐이었고, 앙브르는 주머니칼밖에 없었다. 검, 도끼, 철퇴에 맞서기에는 너무 빈약했다!

토비아스는 안심하려 애썼다.

'초능력을 쓰면 상황은 달라질 수 있어.'

히수관 중앙 바닥에 썩은 물이 고여 있었지만, 지의류와 접촉하지 않기 위해서는 흙탕물을 튀기며 걷지 않을 수 없었다. 발소리는 생각했던 것보다 요란했다.

하수도에서 둔탁하게 윙윙거리는 소리가 울렸다.

잠시 후 소리는 더욱 커졌다. 토비아스는 잠깐 지하철일지도 모른다고 생각했다. 진동음이 매우 가까워지자 그는 본능적으로 외쳤다.

"동물이야! 우리 쪽으로 곧장 달려오고 있어!"

갑자기 구름 같은 것이 달려들었다. 수백 마리의 곤충이 그들의 몸을 덮치며 머리와 옷에 달라붙었다. 당혹한 앙브르는 두 팔을 휘둘렀고, 토비아스는 곤충이 몸 안으로 들어올까 두려워 입과 코를 막았다.

토비아스는 발광 버섯의 불빛으로 곤충을 살폈다. 두 쌍의 날개를 가진 긴 곤충이었다.

'잠자리야! 잠자리일 뿐이야!'

잠자리 떼는 그들의 몸에서 오래 머무르지 않고 솟구치더니 강물 위로 사라졌다.

토비아스는 뚱뚱한 잠자리였을 뿐이라고 설명하면서 앙브르를 안심시켰다. 하지만 앙브르의 표정은 여전히 굳어 있었다.

두 친구는 부두 쪽으로 가기 위해 최초의 분기점에서 왼쪽 하수도를 택했다. 토비아스는 25미터 간격으로 설치된 맨홀을 발견하고 자신감을 되찾았다. 달빛이 맨홀로 스며들고 있었다. 그들은 일곱 개의 맨홀을 지난 후 위치를 확인하기 위해 올라가 보기로 결심했다.

토비아스는 안간힘을 다해 맨홀 뚜껑을 밀어 올리고 천천히 머리를 내밀었다.

신앙 담당 고문관의 배 카론호는 겨우 30미터 전방에 정박해 있었다.

토비아스는 다시 내려와 다음 뚜껑 쪽으로 달려갔다.

"거의 다 왔어."

두 친구는 다음 뚜껑을 통해 부두로 올라왔다. 배와 6미터쯤밖에 떨어져 있지 않았다.

잠시 후 토비아스는 뭔가를 깨달았다.

"뭔가 잘못됐어."

"뭐가 말이야?"

"트랩! 트랩이 없어!"

두 친구는 배의 밧줄이 풀려 있고 대형 돛이 내려진 것을 보았다.

토비아스가 일어나면서 외쳤다.

"그들이 출발해!"

배는 천천히 부두에서 멀어지고 있었다.

토비아스는 위험을 무릅쓰고 당당하게 서 있었다. 맷이 떠나는 것을 확인한 그는 비탄에 휩싸였다.

맷은 남쪽으로 떠나고 있었다.

말롱스 여왕의 마수에 걸려든 것이다.

2⁹
비밀 무기

돛은 바람을 만끽하며 유쾌한 소리를 냈다. 거센 바람을 들이마시는 힘찬 소리. 감미로운 밤과 함께 황홀함을 주는 순간이었다.

로저는 주갑판에서 우뚝 솟아오른 12미터 높이의 앞 돛 장루에 꿇어앉아 있었다. 배가 바빌론을 벗어나는 동안, 부두와 바깥 성벽이 훤히 보였다.

로저는 선장의 부관이자 경비대장으로서 출항 순간 장루에 있는 것을 좋아했다.

그는 몇 초 동안 부두에서 등에 활을 메고 서 있는 사람을 보았다. 이윽고 실루엣은 희미한 빛 속에서 사라졌다. 로저는 이 일을 잊어버렸다. 바빌론을 떠나는 마당에 신경 쓸 일이 아니었다.

배는 안전했다.

로저와 그의 부하들은 이 배를 훤히 알고 있었고, 배에는 대량의 무기가 있었다. 누구든 접근을 시도하면 따끔한 맛을 보여줄 것이다!

하지만 로저는 한 가지 의심이 들었다. 왜 그는 최악을 상상할까? 왜 습격을 생각할까? 그런 일은 한 번도 일어난 적이 없는데…….

그는 큰 소리로 중얼거렸다.

"우리의 '소중한 화물' 때문이야."

이번엔 다른 항해와 달랐다. 특별한 승객을 수송하고 있었다.

로저는 슈라우드를 붙잡고 주갑판으로 내려왔다. 모든 게 잘 정리되어 있었다. 강의 남쪽 출구를 둘러싼 감시탑들이 지나갔다.

가장 가까운 초소에서 초병 한 명이 총안 위쪽으로 상체를 숙이고 순항을 기원하는 뜻으로 초롱을 흔들었다.

로저는 모든 일이 잘되고 있어 흡족했다. 여느 때처럼.

그는 불안감을 떨쳐버려야 했다. 이 소년은 항해에 어떤 변화도 주지 못할 것이다.

여왕의 신앙 담당 고문관이 갑판에 나타났다. 검은색의 긴 옷과 두개골에 딱 들어맞는 철모. 그는 눈에 띄지 않을 수 없었다.

로저는 말을 걸기 위해 인사를 건넸다.

"고문관님, 출항하기 좋은 밤입니다."

"출항은 별로 중요하지 않아. 빨리 위드론데이스에 도착해 여왕님께서 그토록 찾으시던 이 아이를 바치고 싶어! 더 빨리 달릴 수 있나?"

"물결을 따라 달린다면 가능합니다. 사흘 안에 에녹에 도착할 수 있을 겁니다. 황혼 전에 에녹에 도착하지 못한다면 캄캄한 어둠 때문에 하룻밤을 더 기다려야 할 겁니다. 높은 수문들을 통과하는 데는 12시간 내지 24시간이 필요합니다. 거기서부터 닷새 후 여왕님께 도착할 겁니다."

"아흐레가 걸린다고? 제길, 너무 길어!"

"고문관님, 이 소년이 우리가 찾던 아이가 맞습니까?"

"틀림없어."

"소문처럼 대단히 중요한 아이입니까?"

"그건 여왕님의 일이야. 나는 아무 말도 해줄 수 없어."

"피부 수색 작전을 위한 겁니까?"

"로저, 자네는 지금 호기심이 너무 많아. 어떻게 된 거야?"

"아무것도 아닙니다. 배에 소문이 돌고 있을 뿐입니다."

"어떤 소문이지?"

"이 소년이 우리를 구원해줄 거라는 소문입니다. 그래서 우리는 이 아이를 잃어버리고 싶지 않습니다."

"그런 일은 절대 일어나지 않을 거야! 자네는 경계 근무를 강화해. 가장 미개한 지역은 통과하지 않도록 하게. 위드론데이스 근처에 있는 오염된 늪을 피해. 시간을 버려도 어쩔 수 없어."

"저희를 믿으십시오."

"개는 선창에 있지?"

"앞쪽 대형 우리 안에 있습니다. 녀석은 끊임없이 몸을 핥고 있습니다. 허리에 부상을 입었습니다."

"상처를 치료해줘. 이 개가 죽는 건 원치 않아. 이 소년은 개를 위해 목숨을 걸었어. 중요한 놈일지 몰라. 여왕님이 판단하실 거야."

로저는 배가 수위에 비해 1미터쯤 상승한 것을 확인하고 상관에게 보고했다.

"이제 속도를 높일 겁니다. 돛을 올리겠습니다. 편안히 쉬십시오. 어떤 배보다 빨리 달릴 겁니다!"

"좋아. 소년의 선실에는 아무도 들여보내지 마."

로저가 경례를 하고 조타실로 가려는 순간 고문관이 불렀다.

"로저, 긴장 풀어. 이 아이는 위협적이지 않아. 우리는 조만간 지상에 있는 모든 팬을 굴복시킬 수 있을 거야. 이 아이는 일종의 비밀 무기인 셈이지……."

로저는 그 말에 안심하고 미소를 되찾았다.

비밀 무기.

그는 아주 기뻤다.

30
악마와의 계약

새벽의 하얀 여명이 지붕과 굴뚝 위로 나타났다.

앙브르와 토비아스는 고단했다. 두 친구는 잠깐 눈을 붙인 후, 지의류로 덮이고 고약한 냄새가 나는 하수도의 배출구에 보트를 정박시킨 채 반수 상태에 빠졌다. 어두운 밤에 다시 강을 건너 발타자 영감의 가게로 돌아갈 수는 없었다.

두 친구는 맷을 구출하지 못해 매우 침통했다.

토비아스는 허기와 절망을 견딜 수 없어 잠에서 깨어났다.

앙브르는 두 눈을 크게 뜬 채 건너편 기슭의 집들을 바라보았다.

"여기 더 머무를 순 없어. 건너편에서 우리가 보일지 몰라."

"그럼 어쩌지? 여긴 작은 배들밖에 없어. 배를 조종할 수 있다 해도 세 돛대 범선을 따라잡진 못할 거야!"

"내게 생각이 있어."

토비아스는 약간 활기를 되찾고 상체를 일으켰다. 앙브르는 진지한 표정으로 뭔가에 골몰하고 있었다.

토비아스가 초조하게 물었다.

"대체 무슨 생각을 하는 건데?"

"가장 높은 탑에 가서 문을 두드리고 콜린에게 뷔뵈르를 만나게 해달라고 부탁하자."

"뭐라고? 발타자의 경고 못 들었어? 그 괴짜에게 접근하면 안 돼!"

"우리를 도와줄 수 있는 유일한 사람이야. 그가 뭘 원하든, 그를 설득할 방법을 찾아내야 해."

"우리를 시니크에게 팔아넘긴다면?"

"그 정도 위험은 감수해야지. 아무튼 다른 선택의 여지가 없잖아. 너도 말롱스 여왕에게 맷을 넘기고 싶지는 않지?"

"차라리 죽는 게 낫지!"

"그럼 결정된 거야."

☣

앙브르는 현관 앞에 있는 돌계단의 디딤판 세 개를 올라가 두 손으로 무거운 청동 고리를 붙잡았다. 고리로 문을 두 번 치자 둔탁한 소리가 울렸다.

3분 후, 문짝 하나가 열리더니 콜린의 부은 얼굴이 나타났다.

앙브르는 인사 없이 말했다.

"네 도움이 필요해. 뷔뵈르를 만나게 해줘."

콜린은 인상을 찌푸렸다.

"왜지?"

"제안할 게 있어."

콜린은 슬그머니 뒤를 돌아보고는 한 걸음 밖으로 나왔다. 그리고 목소리를 더욱 낮추고 말했다.

"하지 마. 여기는 들어오지 마. 얻을 게 하나도 없어. 나를 믿어!"

"다른 방법이 없어. 꼭 뷔뵈르를 만나야 해."

콜린은 한참 동안 두 사람을 바라보았다.

"절망적인 상황에 처한 모양이네. 시니크들이 너희를 거절했다면 숲으로 돌아가는 게 나아."

토비아스가 다시 한 번 부탁했다.

"자진해서 온 거야."

"그렇다면 너희는 미쳤어!"

콜린은 마지못해 길을 비켜주고, 두 사람을 넓은 흰색 계단으로 안내했다. 그들은 여러 층계참을 지났다. 층층의 분위기는 두 방문객을 깜짝 놀라게 했다. 벽은 장미색, 복숭아색, 밝은 밤색, 혹은 해록색이었고, 노란색, 오렌지색, 파란색 양탄자는 이미 다소 신랄한 장식에 더 많은 색깔을 더했다. 벽감에는 사탕 과자로 가득한 유리병까지 있었다. 토비아스는 서둘러 한 병을 뒤지고는 바로 앙브르와 나눠 먹었다.

"아직 맛있는데! 멋진 곳이야!"

하지만 앙브르는 경계심을 버리지 않았다.

"동화가 떠올라. 향료가 든 빵 과자로 가득한 집에서 먹이를 기다리는 마녀 말이야. 왠지 불안해."

마지막 층에 도착했을 때는 다리가 후들거리고 숨이 가빴다. 콜린은 두 사람에게 파란 이끼로 뒤덮인 의자에 앉아 기다리라고 한 다음, 커다란 문 뒤로 사라졌다.

토비아스가 물었다.

"우리한테 있는 어떤 교환 조건은 뭐지? 뷔뵈르에게 제안할 수 있는 게 뭐야?"

앙브르는 여전히 생각에 잠겨 있었다. 그녀는 아리송하게 대답했다.

"그건 걱정하지 마."

문이 열리더니 콜린이 들어오라는 손짓을 했다.

"주인님은 너희를 맞이할 준비가 되셨어."

그들은 보라색 벨벳으로 뒤덮인 길쭉한 방으로 들어갔다. 구석에는 작은 탁자와 대형 안락의자가 당당히 놓여 있었다. 등받이의 높이는 3미터가 넘었다.

빼빼 마른 남자가 안락의자에서 뒹굴고 있었다. 가냘픈 흰 콧수염, 너무 뾰쪽한 코, 좁은 미간, 높은 이마, 추기경 모자처럼 생긴 붉은 모자.

콜린은 허리를 구부리고 보고했다.

"주인님, 데려왔습니다."

뷔뵈르는 가느다란 목 위로 머리를 쳐들고 거만하게 두 방문객을 훑어본 다음 명령했다.

"내가 잘 볼 수 있도록 다가와!"

뷔뵈르는 두 방문객의 얼굴을 보았다. 굳은 표정은 사라지고 입술에 약간의 미소가 나타났다.

뷔뵈르가 물었다.

"누가 보냈지?"

앙브르가 대답했다.

"누가 보낸 게 아니라 도움을 청하기 위해 자진해서 왔어요. 시내에서 당신이 무엇이든 해결할 수 있는 분이라는 소문을 들었거든요."

"실제로 사람들은 나에 대해 그렇게 얘기하지. 두 젊은이가 이곳 바빌론에서 원하는 게 뭔가?"

"친구가 어젯밤 배로 끌려갔어요. 배는 남쪽으로 가고 있어요. 최대한 빨리 친구를 구해야 해요."

뷔뵈르의 미소가 사라졌다.

"그것뿐이야? 어젯밤엔 한 척의 배만이 출항했지. 카론호였어. 신앙 담당 고문관 에릭의 배야. 섣불리 끼어들 문제가 아닌데!"

"신앙 담당 고문관은 우리 친구를 끌고 갔어요. 친구의 얼굴은 시내 곳곳의 벽에 붙어 있죠! 말롱스 여왕이 혈안이 되어 찾는 소년이에요."

"그게 나와 무슨 상관이지?"

"여왕님이 그토록 찾으려 한 걸 보면 그 친구는 분명 중요한 인물이에요! 여왕님이 그를 감옥에 가두기 전에 만나보고 싶지 않아요?"

뷔뵈르는 입술을 내밀고 턱을 문질렀다.

토비아스는 그 순간을 이용해 앙브르 쪽으로 상체를 숙이고 속삭였다.

"뭐 하는 거야? 설마 이 미친놈에게 맷을 팔아넘기려는 건 아니지?"

앙브르는 음모자의 어조로 대꾸했다.

"무슨 일이든 때가 있는 법이야. 일단 시니크 병사들의 손에서 맷을 빼내야 해!"

뷔뵈르가 물었다.

"내게 제안할 게 뭐지?"

앙브르가 입을 열었다.

"만일 당신이……."

뷔뵈르가 앙브르의 말을 끊었다.

"그만! 내 도움의 대가를 이 탁자 위에 내놔. 나는 이런 식으로 일을 진행해. 이건 선물의 탁자이자 계약의 탁자이지."

앙브르는 당황했다. 그녀는 잠시 허둥대다가 정신을 차렸다. 그리고 탁자를 모른 척하고 설명했다.

"배를 찾아 맷을 다시 만나게 도와주세요. 그럼 당신의 모든 질문에 대답해드릴게요. 도시에서 돈벌이를 하는 것만큼 소중한 정보가 될 거예요!"

뷔뵈르는 빈정거렸다.

"나더러 말롱스 여왕님께 공공연하게 선전포고를 하라고? 멋진 생각이군!"

"우리가 가진 건 그것뿐이에요! 여왕님이 우리 친구를 그렇게나 찾는 건 그가 분명 뭔가를 알고 있기 때문이에요. 그렇지 않나요?"

뷔뵈르는 실망한 듯 인상을 찌푸렸다.

"담보 없이는 그렇게 위험한 일을 할 수 없어."

앙브르가 애원하는 어조로 말했다.

"우리에게 다른 건 없어요……."

뷔뵈르는 안락의자에서 벌떡 일어나 두 젊은이에게 다가오더니, 그들이 상품이라도 되는 듯 꼼꼼히 살폈다. 그러고는 민첩하고 단호하게 앙브르를 붙잡아 탁자에 앉은 후 의기양양하게 말했다.

"이게 훨씬 좋지!"

앙브르는 당황했다.

"뭐라고요? 나 말인가요? 나를 원하세요? 노예로 삼으려고요?"

"물론 아니야! 나는 성사될 수 있는 거래만을 제안해. 나는 어리석지 않아! 너를 볼모로 친구를 찾는 일을 도와주지."

토비아스는 화를 내며 뷔뵈르에게 다가갔다.

"무슨 뜻이죠?"

뷔뵈르가 말했다.

"꼬마야, 상냥하게 굴어. 너는 밖으로 나가 있어. 콜린이 탑을 구경시켜줄 거야. 그사이 네 친구와 내가 합의점을 모색할 거다."

"나가지 않겠어요……."

앙브르는 토비아스에게 돌아섰다. 그녀는 힘겹게 침을 삼키며 두 손을 떨었다. 그녀는 흥분된 목소리로 말했다.

"토비, 나가봐."

"안 돼! 절대로!"

"다른 선택의 여지가 없어."

"그래도 너는……."

앙브르는 짜증을 냈다.

"나가라면 나가. 그렇지 않으면 맷이 죽어! 당장 나가! 걱정하지 마. 잠시 후면 너를 다시 볼 수 있을 거야."

토비아스는 쉽게 속지 않았다. 앙브르는 짐짓 태연한 척했지만 무척 당황하고 있었다.

앙브르는 붉게 충혈된 눈으로 덧붙였다.

"토비, 부탁이야."

토비아스는 이 순간을 잘 극복해야 한다는 것을 깨달았다.

그들은 궁지에 몰렸다. 더 이상 어쩔 도리가 없었다.

그는 앙브르의 결정을 존중해야 했다.

토비아스는 고개를 끄덕이고 울지 않기 위해 이를 악물었다. 그리고 무거운 문 쪽으로 콜린을 따라갔다.

31
무모한 용맹

토비아스는 상대성을 경험했다. 1초가 한 시간처럼 길게 느껴졌다. 그리고 온갖 소리가 들렸다. 문이 삐걱거리는 소리, 창문에 부딪치는 바람 소리, 나무가 우지끈하는 소리……. 이것들은 그에게 희망을 주었고, 이어 찾아온 정적은 고통을 주었다.

저 저주받은 탑 꼭대기에서 무슨 일이 일어나고 있을까?

앙브르는 고통을 겪고 있을까?

토비아스는 떠오르는 생각을 인정하고 싶지 않았다.

콜린이 오렌지 음료를 권했지만 토비아스는 퉁명스레 거절했다.

콜린은 눈치를 챘다.

"팬들을 배신한 게 아니지?"

토비아스는 못 들은 척했다. 그는 더 이상 기다릴 수 없었다. 문을 부수고 그 추악한 인간의 손아귀에서 친구를 구해내는 것만을 생각했다.

그것은 곧 맷을 포기한다는 것을 의미했다.

'우리 중 한 명을 구하기 위해서야. 우리는 순수의 일부를 희생할 준비가 되어 있을까? 그건 우리 팬들에게 아직 남아 있는…….'

앙브르는 생각을 바꿀까? 그녀는 조금씩 시니크가 되고 있을까?

토비아스는 차라리 생각하고 싶지 않았다. 너무 끔찍한 생각이었다.

이윽고 커다란 문의 빗장이 열렸다. 그 소리는 토비아스가 초조하게 기다리고 있던 층까지 들렸다. 그는 황급히 올라갔다.

앙브르는 마치 자신을 보호하려는 듯 팔짱을 낀 채 문지방에 서 있었다. 그녀는 아무 말도 하지 않았다. 고통도, 기쁨도 나타내지 않았다.

토비아스는 친구의 얼굴을 유심히 살피면서 마음을 놓을 만한 근거를 찾아보았다. 앙브르는 토비아스와 시선이 마주치자 고개를 숙였다.

토비아스의 심장은 아주 좁은 상자에 갇혀 있는 듯 답답했다. 시간이 조금 지나자 기분은 약간 풀렸지만, 앙브르가 멀어졌다는 느낌이 들었다.

뷔뵈르는 만면에 미소를 지으며 다가왔다.

"너희를 도와줄게. 에릭의 배를 따라잡으려면 머뭇거릴 시간이 없어. 비행선을 준비하마. 콜린이 너희를 도와줄 거야!"

그리고 그는 작은 탑으로 갔다.

토비아스는 앙브르의 어깨에 손을 얹고 위로해주려 했지만, 앙브르는 바로 뿌리쳤다.

토비아스가 물었다.

"기분이 어때? 무슨 얘길 주고받았는지 말해줄래?"

"물어보지 마. 절대로 말하지 않을 거야. 지금부터 너랑 나는 아무 일도 없었던 것처럼 행동하는 거야. 알았니?"

토비아스는 천천히 고개를 끄덕였다.

앙브르가 옳을까? 이 문제를 더 이상 떠올리지 않는 게 낫다……. 하지만 이런 유의 불편함을 파묻는 것은 앙브르가 뭔가를 세우려하는 땅을 썩히는 것처럼 보였다. 그녀가 씨를 뿌리는 것마나 죽을

지 몰랐다.

토비아스는 한숨을 내쉬며 심장을 보호하고 있는 가슴이 잘 움직이는지 확인했다.

'그녀의 선택이야. 나는 그녀 대신 결정할 수 없어.'

토비아스가 물었다.

"이제 사냥을 떠나는 거야? 맷을 구하기 위해?"

앙브르는 마지못해 미소를 지었다.

☣

비행 준비는 한 시간 이상 걸리지 않았다. 콜린은 앙브르와 토비아스를 뾰족한 지붕 아래 탑 꼭대기까지 안내했다. 트랩은 허공에 매달려 있었다.

매우 강한 바람 탓에 현기증이 더 심해졌다.

곤돌라는 마루 끝에서, 하늘에서 펄럭이는 길쭉한 해파리와 연결된 수십 개의 반투명한 필라멘트에 묶인 채 나부끼고 있었다. 비행선은 토비아스에게 노틸러스호(쥘 베른의 소설 『해저 2만리』에 나오는 잠수함의 이름―옮긴이)를 떠올리게 했다. 그는 반 친구들과는 반대로 쥘 베른의 소설들을 무척 좋아했다. 길이 30미터, 대형 둥근 창, 유선형. 비행선은 잠수함 같았다.

뷔뵈르는 돌풍 속에서 큰 소리로 설명했다.

"이 해파리는 고온을 유지하기 위해 움푹 파인 큼지막한 복부에서 뜨거운 공기를 생산하지. 그래서 영구적으로 날 수 있어! 열기구처럼 말이야!"

그들은 앞에 있는 조종실에 자리를 잡았다. 맞은편의 넓은 유리 공간이 도시 상공을 걷는 듯한 느낌을 주었다.

콜린이 짐을 싣는 일을 마쳤다. 배낭을 회수해달라는 두 젊은이의 요청에 따라 바빌론 끝까지 뛰어갔다 온 그는 땀을 뻘뻘 흘렸다.

토비아스는 궁금증을 참지 못하고 물었다.

"방향은 어떻게 바꾸죠?"

뷔뵈르는 큼직한 나침반을 톡톡 치고는 나무와 가죽으로 만든 여러 개의 손잡이를 가리켰다.

"먼저 방향을 선택한 후 이 손잡이들을 조작하면 주요한 필라멘트에 압력이 가해져. 왼쪽 손잡이를 누르면 비행선이 좌현으로 돌고, 오른쪽 손잡이를 누르면 우현으로 돌지. 이 톱니바퀴 장치는 복부의 밸브를 열고 뜨거운 공기를 방출해서 고도를 떨어뜨려. 저건 뜨거운 공기를 더 많이 발생시켜서 고도를 높이고. 또 이 손잡이를 잡아당기면 속도를 줄일 수 있어. 하지만 비행선을 더 빨리 달리게 하는 방법은 없어. 언제나 한결같은 속도로 이동하지."

토비아스는 너무 감탄한 나머지 모든 경계심을 잃었다.

뷔뵈르는 자랑스럽게 덧붙였다.

"이 모든 걸 구상한 건 물론 나야."

"연료는 뭐죠?"

"여행 중에 보여줄게. 아주 인상적일 거야. 이제 출발할 테니 자리에 앉아. 콜린, 밧줄을 풀고 문을 닫아!"

콜린이 지시를 이행하자 뷔뵈르는 여러 손잡이들을 조작했다. 비행선은 삐거덕거리면서 움직이기 시작했다.

유리 공간을 통해 보이는 풍경은 굉장히 멋졌다. 탑은 단번에 멀어졌다. 그들은 성벽에 이어 강의 상공을 날았고, 바빌론은 순식간에 뒤쪽으로 사라졌다.

토비아스는 풍경을 감상한 후 물었다.

"비행선에는 뭐가 있죠?"

"이 조종실, 대형 거실, 네 개의 방, 뒤쪽에 대형 창고. 우리 네 사람에게는 너무 넓지."

앙브르가 무뚝뚝하게 물었다.

"맷을 붙잡고 있는 배를 따라잡는 데는 얼마나 걸리나요?"

"장담하긴 어려워. 그들은 열두 시간쯤 앞서 있어⋯⋯."

토비아스가 추측했다.

"우리가 그 배보다 훨씬 빠르죠?"

"그 배는 진짜 범선이 아니야. 바람은 까다로운 항해와 '용골 지렁이'를 쉽게 할 때만 사용될 뿐이지."

"용골 지렁이가 뭐죠?"

"화물창에 사는 거대한 갯지렁이야. 이 지렁이는 배가 순항속도에 이르도록 힘을 발휘하지. 수영을 잘하고 적게 먹으면서, 무거운 짐을 지고 배를 견인할 수 있지. 우리가 생포한 유일한 괴물이야. 이 지렁이가 속도를 높여서 따라잡지 못할까 봐 걱정이야. 하지만이 괴물은 하루에 몇 차례는 쉬어야 해. 만일 순풍이 불지 않는다면 강물의 흐름만으로 항해해야 하고. 행운이 우리 편이라면 에녹에 도착하기 전에 그들을 따라잡을 수 있을 거야."

토비아스는 훨씬 빠른 추격을 기대했었다.

"에녹은 먼가요?"

"거의 사흘이 걸리지. 그전에 따라잡지 못한다면 너무 늦은 거야! 에녹에선 몇 시간 이상 머무를 수 없어. 밤이 되기 전에 떠나야 해."

"이유가 뭐죠? 감시가 더 심한가요?"

"밤이 되면 망주옹브르Mangeombres(그림자를 잡아먹는 괴물—옮긴이)들이 사냥하러 나와. 그래서 도시는 땅속에 묻혀 있지. 해가 지면 누구도 외출할 수 없어. 아무튼 에녹를 지나면 위드론데이스가 시작돼. 나는 절대로 에녹에 들어가지 않을 거야. 누구도 너희를 돕기 위해 그곳에 들어가지 않을 테고. 에녹에 도착하기 전에 친구를 되찾아야 해. 그렇지 않으면 끝장이야."

"만일 그 배를 따라잡으면 어떻게 하죠?"

뷔뵈르는 입술을 내밀고 경멸의 시선으로 토비아스를 바라보았다.

"그는 너희 친구야! 너희가 알아서 해야지! 나는 비행사일 뿐이야!"

토비아스는 의자에 털썩 주저앉았다.

맷을 구출하는 것은 쉽지 않을 것이다.

토비아스는 처음으로 의심하기 시작했다. 그는 조종사가 떠올린 온갖 위험과 장애물을 애써 무시했다.

그들은 죽음을 향해 날아가고 있는 게 아닐까?

토비아스는 단호한 모습으로 지평선을 바라보고 있는 앙브르를 관찰했다.

'앙브르는 생각에 잠겨 있어. 그녀는 죽을 각오로 생존 방법을 모색한 거야.'

모험은 조금도 즐겁지 않았다.

토비아스는 300미터의 고도에서 30노트의 속도로 날아가는 비행선을 탄 채 그 끔찍한 사실을 확인했다.

만일 영웅이 실제로 존재한다면, 그들의 생활은 지옥일 것이다.

제3부. 공기와 물

32
선상 감옥

맷은 오랫동안 잤다.

시니크들이 전날부터 강제로 먹인 향유와 물약 때문일까?

몇 시쯤 되었을까? 물론 아침은 늦었을 것이다…….

시트를 젖힌 맷은 피가 스민 두툼한 천으로 뒤덮인 자신을 보고 깜짝 놀라, 서둘러 천과 붕대를 떼어냈다. 반상출혈과 혹 그리고 다행히 깊지는 않은 상처가 나타났다. 또 두개골이 아팠다.

시니크들은 맷을 놓치지 않았던 것이다.

어리둥절한 맷은 잠자리에 앉아 정신을 가다듬고 방을 살폈다.

그는 여전히 선상에 있었다. 배는 남쪽으로, 즉 말롱스 여왕의 땅으로 가고 있었다.

맷은 의자 위에 놓인 자신의 옷가지를 발견하고 옷을 입었다. 그리고 창문을 살폈다. 창문을 여는 것은 불가능했다. 바깥의 햇살은 강렬했다. 틀림없는 오후였다.

양쪽 관자놀이가 따끔거렸다. 맷은 물을 한 잔 따라 단숨에 비웠다. 가장 가까운 제방까지의 거리도 100미터가 넘었다. 물살과 무서운 물고기 탓에 제방까지 갈 수 없을 듯했다. 배는 시내에서보다 폭이 훨씬 넓어진 강 한복판에서 항해하고 있었다.

'플럼은 어떻게 됐을까? 놈들이 플럼을 어떻게 했을까? 털 한 가닥이라도 뽑았다면 모두 죽이고 이 저주받은 배에서 탈출할 거야!'

문득 맷은 내면에 있는 폭력을 의식했다. 시니크들과 싸우면 싸울수록 그들의 피를 더 많이 흘리게 할 수밖에 없었고, 양심의 가책은 점점 사라졌다. 그는 조금씩 악에 물들고 있었다.

폭풍설은 그에게 비상한 힘을 주었다. 그는 이제 가장 건장한 시니크와도 겨룰 수 있었다. 기습은 매번 대단한 효력을 발휘했다. 그는 민첩성, 의연한 태도 그리고 검술을 결합해 적들을 때려눕혔다.

하지만 폭력의 유혹에 빠져서는 안 되었다. 문제가 생길 때마다, 화가 날 때마다 검을 휘두를 수는 없지 않은가.

폭력을 자제하지 않으면 어떻게 될까?

'시니크! 나는 시니크가 되어가는 거야!'

맷은 문 쪽으로 달려갔다. 그리고 나직이 중얼거렸다.

"차라리 죽는 게 나아."

문은 바깥쪽에서 빗장을 질러 잠겨 있었다.

어떻게 할까? 이 방을 떠난다 해도, 헤엄을 쳐서 기슭에 도달할 수 있을까? 장비도 없이 정글에서 얼마나 버틸 수 있을까? 이건 자살행위야!

'도중에 폐허가 된 도시를 찾아낸다면…….'

그렇다 해도 가장 어려운 문제가 남아 있었다.

'어떻게 두 친구를 다시 만나지? 그들은 어떻게 됐을까? 시내에서 나를 기다리고 있을까? 팬들에게 돌아가고 있을까? 내가 여기 있단 사실을 알면 나를 추적할 방법을 찾아낼 텐데…….'

무거운 발소리가 다가오더니 검은색과 붉은색 옷에 강철 투구를 쓴 사람이 문을 열었다. 그는 마룻바닥에 떨어진 지저분한 천 조각과 붕대를 가리키며 물었다.

"왜 찜질 헝겊을 떼어냈지?"

"지금 내 건강을 걱정하는 건가요?"

"나는 건강한 너를 여왕님께 소개하고 싶거든."

"여왕님은 어떻게 내 얼굴을 보고 몽타주를 만들었죠?"

"꿈을 꾸셨어."

맷은 깜짝 놀랐다. 그도 로페로텐의 꿈을 꾸지 않는가……

"여왕님 꿈속에 내가 나타났단 말인가요? 여왕님이 내게 원하는 게 뭔데요?"

"여왕님께서는 꿈속에서 우리의 미래를 볼 수 있어. 여왕님은 우리의 인도자이자 구세주야!"

맷은 한 번 더 물었다.

"왜 하필이면 나를 찾죠?"

신앙 담당 고문관은 교묘하게 질문을 피했다.

"갑판으로 데려가 신선한 공기를 마시도록 해주마. 무기력하고 빈혈에 걸린 소년을 폐하께 보여드리고 싶진 않으니! 하지만 알아둬. 강물에 뛰어들면 악어들이 순식간에 너를 삼켜버릴 거야!"

맷은 혼탁한 강물을 누비고 다니는 돌연변이 악어 떼를 상상했다.

"네가 배에서 무모한 짓을 한다면 그토록 사랑하는 수캐가 대신 그 대가를 톡톡히 치르게 될 거고!"

'플룸! 플룸이 이 배에 있어!'

맷이 정정했다.

"암캐예요. 내 개를 보고 싶어요."

"말을 잘 들으면 고려해보지."

신앙 담당 고문관은 좁은 복도를 지나 맷을 갑판으로 데려갔다. 이른 오후의 시원한 공기가 그를 감쌌다.

맷은 세 돛대 범선을 자세히 살폈다. 육중한 수송선이자 전함이었다. 경비병들, 돛대 꼭대기마다 설치된 망루, 단 두 척의 보트. 선원의 주의를 끌지 않고 보트를 훔치는 것은 불가능해 보였다. 밤에는 더 조용할까?

맷은 짜증이 났다.

'아마 그럴 거야. 하지만 경계는 마찬가지겠지!'

그는 돛이 하나도 펼쳐져 있지 않다는 사실을 깨달았다. 어떻게 항해하는 걸까?

신앙 담당 고문관이 말했다.

"이제 네 여행에 대해 빠짐없이 털어놓을 때야. 정확히 어디에서 왔지?"

"당신은 조금 전 건강한 나를 여왕에게 소개하고 싶다고 했어요. 그건 내가 대답하지 않더라도 더 이상 나를 때리지 않겠다는 걸 뜻이죠. 어떤 질문에도 대답하지 않을 거예요."

신앙 담당 고문관의 험악한 눈이 분노로 이글거렸다.

"그래, 너는 때리지 않겠다. 하지만 네 개는 다르지. 질문에 대답하지 않을 때마다 개를 열 번씩 채찍질할 거야! 지금부터 시작해볼까?"

머리부터 발끝까지 분노가 타올랐다. 맷은 두 주먹을 불끈 쥐고 참았다. 그리고 이를 악물고 말했다.

"당신은 얼간이야!"

"스무 번 채찍질하라고 명령할까?"

"금단의 숲에서 여러 날을 걸어야 하는 팬 공동체에서 왔어요."

"너희는 그곳을 금단의 숲이라고 부르는구나. 우리는 식물산이라고 부르지. 너희는 몇 명이지? 경고하는데, 거짓말은 하지 마. 우리는 정찰대에게서 많은 정보를 입수했어. 네 개를 생각해."

맷은 당장 결정해야 했다. 카마이클 섬의 팬들을 보호하기 위해 거짓말을 하든지, 아니면 플륌을 보호하든지.

그는 거짓말을 선택했다.

"스무 명쯤 있어요."

맷은 신앙 담당 고문관이 정보를 검증하기 전에 플륌을 데리고 이 배를 떠나고 싶었다.

"여왕님이 너를 찾는다는 건 어떻게 알았지?"

맷은 이 대화를 틈타 갑판을 돌아다니면서 여러 보안 시설을 조사했다.

"당신들 정찰대가 우리를 공격했어요. 우리는 그들의 계략을 좌절시키고 소지품을 훔쳐 도망쳤죠. 가방 속에 내 초상화가 그려진 수배 전단지가 있었어요."

"그리고 '늑대의 협로'를 찾아냈나?"

"늑대의 협로가 뭐죠?"

"식물산을 횡단하지 않고 북쪽에서 남쪽으로 통행할 수 있는 유일한 길이야. 나무들 사이에 뚫린 30킬로의 협로이지. 너는 틀림없이 늑대의 협로를 통해 우리 땅으로 내려왔을 거야. 출입구를 감시하고 있고, 요새도 거의 완성됐는데 놀라운 일이지!"

"나는 금단의 숲을 횡단했어요."

웃음을 터뜨렸던 신앙 담당 고문관은 맷이 진지하게 말했다는 것을 확인하고는 표정이 굳어졌다.

"그럴 리 없어. 누구도 식물산을 넘을 수 없어!"

"하지만 나는 그렇게 했어요. 당신 입으로 늑대의 협로를 통제하고 있다고 했잖아요! 내가 어떻게 들키지 않고 늑대의 협로를 이용할 수 있겠어요?"

"너는 정말 능력이 많은 소년이군. 금단의 숲에 대해 좀 더 자세히 말해봐."

맷은 배를 충분히 살폈다. 경비병은 사방에 있었다. 내부에서 근무하는 병사들을 빼놓고도 최소한 스무 명쯤 되었다. 배를 탈출하는 것은 매우 어려웠다.

아무리 생각해봐도 탈출 방법이 떠오르지 않았다. 무장한 병사가 너무 많았다.

앙브르와 토비아스도 따라오지 않는 편이 나았다.

이 무적함대에 맞서 싸운다 해도 이길 가능성이 없었다.

"머리가 아파요. 선실로 내려가고 싶어요."

맷은 결코 배에서 도망치지 못한다는 명백한 사실에 굴복하지 않을 수 없었다. 기항지나 목적지에 도착할 때까지 기다려야 했다.

33
피부 수색 작전

석양이 해파리의 표피에서 반사되었다. 해파리는 하늘을 떠다니는 거울 조각처럼 반짝였다.

토비아스는 활을 쉬게 하기 위해 시위를 벗기고 배낭의 소지품을 정리했다. 마음을 진정시키고 싶을 때 하는 습관이었다. 그는 부족한 것은 없는지, 모든 돌발 상황에 대비했는지 확인했다.

객실은 별로 넓지 않았지만 안락했다. 혐오감을 주는 뷔뵈르는 이 비행선을 호화스러운 탈것으로 만들었다.

문을 두드리는 소리가 들렸다.

"누구세요?"

"앙브르야."

토비아스가 문을 열자, 앙브르는 들어오라는 말을 하기도 전에 슬며시 들어와 말했다.

"부탁할 게 있어. 우리, 함께 자는 게 어때? 뷔뵈르를 못 믿겠어. 여기서 자는 게 더 안전할 것 같아."

앙브르는 사생활을 중요시했기 때문에, 이 부탁은 토비아스의 의심을 살 수도 있었다. 그녀는 그 정도로 위협을 느꼈던 것이다.

"문제없어."

"내 매트리스를 옮겨줄래? 바닥에서 잘게."

"아니야. 내 간이침대에서 자. 나는 하나도 안 불편해……."

"아니야. 내가 바닥에서 잘게. 매너 같은 건 잊어버려. 우리는 격식을 초월했잖아."

결국 앙브르는 토비아스의 침대에서, 토비아스는 앙브르의 매트리스에서 자기로 했다. 앙브르가 시트를 정리하는 동안 토비아스는 상체를 숙이고 속마음을 털어놓았다.

"맷을 찾는 건 어려울 것 같아."

"나도 알아."

"그럼 어쩌지? 정보를 얻기 위해 시니크 나라로 내려왔지만 여기 계속 머무를 순 없어."

"카마이클 섬으로 돌아가서 우리가 입수한 정보를 전해줄 거야. 시니크들의 지워진 기억, 배꼽 고리, 말롱스 여왕……."

"우리 정보를 다른 팬들과 에덴에 전달하려면 전령이 필요해."

앙브르는 생각에 잠긴 모습으로 고개를 끄덕였다. 그녀는 잠시 망설이다가 속생각을 고백했다.

"나는 석 달 후면 열여섯 살이 돼. 에덴으로 가서 전령이 될 거야. 열여섯 살은 전령이 될 수 있는 합법적인 나이야."

토비아스는 마치 추악한 범죄를 말하기라도 하는 듯 놀라며 물었다.

"우리 곁을 떠나겠다고?"

"처음부터 전령이 되는 게 소원이었어. 그리고…… 우리가 한평생 함께 지낼 수는 없잖아. 안 그래?"

"하지만……. 그럼 삼총사의 맹세는 어떻게 되지?"

"맹세는 서로 떨어져 있어도 유지될 거야. 달라지는 건 없어."

토비아스가 불쑥 물었다.

"너는 벤을 사랑하지? 나는 똑똑히 기억해. 벤이 올 때마다 너는 귀를 쫑긋 세우고 뚫어지게 바라봤어!"

"아니야! 전혀 그렇지 않아! 전령이 되는 건 고독한 모험이야! 내 결심은 벤과 아무 상관 없어! 토비, 넌 상상력이 지나쳐. 나는 팬들을 모아놓고 발전한 것과 발견한 것을 전파하고 싶어. 그리고 세계 지도와 새로운 동식물 백과사전을 만들기 위해 전국을 돌아다니고 싶을 뿐이야. 요컨대 나는 유익한 일을 하고 싶은 거야!"

"그럼 우리는? 우리는 어떻게 될까?"

"각자 자신의 자리를 찾아야지. 셋이 평생 함께 살 수는 없어……."

"하지만 함께 살기로 맹세했잖아."

앙브르는 난처하단 눈빛으로 사과했다.

"토비, 미안해."

그래도 토비아스는 약간의 희망을 품고 말했다.

"석 달 후라고 했지? 널 설득할 시간은 충분해. 그리고 이 모험이 시작됐을 때부터, 우리는 이미 어느 정도 전령 역할을 하고 있다고!"

"그래서 너희와 함께 온 거야. 우리가 시니크에 대해 수집하는 모든 정보가 나중에 도움이 될 거야."

앙브르는 배낭을 찾아 돌아와 객실 구석에서 정리했다. 앙브르가 기분을 전환하고 싶어 했기 때문에 토비아스는 혼자 응접실로 갔다.

응접실은 바닥부터 천장까지 빨간 양탄자로 덮여 있었다. 두 개의 커다란 원창은 눈부신 풍경을 보여주었다. 토비아스는 소파에 앉아 풍경을 감상했다.

문이 열리더니 뷔뵈르가 나타났다. 그는 토비아스에게 따라오라고 손짓했다. 그들은 중앙 통로 중간에 있는 사다리를 올라, 뚜껑문을 밀고 비행선 지붕으로 갔다.

바람이 세차게 불었다. 토비아스는 테라스 둘레에서 난간을 발견하고 안도했다. 해파리는 그들 위로 몇 미터 솟아 있었다. 보라색, 파란색, 장미색의 해파리는 허공에서 춤을 추며 전진하고 있었다.

토비아스는 밧줄 역할을 하는 수십 개의 반투명 필라멘트를 발견했다. 각 필라멘트는 쇠고리를 통해 곤돌라에 묶여 있었다. 토비아스가 다가가서 필라멘트를 만지려 하자 뷔뵈르가 급히 저지하고 경고했다.

"보기에는 유쾌할지 모르지만 네가 좋아할지는 의문이구나. 잘 봐!"

뷔뵈르는 방금 필라멘트에 매달린 새를 가리켰다. 필라멘트는 끈적끈적한 거미줄의 속성을 지니고 있었다. 새가 몸부림을 치자 깃털에서 약간의 연기가 치솟았다. 가엾은 새는 짹짹거리면서 해파리 쪽으로 끌려갔다. 연기는 점점 더 많이 났고, 이윽고 날개 하나가 떨어지면서 필라멘트에 흡수되었다.

뷔뵈르가 설명했다.

"필라멘트는 모든 걸 들러붙게 해. 닿는 것마다 삼켜버리지. 게다가 해파리의 소화기관에서 분비되는 산성은 물체를 녹여버려. 희생자는 주로 각다귀, 파리, 새야. 하지만 실수로 포유동물이 이 필라멘트에 스친대도 똑같은 운명을 겪게 될 거야. 무시무시하지."

토비아스가 응수했다.

"끔찍해요!"

"이 동물을 붙잡기까지 어떤 과정을 거쳤는지 상상도 못할 거야! 더구나 길들이는 건 훨씬 힘든 일이지!"

뷔뵈르는 얘기하면서 콧수염을 쓰다듬었다. 토비아스는 혐오스러운 동시에 신비스러운 이 인물에게 호기심을 느끼고 은밀히 바라보았다.

"뷔뵈르가 당신 이름인가요? 그러니까 내 말은, 다른 이름 없어요?"

사내는 눈썹을 치켜세우고 토비아스를 유심히 살폈다.

"그건 바빌론 사람들이 지어준 별명이야. 원한다면 나를 빌이라고 불러도 좋아."

토비아스가 반복했다.

"빌?"

빌은 소름 돋는 이름이 아니었다. 뷔뵈르의 본명은 빌이었고, 그것은 토비아스를 안심시켰다.

"그건 이전에 내 이름이었지."

"이전이라고요? 대격변를 말하는 건가요? 당신은 예전 생활을 기억해요?"

"조금."

"모든 시니크들이 기억을 잃은 줄 알았어요!"

"그렇진 않을 거야."

문득 발타자의 경고가 떠올랐다. 일부 악랄한 어른들은 몸과 마음에 깊숙이 뿌리내린 악덕을 잊지 못했다. 그들에게 보편적으로 존재하는 병적 악의는 방패처럼 작용해 일말의 기억을 보존하고 있었다. 토비아스는 처음으로 만난 시니크, 즉 조니를 떠올렸다. 조니는 그를 공격하려 했다. 맷은 방어하기 위해 조니를 죽였다. 조니 역시 기억의 일부가 남아 있었다.

'가장 비열한 어른들이 기억을 지키고, 나머지 어른들은 야만적이고 폭력적으로 변한 이 이상한 세상!'

뷔뵈르는 곤돌라로 내려가기 전에 말했다.

"바람이 너무 강해서 얘기를 나눌 수 없어. 내려가자."

응접실로 돌아온 뷔뵈르는 위스키 비슷한 것을 마셨다.

토비아스가 물었다.

"여왕의 병사들과 함께 일하기도 해요?"

"아니. 나는 알몸 검사에 참여해."

"그게 뭐죠?"

"병사들이 아이들을 싣고 와서 알몸으로 만들어 창고에 전시하면 여왕님이 준 그림과 아이들의 피부를 비교하는 거야. 그 그림은 '그랜드 플랜Grand Plan'이라고 해."

"그게 '피부 수색 작전'인가요?"

"맞아. 여왕님은 기묘한 꿈을 꾸셔. 그리고 그 꿈을 통해 우리를 구원으로 인도하시지. 여왕님은 처음부터 그랜드 플랜을 보셨어. 끊임없이 떠오르는 이 그랜드 플랜을 그리신 여왕님은 이내 깨달으셨지. 그건 하느님의 메시지였어. 우리는 피부에 이 그림을 지닌 어린이를 찾아야 해."

"뭘 위해서죠?"

"여왕님은 이상한 탁자 근처에서 은신처를 찾아내셨어. 대격변 직후, 그 탁자 위에서 깨어나셨거든. 탁자는 세계지도야. 탁자 위에 그 어린이의 피부를 놓으면 잃어버린 낙원의 위치가 나타날 거라고 했어."

"하지만 잔인한 짓이에요! 그 어린이를 죽여야 한다는 뜻이잖아요!"

뷔뵈르는 소름 끼치는 미소를 지었다. 그리고 짐짓 상냥한 어조로 말했다.

"맞아."

토비아스는 문득 깨달았다. 맷이 말롱스 여왕에게 그토록 중요한 인물이라면 맷이 바로 그 어린이이기 때문이었다.

시니크들은 산 채로 맷의 피부를 벗길 것이다.

34
신

신앙 담당 고문관의 식탁은 진수성찬이었다.

파테(고기나 생선을 파이 껍질로 싸서 구운 것—옮긴이), 테린(고기나 생선을 용기에 넣고 익힌 것—옮긴이), 구운 닭고기 그리고 많은 과일이 맷 앞에 쌓여 있었다. 하지만 유지 초롱의 역한 냄새가 식욕을 떨어뜨렸다.

맷은 신앙 담당 고문관이 플륌을 때리겠다고 위협하며 식사를 재촉하기 전에 상처가 욱신거린다는 핑계를 대고 식탁을 떠나고 싶었다.

맷은 대화를 주도하기 위해 먼저 입을 열었다.

"당신네 여왕님은 나를 어떻게 알죠?"

"수배 벽보 때문에 그러는 거야? 이미 말했잖아, 여왕님은 네 꿈을 꾸신다고."

"꿈의 메시지인가요?"

"맞아."

"그 꿈은 어디에서 오죠?"

맷은 자신도 로페로덴의 꿈을 자주 꾸었기 때문에 여왕의 꿈이 어떤 것인지 알고 싶었다.

"그야 하느님이시지!"

맷은 방금 삼킨 고기 조각이 목에 걸릴 뻔했다. 그는 믿을 수 없다는 표정으로 되물었다.

"하느님이라고요?"

"물론이지! 우리 여왕님을 인도하시는 분은 하느님이야. 여왕님은 우리 죄를 씻기 위해 파견된 메시아라고."

"어떤 죄를 말하는 건데요?"

신앙 담당 고문관이 고함을 쳤다.

"비정상적인 태도, 악행……. 어린이는 모두 하느님의 분노를 산 조상들이 저지른 죄의 열매야!"

"우리는 아무 짓도 하지 않았어요!"

"우리는 모두 죄를 지은 조상의 자식이야. 조상들은 우리에게 불행을 물려줬어. 말롱스 여왕님은 이 불행을 멈추실 거야! 그리고 우리는 하느님께 우리가 용서받을 자격이 있다는 걸 보여드릴 거다! 대격변은 변화의 신호였어. 최초의 부부가 저지른 죄의 대가를 모든 후손들이 치러야 했지. 조만간 끝날 거야. 죄의 씨앗을 제거해 과거의 죄악에서 벗어날 테니까!"

맷은 격분했다.

"당신들의 자식들을 죽이겠다고요? 거기엔 어떤 의미도 없어요. 당신들은 전부 미쳤어요!"

"어린이들은 나빠. 우리 모두 그 사실을 확인했어. 어린이들은 우리가 저지른 죄의 상징이야!"

"우리가 나쁜 사람이라고 누가 그랬죠? 말도 안 돼요! 우리는 당신들과 함께 살자고 요구했을 뿐이에요!"

"틀렸어! 어린이와 함께 사는 어른들이 가슴 답답함과 불쾌함, 분노를 느끼는 건 어린이들이 불길한 존재이기 때문이야! 너희를 통제할 수 있는 건 배꼽 고리밖에 없어. 그렇지 않으면 너희는 다시 모든 걸 문제 삼아 그걸 다 바꿀 생각만 하며 시간을 보내겠지! 너희는 변덕쟁이야!"

"바보 같은 소리예요! 당신들은 기계 같아요. 멍청하게 복종만 하고, 조금도 생각이란 걸 하지 않죠. 모르는 건 무조건 두려워하고요. 반대로 우리 어린이들은 지식, 탐험, 발견을 갈망해요. 우리는 지속적으로 발전하고 있어요!"

"너희는 혼란 자체야!"

"자식을 죽이기 위해서라면 살아봤자 무슨 소용이죠? 인류는 곧 사라질 거예요!"

"그것으로 하느님의 자비를 얻을 수 있다면, 이 사랑의 증거로 하느님께서 우리의 원죄를 용서해주신다면, 영원한 생명의 문을 열어주실 거야!"

"정말 미쳤군요……."

자신의 설명에 푹 빠진 신앙 담당 고문관은 대꾸하지 않고 말을 이었다.

"이제 우리는 어린이들이 피부 수색 작전에만 쓸모 있다는 사실을 받아들여야 해. 우리가 품위 있는 존재임을 보여주고 용서받기 위해, 어린이들을 전부 죽여 이 땅에서 우리가 행한 모든 흔적을 지울 거야. 오직 한 어린이만이 살가죽으로 우리를 지성소로 안내할 거야. 우리는 지성소에서 용서를 받아 다시 완전한 존재가 될 거야. 여왕님은 그 사실을 알고 계셔. 여왕님은 확신을 갖고 깨어나셨어. 어느 사과나무 아래에 우리의 구원이 감춰져 있어. 여왕님은 깨어났을 때 기억과 확신을 가졌던 유일한 어른이지. 그래서 사과는 여왕님의 상징이야. 말롱스 여왕님은 꿈에 사과를 보셨어! (그는 호주머니에서 작은 성경을 꺼내 탁자 위에 놓았다.) 이 성경은 폐허가 된 도시에서 발견된 거야. 우리는 사방에서 성경을 발견했지! 성경은 우리의 과거를 미래로 전달해줘. 여왕님은 성경을 해독해서 우리에게 알려주셨어!"

맷은 생각했다.

'광신도들이야! 시니크를 이끄는 건 바로 이들이야! 소수의 광신도들이 여왕이라고 자칭하는 미친 여자를 맹목적으로 추종하고 있어! 상황이 나빠지기 전에 이곳에서 빠져나가야 해⋯⋯.'

신앙 담당 고문관은 칼을 집더니 닭의 넓적다리에 꽂으면서 단언했다.

"너도 조만간 믿게 될 거야. 여왕님이 너의 두 눈을 열어주면, 너도 우리 모두처럼 믿게 될 거야!"

☣

해파리 위에 어둠이 내렸고, 유지 초롱이 곤돌라의 창을 비췄다.

토비아스가 물었다.

"좀 전에 말한 잃어버린 낙원은 뭔가요?"

"영원한 휴식과 용서. 아주 오래전, 우리는 죄를 짓고 에덴동산에서 쫓겨났지!"

"아담과 이브 말인가요? 대격변 후에도 그 일화를 기억하네요?"

"종교에 심취한 소수의 남자와 여자, 영적 지도자들도 기억의 단편을 갖고 있지! 아무튼 그들에게는 우리를 안내하는 성경이 있어."

토비아스는 마음속으로 투덜거렸다.

'설상가상이군! 사악한 자들과 광신도들이 여전히 뭔가를 기억하는 유일한 사람이라니! 악이 선보다 강하단 말인가! 그들은 폭풍설의 충격을 견뎌낼 수 만큼 지독한 광신자였단 말인가⋯⋯.'

토비아스가 말을 이었다.

"원죄 일화에는 도무지 이해할 수 없는 부분이 있어요. 우리가 조상이 저지른 죄의 무게를 지고 살고 있단 거잖아요? 그건 부모가 죄인이라는 이유로 자식을 감옥에 가두는 것만큼 어리석은 일이에요!"

뷔뵈르는 토비아스에게 위협적인 손가락질을 했다. 그는 화를 내지 않고 말했다.

"정말 뻔뻔하구나! 신앙 담당 고문관들은 그런 의혹을 품은 것만으로도 너를 화형에 처할 수 있어!"

"단순한 질문일 뿐인데요……."

"말롱스 여왕님은 우리가 원죄에서 벗어날 때가 됐다고 단언하셨어. 또 어린이들을 부인하고 하느님께 제물로 바칠 때라고 하셨지. 여왕님께 꿈을 보내는 건 하느님이야."

"만일 이 모든 일 뒤에 하느님이 없었다면요?"

"무슨 뜻이지?"

"만일 이 엄청난 폭풍설이 우리 인류에 대한 지구의 반항이었다면요? 앙브르는 이 주제에 관한 아주 재미있는 이론을 세웠어요! 그녀는 어떤 에너지가 자연을 이끈다고 생각해요. 그 에너지의 목적은 단 하나, 생명을 퍼뜨리는 거죠. 고도로 진화된 우리 인류는 완벽한 전달자가 되었어요. 우리는 지구 밖의 우주에 생명을 퍼뜨리려 했잖아요. 하지만 인류는 지나치게 자원을 남용했고, 또 지나치게 지구를 오염시킨 데다, 지나치게 산림을 훼손했어요. 다시 말해 조금도 환경을 존중하지 않은 거죠. 자연은 우리의 나쁜 버릇을 고치기 위해 대격변을 일으켰을 거예요. 반성을 촉구하는 강도 높은 경고였죠. 하지만 자연은 우리를 전멸시키지 않고 다시 기회를 주었어요."

토비아스가 침을 삼키기 위해 말을 멈추자 뷔뵈르가 말했다.

"계속하렴."

"폭풍설은 인간의 군림을 동식물계에 넘겨주기 위해 유전자를 변형시켜 동물과 식물을 더욱 힘이 센, 튼튼한 존재로 만들었어요. 동시에 대격변에서 살아남을 만큼 강한 어린이들 역시 더욱 빨리 성장하면서 한 번 더 기회를 얻게 됐고요. 더구나 책에서 진화는 지속적인 곡선이 아니라 파상적으로 이루어진다는 사실도 읽었어요. 이 폭풍설은 급격한 변화 중 하나였을 거예요."

"그럼 왜 어른과 어린이를 떼어놓았을까?"

"글쎄요……."

그때 앙브르가 응접실로 들어오면서 설명했다.

"우리를 더욱 독립적으로 만들기 위해, 우리의 적응 능력을 자극하기 위해, 아니면 일종의 시험이죠."

뷔뵈르가 물었다.

"시험이라니?"

"인간에게 정말 살아남을 자격이 있을까요? 인간에게 여전히 생명을 전파하는 임무를 수행할 자격이 있을까요? 인간은 예전처럼 서로 죽일까요, 아니면 서로 화해하고 새로운 능력을 유용하게 활용할까요?"

"여왕님은 꿈을 꾸셔! 꾸며낸 얘기가 아니야!"

"폭풍설은 우리 유전자를 변형시켜 일부 사람들의 정신에 이미지를 넣거나, 우주의 원자 배열을 느끼고 그 의미를 발견할 수 있을 만큼 예민한 사람으로 만들었을 거예요. 물론 모두 추측일 뿐이지만요."

두 젊은이의 이야기에 사로잡힌 뷔뵈르는 턱을 문질렀다.

"너희 말을 듣고 보니 폭풍설 이면에 어떤 분명한 의지, 계획, 요컨대 전지전능한 뭔가가 있는 듯하구나. 그리고 그건 바로 신이지!"

앙브르가 반대했다.

"아니에요. 전지전능한 인격을 가진 신이 아니라 존재의 본원적 형태, 즉 생명 에너지예요. 이 에너지는 아무 속셈도 없이 우주의 기본적인 메커니즘을 이끌어요. 끊임없이 앞으로 나아가는 작용과 반작용의 시스템에 지나지 않죠. 물 한 방울도 산꼭대기에서 떨어뜨리면 지구의 중력을 받는 것처럼요!"

뷔뵈르는 팔짱을 꼈다.

"그럼 다른 질문을 하마. 누가 그 물방울을 만들었지? 누가 산꼭대기에서 물방울을 놓았지? 그 이유는 뭐지? 이 모든 걸 설명하려면 신이 있어야 해!"

앙브르는 어깨를 으쓱하면서 인정했다.

"저는 신을 부인하지 않아요. 다만 다른 이론도 있다는 걸 보여주려는 것뿐이에요. 모호한 신앙의 울타리 속에 갇히지 않고 이룰 수 있는 자연스러운 조화의 가능성 말이에요. 수상쩍은 신앙의 울타리는 사람을 성숙시키기보다는 도태시켜요! 내 이론은 신의 존재를 부인하지 않고 다른 곳에 두죠."

뷔뵈르가 설교했다.

"하느님은 우리가 원하는 걸 마음대로 찾아낼 수 있는 편의점이 아니야! 너희는 여기에서 조금, 저기에서 조금 선택해 너희 마음에 드는 신을 만들었어!"

"당신들 어른들이 난처한 일을 만들었기 때문이에요. 사물은 질서 정연해야 해요. 당신들은 환상, 상상력, 행복을 허용하지 않아요! 이 모든 게 다 하느님인데도요!"

토비아스는 뷔뵈르가 인내심을 잃었다는 사실을 깨닫고 화제를 바꿨다.

"그랜드 플랜은 정확히 뭔가요?"

뷔뵈르는 한참 동안 앙브르를 째려본 후 토비아스에게 대답했다.

"한 어린이의 모반母斑이 형성한 특별한 그림이야. 말롱스 여왕님은 이 그림의 복사본 하나를 바빌론에 보냈지. 우리는 어떤 홀에서 생포한 모든 팬들을 발가벗기고 모반의 배치와 그랜드 플랜을 비교해. 그랜드 플랜과 일치하는 모반을 가진 어린이를 발견하면 말롱스 여왕님께 보내야 해."

토비아스는 또 한 번 물었다.

"살가죽을 벗기기 위해서죠?"

뷔뵈르가 말을 이었다.

"말롱스 여왕님이 대격변 후 깨어나신 탁자 위에 그 어린이의 살가죽을 놓으면, 잃어버린 천국의 자리가 나타날 거야."

앙브르가 끼어들었다.

"그 탁자는 어떻게 생겼죠?"

"세계지도가 그려진 검은 석판이야. '바위 성경'이라고 부르지."

토비아스가 물었다.

"당신은 어떻게 이 모든 걸 아는 거예요?"

"팬들의 신체검사에 참여하거든. 내 취미야."

"무엇 때문이죠?"

뷔뵈르가 입을 비죽거리자 토비아스는 기분이 좋지 않았다.

"나는 어린이들과 함께 있는 게 좋아. 지도와 상관없는 어린이들은 곧바로 경매장에서 노예로 팔려나가. 나는 그 어린이들을 수집해."

토비아스는 어리둥절한 표정으로 물었다.

"하지만 당신 집에는 콜린밖에 없었잖아요."

"맞아. 다른 아이들은…… 다른 아이들은 잠시 머물 뿐이야."

뷔뵈르는 걸걸한 웃음을 터뜨리고 일어나더니, 조종실로 향하면서 말했다.

"우리가 어디쯤 왔는지 확인할 거야. 너희들끼리 식사하렴. 나중에 다시 오마."

뷔뵈르가 사라지자마자 앙브르는 토비아스가 앉아 있던 소파로 뛰어들면서 외쳤다.

"모반! 나는 여태껏 모반의 형성이 우연한 것이라고 생각했어! 그런데 아니야! 모반에는 어떤 의미가 있어! 자연은 완벽하니까, 모반 역시 우연히 생겼을 리 없어. 모반마다 분명 의미가 있는 거야!"

"우리가 일종의 메시지를 갖고 태어난단 뜻이야?"

"어쩌면 자연이 준 이름이거나 조화롭게 지낼 수 있는 곳을 알려주는 표시일지 모르지. 모든 사람들과 협력해서 조합하면 살가죽과 모반으로 이루어진 책을 만들 수도 있겠지. 모르겠어! 아무튼 신기한 일이야."

"그래도 우리 중 누군가가 몸에 지도를 갖고 태어났다는 사실은 믿기 힘들어!"

"생각해봐! 우리 몸은 세포마다 유전자를 갖고 있어. 우리를 만들 수 있는 이보다 더 멋진 비결은 없어! 자연은 너무 완벽해서 쓸데없는 요소는 만들지 않아. 모반은 일종의 의사소통이야. 말롱스 여왕이 찾는 곳은 분명 아주 중요한 장소일 거야!"

"잃어버린 낙원 이론을 믿어?"

"잃어버린 낙원이 지구와 조화를 이룰 수 있는 곳이라면 믿지 않을 이유가 없지."

"잃어버린 낙원이 지구의 본질을 파악할 수 있는 열쇠라고 생각하는 거지?"

"들어봐. 만일 자연이 매우 공을 들여 잃어버린 낙원을 숨기고 있다면, 그건 아주 중요한 곳이기 때문일 거야. 우리 몸, 우리 존재와 연결된 뭔가가 있는 거지. 본질적이지만 신비스러운 것. 생명의 원천, 그 자체일 거야!"

토비아스는 입을 다물지 못했다. 그는 너무 놀라서 말을 잊었다.

잠시 후, 토비아스가 다시 입을 열었다.

"아, 제기랄. 시니크들이 잃어버린 낙원을 찾아냈을까?"

그는 찬장을 열고 사과를 집었다.

앙브르가 대답했다.

"알 수 없는 일이지."

토비아스는 사과를 입에 대면서 소리쳤다.

"맷이 이 사실을 알아야 해! 모든 팬들이 알아야 한다고!"

앙브르는 그가 사과를 먹지 못하게 했다.

"내가 너라면 뷔뵈르의 음식은 먹지 않을 거야. 그의 집으로 들어간 어린이들은 결코 다시 나오지 못했잖아. 알았어?"

35
2미터의 비밀

앙브르는 토비아스의 어깨를 살살 흔들어 그를 깨웠다. 토비아스를 꿈에서 빠져나오게 한 것은 그녀의 뜨거운 입김이었다. 앙브르가 다가오자 토비아스는 곧 행복감을 주는 짜릿하고 묘한 기운을 느꼈다.

"토비! 어서 일어나!"

토비아스는 눈을 비비면서 물었다.

"무슨 일이야?"

"확인하고 싶은 게 있어."

앙브르는 손에 발광 버섯을 들고 있었다. 토비아스는 여전히 캄캄한 원창을 보고는 항의했다.

"지금 말이야?"

"그래. 뷔뵈르는 자고 있어. 어서 일어나!"

토비아스가 일어나 바지를 입는 동안, 앙브르는 복도로 머리를 내밀고 망을 보았다.

토비아스가 물었다.

"확인하고 싶은 게 정확히 뭔데?"

"오후에 네가 지붕에서 뷔뵈르와 얘기하는 동안 창고 주위를 둘러봤어. 그런데 창고는 2미터가 부족해."

"2미터가 부족하다니? 대체 무슨 소리야?"

"창고는 내 숙소에 비해 너무 작아! 복도에서 잰 내 숙소 너비는 최소한 6미터인데, 숙소 안 너비는 4미터밖에 되지 않는다고! 그래서 창고를 둘러봤더니 2미터가 부족한 거야! 내 숙소와 창고 사이에 공간이 있단 뜻이지."

"20분 만에 그 사실을 알아낸 거야?"

"창고를 수색할 시간이 없었어. 너희가 내려올까 봐 두려웠거든."

"앙브르, 너의 관찰력을 칭찬해야 할지, 아니면 언제나 모든 걸 조사해야 직성이 풀리는 그 강박관념을 걱정해야 할지 모르겠다!"

"원래 그런 사람인데 어쩌란 말이야? 가자. 좋은 기회야. 콜린은 조종실에 있고, 비열한 뷔뵈르는 자고 있어."

복도로 나간 두 사람은 소리를 내지 않도록 조심하면서 뷔뵈르의 숙소 앞을 지나 창고에 도착했다.

토비아스는 발광 버섯을 빼앗아 앞장섰다.

창고는 8미터쯤 뻗어 있었고, 몇몇 나무 상자와 구석에 출입구 하나가 있었다.

앙브르는 밧줄로 덮인 칸막이벽을 가리키면서 말했다.

"저쪽이야."

토비아스는 무릎을 꿇고 버섯을 비추며 유심히 바닥을 살폈다.

그리고 입을 열었다.

"네 말이 맞아. 분명 여기에 수직 홈이 있어. 문이나……. 기다려. 이건 스위치 같은데……."

"건드리지 마!"

하지만 토비아스가 이미 스위치를 누른 다음이었다. 칸막이벽은 찰카닥하는 소리를 내면서 벽에서 떨어졌다.

토비아스가 걱정스레 물었다.

"뷔뵈르가 들었을까?"

"곧 알게 되겠지……."

어떤 소리도 들리지 않자 토비아스는 문을 열었다. 맞은편에서 창문은 없고 벽에 쇠사슬이 고정되어 있는 작은 방이 나타났다.

앙브르는 두 손으로 입을 가리고 외쳤다.

"세상에!"

"저게 뭐지? 뷔뵈르가 죄수들과 함께 여행하는 걸까?"

앙브르는 짚을 넣은 작은 매트리스를 가리켰다.

"토비아스, 어린이들이야! 어린이들……."

"뷔뵈르……. 그에 관한 소문이 사실이란 말이야?"

"그를 믿으면 안 돼. 알았지?"

"우리를 도와주기로 약속했잖아?"

앙브르는 고개를 흔들었다.

"토비, 아니야. 콜린과 얘기를 해봐야겠어."

☣

두 사람이 조종실에 도착했을 때, 콜린은 자고 있었다. 콜린은 바로 나침반을 확인하고 방향을 약간 바꾼 후, 졸음을 쫓기 위해 눈을 깜박거렸다.

토비아스가 콜린 뒤에 서 있는 동안 앙브르는 콜린 옆자리에 앉았다. 콜린은 좋아하지 않았다.

"뭐 하는 거야?"

앙브르가 대답했다.

"잠이 안 와."

토비아스는 우측 수 킬로 전방에서 굽이치는 파란 불빛과 빨간 불빛의 띠를 가리켰다.

"저게 뭐지? 수천 개의 경광등 같아!"

콜린이 비웃었다.

"모르겠니? 풍뎅이 군대야!"

"확실해? 위에서 보니 정말 인상적인걸!"

"풍뎅이들은 옛 고속도로를 따라 국토를 횡단하고 있어. 수억 마리야! 한쪽은 파란 풍뎅이고, 다른 쪽은 붉은 풍뎅이. 그리고……."

토비아스가 말을 끊었다.

"나도 알아. 이미 가까이에서 봤어! 이렇게 높은 곳에서 보니 더 장관이다!"

"풍뎅이들이 뭘 하는진 아무도 몰라."

"시니크들조차?"

"시니크들은 더 모르지! 그들은 이 발광 풍뎅이들에게 관심이 없어!"

앙브르가 끼어들었다.

"전령이 되면 풍뎅이들을 끝까지 추적할 거야."

토비아스가 물었다.

"어느 쪽을 따라갈 거야? 파란 풍뎅이? 아니면 붉은 풍뎅이?"

"어떤 차이가 있지? 그들은 모두 남쪽으로 가고 있는데."

콜린이 말했다.

"아니야. 다른 고속도로에서 북쪽으로 거슬러 올라가는 풍뎅이들을 봤어. 역시 파란색과 붉은색이었어."

앙브르가 장담했다.

"분명 이유가 있을 거야. 이 문제를 밝혀내고 싶어."

콜린은 그들 사이에 존재하는 알력에도 불구하고 대화를 하기 위해 노력하는 두 사람의 자세를 높이 평가했다. 하지만 그는 난처한 일을 자초하고 싶지 않았기 때문에 떠나라고 손짓하며 말했다.

"이제 숙소로 돌아가. 주인님은 너희가 밤에 외출하는 걸 좋아하지 않아. 이 사실을 알면 욕을 퍼부을 거야! 그와 나만이 돌아다닐 수 있어!"

갑자기 앙브르가 쌀쌀맞은 말투로 말했다.

"뷔뵈르는 아이들을 괴롭히고 있지?"

"내 말 잘 들어. 나는 이미 경고했고, 너희는 자발적으로 찾아왔어!"

토비아스가 물었다.

"왜 너는 뷔뵈르와 함께 있는 거야?"

"내게 선택할 자유가 있을까? 시니크들은 카마이클 섬을 정복하는 데 실패했고 많은 병사를 잃었기 때문에 나를 버렸어! 나를 받아준 사람은 뷔뵈르뿐이야! 너희는 내가 어디로 가길 원하지? 혼자 숲속으로? 글루통들에게 잡아먹히라고?"

"뷔뵈르를 섬기는 건 악마에게 영혼을 파는 짓이야!"

"이 악마는 적어도 나를 보호해주고 밥을 주지!"

토비아스가 투덜댔다.

"아무튼 너는 구제 불능이야."

앙브르는 두 소년이 몸싸움을 하기 전에 개입했다.

"콜린, 네 초능력은 여전하지? 새들과 대화할 수 있지?"

여드름이 난 콜린은 입술을 깨물더니 사실대로 털어놓았다.

"쉽지는 않아. 조금씩 능력을 잃고 있어. 점점 더 나빠질 거야."

앙브르가 물었다.

"새를 정확한 지점으로 보낼 순 없니?"

"거리가 짧고 최선을 다하면 가능할지 몰라."

토비아스가 물었다.

"어떻게 새에게 말을 걸지?"

콜린은 질문이 어리석다는 듯 비웃었다.

"정말로 말을 거는 게 아니야! 정신을 집중해서 이미지를 시각화해. 그리고 간단한 명령과 함께 그 이미지를 새에게 보내지. 예를 들면 새의 마음과 열기를 느낄 때까지 계속 바라봐. 그리고 정신을 집중해 찾아야 할 사람과 장소를 전달하지. 그러면 새는 내가 알려 준 장소로 떠나서 보여준 사람을 찾아내. 이게 다야."

"맷이 탄 배를 따라잡는다면 쪽지를 지닌 새를 맷에게 보낼 수 있 겠어?"

"시도할 수는 있지만 미리 경고할게. 주인님은 그걸 원치 않을 거 야! 그는 팬들의 능력을 싫어하고 두려워해! 나는 거의 어른이기 때 문에 배꼽 고리를 부착하지 않은 거야."

앙브르가 말했다.

"뷔뵈르에겐 말하지 마."

"하지만 내 주인님은……."

앙브르가 자신 있게 말했다.

"네 주인은 이번 개입으로 손해를 볼 거야. 말롱스 여왕의 적이 될 수도 있어. 정말 흉악범을 돕고 싶은 거야? 우리를 도와준다면 우리 와 함께 돌아갈 수 있어. 우리가 널 변호해줄 거야."

토비아스가 덧붙였다.

"용서받을 수 있는 기회야."

콜린은 힘겹게 침을 삼켰다. 그는 정면 유리 공간을 통해 풍경을 주시했다.

"계획이 뭔데?"

앙브르와 토비아스는 그에게 고개를 숙이고 설명을 하기 시작했다.

36
개와 새

한쪽 기슭에서 다른 쪽 기슭까지 깊이를 알 수 없는 초록색으로 펼쳐진 강은 들판, 언덕, 숲을 가로지르며 물결치고 있었다. 강은 어둠을 삼키고 햇살을 반사하는 한없이 긴 나선 관管처럼 보였다.

선원들은 카론호의 슈라우드에서 분주히 움직였고, 돛은 활짝 펴져 있었다. 용골 지렁이가 휴식을 위해 수면으로 떠오르자 배는 곧 속도를 잃었다.

맷은 선미루 갑판에서 항해를 감독하는 장교들과 함께 배의 조종을 지켜보았다. 신앙 담당 고문관은 선실에 있었고, 맷은 장교들이 자신에게 별로 주의를 기울이고 있지 않다는 사실을 알았다. 그들은 맷이 강물로 뛰어내릴 수 없다고 판단했다. 그것은 자살행위나 마찬가지였다. 그래서 맷에 대해 별로 걱정하지 않았다.

돛을 펼치면 더 많은 작업이 필요했다. 모두 서너 시간 동안 맡은 일에만 몰두했다.

행동에 옮길 때가 왔다.

맷은 앞쪽 승강구의 위치를 파악해두었다. 그는 앞쪽부터 배를 수색하고 싶었다. 눈에 띄지 않아야 했다. 시간을 질질 끌 수는 없었다. 발각된다면 자신 때문에 플륌이 고통당할 수도 있었다. 그것은 견딜 수 없는 일이었다. 그래서 오늘 아침 일찍 플륌의 위치를 알아두기로 결심했다.

도망쳐야 한다면 플륌과 함께 움직일 것이다.

아래 갑판에서 맷은 뒤쪽에 있는 신앙 담당 고문관 에릭의 선실, 자신의 선실 그리고 장교들의 선실만을 알고 있었다. 플륌이 뒤쪽 선실에 갇혀 있을 가능성은 거의 없었다. 맷은 여러 번 활짝 열려 있는 대형 승강구를 통해 상자와 생필품으로 가득한 화물창을 보았다. 플륌은 보이지 않았다. 따라서 더 구석구석 뒤져야 했다.

맷은 전혀 알지 못하는 앞쪽부터 수색하고 싶었다. 그는 저린 다리를 푸는 척하다가 주갑판으로 내려가 밧줄 더미 사이를 돌아다녔다. 장교들은 강의 깊이에 대해 열띤 토론을 하고 있었다. 맷은 이 기회를 이용해 승강구를 밀고 살며시 들어갔다.

시간이 많지 않았다.

맷은 어둠을 쫓아내기 위해 유지 초롱 옆에 놓여 있는 성냥갑을 집어 심지에 불을 붙였다.

마루판과 판자로 만든 칸막이벽은 이 속도에서는 거의 삐걱거리지 않았기 때문에, 조금이라도 소리를 내서는 안 되었다.

'어쩔 수 없지. 다른 길이 없어!'

그는 첫 번째 문으로 돌진했다. 열쇠로 잠겨 있었다.

"일이 꼬이기 시작하는군."

다음 문을 열자 연장 창고와 장비 트렁크들이 보였다. 한 층 더 내려가기 위해 계단을 밟는 순간 누군가가 기침을 하며 다가왔다.

당황한 맷은 발길을 돌려 연장 창고로 들어가 포개놓은 돛 아래에 숨었다. 입김으로 초롱을 끈 그는 독한 냄새를 풍기는 동물성기름을 저주했다. 만일 사내가 창고 안으로 들어온다면 맷은 발각될 것이다.

발소리가 문 앞에서 울렸다.

이윽고 발소리는 멀어졌다.

맷은 긴 안도의 한숨을 내쉬었다.

멀리서 종이 두 번 울렸다.

맷은 깨달았다.

'근무 교대 시간이야. 올라가야 해. 에릭은 근무 교대를 자주 감시해!'

하지만 맷은 돌아가지 않고 두 개의 대형 문짝으로 다가가 들어섰다. 플륌의 독특한 냄새가 났다. 심장이 고동치기 시작했다.

맷이 조용히 말했다.

"플륌?"

묵직한 형체가 구석에서 움직였다. 맷은 초롱을 들고 달려갔다.

플륌은 대나무 우리 속에 갇혀 있었다. 허리에는 베이지색 붕대가 칭칭 감겨 있었다.

맷은 눈물을 글썽이며 말했다.

"그래도 너를 치료해줬구나! 얼마나 보고 싶었는지 알아?"

플륌은 마치 달콤한 아이스크림이라도 되는 듯 혀로 그를 핥았다. 목소리가 위쪽에서 들리기 시작했지만 맷은 그 의미를 분별할 수 없었다.

"도망쳐야 해. 하지만 꼭 빼내줄게."

플륌이 끙끙거리자 맷은 개를 쓰다듬어주고 축축한 콧등을 안아주었다.

"더는 머무를 수 없어. 미안해. 여기서 들키면 놈들이 너를 괴롭힐 거야!"

마지막으로 한 번 더 개의 머리를 쓰다듬어주고 물러나려던 맷은 한쪽 구석에서 그의 검을 보았다. 그의 모든 장비가 그곳에 쌓여 있지 않은가! 그는 반사적으로 무기를 잡았다가 곧 다시 놓았다. 절대 검을 숨길 수 없을 것이다. 만일 검을 지닌 채 잡힌다면 시니크들은 그가 플륌의 위치를 알아냈다는 사실을 눈치챌 것이다. 그는 할 수 없이 검을 포기했다.

맷은 내려왔던 곳으로 올라갈 수 없었다. 그것은 너무 위험했다. 만일 승강구에서 빠져나오는 모습이 눈에 띄면 플륌이 구타를 당할 것이다…….

대형 화물창이 보였다. 맷은 화물창을 가로질러 뒤쪽 선실에 도착했다. 그는 초롱을 놓고 느긋하게 올라갔다.

맷이 밝은 곳으로 나오자, 누군가가 거칠게 그의 멱살을 붙잡았다.

병사가 외쳤다.

"어디 있었지?"

맷은 목이 아팠지만 깜짝 놀란 표정을 지었다.

"선실에!"

멀리서 신앙 담당 고문관의 목소리가 들려왔다.

"거짓말하지 마! 내가 1분 전 네 선실에 들렀어!"

맷은 태연자약하게 거짓말을 했다.

"화장실에 있었어요! 화장실도 못 가나요?"

신앙 담당 고문관이 다가왔다.

"우리를 속이면 네 개가 대신 혼난다는 사실 잊지 마!"

장갑을 낀 손이 그를 놓아주었다. 맷은 졸린 목을 문질렀다.

맷은 짜증을 내며 물었다.

"대체 내가 어딜 갔단 말이죠?"

자리에서 물러난 그는 술통에 앉아 울창한 풀에 가려진 제방을 바라보았다.

플륌은 분명 살아 있었다. 얼마나 다행인가.

이제 도망치는 방법을 찾는 일만 남았다.

저녁 식사 후, 맷은 뱃전에 앉아 바람을 쐬었다. 별들이 반짝이고 있었다. 신앙 담당 고문관과 함께 식사하는 것은 견디기 힘든 일이었다. 고문관은 팬들의 생활과 조직에 대해 질문 공세를 퍼부었다. 맷은 대체로 거짓말을 했지만 때때로 플뢰의 생명이 위태롭지 않도록 솔직하게 대답하지 않을 수 없었다. 그들이 선상에 있었기 때문에 대답을 어느 정도 꾸며낼 수 있었다. 고문관이 밀정의 정보와 대조해 거짓말을 가려낼 수 없었기 때문이다. 하지만 맷이 세운 거짓말 벽은 조만간 무너질 것이다.

시간이 촉박했다.

나중에 거짓말끼리 모순되지 않도록, 정신을 집중해 모든 것을 기억해두어야 했다.

다행히 신앙 담당 고문관은 식사가 끝나자 선실 밖으로 나가 소화를 시키라며 잠시 여유를 주었다.

맷은 말롱스 여왕이 자신에게 원하는 것이 무엇인지 몰랐다. 하지만 한 가지는 분명했다. 여왕은 건강한 자신을 원했다. 고문관은 이 점에 주의했다.

'만일 나를 직접 죽이기 위한 거라면 안심할 수 없지만…….'

두 장교가 조타실에서 나직이 얘기하고 있었다. 맷은 귀를 기울였다. 모자를 쓴 장교가 물었다.

"내일?"

"그래. 이제 시간만 알면 돼! 오후가 시작될 무렵이라면 수문을 열어줄 거야. 하지만 황혼 무렵이라면 끝장이지! 그 경우엔 도시에 접근하지 않는 편이 좋아!"

"망주옹브르를 본 적 있어?"

"그걸 질문이라고 해? 에녹에서는 해가 떨어지고 나서 외출한 적이 없어! 망주옹브르 동굴은 스스로를 탁월한 사냥꾼이라고 여긴 경솔한 사람들의 머리통으로 장식되어 있다고!"

임시 의자에서 벌떡 일어난 맷은 두 장교에게 다가가 물었다.

"망주옹브르가 뭔가요?"

두 장교는 경계의 눈길로 맷을 관찰했다. 키를 잡고 있던 장교가 물었다.

"너는 밤이 무섭니?"

"별로요."

"밤을 두려워하는 게 좋을 거다!"

장교가 걸걸한 웃음을 터뜨리자 동료도 덩달아 웃었다.

신앙 담당 고문관은 계단 꼭대기에 서 있었다. 그는 평소와 같이 소리를 내지 않고 이동했다. 고문관이 입을 열자 두 장교는 즉시 웃음을 멈췄다.

"망주옹브르는 에녹 위쪽 동굴에 사는 괴물이야. 황혼 무렵에만 외출하고, 마주치는 모든 생물의 그림자를 먹어치우지. 떼를 지어 사냥하는 그들은 재빠르고 잔인해."

맷이 되물었다.

"놈들이…… 그림자를 먹는다고요?"

"내 말 믿어. 그림자 없는 존재는 보기 흉해. 그러니 우리 곁에 머무르는 게 좋을 거야! 혼자 외출하면 바로 놈들에게 붙잡힐 테니."

"그럼 에녹 주민들은 어떻게 방어하고 있죠?"

"시설 대부분이 지하에 세워진 도시야. 갑실은 해가 지면 닫히고, 새벽이 올 때까지 누구도 들어오거나 나갈 수 없어. 그래서 황혼 전에 에녹에 도착할 수 없다고 판단하면, 카론호는 멀찌감치 떨어진 곳에서 하룻밤을 기다릴 거야. 망주옹브르들은 햇빛을 두려워해. 놈들은 절대로 둥지에서 멀리 가지 않아."

"말하자면 흡혈귀 같은 거네요……."

"아니, 그보다 더 고약하지!"

신앙 담당 고문관은 뒤로 물러나 여송연을 피웠다. 맷은 숙소에 갇히기 전까지 한 시간의 여유가 있음을 알고 있었다.

상황이 복잡해지고 있었다. 그는 항해 중에는 도망칠 수 없었다.

하지만 일단 에녹에 도착하면 낮에 도망칠 수 있을 것이다!

맷은 정기적으로 나침반을 확인했다. 그들은 처음부터 남쪽으로 내려가고 있었다. 팬들에게 돌아가려면 북쪽으로 가야 했다.

그런데 자신은 무엇을 알아냈을까? 고문관은 그의 질문에 대답해 주지 않았고, 병사들은 그에게 거의 말을 걸지 않았다.

만일 맷이 정말 유익한 정보를 얻고 싶다면, 이 항해를 끝까지 해야 했다.

말롱스 여왕을 만나면 해답을 얻게 될 것이다.

'하지만 어떤 대가를 치르게 될까? 여왕의 손아귀에서 벗어날 수 있을까?'

불현듯 뭔가 펄럭이는 소리가 들렸다. 돛이 나부끼는 소리인 줄 알았는데, 돛은 내려져 있었다. 용골 지렁이는 힘껏 헤엄치고 있었다. 맷은 돌아섰다. 노란색과 검은색의 왕방울 눈을 가진 부엉이 한 마리가 보였다.

맷은 부엉이가 공격할까 봐 두려워 뒷걸음질 쳤다.

폭풍설 이후 부엉이들은 어떻게 변했을까?

하지만 부엉이는 온순해 보였다. 녀석은 강렬한 눈빛으로 맷을 응시하고 있었다.

맷은 다른 접근 방법을 찾았다. 저녁에 배가 고프면 먹으려고 남겨놓은 사과에서 손톱으로 한 조각을 떼어 내밀었다. 하지만 부엉이는 잠자코 있었다.

맷은 한쪽 다리에 묶인 작은 종이 두루마리를 발견했다.

'이 수법은! 시니크 짓이야! 기분 나쁜 전갈이겠군!'

맷은 누구도 새에게 주목하지 않는다는 사실을 확인한 후 다가갔다. 새가 놀라 도망친다면 전갈을 놓치게 될 테고, 그러면 시니크들이 난처한 일을 겪을 수도 있었다.

그는 손을 내저어 새를 쫓으려다가 멈췄다.

'아니야. 시니크들에게는 그런 능력이 없어! 시니크들은 콜린의 도움으로 카마이클 섬을 공격할 수 있었잖아!'

만일 콜린이 시니크들에게 매수되어 새를 조종했다면?

'불가능해. 콜린은 죽었는걸!'

맷은 전갈을 손가락 끝으로 가볍게 건드렸다. 그는 새가 부리로 쫄까 봐 걱정했다.

두루마리가 떨어졌다. 맷은 유지 초롱을 가까이 대고 읽었다.

우리는 네 뒤에 있어. 도망칠 준비를 해.
최대한 빨리 너를 구해낼 거야.

— 앙브르, 토비아스.

믿기지 않았다. 두 친구가 따라오다니!

하지만 무장한 병사들을 생각하자 기쁨은 사라졌다. 두 친구에게 알려야 했다. 지금은 아무것도 하지 말라고.

필기구를 찾아보았지만 아무것도 보이지 않았다. 선실로 돌아갔다가 다시 나오면 고문관이 의심할 것이다. 게다가 부엉이가 떠나 버리거나, 시니크들에게 붙잡혀 불에 구워질 위험이 있었다.

맷은 배에 있는 것으로 글을 써야 했다. 판자에서 삐져나온 못이 보였다. 그는 무릎을 꿇고 집게손가락을 못에 대고 눌렀다. 손가락에서 통증이 느껴지면서 피가 났다.

맷은 손가락 끝에서 흘러나오는 붉은 피로 짧은 답장을 썼다.

안 돼! 경계가 아주 삼엄해! 나는 에녹에 도착하면 도망칠 거야.
에녹을 떠날 수단을 준비해. 너희의 위치를 알게 돼서 기뻐!

그는 부엉이 다리에 쪽지를 감고 고무줄로 묶었다. 그리고 부엉이가 날아오르도록 밀었다.

부엉이는 커다란 날개를 펴고 어두운 하늘로 올라갔다.

이제 부엉이가 친구들에게 쪽지를 전달해주기만을 바랄 뿐이었다.

37
밤의 사냥꾼

카론호는 강 한복판에서 하얀 거품을 남기며 항해하고 있었다. 토비아스는 세 돛대 범선 아래에서 언뜻 홀쭉한 형체를 본 것 같았다. 뭔지는 몰라도 거대했다.

토비아스는 망원경을 내려놓고 몸을 떨며 거리를 헤아렸다.

"이제 2킬로도 남지 않은 것 같아요."

뷔뵈르가 물었다.

"망루에 있는 선원들이 붉은 깃발을 흔들었니?"

"아니요. 왜요?"

"그럼 아직 그들이 우릴 발견하지 못한 거야. 아무튼 그들은 내가 사업차 에녹으로 가고 있다고 생각하겠지."

앙브르가 물었다.

"당신 사업이 뭔데요?"

"서비스업. 고객이 원하는 상품을 찾아서 내 비행선에 싣고 운반하지."

'그리고 아이들 괴롭히길 좋아하지! 절대 권력을 지녔다는 사실을 확인하기 위해 자신보다 약한 사람들을 공격한다고!'

격분한 앙브르는 생각했다.

'당신은 비열한 변태에 지나지 않아!'

갑자기 곤돌라가 흔들리더니 고도를 잃기 시작했다.

토비아스가 걱정스레 물었다.

"무슨 일이죠?"

"해파리가 갈증이 난 거야."

"다시 고도를 높일 수 없어요?"

강물에 부딪쳐 산산조각 날까 봐 두려워진 토비아스는 의자를 너무 세게 붙잡은 나머지 관절이 하얗게 드러났다.

"반대로 해야 해. 해파리를 가만히 내버려둘 거야. 잠시 후면 녀석은 더 힘을 얻을 거다. 우리도 물을 충분히 확보할 기회고!"

뷔뵈르는 곤돌라가 천천히 내려앉도록 유도했다. 마침내 해파리는 강에서 6미터 높이에 멈췄다. 수십 개의 필라멘트가 수면 아래로 잠수했다. 창고로 간 뷔뵈르는 도르래 장치를 작동시켜 두 개의 물통을 푸른 강물에 떨어뜨렸다.

두 시간 후, 해파리는 다시 움직이기 시작했고, 수면에서 수 킬로를 달린 후 조금씩 고도를 높였다.

카론호는 에메랄드빛 리본 위에서 갈색 점처럼 보였다.

토비아스가 물었다.

"저 배를 앞지를 수 있나요?"

"앞지른다고? 친구를 최대한 빨리 구출하고 싶은가 보구나! 계획이 뭐지?"

앙브르가 대답했다.

"계획 같은 건 없어요. 계획을 짜기 위한 시간을 벌고 싶어요. 우리가 먼저 에녹에 도착했으면 좋겠어요."

"할 수 있는지 확인해볼게. 우리가 곧바로 저 언덕을 넘어갈 수 있다면 틀림없이 그렇게 될 거야. 하지만 미리 당부해두지. 나는 그 이상은 가지 않아! 에녹에서 너희가 친구를 구출하지 못하면, 우리 거래는 끝이야. 나는 바빌론으로 돌아갈 거야."

하지만 오후 끝 무렵, 앙브르와 토비아스가 비행선 식당이 아닌 자신들의 가방에서 꺼낸 비상식량을 먹는 동안, 뷔뵈르는 하룻밤을 더 참아야 한다고 설명해주었다.

"어두워지기 전에 도착할 수 없겠어. 너무 늦게 망주옹브르들에게 접근하고 싶진 않거든!"

토비아스가 물었다.

"망주옹브르가 정확히 뭐예요?"

"무서운 얘기를 좋아하니?"

"별로요……."

"그럼 망주옹브르를 좋아하지 않을 거야! 꼭 알고 싶다면 황혼 무렵에 지붕으로 올라오렴."

몇 시간 후, 토비아스는 자세히 알고 싶은 호기심을 이기지 못하고—그의 직감은 절대로 가지 말라고 말해주었음에도—뷔뵈르를 만나러 지붕으로 올라갔다.

바람은 거의 불지 않았다. 날씨는 포근했다. 마지막 햇살은 숲이 끝없이 펼쳐진 서쪽에서 조금씩 사라졌다.

뷔뵈르는 토비아스에게 망원경을 내밀며 손가락으로 북쪽을 가리켰다.

"강의 내포를 보렴."

토비아스는 에녹에서 수 킬로 떨어진 곳에서 밤을 보내기 위해 닻을 내리고 멈춘 카론호를 알아보았다.

토비아스가 걱정스레 물었다.

"여긴 안전할까요?"

"괜찮아. 우리는 아주 높이 있고, 해파리 그림자는 너무 커서 망주옹브르의 관심을 끌 수 없어. 자, 이제 이쪽으로 와서 에녹을 바라봐!"

남쪽으로 펼쳐진 풍경을 발견한 토비아스는 몹시 놀랐다. 먼저 나무들 한가운데에 우뚝 솟은 가파른 산이 절벽과 뾰족한 바위 봉우리를 구름 쪽으로 뻗고 있었다. 뾰족한 봉우리는 비행선보다 높았다. 발밑의 강은 더욱 넓어지면서 둘로 나뉘었다. 하나의 지류는 뾰족한 산 밑의 커다란 동굴로 흘러들었고, 더 넓은 지류는 하얀 안개 속으로 사라졌다.

그 너머의 세상은 돌연 정지한 것처럼 보였다.

남쪽으로 이어지는 땅은 500미터 이상이 꺼져 있었다.

토비아스는 하얀 안개의 정체를 파악했다. 엄청난 폭포였다!

숲은 멀리 동쪽에서 서쪽으로 시야가 미치는 곳까지 뻗은 절벽에서 끊어졌다. 언덕과 모든 물의 흐름도 멈췄다.

험준한 땅의 굴곡이 더욱 왜곡되었고, 식물은 더 음침해 보였다. 두 번째 태양이 지평선 위에 누워 있는 것 같았다.

토비아스는 나직이 물었다.

"저 아래에서는 무슨 일이 일어나고 있죠?"

"저기는 말롱스의 거처이자 위드론데이스의 중심이야. 그곳의 하늘은 항상 붉지. 이유는 몰라. 어떤 사람들은 우리 죄를 씻기 위해 슬퍼서 흘리는 신의 피라고 주장해. 하지만 확인해보지는 않았지."

"에녹이 어디죠? 보이지 않아요."

"네 앞에 있는 뾰족한 산 아래야. 동굴로 흐르는 강은 입구들 중 하나이지. 에녹은 지하 도시야."

토비아스는 망원경으로 산 밑의 칸막이에서 작은 구멍들을 발견했다. 그리고 창문 없는 여러 채의 건물과 바위를 깎아 만든 계단을 보았다.

대여섯 개의 실루엣이 창고로 사용되는 건물의 대문을 닫고 있었다. 달리던 실루엣들이 석양의 후광 속에서 멈췄다.

더 멀리, 두 명의 목동이 양들을 우리로 몰고 있다. 그들은 덮쳐

지는 양들에게 막대기를 휘두르며 재촉했다.

모든 사람들이 출입문을 전부 닫고 안으로 들어갔다. 석양의 붉은 후광은 몇 초 사이에 비탈에서 떠났고, 해는 완전히 사라졌다.

토비아스는 갑자기 찾아온 정적에 깜짝 놀랐다.

새 한 마리도, 바람 한 점도 없었다.

온 자연이 숨을 멈춘 것 같았다.

그때 망주옹브르들이 소굴에서 나왔다.

망주옹브르들은 뾰족한 산 정상에 있는 소굴에서 불쑥 튀어나와, 생존을 위한 달리기를 하듯 전속력으로 비탈을 내려가기 시작했다. 사람보다 약간 큰 삼각형의 형체들. 놈들은 바닥에서 달리는 게 아니라 날고 있었다! 망주옹브르들은 날개를 오므리고 내려앉았다. 죽은 나무줄기처럼 앙상한 그들은 움직이지 않았다. 하얀 머리를 통해 그들이 생명체임을 알 수 있었다. 털 없는 두개골, 노란색의 왕방울 눈, 입의 역할을 하는 커다란 틈. 망원경에 비친 그들은 괴상해 보였다.

'대체 어떤 놈들일까?'

뷔뵈르가 즐거워했다.

"재미있는 구경거리야."

굼뜬 양 한 마리가 우리 앞에서 바닥을 긁으며 기다리고 있었다.

망주옹브르들은 양의 냄새를 맡고는 기다란 발톱이 달린 발을 살며시 올려 먹이를 덮쳤다.

토비아스가 말했다.

"이젠 밤이에요. 양에게는 그림자가 없죠. 그런데 왜 저들을 망주옹브르라고 부르죠?"

뷔뵈르는 남의 불행을 보며 즐거워하는 사람의 억양으로 말했다.

"곧 알게 될 거야."

산에서 더 멀리 있던 다른 망주옹브르들이 비탈로 돌진하더니, 날개를 펴고 빠르게 양에게 달려들었다.

가엾은 양은 순식간에 포위되었다. 양은 위험을 느끼고 더욱 세게 바닥을 긁어댔다.

망주옹브르들은 점점 원을 좁히면서 다가갔다.

한 망주옹브르가 발톱을 들이댔고, 얼굴이 움직이기 시작했다. 접힌 부분이 사라지면서 투명한 하얀 눈 위쪽의 주름이 펼쳐졌다. 발사된 섬광에 날카롭고 누런 이빨이 드러났다. 망주옹브르들은 침을 흘리고 있었다.

하얀 눈에서 또다시 섬광이 발사되자, 모든 망주옹브르들이 양의 그림자로 달려들었다. 새로운 섬광이 발사될 때마다 토비아스는 그림자에 열중한 망주옹브르들과 공포에 떠는 양을 확인했다.

한참 후 섬광이 멈췄고, 양은 옆으로 누운 채 입을 벌리고 있었다. 포식한 망주옹브르들은 자리를 떠났다.

토비아스가 물었다.

"양에게 무슨 일이 일어난 거죠?"

"망주옹브르들이 누군가의 그림자를 빼앗으면, 그 사람은 영원히 집단의식 속에 살아야 한다고들 해. 단 하나의 뇌를 지닌 것처럼 함께 행동하고 배회하지. 망주옹브르에게 그림자를 빼앗기는 건 영벌을 받는 거야!"

"비열한 짓이에요!"

뷔뵈르는 낄낄 웃었다.

몸을 돌리려던 토비아스는 멀리서 불빛 하나를 발견했다. 불빛은 에녹에서 5킬로쯤 떨어진 분지에서 희미하게 반짝이고 있었다. 그는 망원경으로 석회암 위에 세워진 작은 요새를 자세히 살폈다. 주루 꼭대기였다.

"계곡에 있는 저 성은 뭐죠?"

"제1여단의 요새야. 위드론데이스에는 곳곳에 저런 요새가 있지.

말롱스 여왕의 군대야."

토비아스는 고개를 끄덕였다. 우선적으로 요새를 세우고 군대를 양성하는 것은 분명 시니크들의 발상이었다.

상부상조해야 하는 세상에서, 시니크들은 성벽을 쌓고 전쟁을 준비하고 있었다.

토비아스는 씁쓸하게 생각했다.

'사람은 근본적으로 달라질 수 없나 봐.'

38
에녹

새벽, 비행선 응접실의 붉은 융단이 서광으로 물들었다. 토비아
스는 활시위를 다시 쥐고, 화살이 충분히 있는지 확인했다.

"준비됐어."

앙브르는 대형 원창 앞에 섰다.

"이제 접근할 수 있어. 망주웅브르들은 자러 돌아갔어."

토비아스가 말했다.

"놈들이 그 가엾은 양을 삼키는 걸 봤다면 그런 말은 못 할걸!"

"듣는 것만으로도 충분해."

뷔뵈르는 옷 위에 검은 비단으로 만든 실내복의 허리띠를 묶으면
서 들어왔다. 이번에는 펠트 모직 모자를 쓰고 있지 않았다. 하얀
머리털은 방근 침대에서 나온 사람처럼 텁수룩했다.

그는 놀란 표정으로 물었다.

"무슨 일이야? 뭘 준비하고 있지?"

토비아스가 설명했다.

"시내로 내려갈 거예요. 계획을 세웠어요. 당신은 관여할 필요 없
으니 안심하세요!"

"무슨 뜻이지?"

"의심을 사지 않도록 콜린과 함께 가겠어요. 배꼽 고리가 있는 것처럼 보이게끔 이 쇠사슬을 허리띠에 걸어서 콜린이 붙잡고 다닐 거예요."

뷔뵈르는 쇠사슬 쪽으로 손을 내밀며 화를 냈다.

"어디서 이걸 찾아냈지?"

앙브르가 대답했다.

"창고에서요."

"내…… 내 물건을 뒤졌다고?"

앙브르는 무서운 눈길로 쏘아보았다.

"당신에게 의지하지 않고 작전을 준비하기 위해서는 어쩔 수 없었어요."

앙브르는 토비아스에게 떠나자는 신호를 보냈다. 하지만 뷔뵈르는 앙브르의 팔을 붙잡았다.

"잠깐! 어딜 가려는 거지? 설마 세 사람이 함께 도망치려는 건 아니겠지? 너희가 다시 비행선으로 돌아오도록 볼모가 필요해."

앙브르가 대꾸했다.

"우리가 어떻게 에눅을 떠나겠어요? 우리를 북쪽으로 데려다 줄 수 있는 건 당신뿐이에요!"

"나는 쉽게 믿는 사람이 아니야. 아가씨, 네 흑인 친구가 임무를 완수하는 동안 너는 나와 함께 있어."

토비아스가 항의했다.

"내 피부색이 문제가 되나요?"

"아니. 하지만 너는 분명 흑인이야."

"당신은 얄미운 사람이고요. 하지만 지금은 따지지 않겠어요."

토비아스와 앙브르는 나가려 했지만 뷔뵈르가 앙브르의 팔을 놓아주지 않았다. 뷔뵈르는 화를 삭이며 고집을 꺾지 않았다.

"앙브르는 남아. 아니면 아무도 내려갈 수 없어."

토비아스는 불안에 떨었다.

"나는……."

뷔뵈르는 목소리를 높여 토비아스의 말을 끊었다.

"협상은 없어! 나는 바로 돌아갈 거야!"

앙브르는 아랫입술을 깨물었다. 그녀는 낙심한 표정으로 토비아스를 바라보고는 뷔뵈르의 제안을 받아들였다.

☣

비행선은 밀집된 곡물 창고들과 목재 탑 위에서 멈췄다. 콜린은 밧줄을 던졌다. 아래쪽에서 세 남자가 밧줄을 분주히 무거운 바위에 묶자, 곤돌라는 바닥으로 내려가기 시작했다. 15미터 상공에서 출입구의 갑문이 탑의 꼭대기에 닿는 것을 본 사람들은 다른 밧줄을 갈고리에 걸었다. 곤돌라가 떠나려는 순간, 토비아스는 앙브르의 발치에 활과 화살집을 내려놓았다.

앙브르는 당황하며 물었다.

"뭐 하는 거야?"

"네가 없으면 활은 별로 쓸모가 없어."

"그렇게 말하지 마."

"솔직해야지. 나는 빠르지만, 정확하게 겨눌 줄은 몰라."

"활을 집어. 그리고 자신을 믿어."

"나는 나를 잘 알아. 네가 없으면 나는 무용지물이야!"

"빨리 활을 들어."

앙브르는 토비아스의 손에 활을 놓고 나직이 덧붙였다.

"너를 믿어. 빨리 돌아와. 저 사람과 오래 있고 싶지 않아."

"알았어."

앙브르가 상체를 숙여 친구의 볼에 뽀뽀를 해주자, 토비아스는 기운을 찾았다.

콜린이 토비아스를 마음대로 부리는 것처럼 보이기 위해 쇠사슬을 붙잡은 뒤, 두 사람은 환한 곳으로 나갔다.

탑 아래에서 시니크들이 호기심 어린 눈길로 두 사람을 바라보았다. 금발의 장신이 다가오더니 토비아스를 가리키며 물었다.

"노예를 데려왔어? 여기 사람들은 노예가 필요할 거야!"

다른 사내는 셔츠 아래로 불룩 튀어나온 배를 긁으며 한술 더 떴다.

"맞아! 우리는 노동력이 부족해!"

콜린은 뾰족한 산봉우리에 박혀 있는 계단으로 다가가면서 단호하게 말했다.

"벌써 예약된 소년이에요!"

동굴 내부에 10미터 간격으로 갈고리에 걸려 있는 유지 초롱이 독특한 냄새를 풍겼다. 바위를 깎아 만든 계단은 산속으로 수백 미터 이어졌다.

갑자기 오른쪽 내벽이 사라지고 단순한 밧줄이 보였다. 그리고 아래쪽으로 동굴의 보호 아래 검은 호수를 둘러싼 에녹이 나타났다.

지붕이 평평한 하얀 집, 좁고 구불구불한 골목길, 아치형 건축물, 포석을 깐 안뜰, 중앙에 우물이 있는 작은 원형 광장, 실내 시장. 초롱이 곳곳에서 은하수처럼 반짝였다. 이 도시는 토비아스가 폭풍설 전 친구 집에서 사진으로 보았던 모로코 마을을 닮았다. 영원한 어둠 속에 잠긴 모로코식 마을.

토비아스는 파노라마를 응시하며 말했다.

"믿기지가 않아⋯⋯. 시니크들이 이걸 건설했어?"

"그래. 그들은 원하기만 하면 더 웅장한 것도 지을 수 있어. 이 도시는 얼마 전에 완성된 거야. 가장 인상적인 건 숨겨져 있지! 호수 끝에 커다란 터널이 있어. 배들이 쇠사슬로 묶여 있고. 계곡으로 떨어지는 낙수를 이용한, 홈이 파인 바퀴와 도르래의 기계장치는 경사진 터널을 따라 배를 내리거나 끌어 올릴 수 있어. 카론호는 그곳을 통과할 거야."

"얼마나 걸리지?"

"쇠사슬로 배를 묶는 데 적어도 서너 시간은 걸려. 터널 속으로 옮기는 데도 그 정도 걸릴 거야. 보통 밤에 작업해."

"그동안 승객들은 어떻게 해?"

"수로와 나란히 난 통로, 즉 습기로 아주 위험해진 기나긴 계단으로 이동해. 두 시간 이상 걸리지. 우리는 그걸 '고통의 계단'이라고 불러. 그만큼 무척 힘든 길이야!"

"알았어. 맷이 지나갈 곳으로 안내해줘. 하선부터 계단까지 전부 보고 싶어."

마침내 두 사람은 도시에 도착했다. 의심을 사지 않기 위해 토비아스의 활을 들고 있던 콜린은 다른 시니크들과 마주치기 전에 주의를 주었다.

"너는 배꼽 고리를 단 무기력한 노예니까 어떤 시도도 하지 마. 되도록 입을 다물고 순종해. 이건 아주 중요한 거야! 사람들은 팬들을 증오하거나 두려워해. 그들이 너를 보고 안전하다고 느끼지 못하면, 속임수라는 걸 금방 알아챌 거야."

"팬의 배꼽 고리를 제거하면 무슨 일이 일어나지?"

"들은 바로는 다시 자율적인 사람이 된대. 하지만 전과 같은 사람은 아니야. 약간 유령 같은 존재가 돼. 자신의 일부를 잃고 의기소침해지는 거지. 시니크들은 다양한 실험을 했어. 고리에서 벗어난 절반의 팬들은 얼마 후 자살했어!"

"끔찍한 일이야! 시니크들은 어쩜 그렇게 가혹한 짓을 할 수 있지?"

"위대한 발견은 희생 없이 이루어질 수 없어. 이것 또한 진보야!"

토비아스는 콜린을 노려보았다.

"그들은 너를 타락시켰어!"

"팬 공동체에서 내가 힘들었던 이유가 바로 그거였어. 너희는 너무 순진해……. 자, 가자."

두 사람은 도시 밖에서 채취한 채소와 과일이 가득한 바구니를 들고 있던 한 무리의 여인 앞을 지나갔다.

한 여인이 콜린을 불러 세웠다.

"이봐! 네 노예에게 이 바구니들을 우리 마을까지 운반하라고 지시하지 않겠어?"

"죄송해요, 부인. 주인님이 기다리셔서요. 안녕히 계세요."

콜린은 발길을 재촉했고, 토비아스는 강아지처럼 졸졸 따라갔다.

토비아스는 이런 우스꽝스러운 위장이 싫었다. 어떻게 이런 지경에까지 이르렀단 말인가? 콜린은 이 상황을 당연하게 여기는 것 같았다. 그가 팬 공동체에서 자리 잡는 것은 어려울 것이다. 특히 카마이클 섬에서 저질렀던 일 때문에……. 그는 카마이클 아저씨를 죽이지 않았는가!

'앙브르와 나는 그를 옹호해주기로 약속했어. 성의를 다하면 괜찮은 숙소와 일을 찾을 수 있을 거야…….'

시장은 복잡하지 않았다. 맷을 구출하는 데 도움이 될 것이다. 도망칠 순간이 오면 뷔뵈르가 합류할 것이다. 콜린은 이곳 생활이 너무 끔찍했기에 망설이지 않고 도망치기로 결심했다. 그는 어른들과 함께 살면서 성숙해졌다. 카마이클 섬에 있을 때보다 덜 바보같이 보였다.

콜린은 토비아스를 항구처럼 보이는 곳으로 데려갔다. 하얀 돌로 만든 긴 부두. 그는 호수 건너편 동굴의 커다란 구멍을 가리켰다.

"저기가 터널 입구야. 맷과 다른 병사들은 배가 터널 안으로 들어가기 전에 여기서 내릴 거야. 저기 보이는 모퉁이의 여관 겸 술집으로 쉬러 올 수도 있어. 승객들이 애용하는 누추한 주점이지."

"여관을 둘러보는 게 어때?"

이른 아침, 여관에는 세 명의 취객뿐이었다. 주인은 넓은 홀에서 비질을 하고 있었다. 땀, 담배, 기름, 술이 역겨운 냄새를 이루었다. 토비아스는 입구에서부터 속이 뒤틀렸다. 그는 가까스로 속을 진정시키며 생동감 없는 표정을 지었다.

주인이 따지듯이 물었다.

"얘야, 장난감을 갖고 뭘 하는 거지?"

콜린은 토비아스의 쇠사슬을 들어 보이면서 대답했다.

"맥주 한 잔 주세요. 긴 여행이었어요. 목을 축이고 짐을 넘길 거예요."

잠시 후, 주인은 축축한 맥주 한 병을 갖고 돌아와 손님 앞에서 뚜껑을 땄다.

"어디서 오는 길인데?"

"바빌론이요."

"아, 그래? 북쪽 소식은?"

"별로 없어요. 모든 일이 잘 이뤄졌고, 성벽도 완성됐어요."

"여긴 케이블카 공사가 끝났지!"

"그게 뭔데요?"

"이제 고통의 계단을 통할 필요가 없어! 훨씬 빠르고 실용적이지."

"몰랐어요."

"이 녀석을 누구에게 넘겨줄 거지?"

"비밀이에요. 말할 권리가 없어요."

주인이 비웃었다.

"아, 그래? 그것 참 놀라운 일이구나! 이제 에녹에 비밀을 지키는 사람도 있고!"

"규칙을 정하는 건 내가 아니에요."

"그렇겠지. 5달러야."

콜린이 항의했다.

"그렇게 비싸요?"

"탐험가들이 들여오는 맥주는 점점 줄어들고, 비축품은 비고 있어. 우리 밀밭은 두 달 후에야 수확할 수 있는 데다 발효시킬 시간도 필요하다고! 그러니 가격이 오르는 게 당연하지!"

콜린은 마지못해 5달러를 지불했다. 그것은 그의 전 재산처럼 보였다. 손님들이 다시 몰려들자 콜린은 토비아스에게 머리를 숙이고 말했다.

"2층에 객실이 있어. 손님들은 배가 위드론데이스 계곡으로 나아가는 동안 여기서 밤을 보낼 수 있지."

"손님이 많다면 그들이 자는 동안 작전을 개시하는 건 어려울 거야. 다른 곳을 보여줘."

콜린은 맥주를 음미하며 천천히 마셨다. 토비아스는 언젠가 아버지가 마시다 남긴 술을 맛본 적이 있었다. 너무 쓴맛이었다. 맥주를 좋아하는 것은 피학 취미 같았다.

두 소년은 남단을 통해 도시를 떠났다. 길은 더 어두워졌고, 인공물이라고는 포장도로밖에 없었다. 동굴은 빌딩 크기의 대문 앞에서 끊겼다. 그들 오른쪽으로 대형 여객선이 통과할 수 있을 만큼 제법 큰 터널에 물이 흐르고 있었다. 터널은 경사져 있었다. 큼지막한 도르래가 보였다. 요란한 폭포는 모든 소리를 집어삼켰다.

콜린이 외쳤다.

"저 문 뒤에 '고통의 계단'이 있어!"

"살짝 보고 싶어! 케이블카가 어떻게 생겼는지 궁금해!"

콜린은 인상을 찌푸렸다.

"그럴 줄 알았어. 문 하단에 있는 뚜껑문을 열고 나가자."

두 사람은 어렵지 않게 커다란 문짝 건너편으로 이동했다. 그들은 쇠사슬을 감는 둥근 틀과 깊은 수로가 분출하는 물의 힘으로 돌아가는 높은 바퀴 사이로 잠입했다.

계단 꼭대기에 도착한 토비아스는 갑자기 현기증에 시달렸다.

까마득히 깊은 굴속에 난 수천 개의 계단. 사각형 굴은 가파른 경사를 이루며 땅속으로 사라졌다. 수로는 계단 양쪽에서 분당 수백만 리터의 물을 방출하면서, 쇠사슬에 묶인 양동이들을 밀어 복잡한 기계장치를 구동시키고 있었다. 토비아스는 그것이 케이블카를 상승시키는 방식이라고 짐작했다. 요란한 소음이 귓전에서 울렸다. 그는 편히 숨을 쉴 수가 없었다. 습기가 허파를 짓눌렀다.

토비아스는 안심하기 위해 되뇌었다.

'맷의 말대로 나는 천식을 앓은 적이 없어. 아무것도 아니야……. 이건 당연한 거야……. 천식이 아니야…….'

초롱의 불길이 기력을 잃지 않으려 몸부림치고 있었다.

계단은 작은 물방울로 뒤덮여 있었다. 미끄러진다면 어떤 일이 일어날지 상상조차 할 수 없었다. 끝없는 추락, 부러진 뼈, 급사…….

100여 미터 아래쪽에서 두 명의 시니크를 본 토비아스는 몽상에서 화들짝 깨어났다. 시니크들은 삽으로 계단의 이끼를 긁는 데 집중한 나머지 그들을 보지 못했다.

콜린이 말했다.

"여기 있으면 안 돼."

토비아스가 느닷없이 말했다.

"맷을 구출하는 건 불가능할 거야. 이런 식은 아니야. 여긴 아니야. 너무 위험해. 카론호의 병사들이 모두 여관에 있을 텐데, 우리 둘에서는 결코 맷을 구출할 수 없어. 다른 방법을 생각해야 해. 그것도 빨리!"

"다른 방법은 없어. 그들은 저쪽으로 지나갈 거야."

"모르겠어? 여기서 작전을 개시했다간 몰살당할 거야! 우리 둘 중 한 사람이 그들을 교란시키면 나머지 한 사람이 맷을 구출해야 해. 불가능한 일이라고!"

콜린은 두 손을 허리에 얹고 발밑에 펼쳐진 굴을 응시했다.

"우리를 도와줄 누군가를 찾아낸다면?"

"비범한 사람이어야만 해!"

"그건 걱정하지 마. 존은 특별해. 믿어도 돼. 그를 찾아내기만 하면 돼!"

"도시는 그다지 크지 않지만……."

"그의 몸이 아니라 정신을 찾는 거야."

39
배꼽 고리를 자르다

콜린은 토비아스를 빵 굽는 화덕으로, 이어 시니크들이 부지런히 짚단을 쌓고 있는 창고 쪽으로 데려갔다. 잠시 후, 두 사람은 호숫가의 작은 빨래터에 도착했다.

검은 물에서 거품이 일었다. 물에서 비누 냄새가 났고, 10여 명의 팬들이 빨래 방망이를 두드리며 옷을 빨고 있었다.

콜린은 활짝 웃으며 외쳤다.

"찾았어!"

시니크 경비병 한 명이 입구 옆 작은 의자에서 벽에 등을 기댄 채 졸고 있었다. 콜린과 토비아스는 경비병을 피해 빨래터로 가기 위해 차가운 물속으로 걸어야 했다. 팬들은 빨래에 몰두한 나머지 두 소년에게 조금도 주의를 기울이지 않았다. 두 침입자는 바닥에서 나뒹구는 배꼽 고리의 쇠사슬을 성큼성큼 넘었다.

토비아스는 망연자실한 표정으로 입을 열었다.

"정말 좀비 같아."

팬들은 아홉 살에서 열다섯 살 사이였고, 대부분 소년이었다. 콜린은 열세 살이나 열네 살쯤 되어 보이는 적길색 머리의 소년 옆에 무릎을 꿇었다.

"존, 나야, 콜린. 나를 알아보겠어?"

존은 바지를 빨던 손을 멈추고 가만히 상대를 응시하다가, 이내 다시 일을 시작했다.

콜린은 경비병을 깨우지 않기 위해 소곤소곤 말했다.

"존! 나를 봐! 너는 나를 기억해. 떠올려봐!"

적갈색 머리 소년은 한 번 더 콜린의 얼굴을 뚫어지게 바라본 후 빨래를 재개했다.

토비아스가 비웃었다.

"우리를 도와줄 사람이 저 얼간이야? 우리는 궁지에 몰렸어!"

화가 난 콜린은 존의 어깨를 붙잡고 두 눈을 똑바로 바라보았다.

"이봐! 존! 네 안의 또 다른 너를 떠오르게 해! 정신 차려, 어서!"

적갈색 머리 소년은 눈을 깜박거리더니 거칠게 콜린을 밀쳤다. 그러고는 아주 크게 투덜거렸다.

"도대체 어떻게 된 거야?"

콜린은 황급히 존의 입을 틀어막았다.

"쉿! 경비병이 벽 뒤에 있어!"

존은 콜린의 손을 떼어내고 낮은 목소리로 항의했다.

"원하는 게 뭐야? 저 사람은 또 누구고?"

토비아스는 깜짝 놀랐다. 배꼽 고리는 더 이상 효력을 발휘하지 못했다. 그는 상냥하게 인사를 건넸다.

"나는 토비아스야."

"너희 둘뿐이야? 설마 시니크들과 함께 있는 건 아니겠지?"

콜린이 확인해주었다.

"우리 둘뿐이야."

"그런데 무슨 일이야?"

"포로로 붙잡힌 한 친구를 구출할 거야. 우리에게 합류할 수 있는 좋은 기회지!"

"정말? 여길 떠날 수 있어? 어떻게 할 건데?"

토비아스가 대답했다.

"시외에 교통수단이 있어. 너와 네 친구들도 탈 수 있을 만큼 커."

존은 작업을 계속하는 친구들을 바라보며 침통한 표정을 지었다.

"저 친구들은 달라. 그들은 나와 같지 않아. 진정한 자아를 되찾을 수 없어."

"그럼 너는 어떻게 한 거야?"

존이 히죽히죽 웃었다.

"나는 달라! 나는 전에도 약간…… 바보 같았지!"

"바보 같았다고? 그러니까…… 미쳤다는 거야?"

"부모님은 퇴학당한 나를 여섯 달 동안 병원에 감금했어! 해리성 장애를 앓고 있는 것 같아. 내 안에 두 개의 인격이 있다니, 기막히지 않아? 이 망할 놈의 배꼽 고리는 하나의 나만을 구속할 뿐이야!"

"인격을 통제할 수 있어?"

존의 얼굴이 어두워졌다.

"항상은 아니야. 보통은 다른 팬들처럼 무기력해. 그리고 가끔 은…… (갑자기 그는 인상을 찌푸렸다.) 콜린, 네 주인은 집구석에 있니?"

"응…… ."

적갈색 머리 소년은 짜증과 화를 내며 물에 침을 뱉었다.

"놈과 마주치기만 하면 가만두지 않을 거야!"

콜린이 토비아스에게 설명해주었다.

"내 주인은 노예시장에서 존을 샀어. 하지만 존이 정신 분열을 일으키자 바로 팔아넘겼지."

존이 덧붙였다.

"놈은 내게 수상한 짓을 하려 했어! 지독한 변태야!"

콜린이 재촉했다.

"좋아. 지금은 정신이 말짱한 거지?"

"이 소굴을 빠져나갈 기회야! 됐어?"

토비아스가 물었다.

"머리가 맑을 때 배꼽 고리를 제거하려고 해보진 않았어?"

"좋은 계획이 없으면 그럴 수 없어. 배꼽에 고리를 달 때의 고통은 이루 말할 수 없거든. 다시는 그런 고통을 겪고 싶지 않아! 그건 놈들이 우리에게 할 수 있는 최악의 짓이야! 게다가 고리를 빼다가 죽을 수도 있다고! 아무튼 고리를 제거한들 뭘 할 수 있겠어? 교통편이 없으면 혼자 도망치는 건 불가능해!"

토비아스가 장담했다.

"팬들의 땅으로 돌아갈 수 있도록 이 북행北行 티켓을 줄게. 아, 그런데 위험하더라도 네 고리를 제거해야 해. 또 작전을 시작하는 순간 너를 통제할 수 있어야 하고!"

콜린이 덧붙였다.

"다른 소년들의 배꼽 고리도 제거해야 해. 모두가 필요할 거야."

문득 토비아스는 의심이 들면서 불안에 사로잡혔다.

"고리를 제거하는 동안 죽으면?"

존이 단호하게 말했다.

"솔직히 말해, 지금보다 더 나쁠 순 없어. 너희가 도망칠 방법을 마련했다면 어떤 위험이라도 감수할 수 있어."

"저 아이들에게 의견을 물어봐야 하지 않을까?"

"나는 배꼽에 박힌 이 끔찍한 고리를 달고 사는 게 어떤 건지 알아! 분명 찬성할 거야! 무슨 일이 생기든 모두에게 해방이 될 거야!"

세 소년은 신속히 계획을 짰다. 콜린은 큼직한 돌로 시니크의 두개골을 박살 냈다. 시니크는 의자에서 굴러떨어졌고, 철모 아래로 피가 흘러나왔다.

콜린은 시니크의 허리띠에서 단도를 챙기고 길이 열렸다는 신호를 보냈다.

토비아스가 존에게 말했다.

"시니크들이 너희의 부재를 알아채는 순간부터 도시 전체는 혼란에 빠질 거야!"

"바로 그거야. 시니크들은 외곽부터 수색할 거야, 우리가 북쪽으로 떠날 거라고 예상할 테니까. 그럼 시내의 길은 감시가 소홀해지겠지. 조금 위쪽에 좋은 은신처를 알아. 가끔 잠이 오지 않을 때 가는 곳이지."

존이 팬 아홉 명의 쇠사슬을 움켜쥐자 그들은 바로 얌전하게 순종했다. 일렬종대의 선두에 선 그는 작은 작업실 앞에서 멈추고 펜치와 쇠톱을 꺼냈다.

"고리를 절단하는 데 필요한 연장이야."

한 시간 후, 그들은 아래쪽 시내와 동굴을 굽어볼 수 있는 절벽에 자리를 잡았다.

존은 콜린과 토비아스에게 연장을 내밀었다.

"나부터 시작해. 내가 잘못된다 해도 다른 아이들을 위해서는 어떻게 해야 하는지 알게 되겠지."

토비아스가 망설였다.

"잘해낼 수 있을지 모르겠어……."

존은 토비아스의 목덜미를 붙잡고 자신의 이마를 그의 이마에 맞댔다.

"나한테 온 건 너야. 이제 너희를 믿는 게 옳다는 걸 증명해봐!"

토비아스는 말을 더듬었다.

"알았어……. 정말이야, 우리를 믿어도 돼."

"나도 그러고 싶어!"

존은 드러누워 더러운 티셔츠를 걷어 올렸다. 고리는 부어오른 배꼽에 박혀 있었다.

토비아스는 펜치를 쥐면서 말했다.

"아, 역겨워!"

콜린이 설명했다.

"고리를 잘라야 해. 고리를 단단히 붙잡아."

톱질을 할 때마다 고리는 토비아스의 젖은 손가락 사이에서 미끄러졌고, 고리가 박혀 있는 늘어진 붉은 살에서 핏방울이 솟았다. 존은 이를 악물었다.

마침내 고리가 잘렸다. 토비아스가 펜치의 두 턱으로 고리 끝을 붙잡고 있는 동안, 콜린은 다른 고리를 붙잡고 양쪽에서 고리를 잡아당겼다.

존은 신음하기 시작했고, 이마는 식은땀으로 흠뻑 젖었다.

고리는 충분히 펼쳐졌다. 존은 더 이상 참을 수 없었는지 억눌린 비명을 내질렀다.

마침내 고리가 빠졌다.

적갈색 머리 소년은 한쪽 구석에 웅크린 채 심호흡을 하며 고통을 참았다. 그는 배를 움켜쥐고 있었다.

콜린이 말했다.

"한 사람은 됐어. 이제 아홉 명 남았어."

다음 절단은 더욱 쉬워 보였다. 소녀는 몸부림치지도, 비명을 지르지도 않았다. 아무것도 느끼지 못하는 것 같았다.

하지만 고리를 잡아당기는 순간, 소녀의 팔에서 닭살이 돋았다.

토비아스는 창백한 얼굴로 말했다.

"고통을 느끼는 것 같아."

존은 이마의 땀을 닦으면서 대답했다.

"계속해. 그건 당연한 거야. 그녀는 기절했다가 깨어나고 있어."

그들은 배꼽 고리를 뺄 때 부상당한 동물처럼 목구멍에서 터져 나오는 비명을 지르는 소녀의 입을 막아야 했다.

소녀는 울면서 사시나무처럼 떨었다. 존은 그녀를 껴안고 달래주었다.

콜린이 호수를 가리키며 말했다.

"네 친구가 시내로 들어올 거야."

카론호가 동굴에 나타났다. 햇빛은 여전히 높은 돛에 걸려 있었다. 배는 어두운 물살을 가르며 부두로 다가왔다. 중앙 돛대 꼭대기는 바위 천장에 닿을 듯 말 듯했다.

토비아스가 단호하게 말했다.

"1초도 여유 부릴 시간이 없어."

고리 절단 작업은 더 이상 하고 싶지 않았지만, 선택의 여지가 없었다. 그는 두 사람을 더 풀어준 후에야 다소 평온을 찾을 수 있었다.

다섯 번째 팬은 경련을 일으켰다. 그는 몸부림쳤고, 근육이 돌처럼 단단해졌다.

콜린이 당황했다.

"혀를 깨물었어!"

그들은 소년이 절벽 아래로 떨어지지 않도록 서둘러 바닥에 눕히고, 입에 나뭇조각을 물렸다. 입에서 하얀 거품이 빠져나왔다. 불길한 징조였다.

경련은 멈추지 않았다. 몸을 사방으로 흔들던 소년이 돌연 움직임을 멈췄다.

콜린은 소년을 자세히 관찰하고는 고개를 저었다.

"죽었어."

토비아스는 어쩔 줄 몰랐다.

"아, 안 돼."

그들은 소년이 소생하기라도 할 것처럼 가만히 지켜보았다.

토비아스는 고통과 죄책감으로 갈라신 목소리로 물었다.

"이름이 뭐지?"

존이 사실대로 대답했다.

"몰라. 모르는 애야. 일단 고리가 부착되면 더 이상 이름은 없어. 인격이 없는데 이름이 무슨 소용 있겠어?"

"우리 때문에 죽었어."

존이 머리를 흔들며 말했다.

"아니야. 그는 시니크들 때문에 죽었어! 계속해. 다른 아이들에게 인간의 존엄성을 돌려줘야지."

토비아스는 망자의 눈을 감겨주며 나직이 말했다.

"미안해."

40
비밀문서

어둠에 익숙해지려면 적응 시간이 필요했다.

맷은 주갑판에서 배가 에녹의 부두에 닿는 것을 봐도 좋다는 허가를 얻었다. 카론호는 항해의 마지막 순간 선수를 돌려, 가장 넓은 지류에서 벗어나 두 번째 지류로 들어갔다. 그리고 가파른 산을 향해 낮은 나뭇가지를 헤치며 나아갔다.

강물은 엄청나게 큰 동굴 속으로 흘러들고 있었다. 카론호는 지류의 굽이를 따라 방향을 바꿨고, 병사들은 뛰어다니며 초롱에 불을 붙였다. 갑자기 동굴 벽이 양옆으로 갈라지는 듯 보였다. 맷은 엄청난 보물을 보고 있다고 생각했다. 금이 고유한 빛을 반사하고 있었다.

이윽고 눈이 어둠에 익숙해졌다. 반짝반짝 빛나는 보석은 불과 불꽃으로 변했다. '보물 상자'들은 더욱 선명하게 드러났고, 산 밑에 건설된 에녹이 모습을 드러냈다.

항해하는 동안 맷은 배에서 가장 중요한 인물들을 알아냈다. 신앙 담당 고문관, 선장, 특히 안전을 담당하는 선장의 부관 로저. 로저는 맷이 어떤 일도 시도하지 못하도록 수시로 감시했다. 그는 부하들에게 이것저것 지시했다. 그의 시선에서는 항상 팬들에 대한 경계심이 보였다.

중요한 순간에 신앙 담당 고문관과 로저가 사라졌다. 맷은 배가 부두에 정박하리라고 추측했다. 두 사람의 부재는 그에게 궁금증을 자아냈다.

만일 그들이 목적지에 도착해 플륍을 공격한다면?

'아니야. 감히 그러진 못할 거야……. 그들이 무슨 일을 지시하든 내가 얌전히 따르고, 질문에도 꼬박꼬박 대답해주는 건 모두 플륍을 지키기 위해서야. 플륍을 없애는 건 멍청한 짓이지!'

신앙 담당 고문관은 잔인하긴 하지만 어리석지는 않았다.

맷은 자신을 감시하는 경비병을 유심히 살폈다. 경비병은 도시 구경에 온통 정신을 빼앗기고 있었다.

맷은 몰래 뒤쪽 선미루 갑판 아래 선실과 연결된 문으로 다가가 소리를 내지 않고 잠입했다.

그의 생명은 적의 계획을 알아내는 데 달려 있으므로, 고문관에 대해 자세히 알면 알수록 거짓말을 꾸며낼 수 있고, 시간을 벌 수 있을 것이다.

맷은 부엉이가 회신을 가져다주지 않자, 친구들이 더는 따라오지 않는 것일까 봐 걱정스러웠다. 만일 그렇다면 어떻게 할까? 어떻게 도시와 동굴에 잠입하지? 도망치는 일은 점점 더 어려워지는 것 같았다.

자신을 믿을 수밖에 없었다.

'조금이라도 기회가 생기면 플륍을 빼내고, 이 지옥의 배에서 최대한 멀리 도망쳐야 해.'

맷은 응접실 문에 귀를 대었다. 소리가 전혀 들리지 않아 선실 쪽으로 갔다. 고문관의 선실에서 목소리가 흘러나왔다.

맷은 마룻바닥에 한쪽 무릎을 꿇고 열쇠 구멍으로 선실을 엿보았다. 신앙 담당 고문관의 낙낙한 소매만이 보였다.

신앙 담당 고문관이 말했다.

"여왕님은 내가 데리고 있는 소년을 최대한 빨리 만나고 싶어 하셔. 녀석은 우리에게 엄청난 이익을 가져다줄 거야!"

"그런데 왜 저를 여기서 하선시키십니까? 저는 녀석을 엄중히 감시할 겁니다."

맷은 곧바로 목소리의 주인공을 알아차렸다. 분명 로저였다.

"자네에게 맡길 아주 중대한 임무가 있어. 이것을 1여단 요새에 전달하게."

맷은 신앙 담당 고문관이 손에 쥔 것을 보기 위해 몸을 비틀었다.

로저가 물었다.

"이게 뭡니까?"

"장군들이 대공격을 위해 준비해야 하는 전략이야. 말룽스 여왕님과 군사 담당 고문관들은 모든 전략을 치밀하게 세웠지. 명령이 떨어졌을 때, 우리 부대들은 임무를 정확히 알고 있어야 해. 1여단이 전 부대를 통괄할 거야. 이 서류를 골딩 장군에게 전달하게. 그럼 골딩 장군이 다른 부대도 준비를 할 수 있도록 공문을 보낼 거네."

맷은 숨을 멈췄다.

'대공격이라고? 대체 무슨 얘기지?'

"고문관님, 곧 시작입니까?"

"모든 건 여왕님의 결심에 달려 있어. 하지만 우리가 소년과 함께 도착하면 즉시 개시할 것 같네. 군대를 일으키고 마지막 군수물자를 수송할 시간이 필요해. 장담하지. 이번 겨울에는 더 이상 자유로운 팬이 없을 거야!"

맷은 소스라치게 놀랐다. 심장이 요동치기 시작했다. 전쟁! 시니크들이 모든 팬들을 노예로 삼기 위해 전쟁을 준비하고 있다니!

"고문관님, 저를 믿으셔도 됩니다!"

"목숨이 달려 있다 생각하고 잘 간직하게."

이제 행동해야 할 때였다. 맷 혼자만 알고 있기에는 너무나 중요한 정보였다. 에덴의 팬들에게 당장 알려야 했다.

'앙브르, 토비, 너희가 필요해. 지금 바로 내게 부엉이를 보내!'

복도 문이 열리더니 누군가가 전속력으로 들어왔다.

'나를 찾는 거야!'

고문관이 요란한 발소리를 듣고 나오는 순간, 맷은 자신의 선실과 인접한 화장실로 달려가 숨었다.

맷은 진정하기 위해 심호흡을 한 뒤 뛰었다.

경비병이 외쳤다.

"야! 얼마나 찾았는지 알아?"

고문관의 시선이 경비병에서 맷으로 이동했다. 험상궂은 눈이 이글이글 타올랐다.

고문관이 외쳤다.

"여기서 뭐 하는 거야?"

맷은 최고로 순진한 표정을 지어 그들을 혼란스럽게 만들고 싶었다. 그는 뒤쪽 화장실을 가리키며 말했다.

"나요? 아무것도……."

맷은 고문관의 선실 앞을 지나면서 슬쩍 들여다봤다. 로저는 향을 피울 때 사용하는 상자와 비슷한 나무 상자를 들고 있었다. 맷은 빈정거리는 말투로 덧붙였다.

"죄송해요. 제 방광이 아주 작거든요."

❖

병사들의 4분의 3이 술통과 상자로 채워진 하얀 부두에서 하선했다. 맷은 플룀이 없다는 사실을 확인하고 신앙 담당 고문관에게 물었다.

"내 개는요?"

"아직 여행은 끝난 게 아니야. 개는 배에 있으니 걱정하지 마. 내일 만나게 될 거다. 자, 가자!"

로저가 이끄는 스무 명가량의 병사들이 고문관과 맷을 에워쌌다. 그들은 한 여관 겸 술집으로 들어갔다. 병사들의 얼굴에 야릇한 미소가 떠올랐다. 그들은 맷을 3층으로 안내하고는 작은 방에 가두었다.

신앙 담당 고문관과 맷은 넓은 홀의 구석에 위치한 원탁에서 함께 저녁 식사를 했다. 음식은 양고기, 감자, 당근을 넣고 삶은 스튜와 작은 포도주 단지였다. 맷은 수프는 먹었지만 술은 마시지 않았다.

홀 대부분을 차지한 병사들은 술을 마시며 쾌활하게 웃었다. 병사들이 얼근히 취하자 고문관이 맷에게 말했다.

"취침 시간이야. 내일은 이른 새벽에 일어나야 해."

두 명의 경비병과 낙심한 듯 보이는 로저가 맷을 안내했다.

계단을 올라가면서 맷이 로저에게 물었다.

"나 때문에 흥이 깨졌나요?"

"우리를 걱정할 건 없어."

"고문관님이 나를 지키라고 지시했죠? 소란 피우지 않을 테니 부하들과 함께 내려가세요."

로저는 맷의 멱살을 붙잡아 벽으로 밀어붙였다.

"나를 바보로 아는 거야? 고문관님은 네게 상냥하지만 나는 아니야! 오늘 밤 나를 난처하게 만든다면 네놈의 두 귀를 잘라버릴 거다, 알았어? 귀가 없어도 여왕님은 너를 찾아낸 것만으로도 대단히 기뻐하실 테니!"

로저는 멱살을 놓았다. 맷은 복도에서 콜린과 마주치면서 두 번째 공격을 당했다. 콜린이 토비아스의 쇠사슬을 붙잡고 있지 않은가! 토비아스는 침울하게 걷고 있었다. 하지만 곧 속임수임을 깨달은 맷은 못 본 척했다.

갑자기 토비아스가 비틀거리더니 맷 앞에서 고꾸라졌다. 두 소년은 바닥에서 뒹굴었고, 콜린은 욕설을 퍼부으며 경비병들 앞으로 달려갔다.

토비아스는 이 순간을 이용해 친구의 귀에 대고 속삭였다.

"오늘 밤 도망치자."

맷은 일어나고 싶지만 자신을 짓누르는 엄청난 무게 탓에 그럴 수 없는 것처럼 꾸미기 위해 두 팔을 흔들었다.

맷이 대답했다.

"그전에 시간을 좀 줘. 포도주를 내 옆방으로 올려 보내. 밤이 끝날 무렵 작전을 실행하자."

로저는 콜린을 밀치며 투덜거렸다.

"비켜!

그런 다음 두 손으로 토비아스를 붙잡고는 벽에 던졌다.

"일어나! 어서!"

맷은 지시에 복종했다. 로저는 바로 맷을 방에 가두고 열쇠로 잠갔다. 로저가 방문을 닫으며 투덜대는 소리가 들렸다. 경비병들은 복도에서 문을 지키고 있었다.

복도로 나가는 것은 불가능했다.

맷은 15분을 기다렸다. 발소리가 들렸다. 누군가가 로저의 방문을 두드렸다. 칸막이벽이 얇아서 목소리가 들렸다.

어떤 여자가 말했다.

"포도주를 가져왔어요. 아래층에 있는 당신 친구들이 보냈어요."

"고마워요. 복도에 있는 병사들에게는 술을 주지 마세요!"

매우 훌륭했다. 작전은 계획대로 이루어지고 있었다. 토비아스가 이곳에 있을 뿐만 아니라 혼자가 아니었다. 적어도 콜린은 이 방면의 전문가였다. 잘 생각해보면 콜린은 믿을 수 없는 사람이었다. 맷은 콜린이 죽은 줄 알았다. 콜린은 비열한 배신자 아닌가! 토비아스와 앙브르는 어떻게 그를 조력자로 만들었을까?

침대가 삐걱거리는 소리가 들렸다. 로저가 술병을 든 채 침대에 주저앉았을 것이다. 맷은 그가 술에 취할 때까지 기다렸다.

1층에서 시작된 소음은 점점 더 크게 들렸다. 술에 취한 병사들이 취침을 위해 올라오고 있었다. 잠시 후 바깥이 조용해졌다.

맷은 창문으로 밖을 내다보았다. 대부분의 초롱은 꺼져 있었다. 거리에는 사람이 한 명도 없었다.

맷은 졸음과 싸우면서 한 시간을 더 기다렸다가 행동을 개시했다.

먼저 벽에 귀를 대고 병사들이 속삭이는 소리를 들었다. 그들은 이따금 몇 마디를 나누었다. 그는 창가로 달려가 창문을 열었다. 그들은 3층에 있었다. 높이는 7미터쯤 되었다. 시트를 자를 칼이 없어 긴 끈을 만들기는 어려웠다.

'그건 나중에 생각할 문제야. 지금 중요한 건 로저의 방이야!'

맷은 상체를 숙이고 디딤판을 찾았다. 가느다란 코니스(건축물 벽면에 수평으로 된, 띠 모양의 돌출 부분—옮긴이)가 벽을 두르고 있었다. 시도해볼 만했다.

그는 코니스를 밟고 허공에 매달렸다.

'로저가 창문을 열어놓지 않았다면 끝장인데!'

동굴 속은 더웠다. 몹시 더웠다.

'더구나 포도주를 마셨으니 로저는 바람이 필요했을 거야.'

로저의 창문이 보였다.

창문은 살짝 열려 있었다.

'거의 다 왔어! 조금만 더…….'

다리가 비틀거렸다. 한순간 떨어질 뻔한 맷은 왼손 엄지손가락으로 움푹한 곳을 잡아 간신히 버텨냈다.

마침내 맷은 창문을 잡고 방으로 올라갔다.

로저는 침대에서 빈 술병을 붙잡은 채 코를 골며 자고 있었다. 가구는 보잘것없었다. 시간이 많지 않았다. 먼저 장롱을 뒤졌다. 텅 비어 있었다. 이어 책상을 살펴보았지만 역시 아무것도 없었다.

가죽 흉갑과 바랑이 침대 발치에 놓여 있었다.

'그럼 그렇지! 이렇게 중요한 서류를 아무 데나 놓았을 리 없지!'

맷은 상자를 들고 승리의 미소를 머금었다. 이 상자를 가져갈 수는 없었다. 시니크들이 서류 분실을 알게 되면 모든 계획을 바꿀 것이다. 서류를 읽고 외워야 했다.

맷은 상자를 열고 메모로 가득한 종이를 펼쳤다. 거리의 불빛을 이용하기 위해 창가로 이동했다.

분명 전례 없는 대규모 군사작전이었다. 말롱스 여왕은 팬들을 완전히 정복할 작정이었다. 5개 여단, 1만5천 명 이상의 병사, 전차, 풍부한 무기와 갑옷. 작전은 상세했다. 맷은 한 줄도 빠뜨리지 않기 위해 여러 번 읽었다.

작전명은 '늑대의 협로'였다.

5개 여단.

3여단의 교란작전.

에덴의 점령.

마을 단위의 철저한 수색 작전.

문득 맷은 더 이상 작전을 읽을 필요가 없다는 사실을 깨달았다.

팬들은 운이 없었다. 미리 적의 작전을 안다 해도 팬들이 이길 가능성은 없었다.

1만5천 명의 병사!

가장 큰 팬 공동체인 에덴은 멀리 떨어져 있었다. 그들은 몇 명이나 될까? 1천 명으로 시작된 에덴은 지금은 2천이나 3천 명쯤 될 것이다. 그래도 역부족이었다. 모든 팬들을 규합한다 해도 절대적으로 열세였다.

'카마이클 섬을 공격했을 때도 그랬지만 우리는 잘 버텼잖아!'

하지만 이번에는 다르다는 사실을, 맷은 인정하지 않을 수 없었다. 매우 잘 조직된 5개 여단. 그들에게 맞설 수단이 없었다.

'도망칠 수 있어! 이 사실을 에덴에 알리면 전령들이 모든 팬 공동체에 전달할 거야. 우리는 더 북쪽으로 갈 수 있어…….'

하지만 어디까지 간단 말인가?

맷은 절망을 자제했다. 쉽게 판단할 문제가 아니었다. 급선무는 에덴에 알리는 것이었다.

그는 작전을 세세히 파악했다는 확신이 들고 나서야 종이를 제자리에 돌려놓았다. 긴 칼을 발견한 맷은 망설였다.

이 칼은 도망치는 데 소중한 도움이 될 수 있었다.

'하지만 로저가 내가 자신의 방에 들렀다는 걸 알아채겠지. 전략이 노출된 걸 알면 작전을 바꿀 테고.'

맷은 물건을 하나도 챙기지 않았고, 문을 통해 나갈 생각도 버렸다. 경비병들이 바로 옆에 있었다.

맷은 코니스를 통해 자기 방으로 돌아갈 자신감을 잃었다. 손의 상태는 조금 전과 같지 않았다. 방으로 돌아오는 데 5분이나 걸렸다. 난간에 발을 걸칠 즈음에는 얼굴에서 땀이 줄줄 흘러내렸다.

어둠 속에서 한 형체가 불쑥 나오더니 그에게 달려들었다. 그는 방어하거나 물러설 여유조차 없었다.

격분한 고문관이 두 어깨를 붙잡아 벽에 밀어붙이고는 외쳤다.

"이렇게 쉽게 도망칠 수 있다고 생각하나? 내 부하들이 여길 봉쇄하지 않았다고 생각해? 부하들은 사방에 깔려 있어! 여관 주위에도! 다음에 줄타기 곡예를 부릴 때는 들키지 않는 게 좋을 거야! 네가 떨어지지 않은 게 천만다행이야!"

병사 여섯 명이 작은 방을 가득 채웠다. 술에 취한 사람은 아무도 없었다. 맷은 자신이 빙산의 일각밖에 보지 못했다는 사실을 깨달았다.

다행히 그가 무슨 일을 했는지는 아무도 모르는 것 같았다.

한 장교가 말했다.

"경비병을 두 배로 늘리겠습니다."

소란에 깨어난 로저가 불안하고 얼빠진 표정으로 나타났다.

고문관이 지시했다.

"그럴 필요 없어. 포로와 함께 출발해! 남은 밤은 카론호에서 보내겠다."

맷은 더 이상 도망칠 방법이 없다는 사실을 깨달았다.

그는 친구들의 계획을 망쳤다.

41
망주옹브르

　그날 이른 저녁, 토비아스는 콜린, 존 그리고 여덟 명의 팬들에게 작전을 설명했다. 팬들은 신기한 듯이 토비아스를 관찰했다.

　"콜린과 나는 여관에서 방 하나를 잡을 거야. 맷이 오늘 밤을 여관에서 보낸다면 모두가 잠들 때까지 기다려야 해."

　콜린이 덧붙였다.

　"일반적으로 선원들은 기항을 이용해 술을 마셔. 그들은 자정 전에 취할 거야."

　"너희가 여관에 도착하면 우리가 내려와서 하인 전용 문을 열어 줄 거야. 두 사람은 맷이 붙잡혀 있는 층을 감시하는 경비병들에게 교란작전을 펼쳐. 그동안 다른 사람들은 잠입해서 맷을 찾아내야 해. 존은 여관에 묵고 있는 모든 시니크를 결박할 수 있을 만큼 충분한 낚싯줄을 준비했어. 그들이 경보를 울릴 때면, 우리는 이미 멀리 떨어져 있을 거야!"

　스튜라는 이름의 팬이 물었다.

　"어떻게 에녹을 떠나지?"

　"케이블카를 타고 도망칠 거야. 비행선이 아래에서 우리를 기다리고 있어.”

콜린이 토비아스를 노려보며 정정했다.

“비행선은 뾰족한 산봉우리에서 우리를 기다려.”

“그건 다음 계획이야. 망주옹브르들 탓에 한밤중에 외출할 수 없기 때문에 케이블카를 이용할 거야. 우리가 내려가는 동안 해가 뜨겠지. 시니크들은 케이블카부터 수색하지는 않을 거야.”

콜린이 거듭 주장했다.

“하지만 비행선은 계곡 아래에 있지 않아. 우리 머리 위에 있다고!”

토비아스가 일어났다.

“나도 알아. 그래서 네가 필요해. 하지만 먼저 맷에게 알려야 해.”

☣

여관에서 토비아스는 맷과 몇 마디를 나누기 위해 작은 소란을 피웠다. 친구를 다시 만난 것은 형언할 수 없을 만큼 기쁜 일이었다. 맷은 죽지 않았을 뿐 아니라, 마찬가지로 도망칠 궁리를 하고 있는 것 같았다. 맷이 요구한 지체는 문제가 되지 않았다. 토비아스는 늦은 밤에 개입할 계획이었다. 콜린은 방 하나를 예약했다. 그들은 서둘러 여관으로 출발했다.

토비아스는 시간이 촉박하다는 것을 알고 있었다. 조금도 여유 부릴 시간이 없었다.

☣

토비아스가 뚜껑문 쪽으로 거슬러 올라가는 긴 계단으로 들어서자 콜린은 우뚝 멈췄다.

“안 돼! 너, 미쳤어? 벌써 어두워졌어! 망주옹브르들이 사냥 중이야!”

"어쩔 수 없어! 5분이면 돼. 새 한 마리를 유인해서 앙브르에게 전
갈을 보낼 거야."

"나는 안 나가! 놈들에게 내 그림자를 빼앗기고 싶지 않아!"

"만일 우리가 붙잡혀 배꼽 고리를 차게 된다면 꼭두각시가 되고
말걸!"

"망주옹브르들에게 붙잡히느니 차라리 시니크들과 함께 지내는
게 나아."

토비아스는 역한 땀내를 맡을 수 있을 만큼 바싹 콜린에게 다가갔다.

"콜린, 우리 중 한 명이 좀 전에 죽었어! 네가 포기하면 그의 죽음
은 의미가 없어!"

콜린이 아주 나직이 대답했다.

"나는 너희 중 한 명이 아니야."

토비아스는 한 걸음 물러났다. 그는 활과 화살집을 집으면서 말
했다.

"정말 실망이야. 다른 사람들에게 돌아가. 한 시간 후에 돌아올게."

"어떻게 할 건데?"

"방법이 없잖아. 비행선까지 달려갈 거야!"

토비아스는 계단 속으로 사라졌다.

☣

토비아스는 두려움으로 근육이 경직되었다. 그는 빗장을 풀고 한 손
을 뚜껑문에 댔다. 이제 이 문을 밀기만 하면 밖으로 나갈 수 있었다.

'공포에 떨 때가 아니야. 모든 능력을 발휘해야지. 빠르게 달려야
해. 돌아서면 안 돼. 탑까지 돌진하는 거야. 비행선이 거기 있어야
할 텐데.'

문득 토비아스는 뷔뵈르가 경솔한 사람이 아니리는 사실을 떠올

렸다. 그는 곤돌라를 망주옹브르들의 손이 닿는 곳에 내버려두지 않았을 것이다.

'해파리는 아무것도 두려워하지 않아. 해파리의 출입구를 전부 닫았을 거야. 망주옹브르들은 문이나 창문을 열 수 없어. 그렇지 않았다면 에녹은 이미 오래전에 폐허가 됐겠지! 이 괴물들이 발 대신 가진 발톱으로는 탑에 기어오를 수 없을 거야! 비행선을 꼭 찾아내겠어!'

아무튼 토비아스는 자신을 믿어야 했다.

토비아스는 쓸데없이 둔해지지 않기 위해 활과 모든 장비를 내려놓았다. 그는 어깨로 뚜껑문을 밀었다.

커다란 침엽수가 늘어선 긴 언덕 아래쪽에서 강물이 반짝이고 있었다. 그곳에 세 채의 창고와 목탑이 있었다.

비행선은 탑 옆에 조용히 떠 있었다.

'이제 시작이야!'

토비아스는 살며시 풀밭 속으로 들어갔다. 망주옹브르들이 눈에 띄지 않아 더욱 불안했다. 놈들의 위치를 알고 싶었다.

탑까지는 100여 미터밖에 남지 않았다.

토비아스는 이런 정적을 좋아하지 않았다. 이 괴물들이 어디 있는 거지?

'놈들은 햇빛을 두려워하니까 절대로 소굴에서 멀리 떨어지지 않아. 그러니 건너편 비탈에 있을 거야. 그래도…….'

토비아스는 두려움을 떨쳐버리려 애썼다.

50미터.

망주옹브르들도 실수를 범하지 않을 수는 없을 것이다. 놈들은 무시무시한 존재이긴 하지만 실수를 저지를 수 있는 생명체에 지나지 않는다. 산에서 이동할 때 항상 먹이를 발견할 수 있는 것은 아니다. 그렇게 생각하자 토비아스는 두려움에서 다소 벗어날 수 있었다. 그의 움직임이 훨씬 가볍고 유연해졌다.

탑 밑에 도착한 토비아스는 계단의 삐걱거리는 소리를 저주하면서 기어오르기 시작했다. 토비아스는 자신이 방금 어떤 모험을 했는지 생각도 하지 않고 곤돌라 갑문을 닫았다.

불은 꺼져 있었다. 토비아스는 앙브르의 숙소로 가서 천천히 손잡이를 돌렸다. 뭔가가 문을 막고 있었다.

'문 뒤에 의자를 놓았어!'

토비아스가 나직이 말했다.

"앙브르! 나, 토비야! 일어나!"

잠시 기다려야 할 거라 예상했지만, 의자가 바로 사라지고 앙브르가 나타났다.

앙브르는 화들짝 놀랐다.

"혼자야?"

"응. 오늘 밤 맷을 구출할 거야. 네 도움이 필요해. 네가 비행선을 건너편 절벽 아래 계곡으로 몰고 와야 해. 동이 틀 무렵, 거기서 널 기다릴게. 할 수 있겠어?"

"뷔뵈르의 설명을 잘 기억해뒀어. 별로 복잡하지 않은 것 같아."

토비아스는 망설이다가 말을 이었다.

"반드시 뷔뵈르를 가둬야 해."

"걱정 마."

"뷔뵈르가 네게 아무 짓도 하지 않았니? 적어도 시도는 했겠지?"

"네가 떠난 이후로 뷔뵈르를 피했어. 하지만 잠을 이룰 수가 없어. 너는 네가 해야 할 일이나 해. 내가 비행선을 맡을게."

토비아스는 힘차게 고개를 끄덕였다.

"우리는 삼총사야!"

앙브르도 활기차게 대답했다.

"그래. 모든 일이 잘되면 내일 아침 다시 만날 수 있을 거야."

토비아스는 서둘러 탑을 내려간 후, 무성한 풀밭을 거슬러 올라갔다.

망주옹브르들은 뚜껑문 위쪽으로 200미터 거리에 있었다. 스무 개가량의 홀쭉한 실루엣. 하얀 머리를 가진 허수아비처럼 보였다.

노란 눈들이 토비아스를 노려보고 있었다. 입술 역할을 하는 갈라진 틈에서 굶주린 미소가 떠오른 것 같았다.

"제기랄! 지금은 아니야!"

아무리 전속력으로 달린다 해도 놈들보다 먼저 뚜껑문에 도달할 수 없었다. 그것은 불가능했다.

'나는 원하는 만큼 빨리 달릴 수 있어. 아주 빨리.'

목숨을 구할 수 있을 만큼?

망주옹브르들은 마치 한 사람처럼 비탈에서 뛰어내리더니 덤불을 스치듯 날고 있었다. 그들은 이동하면서 꽃을 꺾었다.

토비아스에게는 더 이상 선택의 여지가 없었다. 그는 전력으로 질주하기 시작했다.

오르막길에서는 더 속도를 낼 수 없었다. 발걸음은 점점 더 무거워졌다. 과도하게 활동적인 토비아스는 놀라운 초능력을 발휘했다.

하지만 그것만으로는 충분하지 않기에 걱정스러웠다.

망주옹브르들은 뚜껑문 근처에 도착했다.

토비아스는 이를 악물고 돌진했다. 금세 숨이 찼다.

토비아스를 구원할 사각형 어둠이 가까워졌다.

모든 게 괴물 같았다.

토비아스는 망주옹브르보다 늦은 것을 알고 뚜껑문 안으로 뛰어들 준비를 했다.

망주옹브르들이 다시 몸을 일으키더니 토비아스를 에워쌌다. 토비아스는 뚜껑문 속으로 뛰어내리면서 벽에 부딪쳤다. 그는 모든 고통을 잊고 펄쩍 뛰어 문을 붙잡았다. 그 순간 섬광이 불쑥 나타났다.

붉은 잇몸과 뾰족한 이빨이 그에게 덤벼들었다.

망주옹브르들은 다시 닫힌 뚜껑문에 부딪치며 박살났다.

42
최후의 임기응변

맷의 탈주는 구체화되고 있었다.

토비아스는 네 시간 전부터 여관에서 콜린과 함께 초조하게 대기 중이었다. 두 소년은 말수가 적어졌다. 토비아스는 다친 허리를 묶었던 붕대를 교체했다. 전력으로 질주한 탓에 허리 상처에서 다시 피가 흐르기 시작했다.

존과 다른 팬들은 여관의 하인 전용 출입구에서 보이는 아주 가까운 양 우리에 숨어 있었다. 토비아스는 절호의 기회만을 기다리고 있었다.

가장 어려운 것은 바로 이 절호의 순간을 판단하는 일이었다. 여관에는 한참 전부터 정적이 감돌았다. 하지만 그것만으로는 충분하지 않았다. 그는 늦게, 아주 늦게, 즉 동이 트고 케이블카가 내려갔을 때 작전을 개시하고 싶었다. 만일 병사들이 추격해오면 그들은 바로 동굴을 떠나 비행선을 타야 했다.

토비아스는 가까스로 망주옹부르들의 손아귀에서 벗어났다. 가슴은 진정되었지만 다시는 외출할 용기가 나지 않았다.

새 친구들의 반응도 토비아스를 걱정시켰다. 팬들은 배꼽 고리가 사라지고부터 마치 뇌가 몸에서 아주 멀리 떨어져 있는 것처럼 굼뜨게 반응했다. 토비아스는 그들에게 모든 구속으로부터 해방되었다고 알려주었고, 또 협력한다면 함께 도망칠 수 있다고 말해주었지만 그들은 조금도 열광하지 않았다.

배꼽 고리가 그들의 자발성을 빼앗았던 것이다.

존이 옳았다. 그들은 심각한 우울증을 앓고 있었다. 이 배꼽 고리는 사람이 사람을 통제하기 위해 발명한 가장 악랄한 것이었다.

'원자폭탄도 마찬가지야.'

토비아스는 팬들에게 시니크들에게 붙잡힌 정황과 신원을 물었다. 질문을 할수록 그는 이들에게 무엇도 기대해서는 안 된다는 사실을 깨달았다. 이들은 어떤 지시를 하든 무턱대고 고개를 끄덕였다.

토비아스는 배꼽 고리의 2차적인 피해가 시간이 흐름에 따라 사라지기를 바랐다. 진취적 기상을 잃는다는 것은 끔찍한 일이었다. 토비아스는 가끔 난처한 상황에 빠지는 것도 감수했고, 늘 적극적이었다.

콜린이 물었다.

"이제 갈까?"

"지금은 아니야, 너무 일러."

"모두 자고 있어!"

"아직 아니야!"

콜린은 한숨을 지었다.

10분 후, 토비아스가 졸음과 싸우고 있을 때, 위층 복도에서 소란이 생겼다. 콜린이 벌떡 일어났다.

"내가 가서 볼게!"

그는 곧 낙심한 표정으로 돌아왔다.

"놈들이 철수하고 있어! 무슨 일이 있었는진 모르지만 맷이 케이블카 쪽으로 끌려갔어!"

"제기랄! 우리도 가자! 놈들은 소지품을 챙겨야 하니까 우리가 먼저 도착할 수 있을 거야."

토비아스가 양 우리를 향해 크게 손짓을 하자 아홉 명의 실루엣이 달려왔다.

토비아스가 털어놓았다.

"작전을 바꿨어. 싸워야 할 거 같아."

존이 단호하게 말했다.

"차라리 잘됐어. 놈들에게 앙갚음해주겠어."

다른 팬들은 여전히 무표정했다. 그들은 도시의 창고에서 훔친 그물, 작살, 삽, 곡괭이로 무장했다.

일행의 선두에 선 콜린과 토비아스는 서둘러 골목길을 빠져나갔다. 두 명의 순찰병이 도망친 열 명의 노예를 찾기 위해 골목길을 누비고 다녔다. 동굴 끝을 지나 케이블카 정류소의 웅장한 정문에 도착한 그들은 무릎을 꿇고 직원용 뚜껑문을 지나 둥근 틀과 쇠사슬 사이로 잠입했다.

콜린이 물었다.

"이젠 어떻게 하지?"

"놈들이 고통의 계단을 이용하도록 케이블카를 파손하는 거야. 그리고 계단에서 놈들을 공격하자."

"겨우 열한 명으로 호송대와 맞서 싸우겠다고? 박살날 거야! 우리 부대의 상태를 봤어?"

토비아스는 초라하게 무장한 팬들의 얼굴을 보며 고개를 끄덕였다. 영웅적인 전투는 기대할 수 없었다.

토비아스가 외쳤다.

"너희의 초능력은 뭐지?"

존이 되물었다.

"초능력이라니?"

"특별한 능력 말이야. 너희의 능력!"

콜린이 고개를 흔들었다.

"시간 낭비일 뿐이야. 이들에게는 아무 능력도 없어! 배꼽 고리가 능력까지 파괴했어."

"정말 추악한 짓이야!"

만일 팬들이 싸울 수 없다면 적어도 이들의 도움을 받아 적에게 불화의 씨를 심어야 했다.

"어떻게 대처해야 하는지는 분명해. 스튜, 너는 입구에서 망을 봐. 나머지는 나를 따라와."

토비아스는 일행을 케이블카를 보관한 긴 가건물 쪽으로 데려갔다. 그는 쇠사슬로 케이블카를 묶어둔 방식을 살피고서 모두에게 도와달라고 부탁했다.

"너희 쪽으로 케이블카를 잡아당긴 다음에 들어 올려. 그럼 케이블카가 쇠사슬에서 분리될 거야! 그리고 밀어버려!"

토비아스는 즉시 케이블카를 비탈로 밀어버렸다. 잠시 후, 모든 케이블카가 끝 모를 깊은 터널 속으로 떨어졌다. 금속성 굉음이 한참 동안 울렸다.

토비아스는 기뻐했다.

"제일 먼저 케이블카를 생각했지. 이젠 해결됐어."

스튜가 달려왔다.

"놈들이 도시에서 나왔어. 최소한 열두 명이야!"

콜린이 놀라며 되물었다.

"겨우 열두 명이라고?"

토비아스가 추측했다.

"다른 사람들은 새벽에 올 거야. 놈들이 여기까지 오는 데 얼마나 걸리지?"

"5분도 채 안 걸려!"

"이 술통들을 계단 가장자리로 옮겨야 해. 그리고 최소한 하나는 아래쪽 계단에 두고."

존이 물었다.

"정말로 놈들을 공격할 거야?"

"너희가 눈치 빠르게 움직이길 바라."

"왜?"

"맷이 궁지에서 빠져나올 수 있도록 정확히 겨눠야 하거든. 맷은 내가 남겨놓은 표시를 알아볼 거야."

43
사악한 뷔뵈르

앙브르는 어두운 하늘에서 눈을 떼지 않았다. 동쪽 하늘의 변화를 탐색하면서 달의 궤도로 시간을 가늠했다.

잠시 후, 살며시 복도로 나간 앙브르는 뷔뵈르를 방에 가둘 방법을 찾기 위해 창고를 뒤졌다. 그녀는 뷔뵈르에게 가서 비행선을 이동시켜야 한다고 설명할 수도 있었다. 만일 그가 정말 그들을 도와주고 싶어 한다면 부탁을 받아들일 것이었다. 하지만 직감은 절대로 뷔뵈르를 믿지 말고, 그의 도움 없이 행동하라고 말했다.

앙브르는 판자 위에 고정된 바이스를 발견하고 미소를 지었다. 그녀는 바이스의 양턱으로 선실 손잡이를 고정시키고 판자로 문을 차단했다.

그리고 갑문으로 달려갔다. 밧줄을 끊어야 했다.

앙브르는 작은 원창을 통해 어둠을 살폈다. 탑으로 들어갈 수 있는 길은 나무로 만든 인도교뿐이었다.

앙브르는 문빗장의 걸쇠를 올리고 칼로 무장한 채 나왔다. 밧줄에서 풀려난 해파리는 아주 천천히 상승하기 시작했다. 앙브르는 인도교로 달려가 곤돌라로 뛰어올랐다.

이윽고 그녀는 조종석에 앉았다.

손잡이와 톱니바퀴 모양의 장치는 많지 않았다. 그녀는 정신을 집중하고 뷔뵈르가 설명해주었던 것을 떠올렸다.

"이건 오른쪽으로, 저건 왼쪽으로 가기 위한 거야. 그리고 이건 고도를 높이는 거고……. 아, 기억났어. 조종할 수 있어. 힘내, 앙브르. 너는 해낼 수 있어!"

뒤쪽에서 둔탁한 충돌이 일어났다.

'곤돌라의 움직임이 그를 깨웠어.'

한 번 더 격렬한 충돌이 이어졌다. 문이 얼마나 버틸 수 있을까?

앙브르는 생각하지 않으려 애썼다. 그녀는 조종에 집중하고 조종간을 밀었다. 해파리는 예상대로 오른쪽으로 돌았다.

하지만 기뻐할 틈도 없이 뷔뵈르가 불쑥 나타났다.

"뭐 하는 거야? 이성을 잃었어? 우릴 죽일 셈이야?"

"토비아스와 맷이 저 계곡 아래에서 기다리고 있어요. 그들을 만나야 해요!"

"그래서 나를 가뒀어? 못된 년! 조종간을 놔."

앙브르는 조종간을 움켜쥐었다. 뷔뵈르는 조정석에서 앙브르를 끌어내기 위해 완력을 써야 했다. 그는 곤돌라를 안정시켰다. 그리고 도망치려는 앙브르를 벽으로 밀어붙였다.

뷔뵈르는 얼굴에 침을 튀기며 소리쳤다.

"비행선에서 지시를 내리는 건 나야!"

"여왕이 애타게 찾는 소년을 찾아내고 싶은 마음이 여전한가요? 그렇다면 지금이에요!"

뷔뵈르는 갑자기 웃음을 터뜨렸다.

"너는 정말 바보구나!"

"당신은 우리를 도와주겠다고 약속했어요!"

"바로 그거야! 그래서 나는 너희의 순진함과 단순함을 좋아하지."

"하지만…… 나는…… 나는 당신 앞에서 옷을 벗었어요!"

뷔뵈르는 음탕한 미소를 짓고 말했다.

"그래. 엄청나게 고마워! 무척 즐거웠어!"

마음에 상처를 입고 격분한 앙브르는 무릎으로 뷔뵈르의 복부를 가격했다. 뷔뵈르는 비명을 지르면서도 앙브르를 놓아주지 않았다. 앙브르는 손아귀에서 벗어나려 했지만 뷔뵈르가 거칠게 팔을 비틀었다.

"너무하는군. 더는 못 참겠다! 배꼽 고리는 너의 가치를 훼손하지 않을 거야! 못된 계집애 같으니! 이리 와!"

뷔뵈르는 소녀의 팔을 비틀고 머리를 잡아당기면서 비행선 뒤쪽으로 끌고 가더니, 숨겨진 방으로 밀어 넣었다. 그리고 쇠사슬로 소녀를 벽에 묶고는 작은 트렁크를 열어 갈고리 모양으로 굽은 긴 집게, 송곳 그리고 배꼽 고리를 꺼냈다.

"이번에야말로 너를 온순하게 만들어주마!"

"안 돼요! 그러지 마요, 제발!"

"좀 더 일찍 그렇게 나왔어야지!"

뷔뵈르는 거칠게 블라우스 밑단을 찢어 배꼽이 드러나게 하고는 살 속에 긴 집게를 꽂으려 했다. 하지만 실패였다. 앙브르가 비명을 지르며 격렬하게 몸부림쳤던 것이다.

"움직이지 마!"

뷔뵈르는 힘껏 따귀를 후려쳤다. 앙브르는 잠시 아무것도 들을 수 없었다. 하지만 그녀는 송곳이 살에 구멍을 뚫으려는 것을 보고 허리의 반동으로 뷔뵈르를 밀었다.

뷔뵈르가 외쳤다.

"이젠 정말 못 참아!"

뷔뵈르는 다시 따귀를 때리기 시작했다. 앙브르는 본능적으로 발과 팔꿈치로 공격했다. 귀가 넝넝하고 뺨이 화끈 달아올랐지만 끝까지 방어했다.

하지만 곧 기력이 약해지면서 조금씩 의식이 흐려졌다. 더 이상 비명을 지를 수도, 발길질을 할 수도 없었다. 뷔뵈르가 다시 불행의 도구를 집어 들고 배꼽으로 다가왔다. 앙브르는 뷔뵈르에 대해 들었던 경고들을 떠올렸다.

누구도 그에게 맞서 이길 수 없었다.

뷔뵈르는 결코 가까이해서는 안 될 사악한 존재였다.

44
2천 개의 계단

병사들은 저마다 창, 검, 흑단 갑옷을 착용하고 있었다. 괴력을 지닌 맷이지만 전혀 승산이 없다고 판단했다. 맨손으로 열두 명과 싸울 수는 없었다.

'그들은 나를 해치지 말라는 명령을 받았어. 그건 내가 이용할 수 있는 장점이야!'

맷이 도주를 시도한다면 병사들은 신앙 담당 고문관에게 알리기 전에 창으로 찌를 것이다. 그의 부재는 심각한 문제를 야기할 것이다. 맷은 여관을 떠나기 전 고문관과 로저가 나누는 대화를 엿들었다. 비행선이 시내에 도착해 있었다. 뷔뵈르는 긴급히 신앙 담당 고문관과 대화를 나누기를 원했다. 로저는 날이 밝는 대로 작전을 1여단의 요새로 전달할 것이다. 하지만 그전에 가장 충직한 부하 장교에게 맷의 호송대를 맡겨야 했다.

뷔뵈르는 누굴까?

맷은 불길한 느낌이 들었다.

경비병들은 메아리로 가득한 넓은 터널로 들어갔다. 맷은 고통의 계단을 보고 삼짝 놀랐다. 붙잡을 손잡이 하나 없었다. 유지 초롱을

363

걸어놓은 말뚝뿐이었다. 조심스럽게 움직여야 했다.

정찰을 나갔던 병사가 외쳤다.

"케이블카가 없습니다. 기다려야 할 것……?"

호송대를 책임진 장교가 병사의 말을 끊었다.

"아니야. 어쩔 수 없지. 계단으로 내려간다!"

맷은 도주를 생각했다. 경비병을 비탈로 밀치고 달릴까? 하지만 어디로? 길을 거슬러 올라갈 수는 없었다. 발이 걸려 넘어지거나 미끄러지면 낙사할 것이다. 너무 위험했다.

맷은 무장한 호송대에게 둘러싸인 채 지겨운 내리막길로 내딛기 시작했다. 계단 양쪽 비탈에서 굴러떨어지는 급류는 시원한 이슬비를 일으켰다. 이슬비가 돌에 내려앉으면서 터널 내벽에는 이끼가 자랐고, 계단은 몹시 미끄러웠다.

모두 정신을 집중하고 발을 디뎠다. 맷도 마찬가지였다. 몇 미터 아래에서 경비병이 욕을 해댔지만 맷은 발에서 시선을 떼지 않았다.

누군가가 외쳤다.

"조심하세요! 계단 중앙에 술통이 있습니다!"

"밀어버려! 술통을 놓은 놈에겐 안 된 일이지만."

"중요한 거라면요?"

"술통에 뭔가가 적혀 있어! '삼총사'."

그 소리에 맷은 촉각을 곤두세우고 몸을 일으켰다.

'앙브르와 토비아스야!'

맷은 경비병들의 위치를 확인했다. 앞에 여섯 명, 뒤에 여섯 명. 계단에서 벗어나면 세찬 격류에 휩쓸려 터널 끝에 이르기도 전에 만신창이가 될 것이다.

그때, 누군가가 계단 꼭대기에서 휘파람을 불었다.

토비아스였다. 그는 시위가 팽팽한 활을 들고 있었다.

그리고 10여 명의 실루엣이 불쑥 나타났다.

☣

토비아스는 몸을 떨었다. 그만큼 긴장이 심했다. 한 가지 방법밖에 없었다. 화살 끝은 맷 바로 옆의 술통을 겨누고 있었다.

그는 마음을 비우고 숨을 멈췄다.

두 어깨는 안정되었다. 그는 팔꿈치를 들면서 조준했다.

팬들은 계단의 술통을 밀었고, 토비아스는 시위를 놓았다.

화살이 발사되면서 묶어놓은 밧줄을 끌고 갔다. 토비아스는 당황했다. 앙브르가 없어서 궤도를 수정할 수 없기 때문에 표적을 맞추지 못할 것 같았다. 그는 분명 너무 서툴렀다.

순간, 화살촉이 술통 중앙에 박혔다.

'맞혔다! 맞혔어!'

하지만 승리를 자축할 때는 아니었다. 술통이 계단에서 전속력으로 굴러떨어지기 시작하자 병사들도 비명을 지르기 시작했다. 가장 위쪽에 있던 병사들은 술통을 뛰어넘으려 했지만 비탈로 끌려갔다. 다음 병사들은 옆으로 펄쩍 뛰어 거품이 이는 수로에 빠졌다. 그들은 쇠사슬에 매달렸지만 무시무시한 수압 탓에 오래 버틸 수 없었다.

격류에 휩쓸리려던 맷은 순간 토비아스의 작전을 깨닫고 밧줄을 붙잡았다. 한 병사가 맷을 밀면서 밧줄을 잡으려 했다. 맷은 힘차게 주먹을 날렸다. 쓰러진 병사는 무거운 술통에 얻어맞고 뭉개졌다. 맷은 교묘하게 술통을 피해 가장 가까운 격류로 몸을 던졌다.

밧줄은 최대로 팽팽해지면서 심하게 요동쳤다.

토비아스가 팬들에게 지시했다.

"저 소년을 끌어 올려야 해! 격류에 떠내려가기 전에!"

세 명의 팬이 맷에게 달려갔고, 다른 팬들은 다시 술통을 밀었다.

아래쪽 병사들이 울부짖으며 튀어 올랐다. 그때마다 뼈가 부러지고 초롱을 걸어둔 말뚝이 뽑혔다. 술통을 멈추게 할 수 있는 것은 하

365

나도 없었다. 다른 병사들은 이미 지옥의 미끄럼틀을 타고 수백 미터 아래로 사라졌다.

토비아스 일행은 밧줄을 잡아당겼고, 맷은 부글거리는 수로 한가운데에서 다시 나타나 가쁜 숨을 몰아쉬었다. 그들은 두 차례 더 밧줄을 끌어당겼다. 마침내 맷은 웅덩이에서 빠져나와 계단으로 올라왔다. 숨이 끊어질 듯 가빴고, 팔다리는 강력한 수압에 마비되었다. 그는 고통과 긴장으로 굳어진 채 누웠다.

맷은 비상한 체력으로 밧줄을 잡고 견뎌낸 덕분에 목숨을 구했다.

술통들은 계단 모서리에 너무 자주 부딪치는 바람에 차례대로 부서졌다. 호송대는 완전히 해체되었다. 부러진 몸들이 50미터, 100미터, 200미터 아래쪽에서 나뒹굴었다.

토비아스는 달려가 친구를 일으켜 세웠다.

"맷! 괜찮아? 숨 쉴 수 있겠어?"

맷은 괜찮다는 손짓을 했다. 아주 긴 머리털이 얼굴의 일부를 가렸다. 그는 숨을 가다듬기 시작했다.

갑자기 뿔피리가 요란하게 울렸다.

존이 돌아서서 맷과 토비아스에게 외쳤다.

"두 명의 경비병이야!"

콜린을 선두로 모두 계단을 내려가 맷, 토비아스와 합류했다. 뿔피리는 계속해서 경보를 울렸다.

콜린이 말했다.

"늦게 출발한 병사들일 거야! 늑장 부리면 안 돼. 5분 후면 포악한 시니크들이 몰려올 거야!"

토비아스 일행은 현기증 나는 내리막길로 달려갔다.

겨우 5분이나 지났을까, 장딴지가 뻣뻣해지기 시작했다. 그들은 끝이 보이지 않는 계단에 혀를 내둘렀다.

잠시 후, 그들은 균형을 잃지 않기 위해 속도를 줄였다.

화살이 날아왔다.

두 명의 시니크가 활을 쥐고 그들을 뒤쫓다가 사정거리에 이르자 힘껏 활을 쏘았다.

가장 어린 조던이 허리에 화살을 맞았다. 동료들이 조던을 붙잡기 직전, 그는 격류 속으로 사라졌다.

모든 일이 너무 순식간에 일어났기에 모두 아연실색했다.

화살 하나가 존의 발치에서 튀며 날았다. 그들은 얼떨떨한 상태에서 벗어나 다시 전속력으로 내려가기 시작했다.

그들이 열 걸음도 채 떼지 않았을 때 미아가 넓적다리에 화살을 맞고 비명을 지르며 쓰러졌다. 두 소년이 그녀의 팔을 잡고 일으켜 세운 후 부축하며 내려갔다.

맷이 말했다.

"토비아스, 네 활로 우리를 엄호해!"

"사정거리가 아니야. 놈들은 위쪽에 있고 너무 멀어!"

"그럼 내게 넘겨줘!"

맷은 일행을 보내고 갑옷을 입은 두 병사를 겨누었다. 그는 활이 우지끈하는 소리가 날 정도로 시위를 당긴 후 쏘았다. 이어서 두 번째, 세 번째 화살을 쏘았다. 비록 화살이 표적에 이르지는 못했지만, 추격자들을 지체시킬 수 있었다.

맷은 서둘러 일행과 합류했다.

병사들은 더 이상 다가오려 하지 않았다. 그들은 안전거리를 유지했다.

15분 후, 팬들은 교대로 미아를 부축했다. 미아는 인상을 찌푸리면서도 용감하게 고통과 맞서 싸웠다.

하지만 터널이 너무 길었다. 존은 비틀거렸다. 그는 몹시 헐떡거리며 간청했다.

"잠시…… 쉬어야…… 해."

콜린이 말했다.

"병사들도 조금 전 속도를 늦추고 바닥에 앉았어. 우리도 그렇게 하지 않으면 절대 터널 끝에 무사히 도착하지 못할 거야!"

토비아스는 마지못해 승낙했다. 모두 미끄러운 계단에 주저앉았다. 두 명의 병사는 멀리 위쪽에서 두 개의 검은 점에 지나지 않았다.

맷이 말했다.

"5분 이상은 쉴 수 없어."

그는 머리를 숙이고 미아의 상처를 살폈다.

"화살을 빼야 해."

미아가 애원했다.

"안 돼! 지금은 아니야! 지금도 너무 아파!"

맷은 토비아스, 콜린과 함께 있는 여덟 명의 팬들을 바라보았다.

"앙브르는 안전하니?"

토비아스가 대답했다.

"그녀는 이동 담당이야."

맷은 약간 어색한 얼굴로 모두에게 말했다.

"구해줘서 고마워."

한 어린 팬이 물었다.

"정말 우릴 도와줄 거니?"

다른 팬이 물었다.

"여길 떠날 거지?"

맷이 더듬거리자 토비아스가 끼어들었다.

"모든 일이 잘됐다면 저 아래에 우리를 팬 공동체로 싣고 갈 비행선이 있을 거야. (그는 맷에게 돌아서서 덧붙였다.) 미안해. 시니크들 나라에서의 여행은 이쯤에서 멈출 생각이야. 북쪽으로 돌아갈 때야. 그렇지 않니?"

"여러 가지 의문에 대답을 얻기 위해 이곳에 왔어. 원하는 답은 얻지 못했지만 빨리 에덴으로 가야 해. 생사가 걸린 문제야!"

토비아스는 안도하는 눈치였다.

"여행을 멈춘다니 이번만은 기쁘다! 네가 불길한 말롱스 여왕을 만날 때까지 여행을 계속할 줄 알았는데!"

"고민한 끝에 좋은 계획이 아니라는 결론을 내렸어."

"너는 상상도 못 할 거야! 일단 비행선에 도착하면 너에 관한 아주 중요한 비밀을 말해줄게."

맷이 말했다.

"그전에 카론호로 돌아가야 해. 플립을 시니크들에게 남겨둘 순 없어. 그런데 그 비행선은 어디서 난 거야?"

"얘기하자면 좀 길어!"

맷이 콜린을 가리키며 물었다.

"어떻게 된 거지?"

"우리를 돕고 있어."

"믿어도 될까? 마지막 소식에 의하면 그는 익사한 배신자였어!"

"콜린은 많이 변했어. 그가 없었다면 결코 너를 구출할 수 없었을 거야."

"아무튼 후회할 일이 없길 바라."

존이 두 소년에게 상체를 숙였다.

"두 놈이 다가오고 있어. 가야 해!"

터널 끝에 도착하기까지 한 시간이 걸렸다. 반복적인 발걸음의 리듬으로 정신이 몽롱했다. 또 모두 녹초가 된 채 온통 젖어 있었다.

다섯 대의 케이블카는 벽에 부딪쳐 박살났고, 금속 파편이 사방에 널려 있었다.

조금 더 멀리, 지하 호수 한가운데 긴 부두가 보였다. 카론호가 정박해 있었다. 동굴은 도시의 동굴만큼 거대했고, 출입구는 활짝 열려 있었다. 여전히 어두웠다.

콜린은 부두 끝에 있는 커다란 문을 가리켰다.

"벌판으로 나가는 출구야!"

맷이 대꾸했다.

"잘됐어. 해가 뜰 때까지 저 아래에서 우리를 기다려. 만일 우리가 새벽에 카론호에서 내리지 않는다면 바로 비행선으로 달려가. 토비아스, 함께 갈래?"

"방금 다시 만났는걸. 이제 너를 혼자 내버려두지 않아!"

두 소년은 카론호의 인도교로 잠입했다. 갑판에는 아무도 없었고, 세 개의 초롱이 타고 있었다. 한 선원이 뒤쪽 선미루 갑판 의자에서 자고 있었다.

맷은 승강구로 잠입하면서 말했다.

"앞쪽이야."

플룀은 자리를 옮기지 않았다. 맷이 골방으로 들어서자 개는 혀로 주인을 핥고 몸을 비볐다.

"이제 끝났어. 이 지독한 곳을 떠나자."

맷은 소지품을 챙겼다.

주갑판으로 올라가던 둘은 좁은 복도에서 한 선원과 마주쳤다. 그는 두 소년을 보고 너무 놀란 나머지 우뚝 멈췄다. 그리고 좁은 복도를 가득 메운 큰 개를 보고 공포에 사로잡혔다.

선원이 울부짖었다.

"비상! 비상사태다!"

맷은 초롱으로 선원의 머리를 내리쳐 기절시켰다.

토비아스가 걱정스레 말했다.

"너무 늦었어."

그들이 갑판 위로 나오자마자 다섯 명이 달려왔다. 두 선원은 긴 칼을 지녔고, 한 선원은 뾰족한 작살을 들고 있었다. 맷은 검을 꺼내 손잡이를 단단히 쥐었다. 그는 검을 쥐면서 더욱 강해짐을 느꼈다.

두 선원이 다가오자 맷은 첫 번째 선원의 작살을 두 동강 내버리고, 두 번째 선원의 발에 검을 꽂았다.

세 번째 공격자가 맷의 옆구리를 찌르려고 달려오는 순간, 토비아스가 화살을 쏘아 놈을 정지시켰다. 플림은 송곳니를 드러내고 마지막 두 선원에게 달려들었다. 그들은 공포의 비명을 지르며 마루에서 뒹굴었다.

맷은 희생자의 발에서 검을 빼고 팔꿈치로 관자놀이를 후려쳐 밧줄 더미 쪽으로 날려버렸다.

짧은 막대기로 줄어든 작살을 들고 있던 선원은 믿을 수 없다는 표정으로 두 소년을 바라보며 뒷걸음질 치더니, 선실로 들어가 문을 잠가버렸다.

맷과 토비아스가 돌아왔다. 플림을 본 팬들은 깜짝 놀랐다. 하지만 곧 조금도 두려워할 필요가 없다는 사실을 알았다.

콜린은 호수 끝을 가리키면서 불안해했다.

"아직도 어두워!"

토비아스가 말했다.

"누구도 해가 뜨기 전에는 나가지 마. 망주옹브르들이 단숨에 먹어치울 거야."

맷이 놀랐다.

"놈들이 절벽 아래까지 내려와?"

"나도 몰라. 하지만 확인하러 가고 싶지 않아."

존은 케이블카 터널 아래를 응시했다.

"확실해? 손님이 온 것 같아!"

계단에서 초롱이 일렬로 흔들리고 있었다. 갑옷이 부딪치는 소리가 요란한 격류 소리와 뒤섞였다.

45
기적은 없다

60여 명의 시니크 병사들이 부두에 서 있었다.

낙심한 채 문에 기대고 있던 맷, 토비아스 그리고 팬들은 발각되기 직전이었다.

맷이 말했다.

"빠져나가야 해."

콜린이 반대했다.

"불가능해! 망주웅브르들에게 잡아먹힐 거야!"

"병사들과 맞서서 얼마나 버틸 수 있다고 생각해?"

미아를 부축하던 팬이 항의했다.

"다시 배꼽 고리를 차느니 차라리 죽어버리겠어!"

미아가 맞장구쳤다.

"나도 마찬가지야!"

다른 팬들도 전폭적으로 지지했다. 도주 계획이 그들에게 다시 활력과 생기를 불어넣었다.

맷은 한 손으로 검을 쥐었다.

"내가 신호를 보내면 최대한 빨리 달려."

토비아스가 덧붙였다.

"비행선을 찾아."

문짝이 삐걱거리면서 시니크들의 주의를 끌었다. 시니크들이 공격을 시작했다.

맷이 외쳤다.

"지금이야!"

물보라가 없는 밤은 숨 막힐 듯 갑갑했다. 별이 많이 떴기 때문에 동굴보다는 어둡지 않았다. 절벽에서 벗어난 그들은 좁은 길을 돌아 강을 굽어보는 갑岬에 도착했다. 전나무 숲이 언덕에서 제방까지 펼쳐져 있었다. 뒤쪽의 장엄한 절벽은 그들을 세상으로부터 격리시켰고, 높고 뾰족한 산봉우리는 그들을 압박했다.

콜린이 외쳤다.

"비행선은 어딨지? 토비아스, 앙브르에게 분명 여기로 오라고 했어?"

"물론이지. 뷔뵈르가 야비한 짓을 한 건 아닌지 걱정이야!"

뒤에서 시니크 병사들이 다가오는 소리가 들렸다. 그들은 동굴 밖까지 추적을 계속할지 망설이고 있었다.

맷이 물었다.

"약속 시간은?"

"새벽이야!"

"그럼 아직 어긋나지 않았어. 동쪽 하늘이 밝아졌어. 비행선은 곧 도착할 거야."

콜린이 지적했다.

"그런데 내벽이 너무 가까워. 여기선 비행선이 우릴 태울 수 없을 거야. 강가의 빈터로 내려가야 해."

절벽에서 맹금류의 것처럼 날카롭고 기이한 울음소리가 들려왔다. 울음소리는 비웃음으로 끝났다.

어두운 굴에서 호리호리한 형체들이 나왔다.

콜린이 외쳤다.

"망주옹브르들이야! 도망쳐!"

팬들이 달리기 시작하자마자 괴물들도 빠르게 바위 상공으로 날아왔다.

맷은 일행의 후미에 섰다. 상황은 명백했다. 미아와 그녀를 부축하는 두 소년은 결코 빈터에 도착할 수 없을 것이다. 그는 휘파람을 불어 플륌을 부르고 등에 미아를 태웠다. 모두 하얀 머리를 가진 괴물로부터 벗어나기 위해 전력 질주했다.

존이 헐떡거리면서 물었다.

"만일 비행선이…… 오지 않는다면?"

맷 역시 헐떡거리면서 대꾸했다.

"새벽이 오고 있어……. 해가 뜨기 전까지 놈들과 싸워야 해!"

망주옹브르들은 급경사면을 날렵하게 내려오고 있었다. 곧 도착할 듯했다. 맷은 최악의 사태, 즉 전투를 준비하기 위해 주위를 둘러보았다.

팬들이 전나무 아래로 들어가자 맷은 어느 정도 안도했다. 망주옹브르들은 전나무 줄기와 부딪치기로 작정하지 않는 이상 더 다가오지는 않을 것이다.

하지만 일부 망주옹브르들은 계속 날아 숲 속으로 들어왔다. 맷은 위험을 아랑곳 않고 날아오는 두 괴물을 보았다.

맷은 돌아섰다. 첫 번째 망주옹브르는 예상치 못한 반응에 놀라 급히 멈췄지만 너무 늦었다. 맷은 다가온 놈의 목을 잘라버렸다.

두 번째 망주옹브르는 작은 날개를 접고 발톱을 꺼냈다. 맷은 괴물의 몸통에서 역겨운 주름을 잘라냈다. 여러 겹의 검은 피부가 떨어졌고, 두꺼운 유체가 날아갔다. 망주옹브르의 피는 마치 진공상태나 물속에 있는 것처럼 몸에서 빠져나왔다. 어두운 구름이 공중에서 퍼졌다.

괴물의 송곳니가 드러났다. 놈은 몸을 움츠리고 달려들었다. 맷은 뾰족한 검으로 두개골을 관통시켰다.

고통의 비명 소리가 숲에서 울렸다.

맷은 등줄기에서 오싹함을 느꼈다.

'놈들이 텔레파시를 보낼 수 있는 건가?'

맷은 자신을 짓누르던 망주옹브르로부터 간신히 벗어나 검을 쥔 채 달리기 시작했다.

팬들도 가까스로 빈터에 도착했다. 강물은 갈대와 고사리 뒤에서 흐르고 있었다.

망주옹브르들은 수영을 할 줄 알까? 맷은 그럴 가능성이 별로 없을 거라고 생각했다. 하지만 선택의 여지가 없다면 물에 뛰어들 수도 있을 것이다.

팬들은 원을 형성했고, 괴물들은 전나무와 소나무 사이의 빈터에서 우왕좌왕하고 있었다.

동쪽 하늘이 점점 밝아오고 있었지만 너무 더뎠다. 팬들은 여전히 불안에 떨었다.

망주옹브르들은 어두운 곳에서 나왔다. 놈들은 날개로 망토를 만들고 긴 발톱으로 이동했다.

토비아스는 가장 가까운 괴물을 가리켰다. 괴물은 이마에 투명한 눈 하나를 뜨고 있었다.

"저 괴물이 섬광을 발사할 거야! 그림자를 만들기 위해!"

맷은 무리에서 벗어나 그 괴물과 맞섰다. 두 마리의 망주옹브르가 검은색의 끈적끈적한 혀로 축 늘어진 입술을 핥으며 달려왔다.

첫 번째 섬광이 맷의 눈을 부시게 했다. 망주옹부르들이 달려들자 맷은 두 차례 검을 휘둘렀다. 한 마리는 일어나지 못했다.

두 번째 섬광이 발사되었다. 맷은 등에서 격통을 느꼈다. 마치 누군가가 피부를 잡아당기는 것 같았다. 맷은 비명을 질렀다.

토비아스는 괴물의 목덜미에 화살을 쏘았다. 놈은 즉사했다. 그는 근거리에서는 명사수였다.

토비아스가 경고했다.

"놈들이 네 그림자 쪽으로 다가가지 못하게 해!"

통증에서 벗어난 맷은 섬광을 발사하는 괴물에게 돌진해 눈을 찔러버렸다. 상처에서 피가 흘러나왔다. 다른 망주웅브르들이 여기저기서 불쑥 나타났다.

미아가 플륌의 등에서 울부짖었다.

"너무 많아요!"

맷은 토비아스에게 다가갔다.

"강으로 뛰어들 준비됐니?"

"그럼 우리는 분명 흩어질 테고, 비행선이 우릴 발견하지 못할 거야!"

"더 좋은 생각 있어?"

콜린이 미친 듯이 외쳤다.

"왔다! 저길 봐! 주인님의 곤돌라야!"

비행선은 500미터 상공에서 막대한 낙수가 만든 안개를 헤치고 나타났다.

맷이 토비아스에게 말했다.

"놈들이 가까이 오지 못하게 하자."

토비아스는 화살을 쏴서 망주웅브르들을 위협했고, 맷은 검을 휘둘렀다. 하지만 괴물들은 줄기차게 다가왔다.

섬광을 발사하는 괴물이 나섰다. 세 마리의 망주웅브르들이 자신을 에워싸고 있었기 때문에 맷은 놈에게 다가갈 수 없었다. 섬광이 발사되기 시작했다. 맷은 닥치는 대로 베고 찔렀다. 놈들이 찰과상을 입으면서 풍기는 썩은 냄새 섞인 호흡까지 느낄 수 있었다.

괴물들이 여기저기서 동시에 나타났다. 한 마리가 고꾸라질 때마다 두 마리가 달려들었다.

한 소녀가 맷 뒤에서 울부짖었다. 두 괴물이 소녀의 그림자를 먹고 있었다. 맷은 힘껏 돌을 던졌지만 실패했다.

플룀이 놈들을 덮쳤다. 개는 한 마리를 물어 두 동강 내버린 후, 두 번째 놈도 짓이겨버렸다.

그사이 세 마리의 망주웅브르들이 스튜를 덥석 물고 덤불 속으로 끌고 갔다. 섬광이 세 번 반짝거린 후 가엾은 소년의 다리는 더 이상 움직이지 않았다.

절망한 맷은 깨달았다. 학살이 시작된 것이다.

순간, 하늘에서 줄사다리가 떨어졌다.

거대한 덩어리가 소리 없이 일렁이면서 그들을 내려다보고 있었다.

희망을 찾은 맷과 토비아스는 팬들의 퇴로를 보호하기 위해 노력을 배가했다. 이제 남은 사람은 두 소년 외에 플룀과 미아뿐이었다. 다른 팬들은 비행선에 도착했다. 도르래와 연결된 두 개의 넓은 가죽끈으로 마감된 밧줄이 마지막 세 사람의 머리 위에서 흔들리고 있었다.

토비아스는 곤돌라를 향해 두 손을 크게 흔들었다.

"더 내려! 더 아래로!"

그러는 사이 맷은 검을 휘둘렀다. 섬광이 사방에서 그들을 에워쌌다. 망주웅브르들은 교묘하게 검을 피하면서 접근해 팬들의 그림자를 먹으려 했다.

비행선이 고도를 더 낮추자 토비아스는 플룀을 묶기 위해 가죽끈을 붙잡았다. 토비아스는 발을 디딜 수 없는 미아를 부축하며 말했다.

"사다리를 타고 올라가는 건 무리야. 망주웅브르들이 너무 빨라!"

미아가 애원했다.

"나를 버리지 마!"

두 개의 대형 술통이 비행선 창고에서 떨어졌다. 토비아스는 그것이 급수용 통임을 알아차렸다. 그는 목이 쉬어라 외쳤다.

"맷! 술통 안으로 뛰어들어!"

비행선이 멀어지기 시작했다.

토비아스는 첫 번째 술통을 붙잡아 미아를 태웠다.

맷은 자신의 그림자를 빨아들이려는 망주옹브르를 검으로 찌르고, 두 번째 술통으로 껑충 뛰어올랐다.

비행선은 곧바로 상승하기 시작했다. 세 명의 팬들은 허공에서 흔들렸다.

비행선에 먼저 오른 팬들이 그들을 끌어 올렸다. 아침 해는 반짝이는 광선으로 숲 속의 빈터를 비췄다.

망주옹브르들은 구슬프게 울면서 숲 속으로 사라졌다.

맷과 토비아스는 비행선에 올라타자 술통 밖으로 나왔다. 몹시 지친 상태였다. 몇 곳에 찰과상과 반상출혈이 있었지만 심각하지는 않았다.

누군가가 창고에서 박수를 치기 시작했다. 맷은 깜짝 놀라 일어섰다.

신앙 담당 고문관이 환하게 미소를 지으며 손뼉을 치고 있지 않은가. 그 옆에는 하얀 콧수염이 난 남자와 네 명의 경비병이 서 있었다.

"도주극은 볼만했어! 하지만 헛수고였지. 빌, 기수를 남쪽으로 돌려. 여왕님께서 우리를 기다리고 계시네!"

46
조합된 초능력

경비병들은 맷과 토비아스를 결박한 후 감옥으로 밀어 넣었다. 그곳에는 이미 다른 일곱 명의 팬이 있었다. 그리고 한 형체가 누워 있었다.

뷔뵈르가 콜린의 귀를 붙잡았다.

"어째서 저들과 함께 갔지?"

콜린은 인상을 찌푸리면서 항의했다.

"주인님이 기뻐할 거라고 생각했어요!"

"언제부터 감히 내가 원하는 걸 생각했지? 네놈을 비행선 밖으로 던져버리겠어!"

"안 됩니다, 주인님! 제발 부탁이에요. 시키는 건 뭐든 하겠습니다! 용서해주세요! 자비를 베풀어주세요!"

뷔뵈르는 콜린을 벽으로 내던졌다.

"나중에 두고 보자! 지금부터 내 눈에 띄지 마! 꼴도 보기 싫어!"

감옥 문이 닫히고, 팬들은 어둠에 묻혔다.

토비아스가 호주머니에서 발광 버섯을 꺼내자 은빛이 작은 감옥을 비췄다.

그들은 서로 붙어 있었다.

누워 있는 형체가 담요 아래에서 꿈틀대고 있었다.

등 뒤로 양손이 묶인 존이 가까스로 담요 끝을 붙잡고 당겼다.

앙브르는 손발이 묶인 채 입에 재갈이 물려 있었다. 두 눈은 천 조각으로 가려져 있었다.

맷은 앙브르 쪽으로 기어가면서 외쳤다.

"앙브르!"

존은 앙브르가 말을 할 수 있도록 재갈을 잡아당겼다.

"맷? 토비? 너희들이야?"

"그래! 우리가 왔어!"

"미안해! 나는 완전히 실패했어!"

뷔뵈르를 잘 아는 토비아스가 걱정했다.

"설마 네게 나쁜 짓을 한 건 아니겠지?"

"놈은…… 놈은 내게 배꼽 고리를 달려고 했어. (모두 몸서리를 치며 소곤거렸다.) 다 끝났다고 생각했어……. 그래서 마지막 힘을 다해 정신을 집중하고 초능력을 써서 창고 건너편으로 고리를 날려 버렸지. 뷔뵈르는 격분했지만 동시에 두려워했어! 놈은 초능력을 무서워해! 결국 놈은 포기하고 나를 결박해 여기에 가뒀어."

토비아스가 축하해주었다.

"정말 큰일 날 뻔했어!"

앙브르가 짜증을 냈다.

"나 때문에 우리가 이렇게 된 거야!"

토비아스가 얘기했다.

"신앙 담당 고문관은 우리를 위드론데이스로 끌고 갈 거야."

맷이 물었다.

"그곳에 대해 아는 게 있어?"

존이 설명해주었다.

"위드론데이스는 시니크 나라의 중심, 말롱스 여왕의 왕국이야. 위험한 늪과 무시무시한 피조물들이 요새를 방어하고 있다고 들었어. 또 유령이 산대!"

앙브르가 덧붙였다.

"무기를 생산하는 대장간과 광산 그리고 여왕의 군대도 있어."

토비아스는 한술 더 떴다.

"말하자면, 일단 거기로 끌려가면 결코 빠져나올 수 없단 거야."

맷이 단호하게 말했다.

"가지 않아. 존, 내 포승줄을 풀 수 있겠어? 그러면 내가 자물쇠를 부술게."

앙브르가 고개를 저으며 말했다.

"자물쇠는 없어. 문은 바깥에서만 열 수 있고, 또 아주 무거워서 부술 수 없을 거야. 누가 내 눈가리개 좀 풀어줄래?"

존은 앙브르의 눈을 가리는 스카프를 벗겨낸 후 맷에게 돌아섰다. 그는 맷의 포승줄을 풀기 위해 몇 차례 시도했지만 실패했다.

"못하겠어. 매듭이 너무 작고 촘촘해."

누군가가 구석에서 신음하기 시작했다.

얼굴에 검은 솜털이 있는 키가 큰 페레즈가 말했다.

"미아야. 잠들었어. 화살이 아직도 넓적다리에 박혀 있고 피가 많이 나."

맷은 간신히 일어나 어깨로 문을 쳤다. 대답이 없자 더욱 세게 쳤다. 문 건너편에서 경비병의 억눌린 목소리가 들렸다.

"이제 항복하겠어?"

맷이 외쳤다.

"부상자가 있어! 치료를 해야 해! 당장!"

경비병은 투덜거리더니 뷔뵈르를 데리고 왔다.

뷔뵈르가 물었다.

"누가 다쳤지?"

"미아라는 소녀야. 그녀가 살아남길 바란다면 당장 치료해야 해!"

문이 열리자 토비아스는 발광 버섯을 감추기 위해 드러누웠다.

뷔뵈르가 지시했다.

"얼굴을 볼 수 있게 해!"

페레즈는 미아의 머리카락을 양쪽으로 젖혔다. 뷔뵈르는 머뭇거리다가 미아를 살폈다.

맷은 맞은편 창고 구석에 결박되어 있는 플륌을 발견했다.

존이 화를 냈다.

"뭘 하는 거죠?"

"치료해줄 가치가 있는지 보고 있지! 좋아, 이 소녀는 귀엽군. 이익을 낼 수 있겠어. 경비병! 이 소녀를 내 방으로 옮겨. 내가 상처를 돌봐줄 거야."

미아는 사라졌고, 이내 문이 닫혔다.

앙브르가 걱정했다.

"미아를 데려가게 한 것이 좋은 생각인지 모르겠다."

맷이 대꾸했다.

"나도 알아. 하지만 안 그럼 과다 출혈로 죽을 거야."

토비아스가 끼어들었다.

"이제 어떻게 빠져나가지?"

맷이 한숨을 쉬었다.

"나도 몰라. 하지만 방법을 찾아야 해. 빨리."

☣

시간이 흘렀다. 맷에게 떠오른 유일한 방법은 외부의 도움을 받는 것뿐이었다.

콜린이 주인을 다시 배신할 것 같지는 않았다.

"앙브르, 10미터쯤 떨어진 것에 초능력을 사용할 수 있어?"

"대상이 보이고 조작이 간단하다면 가능해. 뭘 생각하는데?"

"플륌이 창고 구석에 있어. 네가 포승줄을 벗겨낼 수 있다면 플륌이 우리를 도와줄 거야."

"그러려면 문을 열어야 해!"

"그건 내가 해결할게. 토비, 경비병이 들어오면 내가 최대한 오랫동안 놈을 붙잡고 있을게. 너는 문이 닫히지 않도록 잡아."

"그래, 알았어."

맷은 다시 어깨로 문을 쳤다. 경비병이 돌아오더니 여전히 상냥하지 않은 말투로 소리쳤다.

"조용히 해! 소란을 피우면 개를 두들겨 팰 거야! 알았어?"

맷이 소리쳤다.

"너무 더워! 질식해 죽을 지경이라고요!"

"그건 내 문제가 아니야!"

"제발 부탁이에요! 물이라도 좀 줘요! 도착했을 때 우리가 다 죽어 있다면 난처한 사람은 바로 당신이라고요!"

이 논리가 심금을 울렸는지 경비병은 양동이 하나에 미지근한 물을 담고 돌아와 감옥 한가운데에 놓았다.

그 순간 맷은 경비병에게 뛰어들어 거칠게 벽으로 밀어붙였다. 토비아스는 문이 닫히기 직전 달려가 문짝을 밀었다.

앙브르는 플륌을 결박하고 있는 밧줄과 금속 고리에 시선을 집중했다.

경비병은 두 손이 여전히 등 뒤로 묶여 있는 맷의 복부를 후려쳤다. 맷은 비틀거렸다. 허파에서 모든 공기가 빠져나가는 듯했다. 경비병은 토비아스의 머리채를 잡더니 감옥 구석으로 밀어버리고는 양동이를 걷어찼다. 그리고 심술궂게 말했다.

"나를 갖고 놀면 이렇게 되는 거야! 나는 장난꾸러기를 만나면 짓밟아서 고분고분하게 만들지!"

경비병이 문을 닫으려는 순간 플륌이 뒷발로 놈을 때렸다. 경비병은 벽에 부딪쳤다.

맷은 경비병의 허리띠에서 칼을 챙겨 토비아스의 포승줄을 끊었다. 토비아스는 다른 팬들의 결박을 모두 풀어주었다.

그들은 경비병을 결박해 감옥에 가두었다. 맷은 나오기 전에 말했다.

"네가 만난 건 온순한 아이들이 아니었어!"

☣

두 명의 경비병이 소란을 듣고 복도에서 조심스럽게 다가오고 있었다. 한 사람은 두 손으로 검을 쥐고 있었다.

팬들과 마주친 두 사람은 잠시 망설였다.

앙브르는 첫 번째 병사의 검을 빼앗아 판판한 부분으로 얼굴을 짓눌러 코를 부러뜨렸고, 토비아스는 금방 창고에서 찾아낸 네 개의 통조림을 던져 두 번째 병사를 비틀거리게 만들었다.

다른 팬들은 두 명의 시니크에게 달려들어 결박하고 감옥에 가두었다.

맷이 말했다.

"무기가 필요해. 비행선은 크니?"

토비아스가 대답했다.

"아주 커. 우리 장비가 시니크들이 있는 응접실에 있을까 봐 걱정이야. 놈들이 이 소란을 듣지 못했다면 우리 셋이 힘을 합쳐 놈들을 이길 수 있어."

모두 이구동성으로 말했다.

"우리도 너희와 함께 하겠어!"

존은 어망을 집었고, 페레즈는 경비병의 검을 챘다. 다른 팬들은 물러나 있었다.

그들이 응접실을 향해 좁은 복도를 거슬러 올라가고 있을 때 천장에서 손이 나타나더니, 앙브르의 머리카락과 어깨를 붙잡고 끌어당겼다. 소녀는 비명을 지르며 곤돌라 지붕 위로 사라졌다.

적이 앙브르를 인질로 붙잡은 것이다.

47
공중 결투

맷은 사다리로 껑충 뛰어올라 곤돌라 지붕 위로 올라갔다.

신앙 담당 고문관은 경비병의 손아귀에서 앙브르를 잡아채더니 칼끝으로 목을 겨누었다.

그는 맷을 노려보며 짜증 난 목소리로 말했다.

"이래도 멈추지 않을 건가?"

맷이 물었다.

"우리의 별명을 잊었어요? 우리는 피터 팬의 이름을 따서 팬이라고 해요. 어른이 되고 싶지 않은, 자유를 사랑하는 아이들이죠! 우리가 쇠사슬에 묶인 채 갇히길 거부해서 놀랐나요?"

"어리석은 짓은 하지 마. 말롱스 여왕님은 너를 잘 대접해줄 거야. 네가 얼마나 환대를 받을지 상상도 할 수 없어!"

토비아스가 외쳤다.

"난자당하겠죠! 바위 성경 위에 그의 살가죽을 놓기 위해서!"

신앙 담당 고문관은 토비아스를 노려보았다.

갑자기 신앙 담당 고문관이 앙브르의 목에 칼을 찔렀고, 핏줄기가 흘러내렸다.

고문관이 고래고래 소리쳤다.

"물러서! 모두 물러서! 그렇지 않으면 이 소녀의 가죽을 벗기겠다!"

공포에 질린 앙브르는 고문관의 손에서 벗어나려 했지만 쉽지 않았다.

존과 페레즈도 지붕 위로 올라왔다.

활을 들고 있던 경비병이 팬들을 겨냥했다. 긴장한 탓에 화살 끝이 떨리고 있었다.

고문관이 호통을 쳤다.

"모두 무기를 내려!"

맷은 고개를 저었다.

"그 소녀를 풀어주고 나를 볼모로 잡으세요."

"물러나. 교환은 없어. 모두 항복하고 엎드려! 그렇지 않으면 이 소녀는 돼지처럼 피를 흘리게 될 거다!"

맷은 이를 악물고 경고했다.

"그녀를 건드리지 마."

"감히 내게 명령을 하다니!"

맷은 고문관이 불안에 떨고 있음을 느꼈다. 상황이 복잡해졌다. 고문관은 흥분해 있었다. 그것은 앙브르에게 위험한 일이었다. 고문관이 그녀의 목을 찌를 위험이 있었다. 하지만 한편으론 좋은 징조이기도 했다. 고문관의 반응속도가 떨어지고 있었던 것이다.

맷은 짧은 경험을 근거로 이렇게 생각했다.

'네놈은 앙브르를 공격하지 말았어야 했어!'

맷은 경비병에게서 가로챈 단도를 쥐고 있었다. 단도를 힘껏 던진다면 고문관의 몸을 관통시킬 수 있을 것이다. 표적을 빗나가지만 않는다면.

맷은 앙브르에게 눈빛으로 말했다.

"앙브르! 네가 토비아스와 함세했던 것처럼 나와 함께해!"

앙브르는 눈을 깜박거렸다. 맷은 그것을 찬성으로 간주했다.

'서로의 의도를 잘 이해했기를!'

그런데 경비병이 먼저 사고를 쳤다. 너무 긴장한 나머지 시위를 놓아버린 것이다. 화살은 맷과 존 사이를 지나 페레즈의 몸에 박혔다. 페레즈는 비틀거리다가 곤돌라 밖으로 추락했다.

토비아스가 그를 붙잡기 위해 난간으로 달려갔다.

하지만 페레즈는 이미 3미터 아래 허공에 있었다. 그는 순식간에 숲 꼭대기에서 사라졌다.

맷은 힘껏 단도를 던졌다.

단도는 선회하면서 앙브르 우측으로 날아갔다.

이윽고 눈에 띄게 궤도를 바꾼 단도가 고문관의 얼굴을 후려치기 위해 올라가기 시작했다.

손잡이가 얼굴을 때리자 고문관은 바로 앙브르를 놓아주었다. 그는 비틀거리면서 두 개의 이빨과 피를 뱉어냈다. 맷은 고문관이 다시 앙브르의 머리채를 붙잡기 전에 바짝 다가섰다.

맷은 고문관에게 발길질을 날렸다. 갈비뼈가 부러지면서 고문관은 공중으로 날아갔다.

곤돌라 밖으로 날려 가려는 순간 그는 필라멘트를 붙잡았다.

그사이 존은 경비병에게 어망을 던지고 토비아스와 함께 인정사정없이 두들겨 팼다. 경비병은 무릎을 꿇고 웅크렸다.

앙브르는 맷의 품에 뛰어들었다. 바람에 날리는 금빛과 적갈색 머리카락이 소년의 얼굴을 애무했다. 맷은 몸부림치는 고문관을 바라보았다.

고문관은 비명을 지르며 낑낑거렸다. 손에서 하얀 연기가 피어올랐다. 이윽고 필라멘트는 고문관을 빨아들이기 시작했다. 그는 해파리의 몸통 쪽으로 끌려갔다.

끔찍한 죽음에서 고문관을 구할 수 있는 방법은 없었다.

맷은 정말로 고문관을 죽이고 싶었는지 자문했다. 비명 소리는 견딜 수 없을 만큼 끔찍했다. 그렇게 고통을 당하도록 내버려둘 수는 없었다. 맷은 시니크들과 같지 않았다.

토비아스도 그렇게 생각한 모양이었다. 그는 황급히 활을 들고 첫 번째 화살을 날렸다. 하지만 화살은 표적에서 빗나갔다. 두 번째 화살은 앙브르의 도움으로 고문관의 심장을 적중시켰다.

무대를 떠나는 맥없는 꼭두각시처럼, 고문관은 필라멘트를 통해 끌려 올라갔다. 해파리는 조금씩 그를 빨아들였다.

☣

콜린과 뷔뵈르는 조종실에 갇혀 있었다. 맷은 조종실 문을 부수고 뷔뵈르가 단검을 챙기기 전에 주먹으로 얼굴을 강타했다. 뷔뵈르는 비틀거렸다.

두 손을 들고 항복한 콜린은 흐느껴 울면서 애원했다.

"나는 너희 편이야. 뷔뵈르가 강요해서 어쩔 수 없었어."

맷은 거칠게 팔을 붙잡았다. 그러자 토비아스가 못생긴 콜린을 옹호했다.

"콜린이 없었다면 너를 구하지 못했을 거야."

콜린이 맞장구쳤다.

"맞아. 정말이야! 토비아스에게 존과 그 무리를 소개해준 건 나야! 나는 너희 편이야!"

맷은 강렬한 눈빛으로 콜린을 노려보며 말했다.

"좋아. 우리와 함께 돌아가. 에덴 위원회가 네 운명을 결정할 거야!"

앙브르가 조정실로 와서 앉으며 말했다.

"고도가 낮으면 조종할 수 있지만 너무 높으면 바람 때문에 장담할 수 없어."

콜린이 외쳤다.

"나는 할 수 있어!"

맷은 잠시 망설이다가 콜린에게 앉으라고 했다.

콜린이 물었다.

"어느 쪽으로 몰까?"

"북쪽으로. 팬 공동체로 돌아간다!"

48
북쪽 여행

오후 내내 콜린은 앙브르와 존에게 조종법을 가르쳐주었다. 해가 질 무렵, 존이 조종석에 앉아 있을 때 맷은 모든 팬들을 창고로 소집했다.

뷔뵈르와 네 명의 경비병들은 결박되고 재갈이 물린 채 창고 구석에 있었다.

맷이 물었다.

"저자들을 떼어놓는 일에 반대하는 사람 있어?"

누르니아가 말했다.

"당연히 없지!"

"그럼 강물에 던져버리자. 그다음은 저들이 알아서 하겠지."

다리를 절며 상처로 괴로워하는 미아가 말했다.

"왜 죽이지 않지?"

맷이 반대했다.

"이미 많은 피를 흘렸어!"

"페레즈, 조던 그리고 스튜는 시니크들 때문에 죽었어!"

도비이스는 배꼽 고리를 제거하는 일을 떠올리면서 덧붙었다.

"이름을 모르는 다른 팬도."

맷이 격분했다.

"나는 누구도 죽이지 않을 거야! 저들처럼 되어선 안 돼!"

그가 창고 뚜껑문을 들어 올리자 30미터 아래로 푸른 강물이 보였다.

시니크들은 몸부림치며 항의하기 시작했다. 맷은 한 사람씩 끌어
냈다. 그리고 그들이 수영할 수 있도록 결박을 끊어준 후 허공으로
밀어버렸다.

콜린은 공포에 떨며 이 광경을 지켜보았다. 하마터면 똑같은 운
명을 겪을 뻔했다.

뷔뵈르의 차례가 왔다.

앙브르는 다가가서 맷에게 칼을 달라고 했다.

앙브르는 그를 허공에 떨어뜨리는 순간까지도 손의 결박을 풀어
주지 않았다. 상황을 깨달은 뷔뵈르의 눈이 휘둥그레졌다. 그가 재
갈이 물린 상태에서 비명을 지르자 앙브르는 그를 밀어뜨릴 준비를
한 채 등에 발을 대고 쌀쌀맞게 말했다.

"지금까지 저지른 모든 비열한 짓에 대한 대가로 네놈의 생사는
강물에게 맡기겠어."

그녀는 발로 뷔뵈르를 허공으로 밀었다. 뷔뵈르는 추락하는 동안
몸을 꿈틀거렸다. 그는 진흙탕 강물 속에 가라앉았다.

모든 팬들이 두려움과 경탄의 눈길로 앙브르를 바라보았다.

앙브르는 그들의 시선을 무시하고 창고를 떠났다.

☣

앙브르가 비행선을 조종하는 동안 맷은 대형 응접실에서 저녁 식
사를 하며 모두에게 자신들의 얘기를 해주었다. 금단의 숲 횡단, 말
롱스 여왕의 수배 전단지에 그려진 초상화, 생포된 팬들이 어떻게

되었는지 알아보기 위해 떠난 남쪽으로의 여행. 그는 하나도 빠뜨리지 않고 털어놓았다. 망주웅브르들보다 더 무시무시한 로페로덴에게 쫓긴 일까지.

콜린이 지적했다.

"네 주장대로 로페로덴이 폭풍우와 함께 이동한다면 놈의 손아귀에서 빠져나오는 건 쉬워!"

"아니야. 놈은 불시에 나타날 만큼 매우 빨라. 그리고 어떤 팬도 폭풍우보다 빨리 달릴 수 없어! 내가 추측하는 것처럼 폭풍우가 놈의 이동 수단일지라도 반드시 폭풍우와 함께해야 하는 건 아니야. 장식일 뿐이지! 우리는 금단의 숲 덕분에 놈을 앞질렀어. 놈은 그렇게 쉽게 포기하지 않을 거야. 나를 잡아야 한다는 강박관념에 사로잡힌 것 같아!"

"대화를 시도해봤어? 어쩌면 그렇게 심술궂지 않을지 모르잖아! 동맹을 맺을 수도 있을 거야!"

"놈은 우리가 살던 섬에서 북쪽 방향에 있는 마을을 쑥대밭으로 만들었어. 조금도 호의적이지 않아. 대화를 원치 않는다고."

미아가 다시 물었다.

"그럼 로페로덴이 원하는 게 뭐지? 왜 너를 추격하는데?"

"나도 몰라! 말롱스 여왕과 똑같은 이유겠지."

토비아스가 약간 뽐내며 말했다.

"나는 알아! 피부 수색 작전 때문이야! 말롱스 여왕이 자신의 신도들에게 끊임없이 되풀이하는 일종의 예언이지. 모반은 피부에 우연히 배치된 게 아니야. 일종의 언어이지. 한 어린이의 피부가 모든 생명의 원천이라고 생각되는 곳을 드러낸다는 거야."

누르니아는 믿기지 않는 듯한 표정으로 되물었다.

"모든 생명의 원천이라고?"

"그래. 어디까지나 우리끼리 추측한 거야 이 특별한 피부는 바로 맷의 피부야."

모든 시선이 의자에 앉아 있던 맷에게 집중되었다.

"나라고? 왜 나지?"

"이유는 없을 거야. 아무튼 로페로덴과 말롱스가 찾고 있는 건 바로 너야. 네 몸에 있는 메시지 때문이지."

콜린이 물었다.

"지도를 말하는 거야?"

"맞아. 지도 같은 거지."

존이 감탄했다.

"와! 그들이 모두 너를 원하다니 놀라워!"

맷이 물었다.

"어떻게 지도를 읽지?"

"시니크들이 바위 성경이라고 부르는 특별한 탁자 위에 네 살가 죽을 올려놓는대. 말롱스 여왕은 폭풍설 직후 그 탁자 위에서 깨어났다던데."

존이 말했다.

"좋아. 그건 그들의 문제야. 그들이 맷을 붙잡지 못하는 한 그건 우리 문제가 아니야!"

맷이 말을 이었다.

"하지만 우리에겐 중대한 문제가 있어. 그것도 엄청난 문제! 시니크들은 우리를 침략할 준비를 하고 있어. 조만간 선전포고를 할 거야. 나는 그들의 전략을 샅샅이 알고 있어. 그래서 최대한 빨리 에덴에 도착해야 해."

이번에는 누구도 반대하지 않았다. 이곳에 있는 모든 팬들은 시니크 군대에 대해 대략 알고 있었고, 어른들이 무슨 짓을 할 수 있는지 잘 알았다.

그들은 전쟁이 무엇을 의미하는지 헤아려보았다.

팬들은 멸종 위기에 처해 있었다.

☣

모두 자러 나가자 맷은 토비아스를 따로 데려갔다.

"앙브르에게 무슨 일이 있었는지 알아? 좀 이상해 보여. 그녀가 뷔뵈르에게 한 일은 그녀답지 않아!"

토비아스는 입술을 깨물고 한숨을 지었다.

"잘 들어. 나는 말해줄 수 없어. 앙브르가 신신당부했거든. 나도 잘은 모르지만, 아무튼 아주 심각한 일인 것 같아. 우리는 카론호를 추적하기 위해 뷔뵈르와 계약을 맺었어. 앙브르는 잠시 뷔뵈르와 단둘이 있었고."

"무슨 일이 있었는데?"

토비아스는 어깨를 으쓱했다. 그는 함부로 추측하고 싶지 않았다.

"아무튼 앙브르는 그때부터 예전 같지 않아."

"내가 물어볼게."

토비아스는 맷의 손목을 잡으면서 단호하게 말했다.

"안 돼! 지금은 아니야! 앙브르에게 시간을 줘야 해. 혼자만의 시간이 필요해."

맷은 고개를 끄덕이고 친구의 두 어깨를 붙잡았다.

"폭풍설 이후로 많은 일이 일어났어. 그렇지?"

"그래. 우리는 꽤 많이 변했어."

"너는 특히 많이 변했지!"

"너도 마찬가지야……. 너는 분명히 보여줬어."

"무슨 뜻이지?"

토비아스는 회의를 했던 응접실을 가리키며 말했다.

"너는 망설이지 않고 결정을 내렸어. 지휘관 자질을 보여준 거야.

말하자면 너는 지도자야!"

맷은 웃기 시작했다. 토비아스는 별로 만족하지 못한 채 맷을 따라갔다. 그는 방금 자신이 말한 것을 진지하게 생각했다.

☣

순풍 덕분에 그들은 단 이틀 만에 금단의 숲 상공에 이르렀다. 앙브르와 존은 낮에 교대로 비행선을 조종했고, 밤에는 콜린이 맡았다. 콜린은 밤에 조종하는 것이 더 어렵다고 주장했다.

풍경은 며칠 동안 변하지 않았다. '식물 바다'만이 까마득히 펼쳐져 있었다.

나흘 후, 앙브르는 그들이 '식물 바다' 끝을 볼 수 있을지 의문이 들었다.

절반밖에 나아가지 못했을 것 같았다.

콜린은 밤마다 북쪽으로 가지 않고 크게 원을 그리며 빙빙 돌고 있었다.

그는 뭔가를 찾고 있었다.

일곱째 날 밤, 그는 뭔가를 발견했다.

49
콜린의 자리

토비아스는 비행선에서 풋잠을 잤다. 뷔뵈르가 사라진 이후 불안으로 깊은 잠을 이룰 수 없었다.

그는 아파서 깨어났다.

'속이 불편해……'

둥근 창으로 들어오는 섬광이 기분을 나쁘게 했다. 그것은 망주 웅브르들의 섬광이 아닌 번개였다.

그는 조용히 일어났다. 선잠이 든 맷의 숨소리가 들렸다.

그는 둥근 창에 코를 붙이고 섬광이 검은 구름을 비추는 것을 보았다.

'왜 저 구름 쪽으로 곧장 가는 거지? 저 구름을 피해야 해! 콜린에게 무슨 일이 생긴 걸까?'

토비아스는 바지와 티셔츠를 입고 조종실로 갔다. 문을 두드렸지만 대답이 없자 안으로 들어갔다.

콜린은 반짝이는 눈으로 조종에 집중하고 있었다.

토비아스가 입을 열었다.

"아무리 바쁘더라도 저 구름은 비껴가는 게……."

콜린은 두 손으로 조종간의 일부를 붙잡고 있었다.

"무슨 일이야?"

콜린은 교활한 시선을 보이더니 갑자기 토비아스를 피하며 한탄조로 말했다.

"나에겐 선택의 여지가 없어! 너희는 조만간 뷔뵈르처럼 나를 해치우고 말 거야!"

"무슨 얘길 하는 거야?"

"나는 맷을 잘 알아. 그는 나를 좋아하지 않아. 너희는 결코 나를 좋아하지 않을 거야! 시니크들의 나라에서처럼 너희 공동체에도 나 같은 사람을 위한 자리는 없겠지!"

토비아스는 뭔가 심각한 일이 일어났다는 것을 깨닫고 말했다.

"그렇지 않아. 그런데 무슨 짓을 한 거지?"

"세상은 훌륭하게 창조되었지. 내 자리도 분명 어딘가에 있어!"

광기에 사로잡힌 콜린은 헛소리를 하고 있었다. 토비아스는 조종판을 보았다.

"고의로 진로를 바꿨네! 대체 어쩔 셈이야?"

"그를 만나야 해! 알겠어? 그에게 부탁하면 내 자리를 찾을 수 있을 거야!"

토비아스는 콜린에게 달려들어 정신을 차리도록 뺨을 후려쳤다.

"대체 누구를 말하는 건데?"

콜린은 얼빠진 듯한 표정으로 가만히 있다가 폭풍우 쪽으로 돌아섰다.

"로페로덴! 맷이 그에 대해 말하는 것을 들었어. 나는 모든 방법을 시도했어. 나를 이해할 존재는 로페로덴뿐이야!"

토비아스의 표정이 굳어졌다. 섬광이 놀라운 속도로 늘어나고 있었다. 이전에는 이런 광경을 본 적이 없었다. '전기 발톱'이 종횡무진 날뛰고 있었다. 뭔가가 바람에 맞서 이동 중이었다.

'로페로덴이야!'

토비아스가 조종실에서 나오기 전 폭풍우가 몰아쳤다. 콜린은 빗장으로 문을 잠그더니 토비아스의 목덜미를 붙잡고 조종판에 밀어붙인 후 외쳤다.

"나와 함께 가자! 나와 함께!"

빠져나오려던 토비아스는 옆머리에 주먹을 맞아 얼떨떨해졌다. 그는 쓰러지지 않기 위해 의자를 붙잡고 호흡을 가다듬었다.

며칠 전 부서진 문은 수리되어 있었다. 문은 전보다 더 견고해 보였다. 비가 세차게 퍼부었지만 문은 쓰러지지 않았다.

콜린이 지렛대로 유리를 깨자 비가 조종실 안으로 쏟아졌다.

그는 비바람을 맞으며 울부짖었다.

"로페로덴이야! 로페로덴이야!"

토비아스가 일어나자 전나무 꼭대기가 불쑥 나타났다. 그들은 십중팔구 금단의 숲 상공에 있지 않을 것이다. 아무튼 비행선은 낮은 고도로 날고 있었다. 곤돌라는 요란한 굉음을 내며 나무에 박히면서 나뭇가지를 부러뜨렸다. 조종석에 푸른 전나무 잎이 떠다녔다. 콜린은 목이 쉬어라 외쳤다.

강력한 섬광이 땅바닥에서 하늘로 치솟았다. 그것은 에샤시에들의 섬광이었다. 두 쌍의 빛이 해파리와 곤돌라를 비추었다.

갑자기 번개가 비행선을 후려쳤고, 폭풍우가 뚝 그쳤다. 검은 형체가 그들 앞에 떠 있었다. 검은색의 긴 시트는 바람이 없는데도 일렁이고 있었다.

얼굴 하나가 또렷이 나타났다. 공격적인 턱, 움푹 파인 안구 위의 매우 긴 이마.

로페로덴은 그들을 노리고 있었다.

목구멍에서 나오는 휘파람 같은 소리가 들렸다.

"이리 와."

질겁한 콜린은 머뭇거리며 조종판 위로 올라가 더듬거렸다.

"저는…… 당신을…… 도와주고 싶어요. 만일 저를 데리고 가신다면…… 맷을 넘겨줄 수 있어요. 당신이 찾는 맷을 말이에요!"

로페로덴의 눈 구실을 하는 어둠의 샘이 확장되면서 입이 활짝 벌어졌다. 시트가 콜린에게 찰싹 달라붙었다. 그는 울부짖을 틈도 없이 시트 안으로 흡수되었다.

토비아스는 눈을 깜박거렸다. 콜린은 방금 로페로덴의 몸속으로 사라졌다. 순식간에 삼켜진 것이다.

토비아스는 더 이상 그곳에 머무를 수 없었다.

갑자기 문이 열리더니 맷이 존, 앙브르와 함께 나타났다.

끔찍한 목소리가 곤돌라에서 울렸다.

"맷! 꼬마 맷! 나한테 오렴!"

맷이 반응하기도 전에 검은 형체는 재빨리 곤돌라로 들어와 소년을 삼키려 했다.

토비아스는 구석에서 펄쩍 뛰어나와 맷과 앙브르 그리고 존을 복도 쪽으로 밀었다.

로페로덴은 살며시 토비아스 뒤로 다가오더니 검은 시트에서 두 손을 빼서 그를 들어 커다란 커다란 턱 속으로 집어넣었다.

토비아스는 맷에게 손을 내밀며 울부짖었다.

"도와줘! 도와줘!"

모든 일이 순식간에 일어났다. 시트가 닫혔고, 로페로덴은 그를 삼켜버렸다.

로페로덴은 맷을 보고 전율했다. 하늘을 가르던 번개가 해파리를 건드렸다. 해파리는 바로 움츠러들었다. 전기감응이 온몸에 전달되었다. 갑자기 해파리가 하늘로 솟구치면서 로페로덴을 밖으로 내던졌다.

곤돌라의 모든 승객이 빠른 속도를 못 이기고 쓰러졌다. 해파리는 구름과 뇌우를 통과한 후 별들을 향해 분노를 터뜨렸다.

이윽고 무른 부분이 떨어져 나가자, 부상당한 동물은 북쪽을 향해 갈지자로 돌진했다.

해파리는 달리는 말보다 더 빨리 이동하면서 언덕, 호수 그리고 어느 팬 마을의 상공을 지난 다음 조금씩 고도를 잃었다.

누구도 곤돌라에서 움직일 수 없었다. 모두 마룻바닥에 착 붙어 있었다.

대형 포플러가 곤돌라의 뱃머리에 구멍을 냈고, 뾰족한 바위가 우현 측면을 찢었다. 필라멘트가 끊어졌다. 나무 자재가 떠다니다가 빈터에 떨어져 박살났고, 남은 부분은 빙글빙글 돌다가 작은 언덕에서 멈췄다.

푸른 섬광이 해파리를 환하게 비추며 갈기갈기 찢었다.

잠시 후, 해파리는 쓰러지면서 먼지구름을 일으켰다. 그리고 잠깐 동안 푸른 미광을 발산하더니 죽어버렸다.

50
속마음

추락 후, 비행선에 불이 붙었고, 잔해는 한 시간 더 연기를 뿜었다.

한 젊은이가 조심스럽게 잔해로 다가왔다. 그는 두 사람을 발견하고 무릎을 꿇었다. 소년들이었다. 죽어 있었다.

말처럼 보이는 동물이 그의 주의를 끌었다. 하지만 그것은 말이 아닌 커다란 개였다. 깜짝 놀란 젊은이는 최악의 경우를 대비하기 위해 손도끼를 꺼냈다.

개는 세 번째 소년의 얼굴을 핥고 있었다.

젊은이는 천천히 다가가면서 개에게 말을 걸었다.

"너는 공격적이지 않은 것 같구나."

개는 그를 조금도 신경 쓰지 않았다. 젊은이는 소년을 청진했다. 아직 숨을 쉬고 있었다.

젊은이가 말했다.

"이봐! 일어나! 정신 차려!"

맷은 눈을 떴다. 그는 녹초가 되었고, 고통으로 온몸이 마비된 상태였다.

맷이 중얼거렸다.

"여기가 어디죠?"

"자, 물을 마셔. 내 이름은 플로이드야. 전령이지. 멀리서 비행선
이 추락하는 걸 봤어."

"다른 사람들은 어떻게 됐죠?"

"안타깝게도 네가 유일한 생존자인 것 같아."

"아니야. 그럴 리 없어. 그들은……."

맷은 일어났다. 머리가 빙빙 돌고 팔다리가 욱신거렸다. 다행히
부러진 곳은 없었다. 다만 여기저기에 찰과상과 혹이 보였다. 플륌
은 헉헉거리면서 안도의 눈길로 맷을 바라보고 있었다. 개는 이 사
고로 큰 고통은 겪지 않은 듯했다.

맷은 잔해 사이를 돌아다니다가 존과 동행했던 두 팬의 시체를,
그리고 조금 떨어진 곳에서 세 번째 시체를 발견했다. 칸막이벽으
로 뒤덮인 미아의 어깨는 쇠막대에 관통되어 있었다. 플로이드와
맷은 쇠막대를 빼냈다. 고통으로 깨어난 미아는 울부짖기 시작했
다. 전령은 바랑에 넣고 다니는 작은 꽃을 꺼내 냄새를 맡게 했다.
미아는 곧 잠들었다.

"잠시 고통을 달랠 수 있을 거야."

존과 누르니아는 그들이 있는 곳까지 비틀거리며 다가왔다. 옷이
너덜너덜했다.

존은 눈물을 글썽이며 말했다.

"시안과 버넌은 죽었어."

맷이 대답했다.

"알아. 머리를 짧게 깎은 소년도 죽었어."

"해럴드야. 미아는 어때?"

"치료가 필요해. 앙브르는 못 봤니?"

그들은 고개를 저었다. 맷은 다시 잔해를 수색하러 갔다. 그는 둘
둘 말린 양탄자 조각 아래에서 앙브르의 손을 발견하고 서둘러 꺼

냈다. 그녀는 희미하게 호흡하고 있었다.

맷은 어떻게 해야 좋을지 몰랐다. 텔레비전에서 구조대원이 입을 맞대어 인공호흡을 하고 심장을 마사지하는 장면을 수없이 보았지만, 똑같이 해야 할지 망설여졌다. 그럴 수는 없어! 앙브르의 심장은 아직 뛰고 있었고, 가슴이 오르내렸다. 공기가 충분하지 않은 걸까?

마침내 맷은 결심했다. 죽어가는 것을 보고만 있으니 뭔가를 하는 게 낫지 않은가!

그는 앙브르의 입에 자신의 입술을 대고 바람을 불어넣었다.

앙브르는 기침을 하더니 곧 깨어났다.

맷이 환호성을 질렀다.

"와! 네가 깨어나서 정말 기뻐!"

앙브르는 주위를 둘러보고는 처참한 광경에 놀랐다.

그녀는 천천히 물었다.

"내가 왜 네 품에 있지?"

"어디 아픈 데는 없어?"

"온몸이 쑤셔."

팔다리를 하나씩 움직여본 앙브르는 정상인 것을 확인하고 안심했다.

갑자기 앙브르가 물었다.

"토비는 어떻게 됐어?"

맷은 고통스럽게 침을 삼켰다. 눈에 눈물이 고였다. 목소리가 갈라져 크게 말할 수 없었다.

"로페로덴이 잡아갔어."

☣

생존자는 다섯 명이었고, 미아는 부상을 입었다.

해가 뜨면서 지평선이 밝아졌고, 별들은 차례로 사라졌다. 폭풍우의 징후는 전혀 보이지 않았다.

맷이 플로이드에게 물었다.

"여기서 폭풍우를 봤니?"

"아니. 어젯밤 멀리 남쪽에서 번개는 쳤지."

앙브르는 오한, 추위, 피로 그리고 불안을 내쫓기 위해 맷에게 바짝 달라붙었다.

"어떻게 하지?"

맷이 침울하게 대답했다.

"에덴으로 가야 해. 선택의 여지가 없어."

"토비는 어떡해?"

맷은 두 주먹을 불끈 쥐었다. 그것은 참기 힘든 불행이었다. 눈물이 흘러내렸다. 토비아스는 팬들을 보호하기 위해 뛰어들었다가 로페로덴에게 잡아먹혔다.

앙브르는 친구의 어깨를 감쌌고, 맷은 오랫동안 울었다.

오열이 끝나자 맷은 떠오르는 해를 보며 맹세했다.

"로페로덴이 어떤 놈이든 반드시 찾아내서 없애버리겠어."

☣

팬들은 추락 지역을 수색해 소지품, 배낭, 무기를 회수했다. 몇몇 가방은 찢어졌고, 일부 무기는 파손되었다. 맷은 자신의 무기를 찾아냈다. 검은 조금도 손상되지 않았다. 그는 조심스럽게 멜빵에 검을 넣고 등에 멨다.

이 검이 로페로덴의 검은 시트를 찢어버릴 날이 올 것이다. 그는 확신했다.

플로이드는 미아의 어깨를 붕대로 감아주었다. 하지만 별로 낙관

하지는 않았다.

"당장 치료를 잘하는 사람에게 데려가야 해!"

"가장 가까운 마을이 어디지?"

"이틀을 걸어야 해."

"에덴은 얼마나 걸려?"

전령은 놀란 표정으로 되물었다.

"에덴이라고? 나흘 정도 걸릴 거야."

"시간이 별로 없어. 우리를 에덴으로 안내해줘."

"미아는 치료를 받아야 해! 가장 가까운 마을은……."

"우리는 에덴으로 가야 해. 팬들의 생존이 걸린 문제야."

플로이드는 더 이상 묻지 않았다. 비행선에서 추락한 이 기이한 여행자들은 자신보다 더 많은 것을 알고 있는 듯했다.

그들은 미아를 플뢰의 등에 태우고 출발했다. 그들은 쉬지 않고 걸었고, 맷은 폭풍우를 걱정하면서 수시로 남쪽을 살폈다. 하늘은 맑았다.

첫날 저녁, 그는 잠을 이룰 수 없었다. 그는 야행성동물들의 울음소리를 들으며 혹시 일어날지 모를 천둥소리에 주의를 기울였다.

너무 지쳐 얘기할 힘조차 없어진 맷은 자신이 기다리는 폭풍우가 더는 두려움의 대상이 아니라는 사실을 깨달았다. 사실 그는 복수를 기다리고 있었다.

실제로 그는 폭풍우가 없어 화가 났다.

그는 로페로덴과 대결하고 싶었다.

맷은 잠이 오지 않아 모닥불 아래에서 로페로덴과의 결투를 상상하며 숫돌에 검을 갈고 윤을 내었다. 반드시 그를 찾아내 죽이겠노라고 맹세하지 않았는가.

그는 평생 동안이라도 로페로덴을 추적할 것이다. 하지만 오래 기다릴 필요가 없으리라는 사실을 알고 있었다. 로페로덴이 그를 찾아올 것이다.

☣

둘째 날 저녁, 플로이드는 미아의 상처를 매우 걱정했다. 그녀는 고열에 시달리며 헛소리를 하고 있었다. 존은 미아 옆에 누워 밤새 도록 간호했다.

앙브르와 맷은 약간 떨어진 곳에서 마지막 모닥불을 쬐며 얘기를 나누었다.

앙브르가 물었다.

"에덴에서 뭘 할 거야?"

"회의를 소집하고 우리를 위협하는 위험을 알릴 거야. 전쟁이 임박했어. 전쟁을 준비해야 해."

"우리가 살아남을 가능성이 얼마나 될까?"

"적은 중무장을 하고 훈련이 잘된 1만5천 명이야. 솔직히 살아남을 가능성은 전혀 없어. 다만 나는 그들의 작전을 알고 있어. 그리고 우리에겐 중요한 카드가 있지. 그 유용성을 알아내기만 하면 돼."

"무슨 뜻이지?"

"피부 수색 작전! 말롱스 여왕은 무슨 일이 있어도 몸에 지도가 그려진 아이를 찾으려고 혈안이 돼 있어. 토비아스는 그 지도를 지닌 팬이 바로 나라는 거야. 그래서 여왕이 나를 찾는 거래."

앙브르는 머리를 흔들었다.

"맷, 아니야. 토비아스가 잘못 생각한 거야."

맷은 얼굴을 돌리고 앙브르를 바라보았다.

"왜 그렇게 생각하지?"

앙브르는 두 다리를 모으고 두 팔로 무릎을 감쌌다.

"뷔뵈르는 피부 수색 작전을 위해 일하고 있어. 그는 거의 매일 팬들을 확인하지. 그는 그랜드 플랜을 자주 봤기 때문에 여왕이 찾는 '모반 지도'를 외우고 있어."

"그런데?"

앙브르는 고통스럽게 침을 삼킨 후 나직이 덧붙였다.

"너를 구출하는 일을 도와달라고 했지만 뷔뵈르는 거절했어. 그는 내가 바로 그 지도라는 걸 알아. 그는 내 몸에서 바로 그랜드 플랜을 알아봤어."

맷은 믿기지 않는 듯 되물었다.

"바로 네가?"

"응. 나는 순진하게도 뷔뵈르가 적절한 시기에 나를 이용할 거라고 생각했어. 또 그가 먼저 너를 찾아낼 거라고 생각했지. 나는 일단 우리 삼총사가 모이면 슬그머니 도망칠 생각으로 아무 말도 하지 않았어. 그런데 놈이 원했던 건 우리 모두를 말롱스 여왕에게 넘겨주는 거였어! 처음부터 신앙 담당 고문관을 만나 나를 팔아넘길 생각이었던 거야!"

"그럼 너는 생명의 원천까지 갈 생각이야?"

"그게 정확히 뭔지 몰라. 어떤 기록이라고 추측할 뿐이지. 내 생각이 틀릴 수도 있어. 아무튼 그게 뭐든 간에 시니크들이 찾아내는 건 원치 않아."

"에덴 지도자들에 알려야 해."

앙브르는 생각에 잠긴 모습으로 동의했다.

"우리가 '잔인한 무리'와 함께 있을 때, 내가 나이가 들어 시니크가 되는 게 두렵다고 말했던 거 기억나니? 그날 너는 내게 약속했어."

"그래, 너를 지켜주겠다고 했어. 나는 약속을 지킬 거야. 확신을 가져!"

앙브르는 맷의 손을 잡았다. 그녀는 밀려드는 오열을 참기 힘들었다. 그녀는 힘겹게 말했다.

"나는 그게 뭘 의미하는지 몰라. 나는 그 지도가 아니길 바라. 자라는 것이 시니크가 되는 것이라면 어른이 되고 싶지 않아. 시니크들과 함께 지내고 싶지 않아."

"안심해. 그런 일은 일어나지 않을 거야! 너를 보호하고, 네가 지금 그대로 있도록 도와줄게!"

"시니크들은 무슨 짓이든 할 수 있어. 나는 그게 싫어……."

그때 맷은 어떤 행동을 했다. 자신이 그럴 수 있으리라고 결코 생각한 적 없는 일이었다. 그가 방금 앙브르의 이마에 키스를 한 것이다.

"너는 혼자가 아니야. 내가 너와 함께 있어."

그들은 몇 분 동안 아주 가까이 있었다.

방금 말한 것을 진지하게 생각한 끝에 맷은 한 가지 명백한 사실을 떠올렸다. 그는 흥분하기 시작했다.

"잠깐만! 뷔뵈르가 네 몸을……."

앙브르는 맷의 손을 잡았다.

"뷔뵈르는 강제로 내 옷을 벗겼어. 그리고 곧 성스러운 지도를 알아봤지. 내 몸에 손을 대지는 않았어. 그는 바로 우리를 도와주겠다고 약속했어."

"야비한 놈! 알았다면 결코 도망치게 내버려두지 않았을 거야!"

앙브르는 부드럽게 말했다.

"강물이 그를 삼켰을 거야. 네 손을 더럽힐 가치도 없는 놈이야."

"앙브르, 미안해. 모든 게 내 탓이야……."

앙브르는 맷의 입술에 집게손가락을 댔다. 그녀는 한참 동안 침묵을 지킨 후 물었다.

"네가 나를 위해 처음으로 했던 말 기억해?"

맷은 자신의 혼수상태와 천사의 출현을 떠올렸다. 두 뺨이 붉어졌다. 그는 몹시 부끄러워하며 대답했다.

"글쎄……."

"'앙브르, 내 하늘이 되어줘'라고 했어. 무슨 말을 하고 싶었던 거야?"

난처해진 맷은 거짓말을 했다.

"글쎄⋯⋯. 모르겠어, 열이 높았으니까."

"아, 그래? 이해해."

그들은 손을 풀었다.

침묵에 어색해진 맷은 그들의 관심사를 다시 꺼냈다.

"우리는 내일 에덴에 도착할 거야. 모든 걸 설명해야 해. 피부 수색 작전, 전쟁⋯⋯."

앙브르가 지적했다.

"한 가지 매우 중대한 문제가 있어. 바로 너야! 만일 내가 놈들이 찾는 지도라면 왜 말롱스 왕국 곳곳에 네 초상화가 붙어 있지?"

맷은 심호흡을 했다.

결국 그는 여행의 동기였던 중요한 질문에 대한 대답을 찾지 못했다는 사실을 깨달았다.

'유일하게 대답해줄 수 있는 사람이 있는 곳까지 가지 않았기 때문이야.'

맷은 포로가 되면 여왕의 감옥에서 결코 빠져나올 수 없다는 사실을 알고 있었다. 자유의 몸이 되어야 그곳에 가서 대답을 얻을 수 있을 것이다.

맷은 일어나면서 말했다.

"이제 자야 해."

☣

다음 날 오전이 끝날 무렵, 그들은 언덕 정상에 도착했다. 눈부신 황금빛 밀밭이 펼쳐져 있었다.

밀밭 끝에 세워진 도시는 금빛 보석 상자 안에 놓인 것처럼 보였다.

햇빛에 반짝이는 잔잔한 강물이 집과 천막으로 이루어진 도시를 가로질렀다.

도시의 중앙 광장에 엄청난 크기의 나무 한 그루가 천년 수호성인처럼 서 있었다. 나뭇가지들은 대부분의 도시 위로 뻗어 있었다.

다양한 색깔의 채소밭과 넓은 정원이 도시의 일부를 이루고 있었고, 수백 명의 작은 실루엣이 과일을 따고 있었다.

잃어버린 작은 지상낙원.

에덴.

에필로그

차가운 바람이 대형 홀을 가로질렀다. 높고 좁은 창문이 외부에서 오는 붉은빛을 차단했기 때문에, 벽에 고정된 횃불이 유일한 광원이었다.

한 사내가 자줏빛 쿠션 위에 보석 왕관을 들고 들어왔다. 그는 홀을 가로지르고, 미광에 가려진 장막을 따라 옥좌 밑 계단에 한쪽 무릎을 꿇었다.

옆에 서 있는 트웨인 장군의 육중한 실루엣이 사내를 오싹하게 만들었다. 그는 트웨인 장군의 명성을 잘 알고 있었다. 잔인하고 난폭하며 몰인정한 사람. 여왕의 오른팔.

트웨인이 가까이 오자 갑옷도 움직였다. 그것은 천 개의 조각으로 구성되어 있었다. 각 부분은 홈을 따라 미끄러지거나 완벽하게 끼여 박혔다. 그가 움직일 때마다 피부 위에서 갑옷이 검은 곤충 군대처럼 이동하는 듯했다.

트웨인이 물었다.

"랄프, 뭘 갖고 왔지?"

랄프는 조금 놀랐다. 목소리는 생각보다 무섭지 않았다. 무덤 저

편의 목소리가 아닌 보통 사람의 목소리였다.

"여왕 폐하께 바칠 선물이옵니다. 저희 영주님이 보냈습니다."

랄프는 옥좌를 향해 왕관 받침대를 들었다.

이 차갑고 희미한 대형 홀에서 볼만한 것은 없었다. 하지만 여왕은 분명 저 위쪽 어두운 곳에 앉아 있었다. 드레스 자락만이 보였다.

트웨인 장군이 물었다.

"무엇 때문이지?"

"저희 영주님은 여왕 폐하를 저녁 식사에 초대하길 원합니다."

트웨인이 바로 대꾸했다.

"그럼 돌아가라. 그리고 네 영주에게 말롱스 여왕 폐하는 그런 분이 아니라고 전해라! 네 영주는 우리 여왕 폐하가 동정녀이신 것을 잊었느냐?"

랄프는 이번에는 기분이 좋지 않았다. 트웨인 장군의 목소리는 분명 무시무시했다. 장군은 언제나 칼을 숨기고 있었다. 그는 언제라도 랄프를 갈기갈기 찢어 죽일 수 있었다.

"알겠습니다, 장군님!"

입구의 경비병들이 양쪽으로 물러나더니 한 전령이 달려왔다. 그는 몹시 헐떡거리면서 외쳤다.

"여왕 폐하께서 찾고 계신 소년에 관한 소식입니다!"

트웨인은 느닷없이 랄프의 옆구리를 발로 차버렸다. 랄프는 양탄자 아래로 굴러떨어졌고, 왕관은 바닥 돌에 부딪치면서 박살났다.

트웨인이 전령에게 명령했다.

"보고하라!"

한쪽 무릎을 꿇은 전령은 당황한 듯 보였다.

"여왕 폐하, 아무리 생각해도 그 소년은 도망친 것 같습니다. 더 이상 소식이 없습니다. 호송대는 이미 한참 전에 도착했어야 합니다."

여왕이 옥좌에서 벌떡 일어났다. 베일이 미끄러져 바닥에 떨어졌다. 검은색과 흰색의 옷이 온몸과 머리를 덮고 있었다.

얼굴은 어둠 속에 잠겨 있었다. 랄프는 잠깐이라도 이 신비스러운 여왕의 얼굴을 보고 싶었다.

여왕이 말했다.

"도망쳤다고?"

목소리는 부드러우면서도 위압적이었다. 랄프는 여왕의 목소리에 매혹되어야 할지, 두려워해야 할지 알 수 없었다.

"여왕 폐하, 송구하옵니다. 그렇게 생각하지 않을 수 없습니다."

"내 왕국의 모든 백성이 찾고 있는 아이가 사라졌다고?"

전령은 더욱더 머리를 조아렸다. 그의 코가 첫 계단에 닿았다.

분노의 기운이 홀에 가득했다. 베일이 펄럭이더니 여왕이 껑충 뛰어내렸다.

여왕은 단호한 목소리로 명령했다.

"집합 나팔을 불어라. 징집 장교들은 시골과 도시를 돌아다니며 소집 명령을 내리고 부대를 편성해라. 우리 군대가 한 어린이를 잡지 못했으니 싸우다 죽어야 한다! 전쟁을 시작한다! 이번 겨울까지 이 대륙에 한 명의 어린이도 살아남지 못하게 하라!"

여왕은 빠른 속도로 홀을 오가며 분노의 주먹을 들고 울부짖었다.

"전쟁이야!"

3권에서 계속